비밀의 화원

지은이
프랜시스 호지슨 버넷

19세기 말부터 20세기 초까지 활약한 영국 출신의 소설가로, 어린 시절 아버지를 여의고 가난 속에서 성장했다. 미국으로 이주한 뒤 가족의 생계를 책임지며 글을 쓰기 시작했고, 열일곱 살에 잡지에 첫 작품이 실리며 작가로서의 길을 걷게 되었다. 프랜시스 호지슨 버넷의 작품에는 삶의 고난 속에서도 상상력과 이야기의 힘으로 현실을 견디려 했던 그의 경험이 고스란히 담겨 있으며, 인물의 내면과 회복의 과정을 따뜻하고 섬세하게 그려냈다.

대표작으로는 『소공녀』, 『작은 백작』, 『비밀의 화원』 등이 있으며, 특히 아이들의 성장과 상처, 회복을 그린 서사로 독자들의 깊은 공감을 얻었다. 여성 작가로서 드물게 영국과 미국 양쪽에서 문학적 명성과 대중적 성공을 동시에 거두었고, 자신의 작품을 직접 각색해 연극 무대에 올리는 등 활발한 창작 활동을 이어갔다. 1924년, 미국 뉴욕 롱아일랜드 자택에서 생을 마감했다.

옮긴이
백지선

이화여자대학교에서 영문학을 전공하고 다큐멘터리와 애니메이션, 외국 영화 등 영상물을 번역하다가 글밥 아카데미 수료 후 현재 바른번역 소속 출판번역가로 활동 중이다.

옮긴 책으로는 『너의 여름을 빌려줘』, 『나는 샤라 휠러와 키스했다』, 『게팅 하이』, 『다시 인생을 아이처럼 살 수 있다면』, 『온 파이어』, 『어떻게 공부할지 막막한 너에게』, 『부의 원천』 등이 있다.

비밀의 화원

THE SECRET GARDEN
Frances Hodgson Burnett

프랜시스 호지슨 버넷　백지선 옮김

서사원

CONTENTS

제1장 | 아무도 남지 않았다   7

제2장 | 심술쟁이 메리 아가씨   15

제3장 | 황무지를 지나   27

제4장 | 마사   34

제5장 | 복도에서 들리는 울음소리   58

제6장 | "누가 울고 있었어. 분명히 들었다고!"   68

제7장 | 화원 열쇠   78

제8장 | 울새가 안내해준 길   88

제9장 | 세상에서 제일 이상한 집   99

제10장 | 디콘   113

제11장 | 개똥지빠귀 둥지   130

제12장 | "땅을 조금 주실 수 있나요?"   143

제13장 | "난 콜린이야"   157

제14장 | 어린 라자   176

제15장	둥지 짓기	194
제16장	"안 올 거야!"	211
제17장	성질부리기	222
제18장	"꾸무럭거릴 시간 없구먼요"	232
제19장	"봄이 왔어요!"	242
제20장	"난 영원히 살 거야! 영원히, 언제까지나!"	258
제21장	벤 웨더스태프	270
제22장	해가 질 때	285
제23장	마법	294
제24장	"웃게 놔둡시다"	312
제25장	커튼	329
제26장	"엄마예요!"	339
제27장	화원에서	353

THE SECRET GARDEN

제1장

아무도 남지 않았다

 삼촌과 같이 살려고 미셀스웨이트 저택에 온 메리 레녹스를 두고 사람들은 모두 이렇게 호감이 가지 않는 아이는 처음 본다고 말했다. 정말 그랬다. 메리는 얼굴이며 몸이 야윈 데다 머리숱도 적고 늘 뚱한 표정이었다. 인도에서 태어나 늘 이런저런 병치레를 한 탓에 메리의 낯빛은 자기 머리색처럼 누리끼리했다. 영국 정부에서 일하는 메리의 아버지는 항상 바빴지만 메리처럼 자주 아팠다. 대단한 미인인 어머니는 파티를 즐기고 화려한 사람들과 어울리며 노는 데만 정신이 팔려 있었다. 어머니는 딸을 낳고 싶은 마음이 조금도 없었던 터라 메리는 태어나자마자 아야[1]의 보살핌을 받았다. 아야는 멤 사히브[2]를 기쁘게 하려면 어떻게든 아이를 멤 사히브의 눈에 띄지 않게 해야 한다는 사실을 잘 알고 있었다. 그래서 메리가 병약하고 칭얼대는 못생긴 갓난애였을 때도, 여전히 병약하고 칭얼대며 아장아장 걷는 아이였을 때도 멤 사히브와 멀리 떨어뜨려 놓았다. 그 때문에 메리에게 익숙한 얼굴이라고는 아야를 비롯한 원주민 하인들의 검은 얼굴뿐이었다. 이들은 메리가 시키는 건 다 했고 뭐든 제멋대로 하게 내버려 두었다. 메리가 울면 멤 사히브가 안절부절못하며 화를 냈기 때문이다. 그런 탓에 여섯 살이 되었을 즈음 메리는 세상에서 가장 포악하고 이기적이고 무례한 작은 폭군이 되어 있었다. 메리에게 읽기와 쓰기를 가르치러 온 젊은 영국인 가정교사는 메리가 너무 싫어 석 달 만에 그만두었고, 후임 교사들도 하나같이 더 오래 버티지 못했다. 책을 읽고 싶은 마음이 간절했기에 망정이지 안 그랬다면 메리는 글자를 하나도 배우지 못했을 것이다.

어느 몹시 더운 날 아침, 아홉 살쯤 된 메리는 짜증이 난 채 잠에서 깬 뒤 침대 옆에 선 하녀가 늘 보는 아야가 아닌 걸

---

[1] 인도의 식민지 시대, 영국인 가정에서 고용한 가정부나 유모-옮긴이
[2] 과거 인도에서 신분이 높은 기혼 여성에 대한 호칭으로, 흔히 백인 여성을 일컫는 표현-옮긴이

알고 더 짜증을 내며 말했다.

"네가 왜 여기 있어? 넌 여기 있으면 안 돼. 내 아야를 보내줘."

하녀는 겁먹은 표정으로 아야가 올 수 없다고 더듬거리며 말했다. 메리가 울화통을 터트리며 때리고 발로 차자 하녀는 더 겁에 질린 얼굴로 아야가 올 수 없다는 말만 되풀이했다.

그날 아침은 어딘가 묘한 기운이 감돌았다. 평소대로 되는 일이 하나도 없는 데다 원주민 하인 중 몇 명은 보이지 않았고, 그나마 보이는 하인들은 겁에 질려 흙빛이 된 얼굴로 살금살금 다니거나 다급한 걸음으로 돌아다녔다. 그런데도 누구하나 메리에게 어떤 말도 해주지 않았고 아야도 오지 않았다. 아침이 다 가도록 홀로 남겨진 메리는 결국 정원으로 나가 베란다 근처 나무 아래에서 혼자 놀기 시작했다. 메리는 꽃밭을 만들면서 주홍색의 큰 히비스커스꽃을 작은 흙더미에 꽂았다. 그러는 동안 점점 더 화가 치밀어오른 메리는 아야인 세이디가 돌아오면 해줄 말과 욕을 혼자 중얼거렸다.

"돼지! 돼지! 돼지의 딸!" 원주민에게 돼지는 가장 심한 욕이었다.

메리가 이를 갈며 이 말을 반복할 때 어머니가 누군가와 함께 베란다로 나오는 소리가 들렸다. 어머니는 잘생긴 젊은 남자와 낮고 이상한 목소리로 이야기를 나눴다. 소년처럼 보이는 그 남자는 메리가 아는 사람이었다. 영국에서 온 지 얼마

안 되는 장교라는 말을 들은 적이 있었다. 메리는 남자를 빤히 쳐다보았지만 어머니를 더 열심히 보았다. 사실 메리는 어머니를 볼 기회가 있을 때마다 그랬다. 멤 사히브(메리는 어머니를 부를 때 이 호칭을 제일 많이 썼다)는 키가 크고 날씬하고 예쁜 데다 정말 근사한 옷을 입었기 때문이다. 구불거리는 머리칼은 비단결 같았고 섬세하게 생긴 작은 코는 도도해 보였으며 큰 눈은 늘 웃고 있었다. 어머니는 언제나 얇고 하늘거리는 옷을 입었는데, 메리는 그 옷들이 '온통 레이스 천지'라는 말을 하곤 했다. 그날 아침에는 어느 때보다 레이스가 많아 보였지만 눈은 전혀 웃고 있지 않았다. 어머니는 겁에 질려 휘둥그레진 눈을 치켜뜨고 잘생긴 젊은 장교를 애원하듯 쳐다보았다.

"그렇게 심한가요? 그래요?" 어머니의 말이 메리에게 들렸다.

장교가 떨리는 목소리로 말했다. "정말, 정말 심각합니다, 레녹스 부인. 2주 전에 산으로 피하셨어야 했어요."

레녹스 부인은 두 손을 비틀며 외쳤다.

"아, 그러게 말이에요! 한심하게도 저녁 파티에 가겠다고 남았죠. 왜 그렇게 어리석었을까요!"

바로 그 순간, 하인 숙소에서 요란한 통곡 소리가 터져 나왔다. 레녹스 부인은 젊은 장교의 팔을 움켜쥐었고, 메리는 머리부터 발끝까지 온몸을 덜덜 떨며 서 있었다. 통곡 소리는 점점 더 격렬해졌다.

"뭐죠? 무슨 일이죠?" 레녹스 부인이 깜짝 놀라 물었다.

장교가 대답했다. "누가 죽었나 봅니다. 하인들에게도 퍼졌다는 말씀은 안 하셨잖아요."

"저도 몰랐어요! 같이 가요! 어서요!" 레녹스 부인은 이렇게 외치고는 집 안으로 뛰어 들어갔다.

이 끔찍한 일이 벌어진 후에야 메리는 아침부터 왜 이런 이해할 수 없는 일이 일어났는지 알게 되었다. 가장 치명적인 종류의 콜레라가 발생해 사람들이 파리처럼 죽어가고 있었다. 아야는 간밤에 증상이 나타났는데, 하인들이 숙소에서 통곡한 건 아야가 방금 죽었기 때문이다. 그때부터 하루가 다 가기도 전에 하인 셋이 더 죽자 남은 하인들은 겁에 질려 도망쳤다. 사방이 공포에 휩싸였고 집집마다 사람이 죽어갔다.

그다음 날, 혼란스럽고 당황스러운 분위기 속에서 놀이방에 몸을 숨긴 메리는 모든 사람에게 잊혔다. 아무도 메리를 신경 쓰지 않고 찾지도 않았으며, 메리는 알 길이 없는 이상한 일들이 벌어졌다. 몇 시간을 울다가 자기를 반복한 메리는 사람들이 아프다는 것과 기이하고 무서운 소리가 들린다는 것만 알 뿐이었다. 그러다 식당에 살금살금 들어갔는데 그곳은 텅 비어 있었다. 식탁에는 먹다가 남은 음식이 있었고, 누군가가 식사하다가 어떤 이유로 갑자기 일어난 것처럼 의자와 접시들이 확 밀쳐져 있었다. 메리는 과일과 비스킷을 먹은 뒤 목이 마르자 잔에 거의 가득 들어 있는 포도주를 마셨다. 포도주는 달콤했는데 메리는 포도주가 얼마나 독한지 몰랐다. 곧 졸음이 마구 쏟아지자 놀이방으로 돌아간 메리는 하인 숙소에서 들리는 울음소리와 다급한 발소리가 무서워 또다시 방에 틀어박혔다. 술기운에 눈이 자꾸 감기자 메리는 침대에 누워 아무것도 모른 채 오랜 시간 잠에 빠져들었다.

메리가 깊이 잠든 사이에 많은 일이 일어났으나 통곡 소리와 저택 안팎으로 물건을 옮기는 소리에도 메리는 잠에서 깨지 않았다.

드디어 잠에서 깨어났을 때 메리는 그대로 누워서 벽을 멍하니 바라보았다. 집은 완전히 고요했다. 집이 이렇게 조용한 것은 처음 있는 일이었다. 사람 목소리도, 발소리도 들리지 않자 메리는 콜레라에 걸린 사람들이 이제는 다 나아 문제가 해결된 건 아닐까 궁금해졌다.

죽은 아야를 대신해 누가 자신을 돌봐줄지도 궁금했다. 새로 올 아야는 새로운 이야기를 알지도 몰랐다. 안 그래도 늘 듣는 이야기가 재미없어진 참이었다. 아야가 죽었지만 메리는 울지 않았다. 정이 많지 않아서 누구에게도 그렇게 마음을 쓴 적이 없었다. 그저 콜레라 때문에 소란스럽고 정신없이 울부짖는 소리가 무서웠으며, 자기가 살아 있다는 사실을 기억하는 사람이 하나도 없다는 게 화날 뿐이었다. 모두 극도의 공포에 질려 밉살스러운 어린 소녀를 떠올릴 정신이 없었다. 콜레라에 걸리면 자기 자신밖에 생각하지 못하는 모양이었다. 물론 병이 나으면 분명 누군가는 기억을 떠올려 메리를 찾으러 올 것이다.

그러나 아무도 오지 않았고, 메리가 누워서 기다리는 동안 집은 점점 더 고요해졌다. 그때 카펫에서 바스락거리는 소리가 들렸다. 아래를 내려다보니 작은 뱀 한 마리가 보석 같은 눈으로 메리를 쳐다보고 있었다. 메리는 무섭지 않았다. 누굴 해칠 것 같지 않았고 방에서 얼른 나가고 싶어 하는 듯 보였기 때문이다. 메리가 지켜보는 가운데 뱀은 문 밑 틈으로 스르륵 미끄러져 나갔다.

메리가 말했다. "정말 이상할 정도로 조용하네. 이 집에 나랑 뱀 말고는 아무도 없는 것 같아."

바로 그때 마당을 지나 베란다로 들어오는 발소리가 들렸다. 남자들의 발소리였는데, 남자들은 집 안으로 들어와 낮은 목소리로 이야기했다. 맞으러 나오는 사람이 하나도 없자 남자들은 문을 열고 방 안을 하나씩 들여다보는 듯했다.

한 남자가 말했다. "이렇게 적막할 수가! 참 예쁜 여인이었는데! 아이도 안쓰럽게 됐군. 아무도 못 봤지만 아이가 있다던데."

몇 분 뒤 남자들이 문을 열었을 때 메리는 놀이방 한가운데에 서 있었다. 못생기고 심술 난 듯 보이는 아이가 밀려드는 배고픔과 방치되었다는 수치심 때문에 얼굴을 찌푸리고 있었다. 가장 먼저 들어온 남자는 전에 아버지와 대화하는 모습을 본 적이 있는 덩치 큰 장교였다. 장교는 지치고 괴로운 표정이었는데도 메리를 발견하자마자 너무 놀라 펄쩍 뛰다시피 했다.

장교가 외쳤다. "바니! 여기 웬 아이가 있어! 이런 곳에 애 혼자 있다니! 세상에, 도대체 누구지?"

"메리 레녹스예요." 어린 여자애에 불과했지만 메리는 몸을 꼿꼿이 일으켜 세우며 말했다. 아버지의 저택을 '이런 곳'이라 부르는 남자가 무례하다고 생각했다. "다들 콜레라에 걸렸을 때 잠이 들었고 이제 막 깨어났어요. 왜 아무도 오지 않죠?"

남자가 동료들을 돌아보며 외쳤다. "아무도 못 보았다는 그 아이야! 다들 이 아이가 있다는 걸 잊어버린 거야!"

메리가 발을 구르며 말했다. "날 왜 잊어버렸죠? 왜 아무도 오지 않죠?"

바니라 불린 청년은 무척이나 슬픈 표정으로 메리를 바라보았다. 메리가 보기에 청년은 눈물을 감추려는 듯 눈을 깜박거리는 것 같았다.

청년이 말했다. "불쌍하기도 하지! 올 사람이 아무도 없단다."

그렇게 메리는 이상하고도 난데없이 아버지와 어머니 모두 세상을 떠났다는 사실을 알게 되었다. 부모님은 밤에 죽어 어딘가로 옮겨졌고, 살아남은 몇 안 되는 원주민 하인도 어린 아가씨가 있다는 사실조차 잊어버리고 앞다퉈 집을 떠났다고 했다. 그래서 집 안이 그토록 조용했던 것이다. 정말로 저택에는 메리와 바스락거리는 작은 뱀 말고는 아무도 없었다.

제2장

심술쟁이 메리 아가씨

메리는 어머니를 먼발치에서 바라보는 게 좋았고 어머니가 참 예쁘다고 생각했다. 그러나 어머니에 관해 아는 게 거의 없어서 어머니가 돌아가셨어도 사랑했다거나 그립다는 마음이 좀처럼 들지 않았다. 사실 메리는 어머니가 전혀 그립지 않았고, 워낙 자기중심적인 아이라 늘 그랬듯 오로지 자기 생각만 했다. 나이가 좀 들었다면 분명 세상에 혼자 남겨져 무척 불안했겠지만, 그러기에 메리는 너무 어렸고 늘 보살핌을 받아온 터라 당연히 계속 그럴 줄 알았다. 앞으로 가게 될 집에도 아야를 비롯한 원주민 하인들처럼 자신에게 예의 바르게 대하고 자기 마음을 받아줄 좋은 사람들이 살지 궁금할 뿐이었다.

부모님이 돌아가시고 처음 맡겨진 영국인 목사네 집에서 살지 않으리라는 건 확실했다. 메리는 그 집에서 살고 싶지 않았다. 영국인 목사는 가난한 데다 나이가 고만고만한 아이가 다섯 명 있었는데 모두 행색이 초라했고, 툭하면 싸우고 서로 장난감을 빼앗았다. 메리는 어수선한 이 집이 싫었다. 메리가 식구들에게 하도 무뚝뚝하게 굴어서 하루 이틀이 지나니 누구도 메리와 놀려고 하지 않았다. 이튿날, 아이들은 메리에게 별명까지 지어주어 메리의 화를 부추겼다.

이 별명을 처음 생각해낸 아이는 배질이었다. 배질은 파란 눈이 건방져 보이고 코가 들창코인 사내애였는데, 메리는 배질이 정말 싫었다. 그날도 메리는 콜레라가 퍼진 날에 그랬듯 나무 아래에서 혼자 놀고 있었다. 흙더미를 쌓고 길을 내서 정원을 만들고 있는데 배질이 근처에 서서 그 모습을 지켜보았다. 그러다 약간 관심이 생겼는지 배질이 갑자기 한 가지 제안을 했다.

"거기에 돌무더기를 쌓아 바위 정원이라고 하는 건 어때? 거기 가운데에."

배질이 메리 위로 몸을 기울이며 손가락으로 좀 전에 말한 곳을 가리키자 메리가 버럭 소리를 질렀다.

"저리 가! 남자애랑은 놀기 싫어. 저리 가!"

배질은 잠시 화난 표정을 짓더니 메리를 놀리기 시작했다. 원래도 자주 여자 형제들을 놀리던 배질은 메리 주위를 빙빙 돌며 춤을 추고 장난스러운 표정으로 웃으며 동요를 불렀다.

"심술쟁이 메리 아가씨,
어떻게 정원을 가꾸나요?
은종과 새조개 껍데기,
금잔화가 줄지어 있네요."

배질은 다른 아이들이 듣고 웃을 때까지 '심술쟁이 메리 아가씨'를 불렀고, 메리가 화를 낼수록 아이들은 노래를 더 많이 불렀다. 그날 이후 아이들은 메리와 같이 사는 동안 메리 이야기를 할 때나 메리에게 말을 걸 때마다 메리를 '심술쟁이 메리 아가씨'라고 불렀다.

"너는 네 집으로 가게 될 거야. 이번 주말에. 그래서 우리는 정말 기뻐."

배질의 말에 메리가 대꾸했다.

"나도 좋아. 집이 어딘데?"

배질이 일곱 살짜리답게 얄미운 말투로 놀렸다. "집이 어딘지도 모른대요! 당연히 영국이지. 우리 할머니가 거기 살아서 작년에 우리 누나가 할머니네 집에 갔었어. 근데 넌 네 할머니네 집에 못 가. 할머니가 없으니까. 넌 고모부네 집에 갈 거야. 고모부 이름은 아치볼드 크레이븐 씨고."

"난 그 사람이 누군지 하나도 몰라."

메리가 쏘아붙이자 배질이 답했다.

"그렇겠지. 넌 아무것도 모르니까. 여자애들은 원래 아무것도 몰라. 우리 아빠랑 엄마가 하는 말을 들었어. 네 고모부는 크고 오래된 시골집에서 쓸쓸히 사는데 아무도 가까이 가질 않는대. 성질이 워낙 고약해서 아무도 못 오게 한대. 오라고 해도 안 가겠지만. 곱사등이거든. 징그러운 곱사등이."

"네 말 안 믿어."

메리는 더 듣고 싶지 않아 등을 돌린 채 손가락으로 귓구멍을 막았지만, 하루 종일 배질이 한 말이 머릿속을 떠나지 않았다. 그날 밤 크로포드 부인에게서 며칠 뒤 영국의 미셀스웨이트 저택에 사는 고모부 아치볼드 크레이븐 씨에게 갈 거라는 말을 들었는데도 메리가 냉랭한 표정으로 끝까지 아무 관심 없는 듯 굴자 목사 부부는 메리를 도통 이해할 수 없는 아이라고 생각했다. 부부는 메리에게 다정히 대하려 애썼지만, 메리는 크로포드 부인이 뽀뽀라도 하려고 하면 고개를 돌려버렸고 크로포드 씨가 어깨를 토닥거리면 뻣뻣하게 몸을 움츠렸다.

나중에 크로포드 부인은 안타깝다는 듯 말했다. "참 못생긴 아이예요. 아이 엄마는 정말 미인이었는데 말이죠. 예의도 참 바른 여자였는데 메리는 안 그러네요. 그렇게 애교 없는 아이는 처음 봤어요. 애들이 메리를 '심술쟁이 메리 아가씨'

라고 부르던데 짓궂은 행동이긴 하지만 오죽하면 그럴까 싶다니까요."

"엄마가 그 예쁜 얼굴로 더 자주 아이 방에 가서 예의를 가르쳤다면 애가 보고 좀 배웠을 텐데 말이죠. 그 아름다운 여자가 죽은 것도 가엾고, 그 여자에게 애가 있다는 사실조차 모르는 사람이 많다는 게 참 슬프네요."

"그 여자는 아이를 제대로 들여다본 적이 한 번도 없는 것 같아요."

크로포드 부인이 한숨을 쉬며 말을 이었다.

"아야가 죽고 나니 그 어린 것에 관심을 둔 사람이 아무도 없었대요. 하인들은 다 도망가고 그 황량한 저택에 홀로 남겨졌을 아이를 생각해보세요. 맥그루 대령이 그러는데 문을 여니 방 한가운데에 웬 아이가 혼자 서 있더래요. 얼마나 놀랐는지 뒤로 자빠질 뻔했다네요."

메리는 자녀들을 영국의 기숙학교에 데려다주러 가는 한 장교 부인을 보호자로 삼아 긴 항해를 떠났다. 제 어린 아들과 딸들에게 신경 쓰느라 정신이 없었던 장교 부인은 런던에서 아치볼드 크레이븐 씨가 보낸 여자에게 메리를 넘겨줄 때 내심 안도했다. 마중 나온 여자는 미셀스웨이트 저택의 가정부였는데, 이름은 메들록 부인으로 체구가 통통하고 뺨이 새빨갰으며 검은 눈이 날카로웠다. 메들록 부인은 짙은 자줏빛 원피스에 흑요석 술이 달린 검은색 실크 망토를 두르고, 머리를 움직일 때마다 튕겨 오르는 자주색 벨벳 꽃장식이 달린 검은색 보닛을 쓰고 있었다. 메리는 메들록 부인이 전혀 마음에 들지 않았지만 원체 사람을 싫어하니 놀랄 일은 아니었다. 더구나 메들록 부인도 메리를 좋게 평가하지 않았다.

"세상에! 애가 정말 못생겼네요! 애 엄마는 미인이었다던데 딸한테 그 미모를 물려주질 않았나 보네요. 안 그런가요, 부인?"

메들록 부인의 말에 장교 아내가 온화하게 말했다.

"크면서 나아질지도 모르죠. 혈색이 나쁘고 표정이 안 좋아 그렇지 이목구비가 나쁜 건 아니에요. 아이들은 워낙 많이 변하니까요."

"아주 많이 변해야 할 것 같네요. 게다가 제 생각이지만 미셀스웨이트에는 아이들을 나아지게 할 만한 구석이 하나도 없거든요!"

예약제 호텔의 창가에 서 있던 두 사람은 메리가 어느 정도 떨어져 있었기에 자신들이 하는 말이 메리에게 들리지 않을 거라고 생각했다. 그러나 메리는 지나가는 버스와 택시, 사람들을 보고 있었지만 두 사람이 하는 말이 꽤 잘 들렸고, 그 말을 들으니 고모부와 고모부가 사는 집이 무척 궁금해졌다. 미셀스웨이트 저택은 어떤 곳이고 고모부는 어떤 사람일까? 곱사등이가 뭘까? 메리는 곱사등이를 본 적이 없었다. 아마 인도에는 하나도 없었던 모양이다.

부모님이 돌아가시고 아야도 없이 남의 집에 살면서 메리는 점점 외로워졌고 괴상한 생각도 난생처음 하게 되었다. 왜 메리는 아버지와 어머니가 살아 있을 때도 부모가 있다고 느껴본 적이 한 번도 없었을까? 다른 애들과 달리 메리는 누구의 자식도 아닌 것 같았다. 하인도 있고 음식과 옷도 있었지만, 아무도 메리에게 마음을 쓰지 않았다. 메리는 자기가 상대하기 불쾌한 아이라서 그랬다는 걸 몰랐다. 아니, 자기가 그런 아이라는 사실 자체를 몰랐다. 남들이 불쾌하다는 생각은 자주 했지만 자기가 그렇다는 생각은 해본 적이 없었다.

메리는 평범하지만 혈색이 좋고 평범하지만 멋진 보닛을 쓴 메들록 부인이 지금껏 본 사람 중 제일 마음에 들지 않았다. 다음 날 기차역에서 요크셔로 가는 기차를 타러 갈 때 메리는 메들록 부인의 딸로 보일까 봐 고개를 빳빳이 들고 부인과 최대한 멀리 떨어져 걸었다. 사람들이 그렇게 오해하는 일은 생각만 해도 화가 날 것 같았다.

그러나 메들록 부인은 메리가 어떻게 행동하든, 무슨 생각을 하든 조금도 신경 쓰지 않았다. 부인은 '어린애들의 허튼소리를 참아주지 않는' 부류였다. 적어도 누가 물어봤다면 그렇게 답했을 것이다. 메들록 부인은 마리아 언니의 딸 결혼식을 앞두고 런던에 가고 싶지 않았지만, 미셀스웨이트 저택의 가정부라는 편하고 보수도 좋은 일자리를 놓치지 않으려면 아치볼드 크레이븐 씨가 뭘 시키든 순순히 따르는 수밖에 없었다. 질문 따위는 감히 해본 적도 없었다.

크레이븐 씨는 짧고 딱딱한 목소리로 말했다. "레녹스 대위와 그의 아내가 콜레라로 죽었소. 레녹스 대위는 내 아내의 동생이고 난 그들 딸의 후견인이오. 아이를 여기로 데려와야겠소. 런던으로 가서 직접 데려오시오."

그렇게 레녹스 부인은 작은 트렁크에 짐을 싸서 길을 떠났다.

객실 한구석에 앉아 있는 메리는 못생긴 데다 짜증스러워하는 것처럼 보였다. 메리는 읽을거리나 볼거리가 전혀 없어 검은 장갑을 낀 작고 가느다란 두 손을 포개 무릎에 올렸다. 검은색 원피스 때문에 낯빛이 유난히 누리끼리해 보였고, 숱이 별로 없는 금발은 검은색 크레이프 모자 아래로 축 늘어져 있었다.

'내 평생 이렇게 버릇없고 심술 맞아 보이는 아이는 처음이네.' 메들록 부인은 속으로 생각했다. 메리처럼 아무것도 하지 않고 가만히 앉아만 있는 아이도 처음이었다. 메리를 지켜보기가 지겨워진 부인은 마침내 사무적이고 쌀쌀맞은 목소리로 입을 열었다.

"아가씨가 어디로 가는지 알려드리는 게 좋을 것 같네요. 고모부에 대해 아는 게 있나요?"

"아니요."

"부모님에게 고모부 이야기를 들은 적도 없어요?"

"없어요." 메리는 얼굴을 찡그리며 답했다. 아버지와 어머니는 무슨 이야기건 딱히 해준 적이 없었다. 정말이지 뭐든 말해주는 법이 없었다.

"흠." 메들록 부인은 표정 변화라고는 하나 없는 메리의 기묘한 얼굴을 물끄러미 바라보며 한숨을 내쉬었다. 그러고는 잠시 침묵하다가 다시 말을 이었다.

"무슨 말이라도 듣고 가는 게 좋을 거예요. 마음의 준비를 하려면요. 아가씨가 갈 곳은 아주 이상한 집이에요."

메리가 아무 말 없이 대놓고 무관심한 표정을 짓자 메들록 부인은 약간 당황했지만 숨을 고른 후 다음 말을 이었다.

"게다가 아주 웅장한 대저택인데 분위기가 으스스해요. 크레이븐 씨는 나름 그 집을 자랑스럽게 여기시지만요. 그래도 음산하긴 하죠. 육백 년 전에 황무지 끄트머리에 지은 집인데 방이 백 개나 있지만 대부분 문이 잠겨 있어요. 오래된 그림과 멋진 고가구와 골동품이 많고, 집 주변에 큰 공원과 정원이 있는데 손질을 하도 안 해서 나뭇가지가 땅에 닿을 지경이에요. 뭐, 몇 그루는 그렇다고요." 메들록 부인은 잠시 말을 멈추고 한 번 더 숨을 골랐다. "그밖에는 아무것도 없어요." 그러고는 갑자기 이야기를 끝맺었다.

메리는 자기도 모르게 귀를 기울였다. 모든 게 인도와는 너무 달랐지만 메리는 뭐든 새로운 것에 끌렸다. 그렇다고 관심이 있다는 기색을 드러내고 싶지는 않았다. 메리가 불쾌하고 기분 나쁜 아이로 보이는 건 이런 태도 때문이기도 했다. 메리는 늘 그렇듯 가만히 앉아 있었다.

"그래, 무슨 생각이 드세요?" 메들록 부인이 물었다.

"아무 생각도 안 들어요. 그런 곳은 아는 게 하나도 없어서요."

그 말에 메들록 부인은 짧게 웃었다.

"하! 꼭 늙은 여자처럼 말하네요. 신경 안 쓰여요?"

"내가 신경을 쓰느냐 마느냐는 중요하지 않아요."

"하기야 그렇긴 하죠. 제일 쉬운 방법이라서 그런 거면 모를까, 난 왜 아가씨를 굳이 미셀스웨이트 저택에 살게 하는지 모르겠어요. 어쨌든 크레이븐 씨는 아가씨 문제로 고민하지 않을 거예요. 그건 확실해요. 남의 문제로 고민하는 법이 절대 없는 분이거든요."

메들록 부인은 마침 무언가가 떠오른 듯 멈췄다가 다시 말을 이었다.

"주인님은 등이 굽었어요. 그 때문에 심사가 뒤틀어졌죠. 결혼하기 전에는 성미가 고약한 청년이었고, 그 많은 돈과 큰 집이 하나도 쓸모없었답니다."

메리는 무관심한 척하려고 했지만 저도 모르게 부인을 쳐다보았다. 곱사등이가 결혼한다는 생각은 해본 적이 없어 조금 놀란 눈빛이었다. 그 모습에 메들록 부인은 원래 수다스러운지라 신이 나서 계속 이야기를 이어갔다. 시간을 보내기에는 수다만 한 게 없기도 했다.

"아가씨의 고모님은 다정하고 아름다운 분이었어요. 주인님은 그분이 원하는 풀잎을 구하기 위해서라면 전 세계를 뒤지고 다녔을 거예요. 그분이 주인님과 결혼할 줄은 아무도 몰랐지만 결국 결혼했고, 사람들은 돈을 보고 결혼했다고 말했어요. 하지만 절대 그렇지 않아요." 메들록 부인이 확신에 찬 목소리로 말했다. "마님이 돌아가시고 나서는……."

그 말에 메리는 흠칫 놀라 자기도 모르게 몸을 일으키며 외쳤다.

"아! 죽었다고요?"

언젠가 읽은 프랑스 동화 「도가머리 리케」가 떠올랐다. 불쌍한 곱사등이와 아름다운 공주 이야기였는데, 그 이야기를 떠올리니 갑자기 아치볼드 크레이븐 씨가 안쓰럽게 느껴졌다.

"네, 돌아가셨어요. 그 뒤로 주인님은 정말 이상해졌어요. 누구에게도 관심을 안 보였고 아무도 만나려 하지 않았어요. 집을 자주 비웠고 그나마 집에 있을 때는 서쪽 별관에 틀어박혀 피처 영감님 말고는 아무도 들이지 않았어요. 피처 영감님은 어릴 때 주인님을 돌봐준 분이니 주인님의 성향을 잘 아시거든요."

소설 같은 이야기였지만 메리는 기분이 좋아지지 않았다. 문이 잠겨 있는 방이 백 개나 되는 집……. 뭔지는 몰라도 황무지 끄트머리에 지어진 집이라니…… 듣기만 해도 으스스했다. 게다가 등이 굽은 남자마저 마음의 문을 닫았다지 않은가!
메리는 입술을 오므린 채 창밖을 바라보았다. 메리의 기분을
아는 듯 세찬 잿빛 빗줄기가 비스듬하게 쏟아지기 시작해 창
유리에 튀었다가 흘러내렸다. 예쁜 고모가 살아 있었다면 어
머니처럼 '온통 레이스 천지'인 드레스를 입고 집을 들락날락
하고, 파티에 다니면서 집 안 분위기를 밝게 만들었을지도 모
른다. 그러나 고모는 죽고 없었다.

메들록 부인이 말했다. "주인님을 만나리라는 기대는 안
하는 게 좋아요. 십중팔구 못 만날 거예요. 아가씨에게 말을
거는 사람이 있으리란 기대도 하지 말아요. 혼자 놀고 할 일도
스스로 해야 해요. 어떤 방에 들어가면 되고 안 되는지는 알려
줄 거예요. 정원은 많으니 구경해도 돼요. 하지만 집 안에 있
을 때는 함부로 기웃거리거나 들쑤시고 다니지 말아요. 크레
이븐 씨가 허락하지 않을 거예요."

"기웃거릴 생각 없어요." 메리가 뚱한 표정으로 말했다.
고모부가 안쓰러웠던 마음이 처음 생길 때만큼이나 갑작스럽
게 사라졌다. 그렇게 성미가 고약하니 그런 일을 당해도 싸다
는 생각마저 들었다.

메리는 빗물이 줄줄 흐르는 객실 창문 쪽으로 고개를 돌
리고는 영원히, 언제까지나 계속될 것 같은 잿빛 폭풍우를 가
만히 내다보았다. 한참을 보니 잿빛이 점점 짙어졌고, 그렇게
메리는 잠에 빠져들었다.

제3장

황무지를 지나

긴 잠에서 깨어나니 기차가 잠시 정차할 때 메들록 부인이 역에서 사둔 도시락이 있었다. 두 사람은 닭고기와 소고기 냉육, 빵과 버터, 따뜻한 차로 점심을 먹었다. 어느 때보다 많은 빗물이 차창을 타고 흘러내렸고 창밖으로 보이는 역 안의 사람들은 하나같이 비에 젖어 번들거리는 비옷을 입고 있었다. 승무원이 객차 램프의 불을 켰고, 메들록 부인은 차와 닭고기, 소고기를 잔뜩 먹고 기분이 아주 좋아진 채 잠들었다. 메리는 부인의 멋진 보닛이 미끄러져 한쪽으로 기우는 모습을 멍하니 바라보다가 빗줄기가 차창을 두드리는 자장가 소리에 또 한 번 객실 한구석에서 잠들었다. 다시 잠에서 깼을 때는 이미 꽤 어두워진 뒤였다. 기차가 어느 역에 멈추자 메들록 부인이 메리를 흔들어 깨웠다.

"잠을 잤군요! 이제 일어나야 해요! 스웨이트역에 도착했어요. 아직 갈 길이 멀답니다."

메리가 자리에서 일어나 졸린 눈을 뜨려고 애쓰는 동안 메들록 부인은 짐을 챙겼다. 메리는 부인을 돕겠다고 나서지 않았다. 인도에서는 원주민 하인이 항상 물건을 집거나 날랐고 그럴 때 다른 사람들은 지켜만 보는 게 예의였기 때문이다.

스웨이트역은 작았으며 두 사람 말고는 아무도 내리지 않는 듯했다. 역장이 메들록 부인에게 거칠지만 상냥한 말투로 말을 걸었는데, 메리는 그것이 요크셔 지방 사투리라는 것을 나중에 알았다.

역장이 말했다. "돌아오셨구먼요. 데려온다던 애가 그 애인가 보죠?"

메들록 부인이 어깨 너머로 메리를 휙 돌아보며 요크셔 억양으로 대답했다. "네, 맞아요. 부인은 잘 지내죠?"

"그럼요. 그 집 마차가 밖에서 기다리더구먼요."

사륜마차 한 대가 바깥의 작은 승강장 앞 도로에 서 있었다. 마차는 고급스러웠고 메리가 마차에 타는 걸 도와준 하인은 영리해 보였다. 하인의 긴 우비와 모자에 두른 방수천에서, 건장한 역장과 주변의 모든 사물에서 빗물이 반짝거리며 떨어졌다.

하인이 마부와 함께 마차에 짐을 싣고 문을 닫자 마차가 출발했다. 메리는 안락한 방석이 있는 구석 자리에 앉았지만 또 잠들고 싶지는 않았다. 메들록 부인이 말한 이상한 집으로 가는 길이 어떤 모습일지 궁금해 창밖을 내다보았다. 메리는 소심한 성격도 아니고 딱히 겁을 먹지도 않았지만, 백 개나 되는 방의 문이 거의 다 닫혀 있는 집, 그것도 황무지 끝에 지어진 집에서 도대체 무슨 일이 일어날지는 알 방법이 없었다.

"황무지가 뭐예요?"

메리가 갑자기 묻자 부인이 답했다.

"10분 정도 있다가 창밖을 보면 알게 될 거예요. 저택에 도착하려면 미셀 황무지를 8킬로미터쯤 가로질러 가야 하거든요. 밤이라 어두워서 잘 안 보이겠지만 뭔가 보이기는 할 거예요."

메리는 더 묻지 않고 어두운 구석 자리에서 창밖을 주시하며 기다렸다. 마차 등불이 조금 떨어진 앞쪽의 빛줄기를 비춘 덕분에 지나가는 풍경이 언뜻언뜻 보였다. 마차가 작은 마을을 지날 때는 하얗게 칠한 시골집과 주점의 불빛이 보였다. 교회와 목사관, 진열창에 장난감과 사탕, 특이한 물건을 전시해놓은 작은 가게도 지나쳤다. 그러다 마차가 큰길에 들어서자 산울타리와 나무가 보였다. 그러고는 오랫동안 같은 풍경이 이어졌다. 적어도 메리가 느끼기에는 긴 시간이었다.

제3장

마침내 마차의 말들이 언덕을 오르는 듯 속도가 느려졌고, 그때부터는 산울타리도 나무도 없었다. 어느 쪽 창문을 내다봐도 짙은 어둠뿐 아무것도 보이지 않았다. 메리가 몸을 앞으로 기울여 창문에 얼굴을 밀착한 순간, 마차가 덜컹하며 크게 흔들렸다.

"아, 황무지에 들어섰나 보네요." 메들록 부인이 말했다.

마차 등불이 비추는 노란 불빛에 덤불과 키 작은 풀 사이로 난 거친 길이 보이긴 했지만, 그 길도 곧 앞에 빙 둘러 펼쳐진 거대한 어둠 속에 파묻혀 사라졌다. 바람이 일면서 나지막하지만 사납게 돌진하는 듯한 특이한 소리를 냈다.

"설마, 바다는 아니죠?"

메리가 옆에 앉은 메들록 부인을 돌아보며 묻자 부인이 답했다.

"아니에요. 들판도, 산도 아니고요. 그냥 거친 땅이 몇 킬로미터나 펼쳐져 있을 뿐이에요. 히스나 가시금작화 같은 덤불만 자라고 야생 조랑말이나 양들만 사는 땅이죠."

"물이 있는지 모르겠지만 바다 느낌이 나요. 지금도 바닷소리 같은 게 들려요."

"덤불 사이로 부는 바람 소리예요. 내가 듣기에는 거칠고 음산하기만 한데 좋아하는 사람도 많아요. 히스꽃이 필 때는 특히 더 그렇죠."

마차는 어둠 속을 계속 달렸다. 비는 그쳤지만 바람이 마차 옆으로 쌩쌩 휘몰아치면서 이상한 소리를 냈다. 오르락내리락하는 길을 달리면서 작은 다리를 몇 번 건넜는데 그때마다 다리 밑에서 흐르는 거센 물살이 굉음을 냈다. 메리는 끝이 없는 길을 달리는 기분이 들었다. 황량하고 드넓은 황무지는 광활하고 검은 바다 같고, 길은 그 바다를 가로지르는 좁고 기다린 육지 같았다.

"난 이곳이 싫어, 싫다고." 메리는 혼잣말을 되뇌고는 얇은 입술을 더 꽉 다물었다.

마차의 말들이 언덕길을 오를 때 불빛 하나가 메리의 눈에 띄었다. 메들록 부인도 곧이어 불빛을 발견하고는 안도의 한숨을 길게 내쉰 뒤 반갑게 외쳤다.

"아, 드디어 저 빛이 보이는군요. 문지기 오두막 창문에서 새어 나오는 불빛이에요. 이제 조금만 더 가면 차를 마실 수 있겠네요."

부인이 말한 '조금만 더 가면'은 정문을 통과하고 나서도 3킬로미터에 달하는 진입로를 더 달려야 한다는 뜻이었다. 진입로 양쪽의 가로수들이 서로 닿을락 말락 할 정도로 우거져 마치 깊고 어두운 지하 묘지를 통과하는 것 같았다.

지하 묘지를 통과해 탁 트인 공간이 나오자, 마차는 돌로 된 안뜰을 따라 가로로 한없이 길게 이어졌지만 층수는 적은 저택 앞에 멈췄다. 처음에는 불 켜진 창문이 하나도 없는 줄 알았으나 마차에서 내리니 위층 구석방에서 희미한 불빛이 새어 나오는 게 보였다.

아주 거대한 출입문은 기묘한 모양의 대형 참나무판에 큰 장식용 쇠못이 점점이 박혀 있고 커다란 철봉이 여러 개 가로질러져 있었다. 문을 열자 엄청나게 넓은 현관이 나왔는데, 내부 불빛이 하도 침침해서 메리는 벽에 걸린 초상화의 얼굴이나 갑옷을 입은 동상 같은 것들과 눈을 맞추고 싶지 않았다. 현관 돌바닥에 선 메리는 자신이 주변과 안 어울리는 작고 초라한 검은 동상처럼 보였을뿐더러 낯선 곳에서 길을 잃은 아이처럼 보잘것없고 작게 느껴졌다.

일행에게 문을 열어준 하인 옆에는 마른 몸집의 노인이 단정한 모습으로 서 있었다.

"아가씨를 방으로 모셔다드리세요. 주인님은 아가씨를 만나기 싫으시답니다. 내일 아침에 런던에 가셔야 합니다."

노인이 약간 쉰 듯한 목소리로 말하자 메들록 부인이 답했다.

"알겠습니다, 피처 씨. 제가 해야 할 일을 알려주시면 뭐든 하겠습니다."

"메들록 부인, 부인이 할 일은 주인님을 방해하지 않고 주인님이 보기 싫어하는 것을 보지 않으시게 하는 겁니다."

메리 레녹스는 넓은 계단을 오르고 긴 복도를 통과해 몇 칸 안 되는 계단을 오른 뒤 다른 복도를 지난 다음 또 다른 복도를 지나고 나서야 어떤 방에 도착했다. 방문을 열자 불이 지

펴져 있고 식탁에는 저녁이 차려져 있었다.

메들록 부인이 다짜고짜 말했다.

"자, 여기예요! 이 방과 옆방이 앞으로 아가씨가 지낼 곳이니 이 공간에서 벗어나면 안 돼요. 절대로 잊지 말아요!"

그렇게 미셀스웨이트 저택에 도착한 메리 아가씨는 평생 이렇게까지 심술이 난 적이 또 있을까 싶었다.

제4장

마사

다음 날 아침, 메리는 방에 들어온 젊은 하녀가 벽난로 앞에 깔린 양탄자에 무릎을 꿇고 앉아 재를 긁어모으고 불을 지피는 요란한 소리에 잠에서 깼다. 잠시 누워서 하녀를 지켜보던 메리는 방을 둘러보기 시작했다. 생전 처음 보는 기이하고 음산한 방이었다. 벽을 온통 뒤덮은 태피스트리에는 숲속 풍경이 수놓여 있었다. 나무 아래에는 근사하게 차려입은 사람들이 있었고 저 멀리로는 성 꼭대기의 망루가 얼핏 보였다. 사냥꾼과 말, 개, 귀부인들도 있었다. 메리는 마치 그들과 함께 숲속에 있는 기분이 들었다. 창턱이 깊은 창문을 내다보니 넓은 오르막길이 보였다. 길에는 나무가 한 그루도 없어 마치 끝도 없이 지루하게 펼쳐진 자줏빛 바다 같았다.

"저게 뭐야?"

메리가 창밖을 가리키며 묻자 막 자리에서 일어난 젊은 하녀 마사도 같은 곳을 가리키며 말했다.

"저거요?"

"응."

마사가 온화한 미소를 지으며 말했다. "황무지예요. 맘에 드세요?"

"아니. 싫어." 메리가 대답했다.

마사가 다시 난로를 청소하며 말했다. "아직 낯설어서 그래요. 지금은 너무 넓고 휑해 보이겠지만 아가씨도 금방 좋아하게 될 거예요."

"넌 좋아?"

"암요, 좋고말고요." 마사가 난로 안에 있는 장작 받침대를 활기차게 닦으며 대답했다. "진짜 좋아요. 사실 절대 휑하지 않아요. 달콤한 향기가 나는 것들이 한가득 자라거든요. 봄여름에 가시금작화랑 금작화랑 히스꽃이 피면 얼마나 예쁜지 몰라요. 그때는 꿀 냄새랑 신선한 공기가 사방에 가득해요. 하늘도 높디높고 벌이랑 종달새가 윙윙거리고 짹짹거리는 소리는 또 얼마나 듣기 좋은데요. 아! 난 누가 뭐래도 절대 황무지를 안 떠날 거예요."

메리는 심각하고 어리둥절한 표정으로 마사가 하는 말을 들었다. 인도에서 흔히 본 원주민 하인들은 마사와 전혀 달랐다. 그들은 주인의 비위를 맞추고 굽신거리지 주인과 동등한 관계인 양 말하는 법이 절대 없었다. 주인에게는 고개를 조아렸고 주인을 '가난한 자들의 보호자'나 그 비슷한 이름으로 불렀다. 인도의 하인에게는 부탁이 아니라 명령을 했다. 하인에게 '부탁해'나 '고마워'라고 말하는 건 관례에 어긋났고, 메리도 화가 날 때마다 아야의 뺨을 때렸다. 메리는 뺨을 때리면 마사가 어떻게 반응할지 살짝 궁금해졌다. 마사는 통통하고 뺨이 발그레하니 선량한 인상이었지만 강단이 있어 보여 저도 같이 뺨을 때릴지도 몰랐다. 저를 때린 사람이 어린애더라도 말이다.

"넌 하녀답지 않게 이상하구나."

메리가 베개에 기댄 채 다소 거만하게 말하자, 마사가 청소용 솔을 든 채 무릎을 꿇고 똑바로 앉아서는 성난 기색이 조금도 없이 웃었다.

"네, 알아요. 미셀스웨이트 저택에 주인마님이 계셨다면 난 하급 가정부조차 못 됐을 거예요. 식모 정도는 됐겠지만 그래도 위층으로는 절대 못 올라왔을걸요. 너무 천한 데다 요크셔 억양이 심하거든요. 근데 이 집은 크기만 크고 참 이상해요. 주인님과 주인마님은 없고 꼭 피처 씨랑 메들록 부인만 있는 것 같다니까요. 크레이븐 주인님은 집에 계실 때는 도통 뭘 하질 않으세요. 어차피 집에 거의 안 계시지만요. 어쨌든 메들록 부인이 고맙게도 특별히 나한테 일자리를 준 거예요. 다른 대저택 같았으면 어림도 없는 일이라고 하면서요."

"네가 내 하녀가 되는 거니?"

메리가 인도에서 하던 대로 거만하게 묻자 마사가 다시 장작 받침대를 문지르더니 단호하게 말했다.

"난 메들록 부인의 하녀예요. 메들록 부인은 주인님의 하녀고요. 그래도 위층의 집안일을 돕고 아가씨 시중을 조금 들긴 할 거예요. 시중 들 일이 많지는 않겠지만요."

"그럼 내 옷은 누가 입혀줘?"

메리가 따지듯 묻자 마사는 다시 무릎을 꿇고 똑바로 앉아 메리를 빤히 쳐다보았다. 그러고는 놀랍다는 듯 한층 강한 요크셔 억양으로 말했다.

"지 옷가지도 혼자 못 입는다요!"

"무슨 말이야? 못 알아듣겠어."

"아! 깜빡했네요. 아가씨가 내 말을 못 알아들을 테니 조심하라고 메들록 부인이 주의를 주었는데 말이죠. 아가씨는 혼자 옷을 못 입느냐는 뜻이었어요."

"못 입어. 한 번도 입어본 적 없어. 아야가 늘 입혀줬으니까."

메리가 분한 목소리로 내뱉었지만, 마사는 자기가 무례하다는 생각은 조금도 안 하고 또박또박 대꾸했다.

제4장

"그럼 이제 배워야 해요. 다시 아기로 돌아갈 순 없잖아요. 자신을 돌볼 줄 알면 아가씨한테도 좋아요. 우리 엄마는 높으신 분들의 애들이 바보 멍청이가 안 되는 게 신기하대요. 유모가 돌봐주지, 씻겨주지, 입혀주지, 강아지처럼 산책도 시켜주잖아요!"

"인도에서는 그렇게 생각 안 해." 메리가 무시하는 말투로 말했다. 메리는 마사가 하는 말을 도저히 받아들일 수 없었다.

그러나 마사는 기가 죽기는커녕 오히려 측은하다는 듯 말했다.

"아! 다른 거 알아요. 아마 점잖은 백인보다 흑인이 훨씬 많기 때문일 거예요. 인도에서 오신다고 하길래 난 아가씨도 흑인인 줄 알았다니까요."

메리는 침대에 벌떡 일어나 앉으며 버럭 화를 냈다.

"뭐? 지금 뭐랬어! 내가 원주민인 줄 알았다고? 이……이 돼지의 딸 주제에!"

마사는 놀라서 메리를 빤히 쳐다보며 저도 화가 나 얼굴을 붉혔다.

"지금 나한테 욕한 거예요? 그렇게 화낼 거 없어요. 귀한 아가씨가 그런 말을 쓰면 안 되죠. 난 흑인들한테 악감정 같은 건 없어요. 교회 책자에도 흑인은 신앙심이 아주 깊다고 나온다고요. 흑인도 우리와 같은 인간이라고 배웠고요. 아가씨가 온다길래 난생처음 흑인을 보겠구나 싶어 얼마나 기뻤는데요.

그래서 오늘 아침에 불을 피우러 왔을 때 아가씨를 보려고 침대에 다가가 조심스레 이불을 걷어 올렸어요. 근데 아가씨도 나처럼 흑인이 아니더라고요. 낯빛이 노리끼리하기만 하고."
마사는 실망한 목소리로 말을 끝맺었다.

메리는 이제 분노와 수치심을 억누르려 애쓰지도 않았다.
"내가 원주민인 줄 알았다니! 네가 감히! 원주민이 뭔지 아무것도 모르면서! 원주민은 사람이 아니야. 주인한테 고개 숙여 절해야 하는 하인이라고. 네가 인도에 대해 뭘 안다고 그래. 인도든 뭐든 아는 게 하나도 없잖아!"

메리는 주체할 수 없이 화가 치밀었지만, 마사의 순진한 눈빛을 받자 한없이 무력해졌다. 그러다 갑자기 왠지 모를 지독한 외로움을 느꼈다. 모든 것이 이해되고 무엇을 하든 이해를 받던 세상에서 너무나 멀리 떠나왔다는 생각에 메리는 냅다 베개에 얼굴을 파묻고 심하게 흐느끼기 시작했다. 메리가 목 놓아 엉엉 울자 사람 좋은 요크셔 토박이 마사는 겁도 좀 나고 미안한 마음이 들어 침대로 다가가 메리를 들여다보며 간청했다.

"어, 거기서 그렇게 울면 안 돼요! 정말 그러면 안 돼요. 난 아가씨가 그렇게 화낼 줄 몰랐어요. 아가씨 말대로 난 아는 게 하나도 없잖아요. 죄송해요, 아가씨. 이제 그만 우세요."

마사의 이상한 요크셔 억양과 다부진 태도에는 어딘가 편안하고 친근한 느낌이 있어 메리에게 효과가 있었다. 메리는 점차 울음을 멈추고 마음을 가라앉혔고, 마사도 안도하는 표정으로 말했다.

"이제 일어나야 해요. 메들록 부인이 요 옆방으로 아가씨가 드실 아침과 차와 저녁을 나르라고 하셨어요. 옆방을 아가씨를 위한 놀이방으로 만들었대요. 침대에서 내려오면 옷 입는 거 도와줄게요. 단추가 뒤쪽에 있어서 혼자 단추를 채울 수 없는 옷은요."

메리가 마침내 침대에서 일어나자 마사는 메리가 전날 밤 메들록 부인과 도착했을 때 입었던 것과는 다른 옷을 옷장에서 꺼냈다.

"그건 내 옷이 아니야. 내 옷은 검은색인데."

메리는 두툼한 흰색 모직 외투와 원피스를 훑어보고는 쌀쌀맞게 덧붙였다.

"내 옷보다 좋네."

"여기서는 이 옷을 입어야 해요. 주인님이 메들록 부인한테 런던에서 사오라고 시키셨대요. '검은 옷을 입은 아이가 길 잃은 영혼처럼 집 안을 돌아다니게 둘 순 없다'고 하셨대요. '그러면 집 안 분위기가 더 우울해질 테니 색깔 옷을 입히시오'라고 하시면서요. 우리 엄마는 주인님 뜻이 뭔지 알겠대요. 엄마는 누가 무슨 말을 하면 그게 무슨 뜻인지 다 알아요. 엄마도 검은색 옷을 안 좋아하고요."

"나도 검은색이 진짜 싫어." 메리가 말했다.

옷을 입고 입히면서 메리와 마사는 둘 다 새로운 사실을 배웠다. 마사는 동생들이 옷을 입을 때 '단추를 채워준' 적은 있지만, 마치 손발이 없는 양 남이 다 해주길 가만히 기다리는 아이는 메리가 처음이었다.

"왜 신발을 직접 안 신어요?" 메리가 말없이 발을 내밀자 마사가 물었다.

메리는 마사를 빤히 쳐다보며 답했다. "아야가 항상 신겨 줬으니까. 그게 관례였어."

메리는 이 말을 자주 했다. 인도에서 하인들이 늘 하던 말이었다. 누가 조상들이 천 년 동안 하지 않은 일을 시키면 원주민 하인들은 부드러운 눈길로 가만히 바라보며 "그건 관례가 아닙니다"라고 했고, 그러면 그 일은 시킬 수 없었다.

지금까지 메리 아가씨에게는 남이 입혀주는 동안 인형처럼 서서 가만히 있는 것 말고는 아무것도 하지 않는 게 관례였다. 그러나 아침 먹을 준비를 마치기도 전에 메리는 이 저택에서 지내는 동안 결국 신발과 스타킹 신기, 떨어진 물건 줍기 등 아주 낯선 일들을 배우게 되지 않을까 하는 의구심이 들었다. 물론 마사가 젊고 훌륭한 귀부인을 모시는 교육을 잘 받은 하녀였다면 더 순종적이고 공손했을 테고, 메리의 머리를 빗겨주고 장화의 단추를 채워주며 메리가 떨어뜨린 물건을 주워 치워놓는 게 자기 일이라는 걸 알았을 것이다. 그러나 마사는 줄줄이 태어난 형제자매들과 황무지 오두막에서 자라며 교육을 받지 못한 요크셔 시골뜨기였다. 그 집 아이들은 자신뿐 아니라 젖먹이 동생이나 이제 막 걸음마를 배워 여기저기서 넘어지는 동생들을 돌보는 게 너무도 당연해서 그밖의 삶은 꿈꿔본 적도 없었다.

잘 웃는 아이였다면 마사의 수다를 듣고 웃었겠지만, 메리 레녹스는 냉랭한 표정으로 듣기만 할 뿐 마사의 거침없는 태도를 의아해하기만 했다. 그렇게 처음에는 전혀 관심이 없었지만 마사의 수더분하고 따뜻한 말투에 점차 호기심이 생긴 메리는 어느덧 마사 이야기에 집중하기 시작했다.

"아! 아가씨도 내 동생들을 다 한번 봐야 한다니까요. 식구가 열둘이나 되는데 아빠는 일주일에 16실링밖에 못 버세요. 엄마는 그 돈으로 온 식구를 먹일 귀리죽을 끓이느라 애를 먹으시죠. 우리 집 애들은 종일 황무지에서 뒹굴며 놀아서 엄마는 애들이 황무지 공기를 마시고 살찐다고 하세요. 야생 조랑말이랑 같은 풀을 먹고 자란다고도 하시고요. 디콘이라고 열두 살 먹은 남동생이 있는데요. 걔가 자기 거라면서 보살피는 조랑말이 한 마리 있어요."

"어디서 구했는데?"

"새끼 때 어미랑 같이 있는 걸 황무지에서 발견한 뒤로 빵 조각도 주고 어린 풀도 뜯어 주면서 친구가 되었어요. 녀석도 디콘이 마음에 들었는지 졸졸 따라다니더니 등에 올라타게도 해주더라고요. 워낙 착한 애라 동물들이 잘 따라요."

메리는 애완동물을 한 번도 안 키워봤지만 키우고 싶다는 생각은 늘 해서 디콘에게 약간 관심이 생겼다. 저 말고는 누구에게도 관심을 가져본 적 없던 메리에게 건강한 정서가 싹트기 시작한 것이다. 메리를 위해 꾸몄다는 놀이방은 들어가 보니 잠자는 방과 크게 다르지 않았다. 아이의 방이라기보다는 우울한 느낌이 드는 오래된 그림이 벽에 걸려 있고, 육중하고 오래된 참나무 의자가 있는 어른의 방이었다. 방 한가운데에 놓인 식탁에는 아침상이 풍성하게 차려져 있었다. 그러나 메리는 늘 입맛이 없는 편이라 마사가 앞에 놓은 첫 번째 그릇을 무심하다 못해 냉담한 눈길로 바라보았다.

"먹기 싫어."

"귀리죽이 싫다고요?" 마사가 믿을 수 없다는 듯 외쳤다.

"싫어."

"이게 얼마나 맛있는데요. 당밀이나 설탕을 조금 넣어봐요."

"먹기 싫다고." 메리가 다시 말했다.

"아이고! 이 맛있는 음식이 버려지는 꼴은 도저히 못 보겠네요. 우리 집 애들이 여기 있었다면 그릇 바닥까지 싹싹 긁어먹는 데 5분도 안 걸릴 거라고요."

"왜?" 메리가 쌀쌀맞게 물었다.

"왜라뇨! 태어나서 지금껏 뭘 배불리 먹은 적이 거의 없으니까 그렇죠. 늘 새끼 매나 새끼 여우처럼 굶주려 있다고요."

"난 배고픈 게 뭔지 몰라."

제4장

메리가 정말 몰라서 무심하게 말하자 마사는 화난 얼굴로 거침없이 말했다.

"어쨌든 아가씨한테 좋은 거니 맛이라도 보세요. 그건 내가 장담해요. 난 멀쩡한 빵과 고기를 앉아서 쳐다만 보는 사람들을 보면 도무지 못 참겠어요. 세상에! 디콘이랑 필이랑 제인이랑 딴 애들이 앞치마에 이 음식을 싸가면 좋으련만."

"네가 가져다주지 그래?"

메리의 제안에 마사가 단호하게 대답했다.

"이건 내 것이 아니잖아요. 게다가 오늘은 쉬는 날도 아니고요. 다른 하인들처럼 나도 한 달에 한 번 쉬거든요. 그런 날은 집에 가서 엄마가 좀 쉬게 집 청소를 하죠."

메리는 차를 몇 모금 마시고 작은 토스트에 마멀레이드를 조금 발라 먹었다.

마사가 말했다. "따뜻하게 입고 나가서 노세요. 그럼 건강에도 좋고 배가 고파져서 고기 생각도 날 거예요."

메리는 창가로 가서 밖을 내다보았다. 정원과 산책로와 큰 나무들이 있었지만 모든 게 칙칙하고 싸늘한 느낌이 들었다.

"나가라고? 이런 날에 왜 나가야 하는데?"

"글쎄요. 안 나가면 집 안에만 있어야 하는데, 그럼 여기서 무얼 하시려고요?"

메리는 마사를 흘끗 돌아보았다. 할 일이 없기는 했다. 메들록 부인은 놀이방을 꾸밀 때 놀잇감을 준비할 생각은 하지 않은 모양이었다. 나가서 정원 구경을 하는 게 나을지도 몰랐다.

"누가 같이 갈 건데?"

메리가 묻자 마사는 메리를 빤히 보며 답했다.

"혼자 가셔야죠. 다른 아이들처럼 형제자매가 없어도 노는 법을 배우셔야 해요. 우리 디콘은 혼자 황무지에서 몇 시간이고 놀아요. 조랑말이랑도 그러다 친구가 됐죠. 황무지에는 디콘을 아는 양들도 있고 디콘의 손에 있는 먹이를 먹으러 오는 새들도 있어요. 먹을 게 아무리 없어도 디콘은 항상 저 먹을 빵을 조금 남겨서 친한 동물들에게 주거든요."

자신은 의식하지 못했지만, 메리가 외출을 결심한 건 사실 디콘의 이야기 때문이었다. 밖에 나가면 조랑말이나 양은 없을지 몰라도 새는 있을 것이다. 인도의 새와는 다를 테니 구경하면 재미있을 것 같았다.

마사는 메리에게 외투와 모자, 튼튼하고 작은 장화 한 켤레를 찾아주었고, 계단을 내려가는 길을 안내해주었다.

마사가 줄지어 자란 관목숲으로 난 문을 가리키며 말했다. "저쪽으로 놀아가면 정원이 나올 거예요. 여름에는 꽃이 많이 피는데 지금은 하나도 안 피었어요." 마사는 잠시 망설이는 듯하더니 덧붙였다. "정원 하나는 문이 잠겨 있어요. 거긴 10년 동안 아무도 들어가지 않았어요."

"왜?" 메리가 자기도 모르게 물었다. 이 이상한 집에는

제4장

잠긴 문이 백 개가 아니라 하나 더 있다는 뜻이었다.

"주인마님이 너무 갑작스럽게 돌아가시고 나서 주인님이 잠갔어요. 아무도 못 들어가게 하려고요. 마님의 화원이었거든요. 문을 잠근 뒤 구덩이를 파서 열쇠를 묻으셨죠. 메들록 부인이 종을 울리시네. 이만 가볼게요."

마사가 떠난 뒤 메리는 관목숲 문이 있는 곳까지 길을 따라 걸어갔다. 10년 동안 아무도 들어가지 않았다는 화원 생각이 머리를 떠나지 않았다. 메리는 그 화원이 어떤 모습일지, 아직 살아 있는 꽃이 있을지 궁금했다. 관목숲 문을 통과하니 커다란 정원이 나왔다. 정원에는 넓은 잔디밭과 길 양쪽으로 덤불을 손질해 경계로 삼은 구불구불한 산책로가 있었다. 나무며 화단이며 이상한 모양으로 다듬어놓은 상록수들도 있었고, 한가운데에 오래된 회색 분수가 있는 큰 연못도 보였다. 그러나 화단은 꽃 하나 없이 썰렁했고 분수대도 작동하지 않았다. 이곳은 문이 잠긴 화원이 아니었다. 어떻게 화원을 잠글 생각을 했을까? 정원은 언제든 걸어 다닐 수 있는 곳인데 말이다.

이런 생각을 하며 걸어가는데 길 끝에 담쟁이덩굴이 타고 올라간 긴 담장 같은 게 보였다. 메리는 영국 문화가 낯설어 몰랐지만 담장 뒤에는 채소와 과일을 키우는 텃밭이 있었다. 담장 쪽으로 다가가니 담쟁이덩굴 사이로 초록색 문이 열려 있는 게 보였다. 들어갈 수 있는 걸로 보아 이곳도 잠긴 화원이 아니었다.

문을 통과하니 담으로 빙 둘러싸인 정원이 나왔는데, 다른 정원 몇 개와 문으로 연결된 듯 보였다. 메리는 정원 안에서 초록색 문을 또 하나 발견했다. 열린 문 너머에 겨울 채소용 밭들 사이로 길을 내고 덤불을 심은 정원이 보였다. 과일나무는 담벼락에 붙어 고르게 자라도록 손질되어 있었고 몇몇 텃밭에는 유리 온실이 설치되어 있었다. 메리는 텅 비어서 볼품없다고 생각하며 주변을 가만히 둘러보았다. 초록빛이 무성한 여름에는 괜찮을지 몰라도 지금은 예쁘다고 할 만한 구석이 하나도 없었다.

그때 어깨에 삽을 둘러멘 노인이 초록색 문으로 두 번째 정원에서 걸어 나왔다. 노인은 메리를 보고 깜짝 놀라더니 인사의 표시로 모자에 손을 가져다 댔다. 무뚝뚝해 보이는 노인은 메리가 전혀 반갑지 않은 눈치였지만, 노인이 가꾸는 정원이 못마땅해 특유의 '심술쟁이' 표정을 짓고 있는 메리도 그가 반갑지 않기는 마찬가지였다.

"여긴 뭐 하는 데야?" 메리가 물었다.

"주방 텃밭이요."

"지긴 뭐야?"

메리가 다른 초록 문을 가리키며 묻자 노인이 퉁명스럽게 답했다.

"저기도 같아요. 담 너머에 하나 더 있고 그 너머는 과수원이에요."

"들어가도 돼?"

"가고 싶으면요. 볼 것도 없겠지만."

메리는 아무 대꾸도 하지 않고 두 번째 초록 문을 통과했다. 문 안의 정원도 담으로 둘러싸여 있었고 겨울 채소와 유리온실이 있었다. 이 정원의 담에도 초록 문이 있었지만 이번에는 문이 닫혀 있었다. 10년 동안 아무도 들어가지 않았다는 화원일지도 몰랐다. 메리는 소심하지 않아서 하고 싶은 건 뭐든 했으므로 초록 문으로 다가가 손잡이를 잡고 돌렸다. 비밀에 싸인 그 화원이라 문이 열리지 않길 바랐지만 문은 아주 쉽게 열렸고, 들어가 보니 과수원이었다. 과수원도 사방이 담으로 둘러싸여 있었고, 담에 붙어 자라도록 가꾼 과일나무들이 갈색빛 겨울 잔디에서 앙상한 모습으로 서 있었다. 하지만 아무리 둘러봐도 초록 문은 보이지 않았다. 초록 문을 찾아 과수원 위쪽 끝까지 가니, 담장이 과수원 너머까지 이어져 건너편 공간을 둘러싼 듯 보였다. 담장 위로 건너편 나무들의 꼭대기가 보였고, 유심히 들여다보니 그중 한 나무의 제일 높은 가지에 가슴 털이 새빨간 새 한 마리가 앉아 있었다. 새는 메리를 발견하고는 말을 거는 듯 갑자기 겨울 노래를 지저귀기 시작했다.

메리는 새의 노랫소리에 가만히 귀를 기울였다. 활기차고 친근한 작은 휘파람 같은 새소리에 왠지 기분이 좋아졌다. 성질 고약한 여자애도 외로움을 탈 수 있었다. 방마다 문이 굳게 닫힌 대저택과 드넓고 황량한 황무지와 크고 헐벗은 정원에 둘러싸이니 메리는 세상에 혼자만 남은 것 같은 기분이 들었다. 이런 환경에서는 사랑받는 데 익숙한 살가운 아이는 가슴이 찢어질 듯 괴로운 게 당연했고, '심술쟁이 아가씨 메리'도 쓸쓸할 수밖에 없었다. 그런데 가슴 색이 선명한 작은 새가 메리의 시큰둥해하는 작은 얼굴에 미소에 가까운 표정이 떠오르게 해준 것이다. 메리는 새가 날아갈 때까지 노랫소리에 귀를 기울였다. 인도의 새와는 다른 그 새가 마음에 든 메리는 다음에 또 볼 수 있을지 궁금했다. 신비한 그 화원에 살면서 화원을 속속들이 아는 새일 수도 있었다.

메리가 방치된 그 화원 생각을 떨칠 수 없었던 건 달리 할 일이 없었기 때문인지도 몰랐다. 어쨌거나 메리는 그 화원이 궁금했고 어떤 곳인지 직접 보고 싶었다. 고모부는 왜 열쇠를 땅에 묻었을까? 고모를 그렇게 사랑했으면서 고모의 화원은 왜 그렇게 싫어했을까? 메리는 고모부를 만날 날이 오기는 할까 궁금했지만, 만나면 둘 다 서로를 마음에 안 들어 할 게 뻔했다. 물론 메리는 왜 그런 이상한 짓을 했는지 물어보고 싶은 마음이 굴뚝같아도 분명 입을 꾹 다문 채 고모부를 빤히 바라보기만 할 것이다.

메리는 속으로 생각했다. '사람들이 날 좋아할 리는 절대 없고 나도 사람들이 정말 싫어. 게다가 난 크로포드가 애들처럼은 절대 못 해. 그 애들은 늘 시끄럽게 떠들고 웃잖아.'

그러다 조금 전 자신에게 노래를 들려준 울새와 울새가 앉아 있던 나무 꼭대기가 떠올라 가던 길을 우뚝 멈춰 서서는 혼잣말을 했다.

"그 나무가 있는 곳이 바로 비밀의 화원일 거야. 확실해. 그곳을 둘러싼 담에는 문이 없었어."

메리가 처음 갔던 텃밭으로 돌아가니 아까 본 노인이 땅을 파고 있었다. 메리는 옆으로 다가가 특유의 쌀쌀맞은 눈빛으로 노인을 잠시 지켜보았다. 노인이 못 본 척 무시하자 결국 메리가 먼저 말을 걸었다.

"다른 정원에 가봤어."

"누가 말렸나요." 노인이 퉁명스럽게 말했다.

"과수원에도 들어갔어."

"문지기 개도 없으니 물릴 일도 없고요."

"근데 거기는 다른 정원으로 통하는 문이 없었어."

"무슨 정원이요?" 노인이 땅파기를 잠시 멈추고 거친 목소리로 물었다.

"담 너머 정원. 거기 나무들이 있었어. 꼭대기를 봤는데 맨 위 가지에 가슴 털이 빨간 새 한 마리가 앉아 노래를 불렀어."

그러자 놀랍게도 햇볕에 그을리고 무뚝뚝하며 거친 노인의 얼굴이 확 달라졌다. 온 얼굴에 미소가 서서히 번지면서 완전히 다른 표정이 되었다. 그 모습에 메리는 노인이 미소를 지으면 얼마나 다정해 보일지 궁금해졌다. 그런 생각을 한 것은 처음이었다.

노인은 과수원 쪽으로 돌아서서 낮고 부드러운 음조로 휘파람을 불기 시작했다. 메리는 이렇게 무뚝뚝한 남자가 어떻게 그런 매혹적인 소리를 낼 수 있는지 도통 이해되지 않았다.

바로 그 순간, 놀라운 일이 일어났다. 허공을 가르며 돌진하는 작고 부드러운 날갯짓 소리가 들렸다. 가슴이 빨간 그 새가 둘을 향해 날아오는 소리였다. 새는 정말로 정원사의 발치에 쌓인 큰 흙더미 위에 내려앉았다.

노인은 피식 웃고는 아이를 대하듯 새에게 말을 걸었다.

"왔구나. 어디 갔었니, 이 건방진 꼬마야. 어제까지 안 보이더니. 짝짓기를 벌써 시작한 게야? 녀석, 성급하기는."

새는 작은 머리를 갸웃하며 까만 이슬방울처럼 매끄럽고 빛나는 눈동자로 노인을 올려다보았다. 길든 새인 양 두려워하는 기색이 전혀 없었다. 깡충깡충 뛰어다니며 씨앗과 곤충을 찾아 땅을 힘차게 쪼아댔다. 그 모습이 너무 예쁘고 쾌활할 뿐 아니라 사람처럼 보여 메리는 묘한 감정이 들었다. 새는 작고 통통한 몸과 섬세한 부리, 가느다랗고 우아한 다리가 매력적이었다.

"할아버지가 부르면 항상 와?" 메리가 속삭이다시피 작은 소리로 물었다.

"암요, 오고말고요. 녀석이 막 날갯짓할 때부터 알고 지냈거든요. 원래 다른 정원 둥지에 있던 녀석인데 담장을 넘어 날아오더라고요. 근데 너무 약해서 며칠 동안 돌아가지 못하고 머물면서 나랑 친해졌어요. 그러다 둥지로 돌아갔는데 다른 새끼들이 다 어딘가로 가버린 거예요. 외로워서 나한테 돌아온 거죠."

"무슨 종이야?" 메리가 물었다.

"몰랐어요? 붉은가슴울새라고 세상에서 제일 다정하고 호기심이 많은 새예요. 개만큼 사람을 좋아해서 개랑 잘 지내면 얘랑도 친해질 수 있어요. 저기 좀 봐요. 바닥을 쪼아대면서 방금 우릴 돌아보잖아요. 지금 또 보네요. 우리가 자기 얘기를 하는 줄 아는 거예요."

메리는 노인의 모습이 그렇게 신기할 수 없었다. 노인은 기특해하는 마음과 애정이 담긴 눈길로 선홍색 조끼를 입은 작고 통통한 새를 바라보았다.

노인이 빙긋 웃으며 말했다. "자만심이 강한 녀석이에요. 사람들이 자기 이야기를 하면 좋다고 듣고 있어요. 궁금한 건 또 얼마나 많은지 이렇게 호기심 많고 참견하기 좋아하는 새는 세상에 없을걸요. 내가 뭘 심기만 하면 구경하러 오질 않나. 크레이븐 주인님은 귀찮아서 절대 궁금해하지 않는 일까지 얘는 다 알아요. 수석 정원사나 다름없죠."

울새는 바쁘게 흙을 쪼아대며 깡충거리다가 가끔 한 번씩 멈춰 서서 두 사람을 힐끗 쳐다보았다. 메리는 울새가 까만 이슬방울 같은 눈동자로 뭐가 그리 궁금한지 자기를 빤히 바라보는 것 같았다. 마치 메리에 관해 뭐든 다 알아내려는 듯했다. 그 모습에 메리의 마음에 싹텄던 묘한 감정은 한층 더 커졌다.

"다른 새끼들은 어디로 날아갔어?" 메리가 물었다.

"모르죠. 부모 새가 새끼들을 둥지에서 내몰아 날게 하면 어느새 뿔뿔이 흩어져버리니까요. 얘는 영리해서 자기가 외롭다는 것도 알지만요."

메리 아가씨는 한 걸음 더 다가가 울새를 물끄러미 바라보며 말했다.

"나도 외로운데."

메리는 늘 심술부리고 짜증 내는 게 외로움 때문이란 걸 지금껏 몰랐다. 울새와 서로를 바라보는 지금에야 메리는 그 사실을 알 것 같았다.

노인은 대머리에 모자를 다시 쓰고는 메리를 잠시 바라보았다.

"인도에서 온 아가씨 맞나요?"

노인이 묻자 메리는 고개를 끄덕였다.

"그럼 외로운 게 당연하쥬. 앞으로 더 외로워질 거구먼요."

노인은 검고 비옥한 텃밭의 흙 속 깊숙이 삽을 꽂으며 다시 땅을 파기 시작했고 그동안 울새는 바쁘게 총총 뛰어다녔다.

"할아버지는 이름이 뭐야?"

메리가 묻자 노인이 허리를 펴고 서며 대답했다.

"벤 웨더스태프요." 그러고는 무뚝뚝한 얼굴로 빙긋 웃으며 덧붙였다. "나도 외로워요. 이 녀석과 있을 때만 빼고요." 벤 노인은 엄지를 휙 움직여 울새를 가리키며 말했다. "내 유일한 친구죠."

"난 친구가 하나도 없어. 전에도 없었고. 아야도 날 좋아하지 않아서 누구랑 놀아본 적이 한 번도 없어."

요크셔 사람들은 자기 생각을 있는 그대로 솔직하게 말하는 버릇이 있었는데, 벤 웨더스태프도 요크셔 황무지에서 나고 자란 토박이였다.

벤 노인이 말했다. "아가씨는 나랑 많이 닮았구먼요. 같은 부류랄까. 둘 다 생긴 것도 그저 그렇고, 생긴 것만큼 성격도 무뚝뚝하죠. 장담하는데 아가씨도 나처럼 성질이 고약할걸요."

솔직한 말이었다. 메리 레녹스는 지금껏 누구에게도 그런 솔직한 말을 들어본 적이 없었다. 원주민 하인들은 메리가 뭘 하든 늘 예의를 지켰고 순종했다. 메리는 제 외모를 특별히 생각해보지 않았지만, 자기가 벤 웨더스태프만큼 못생겼는지, 울새가 오기 전의 벤 노인처럼 무뚝뚝해 보이는지 궁금했다. 자기가 정말 '성질이 고약'한지도 궁금해지기 시작했다. 편한 마음은 아니었다.

그때 갑자기 물이 찰랑대는 맑은 소리가 근처에서 작게

들렸다. 메리가 뒤를 돌아보니 울새가 날아와 어린 사과나무 가지에 앉아 노래 한 소절을 부르는 소리였다. 메리는 사과나무에서 1미터쯤 떨어진 곳에 서 있었다. 그 모습에 벤 웨더스태프가 대놓고 껄껄 웃었다.

"울새가 왜 저런 거야?"

메리가 묻자 벤 노인이 답했다.

"아가씨랑 친구가 되기로 마음을 먹었구먼요. 아가씨를 마음에 들어 하는 게지. 틀림없다니까요."

"나를?"

메리는 작은 사과나무 쪽으로 조심스럽게 다가가 위를 올려다보았다.

"나랑 친구가 될래? 그럴래?"

마치 사람에게 말을 거는 듯한 말투였다. 게다가 평소처럼 딱딱하거나 인도에서 쓰던 거만한 말투가 아니었다. 메리의 목소리가 어찌나 부드럽고 간절하며 다정하던지 벤 웨더스태프는 메리가 벤의 휘파람 소리를 듣고 놀란 것처럼 깜짝 놀라 외쳤다.

"아니, 까탈스러운 할멈이 아니라 진짜 애처럼 살갑게 말할 줄도 아네요. 디콘이 황무지에서 들짐승들한테 그 비슷하게 말하던데."

"디콘을 알아?" 메리가 벤 노인을 다급하게 휙 뒤돌아보며 물었다.

"모르는 사람이 없죠. 워낙 사방팔방 안 돌아다니는 데가 없는 애니까. 산딸기랑 히스꽃도 디콘을 알걸요. 장담하는데 여우도 디콘한테는 제 새끼들 있는 곳을 보여줄 거예요. 종달새도 둥지를 안 감추고요."

메리는 묻고 싶은 게 많았다. 버려진 화원만큼이나 디콘도 무척 궁금했다. 하지만 바로 그때 노래를 끝낸 울새가 날개를 살짝 퍼덕이다 활짝 펴고 날아갔다. 벤 노인을 보러 잠시 왔지만 다른 할 일이 있는 모양이었다.

"담장 너머로 날아갔어! 과수원으로 갔어…… 담을 하나 더 넘어서…… 문이 없는 정원으로 들어갔어!"

메리가 울새를 보며 외치자 벤 노인이 말했다.

"거기 살아요. 거기서 알도 깨고 나왔고. 녀석이 짝짓기하려고 알랑거리는 울새 아가씨도 거기 있는 오래된 장미나무에서 살아요."

"장미나무? 장미나무가 있어?"

벤 노인은 다시 삽을 들고 땅을 파기 시작했다. 그러면서 중얼거렸다.

"10년 전에는 있었죠."

"장미나무를 보고 싶어. 그 초록 문은 어디 있어? 어딘가에 문이 있을 텐데."

벤 노인은 삽을 깊숙이 꽂아 넣고는 메리를 처음 만났을 때처럼 무뚝뚝한 표정으로 말했다.

"10년 전에는 있었지만 지금은 없어요."

"문이 없다고! 없을 리가 없잖아."

"그 문은 아무도 못 찾아요. 남이 상관할 일도 아니고요. 참견할 이유도 없으면서 괜히 오지랖 넓게 끼어들지 말아요. 자, 난 일하러 가야 하니까 아가씨도 그만 가서 놀아요. 이럴 시간 없네요."

벤 노인은 정말로 땅을 파다 말고 삽을 어깨에 휙 둘러메고는 메리에게 눈길조차 주지 않고 작별 인사도 하지 않은 채 훌쩍 떠나버렸다.

제5장

복도에서 들리는 울음소리

처음에는 날마다 똑같은 일과가 반복되었다. 매일 아침 태피스트리가 걸린 방에서 깨어나면 마사가 무릎을 꿇고 벽난로에 불을 지피고 있었고, 재미라고는 하나도 없는 놀이방에서 아침을 먹고 나면 사방으로 펼쳐져 하늘과 맞닿은 듯한 드넓은 황무지를 내다보았다. 메리는 그렇게 잠시 창밖을 바라보다가 집에만 있으면 아무 할 일이 없다는 걸 깨닫고 밖으로 나갔다. 메리는 몰랐지만 집 밖에 나간 건 메리에게 더없이 좋은 선택이었다. 오솔길과 진입로를 따라 걷거나 달려 나갈 때 메리의 피는 더 빠르게 흘렀고, 황무지를 휩쓸며 불어오는 바람을 맞으면서 메리의 몸은 더 튼튼해졌다. 사실 메리는 그저 몸을 덥히려고 뛰었을 뿐이고, 마치 보이지 않는 거인처럼 얼굴에 달려들고 으르렁거리며 막아서는 바람이 정말 싫었다. 그러나 메리는 전혀 깨닫지 못했어도, 히스 덤불 위로 부는 거칠고 신선한 바람은 메리의 야윈 몸에 유익한 무언가를 폐에 가득 채웠고, 메리의 뺨을 붉게 물들였으며, 생기 없던 눈을 반짝반짝 빛나게 했다.

그러던 어느 날 아침, 며칠을 종일 집 밖에서 지낸 메리는 잠에서 깨면서 배고픔을 느꼈고, 식탁에 앉아서는 내키지 않는 얼굴로 밀어내던 전과 달리 숟가락을 들고 귀리죽을 싹싹 먹었다.

"오늘은 죽이 입맛에 맞나 봐요?"

마사가 묻자 메리도 조금 놀라면서 말했다.

"오늘은 맛있어."

"황무지 공기 덕분에 입맛이 도는 거예요. 입맛만 있는 게 아니라 먹을 것도 있으니 얼마나 다행이에요. 우리 열두 아이는 식욕은 있는데 먹을 게 없거든요. 매일 밖에서 놀다 보면 마른 몸에 살도 좀 붙고 누리끼리한 안색도 좋아질 거예요."

"노는 거 아니야. 갖고 놀 게 없잖아."

"놀 게 없다뇨! 우리 집 애들은 막대기랑 돌로도 잘만 놀던데요. 그냥 막 뛰어다니고 소리 지르고 이것저것 구경하면서 놀아요."

제5장

메리는 소리는 안 질렀지만 구경은 했다. 달리 할 일이 없었다. 정원 구석구석을 돌아다녔고 정원 오솔길을 이리저리 거닐었다. 가끔 벤 웨더스태프를 찾으러 다니기도 했다. 일하는 그를 몇 번 발견하긴 했지만, 벤 노인은 바빠서 메리를 볼 겨를이 없거나 퉁명스럽게 굴었다. 한 번은 메리가 다가가자 일부러 그러는 듯 삽을 들고 어딘가로 가버렸다.

메리가 제일 자주 가는 곳은 담으로 둘러싸인 정원들 바깥으로 길게 뻗은 산책로였다. 산책로 양쪽에는 텅 빈 화단이 있고 담장에는 담쟁이덩굴이 빽빽이 자라 있었다. 그런데 담장의 한 부분이 오랫동안 방치되었는지 짙은 녹색 잎이 유난히 더 무성했다. 나머지 부분은 깔끔하게 손질되어 있었지만 산책로가 끝나는 아래쪽 부분은 전혀 다듬지 않은 상태였다.

벤 웨더스태프와 처음 대화를 나누고 며칠 뒤 산책로를 걷다가 이 사실을 눈치챈 메리는 그 부분을 방치한 이유가 궁금해졌다. 메리가 걸음을 멈추고 바람에 흔들리는 담쟁이덩굴의 긴 가지를 올려다보고 있을 때였다. 담 위에서 선홍빛이 언뜻 비치고 아름다운 찌르르 소리가 들렸다. 벤 웨더스태프의 울새가 담에 앉아 머리를 갸웃한 채 몸을 앞으로 기울이며 메리를 보고 있었다.

"아! 너 맞아? 맞지?" 메리는 마치 알아듣고 대답하리라는 듯 울새에게 말을 거는 게 하나도 이상하지 않았다.

울새는 정말 대답을 했다. 이런저런 이야기를 들려주는

듯 담장 위를 깡충깡충 뛰어다니며 찌르르 울었다. 메리 아가씨도 울새의 말을 알아들은 기분이었다. 꼭 이렇게 말하는 것 같았다.

"안녕! 바람이 좋지? 햇볕도 좋지? 모든 게 다 좋지? 같이 찌르르 노래하고 깡충깡충 뛰어다니자. 어서! 빨리!"

메리는 웃기 시작했다. 울새가 담장을 따라 깡충깡충 뛰고 폴짝폴짝 날아오르면 메리도 울새를 쫓아가며 뛰었다. 그 순간에는 가엾게도 야위고 낯빛이 누리끼리하고 못생긴 메리가 정말 예뻐 보였다.

"난 네가 좋아! 네가 좋아!" 메리는 이렇게 외치고는 산책로를 따라 가볍게 걸었다. 찌르르 소리도 내고 어떻게 부는지도 모르는 휘파람도 서툴게 불었다. 그러자 울새도 메리의 노력이 퍽 마음에 드는지 찌르르 소리와 휘파람 소리로 화답했다. 그러더니 마침내 날개를 펴고 한 나무 꼭대기로 획 날아갔고 그곳에 앉아 큰 소리로 노래했다.

그 모습에 메리는 울새를 처음 본 순간이 떠올랐다. 그날 울새는 흔들리는 나무 꼭대기에 앉아 있었고 메리는 과수원에 서 있었다. 지금 메리는 훨씬 아래쪽이 과수원 반대편이자 담장 밖 오솔길에 있었다. 울새가 방금 앉은 담장 안의 나무는 그날 본 나무가 분명했다.

메리가 혼잣말로 중얼거렸다. "저 나무는 아무도 들어갈 수 없는 정원에 있는 거야. 문이 없는 정원. 울새는 거기에 사는 거고. 아, 어떤 곳인지 정말 보고 싶어!"

메리는 길을 따라 달려 미셀스웨이트에 와서 처음 맞은 아침에 발견한 초록 문에 도착했다. 문을 통과해 과수원으로 뛰어 들어간 메리는 멈춰 서서 위를 올려다보았다. 담장 너머로 그 나무가 보였고, 나무 위에서 울새가 막 노래를 마치고 부리로 깃털을 단장하고 있었다.

"그 화원이 맞아. 확실해."

메리는 과수원 담을 따라 걸으면서 벽면을 자세히 들여다보았지만 문은 없었다. 다시 텃밭을 가로질러 초록 문 밖으로 뛰어나간 메리는 산책로를 걸으며 담쟁이덩굴로 뒤덮인 긴 담을 끝까지 살폈지만 문은 보이지 않았다. 반대쪽 끝까지 걸으며 살펴봐도 문이 없기는 마찬가지였다.

"정말 이상하네. 벤 할아버지가 문이 없다고 하더니 진짜 문이 없잖아. 고모부가 열쇠를 묻은 걸 보면 10년 전에는 분명 있었을 텐데."

이렇듯 많은 생각을 하다 보니 미셀스웨이트 저택에 부쩍 관심이 생긴 메리는 이 집에 온 게 싫지 않았다. 인도에서는 늘 덥고 나른해서 무언가에 신경 쓸 기운이 없었다. 황무지에서 불어오는 신선한 바람이 어린 메리의 머릿속에 쳐진 거미줄을 걷어내고 생기를 불어넣은 것이다.

메리는 온종일 집 밖에서 지내다시피 했고 저녁을 먹으러 식탁 의자에 앉을 때면 배가 고프고 졸리고 편안했다. 마사가 재잘거려도 짜증이 나지 않았다. 오히려 마사가 하는 말에 귀를 기울였고 급기야 마사에게 묻고 싶은 게 생겼다. 어느 날, 메리는 저녁 식사를 마치고 벽난로 앞 양탄자에 앉아 마사에게 물었다.

"고모부는 왜 그 화원을 싫어하셔?"

메리가 마사에게 가지 말고 자기와 같이 있어 달라고 했을 때 마사는 내심 반가웠다. 아직 나이가 어리고 형제자매들로 북적이는 오두막이 익숙한 마사는 아래층의 널찍한 하인 숙소가 따분했다. 게다가 하인과 고위급 가정부들은 마사의 요크셔 억양을 놀렸고 마사를 천한 어린애 취급하며 저들끼리 앉아 속닥거렸다. 수다 떠는 걸 좋아하는 마사에게 인도에서 '흑인들'의 시중을 받으며 산 이상한 아이 메리는 호기심을 자극하는 흥미로운 존재였다.

마사는 메리가 권하기도 전에 난로 근처에 앉았다.

"아직도 그 화원 생각을 하세요? 그럴 줄 알았어요. 나도 처음 그곳 이야기를 들었을 때 그랬거든요."

"고모부는 왜 싫어하시는데?" 메리가 다시 집요하게 물었다.

마사는 두 발을 엉덩이 밑에 모아 넣으며 편안한 자세로 앉았다.

"집 주위로 불어제치는 이 바람 소리 좀 들어보세요. 오늘 밤에 황무지에 나가면 제대로 서 있기도 힘들걸요."

메리는 그 소리를 듣고 나서야 '불어제치다'는 말이 무슨 뜻인지 알 것 같았다. 마치 보이지 않는 거인이 부수고 들어오려는 듯 벽과 창문을 마구 두드리며 내뱉는 오싹한 으르렁거림이 저택을 온통 휘감으며 공허하게 울려 퍼지는 소리를 뜻하는 게 분명했다. 그러나 거인이 들어올 수 없다는 걸 알아서 그런지 빨간 석탄불이 타오르는 방 안이 유독 안전하고 따뜻하게 느껴졌다.

"고모부는 그 화원을 왜 그렇게 싫어하시냐고!" 바람 소리를 듣다가 메리가 다시 물었다. 마사가 알면 어떻게든 알아낼 작정이었다.

그러자 마사는 알고 있는 걸 다 털어놓았다.

"이 이야기는 비밀이에요. 메들록 부인이 절대 말하지 말라고 했거든요. 이 집에선 하면 안 되는 이야기가 많아요. 주인님이 입단속하라는 분부를 내리셨거든요. 주인님의 문제는 하인들이 상관할 바가 아니라면서요. 그 화원만 없었다면 주인님도 지금 같지는 않으셨을 거예요. 두 분이 결혼하면서 주인마님이 화원을 만들었는데 마님이 화원을 무척 아끼셨어요. 그 화원은 두 분이 직접 꽃을 가꾸셨어요. 정원사는 발도 못 들이게 하셨죠. 주인님과 마님은 그 화원에 들어가면 문을 닫고 몇 시간이고 머무셨어요. 책도 읽고 얘기도 하면서요. 근데 마님이 좀 소녀 같은 면이 있으셨어요. 화원에 나뭇가지 하나가 의자 모양으로 구부러진 고목이 있었는데 마님이 그

가지에 자주 앉으셨어요. 장미가 그 나뭇가지를 타고 자라게 키우시고는 말이죠. 그러던 어느 날 그 나뭇가지가 부러지고 말았어요. 그 바람에 거기 앉아 있던 마님이 바닥에 떨어져 크게 다치셨고 다음 날 돌아가셨어요. 어찌나 충격이 컸는지 의사들은 주인님도 정신줄을 놓고 돌아가실 줄 알았어요. 주인님이 그 화원을 그렇게 싫어하시는 건 그 일 때문이에요. 그 후론 아무도 거기에 못 들어갔고 그 화원 이야기도 못 하게 하셨어요."

메리는 질문을 멈추고는 빨간 불꽃을 바라보며 '불어제치는' 바람 소리에 귀를 기울였다. 바람은 그 어느 때보다 더 크게 '불어제치는' 것 같았다.

그 순간 메리에게 아주 좋은 일이 일어났다. 사실 미셀스 웨이트 저택에 온 뒤로 메리에게는 좋은 일이 네 번 있었다. 울새와 서로 말을 알아듣는 기분을 느꼈고, 몸이 후끈해질 때까지 바람을 맞으며 달렸고, 태어나서 처음으로 건강한 허기를 느꼈고, 누군가를 안쓰럽게 여기는 마음이 어떤 건지도 알게 되었다. 메리는 성장하고 있었다.

그런데 바람 소리를 듣다 보니 다른 소리가 들리기 시작했다. 처음에는 바람 소리와 구별이 잘 안 되어 무슨 소린지 알 수 없었다. 마치 어디선가 아이가 울고 있는 것 같은 기이한 소리였다. 가끔 바람 소리가 애가 우는 소리처럼 들리긴 했지만, 메리 아가씨는 곧 그 소리의 진원지가 집 밖이 아니라 집 안이라고 확신했다. 멀리 떨어진 곳이긴 하나 집 안이 분명했다. 메리는 마사를 돌아보며 물었다.

"누가 우는 소리 안 들려?"

마사는 갑자기 당황한 표정을 지었다.

"아뇨. 바람 소리예요. 어떨 때는 황무지에서 누가 길을 잃고 구슬프게 우는 것 같은 소리가 들려요. 원래 온갖 소리가 다 나요."

"잘 들어봐. 이건 집 안에서 나는 소리야. 기다란 복도 어디쯤에서."

바로 그 순간, 아래층 어딘가에서 문이 열렸는지 강한 돌풍이 복도로 불어 들어와 두 사람이 있는 방의 문을 쾅 하고 열어젖혔다. 메리와 마사가 깜짝 놀라 벌떡 일어난 순간 바람에 불이 꺼졌고, 우는 소리가 저 멀리에서 복도를 휩쓸고 내려왔다. 아까보다 훨씬 또렷한 소리였다.

메리가 말했다. "이거 봐! 맞잖아! 누가 우는 소리야. 어른은 아니고 아이가 우는 소리."

마사가 얼른 달려가 문을 닫고 잠갔지만, 문이 채 닫히기 전에 복도 저 멀리에서 문 하나가 쾅 닫히는 소리가 들렸다. 그러고는 '불어제치는' 바람이 잠시 잠잠해져 사방이 고요해졌다.

마사가 고집스럽게 말했다. "바람 소리라니까요. 그게 아니면 주방 하녀 베티 버터워스가 우는 소리였을 거예요. 종일

이가 아프다고 했거든요."

 그러나 마사의 태도가 어딘가 불안하고 어색해 보이자 메리는 마사를 뚫어져라 쳐다보았다. 마사는 분명 거짓말을 하고 있었다.

제6장

"누가 울고 있었어. 분명히 들었다고!"

다음 날 비가 다시 억수같이 쏟아졌다. 메리가 창밖을 내다보니 황무지가 잿빛 안개와 구름에 거의 가려져 있었다. 오늘은 도저히 나갈 수 없었.

"이렇게 비가 오면 너희 집에서는 뭘 해?" 메리가 마사에게 물었다.

"서로 발에 안 밟히려고 조심하죠. 와! 그러고 보니 우리 가족이 많긴 한가 보네요. 엄마는 마음씨가 고우시지만 애들이 많이 있으면 힘들어하세요. 그래서 큰 애들은 외양간에서 놀아요. 디콘은 비 맞아도 상관없는 애라 햇볕이 쨍쨍할 때랑 똑같이 나가서 놀아요. 비 오는 날에는 맑은 날에 안 보이는 걸 볼 수 있다나요. 한 번은 여우 굴에 물이 차서 새끼 여우가 죽을 뻔한 걸 발견해 품에 안고, 윗도리로 따뜻하게 감싸 집으로 데려왔더라고요. 어미는 굴 근처에서 죽어 있었고 나머지 새끼들도 물에 빠져 다 죽었더래요. 지금은 집에서 키우고 있어요. 비 때문에 죽어가는 새끼 까마귀도 집으로 데려와 길들였어요. 새까만 색이라 '검댕이'라는 이름을 붙였는데 디콘이 어딜 가든 깡충거리거나 날아서 따라다녀요."

메리는 스스럼없이 말하는 마사의 태도가 더는 거슬리지 않았다. 마사의 이야기가 흥미로웠고 마사가 말을 멈추거나 떠나면 서운했다. 인도에서 살 때 아야에게 들은 이야기와 황무지 오두막의 작은 방 네 개에 열네 명이 살면서 늘 배를 곯는 마사의 가족 이야기는 전혀 달랐다. 마사네 집 아이들은 활기차고 성격 좋은 콜리 강아지들처럼 이리저리 쿵쾅거리고 다니며 노는 것 같았다. 메리는 특히 마사의 엄마와 디콘이 좋았다. 마사가 '엄마'가 한 말이나 행동을 들려주면 마음이 늘 편안해졌다.

"나도 까마귀니 여우 새끼가 있으면 같이 놀 수 있을 텐데. 난 아무것도 없어."

메리의 말에 마사가 당황한 표정으로 물었다.

"뜨개질할 줄 알아요?"

"아니."

"바느질은요?"

"못 해."

"글은 읽을 수 있어요?"

"응."

"그럼 뭘 읽거나 철자법을 배우는 게 어때요? 이제 책을 보고 공부할 나이가 되었잖아요."

"책은 한 권도 없어. 인도에 다 두고 왔어."

"안됐네요. 메들록 부인이 서재에 가도 된다고 하면 가보세요. 책이 수천 권은 있을 거예요."

메리는 갑자기 새로운 계획이 떠올라 서재의 위치를 묻지 않았다. 직접 찾아보기로 한 것이다. 메들록 부인은 늘 아래층의 안락한 가정부 휴게실에 있었으므로 부인에게 들킬 염려는 없었다. 이 이상한 집에서는 사람을 마주칠 일이 거의 없었다. 만나는 사람은 하인들뿐이었고, 하인들은 주인이 집을 비울 때마다 아래층에서 호화로운 삶을 누렸다. 계단 아래에는 반짝거리는 놋쇠와 백랍 그릇이 걸려 있는 넓은 주방과 큰 하인 숙소가 있었는데, 하인들은 이곳에서 매일 네댓 끼씩 풍족하게 식사를 즐겼고 메들록 부인이 자리를 비우면 시끌벅적하게 놀기 바빴다.

식사는 때마다 차려졌고 마사가 시중을 들었으나 메리에게 조금이라도 신경 쓰는 사람은 아무도 없었다. 메들록 부인이 하루나 이틀에 한 번씩 들여다보긴 했지만, 메리에게 뭘 했는지 묻거나 할 일을 알려주는 사람은 없었다. 메리는 영국에서는 원래 아이들을 이렇게 키우는 모양이라고 생각했다. 인도에서는 아야가 늘 졸졸 따라다니며 메리의 손발 노릇을 해서 성가실 정도였다. 이제는 아무도 따라다니지 않았고 혼자 옷 입는 법도 배워야 했다. 메리가 물건을 일일이 가져다주고 옷을 입혀주길 기다리고 있으면 마사가 모자란 아이 보듯 쳐다보았기 때문이다.

한 번은 메리가 장갑이 끼워지기를 기다리며 서 있자 마사가 말했다. "그것도 할 줄 몰라요? 네 살밖에 안 된 우리 수전 앤이 아가씨보다 두 배는 더 똘똘하겠네요. 어떨 때 보면 아가씨는 참 멍청한 것 같다니까요."

메리는 그 뒤로 한 시간이나 심통 난 얼굴로 마사를 노려보았지만, 그 덕분에 완전히 새로운 생각을 몇 가지 하게 되었다.

오늘 아침에도 마사가 마지막으로 난로를 청소하고 아래층으로 내려간 뒤 10분 정도 창가에 서서 새로운 생각을 했다. 메리는 서재 이야기를 처음 들었을 때 떠오른 계획을 궁리 중이었다. 읽은 책이 거의 없어 서재 자체에는 별 관심이 없었지만, 서재가 있다고 하니 닫혀 있다는 백 개나 되는 방이 떠올랐다. 메리는 그 방들이 정말 다 잠겨 있는지, 그중 하나라도 열려 있다면 안에 무엇이 있는지 궁금했다. 정말 방이 백 개나 있을까? 직접 가서 문이 몇 개 있는지 세어보면 안 될까? 오늘 아침에는 집 밖에도 못 나가겠다. 해볼 만한 일이었다. 메리는 어떤 일을 할 때 허락을 구하는 법을 배운 적이 없었고 권한이 뭔지도 전혀 몰랐던 터라 메들록 부인을 만났더라도 집 안을 돌아다녀도 되는지 물어볼 생각조차 하지 못했을 것이다.

그렇게 메리는 방문을 열고 복도로 나가 탐험을 시작했다. 기다란 복도가 다른 여러 복도로 갈라졌고 짧은 계단을 올라가니 또 다른 복도가 나왔다. 문이 수도 없이 많았고 벽에는 그림이 걸려 있었다. 어둡고 특이한 풍경을 담은 그림도 있었지만, 대부분은 공단과 벨벳으로 된 이상하고 화려한 옷을 입은 남자와 여자의 초상화였다. 메리가 들어선 곳은 벽면이 이 같은 초상화로 뒤덮인 긴 화랑이었다. 한 집에 초상화가 이렇게 많다는 것이 신기했다. 메리는 천천히 걸으며 초상화 속 얼굴들을 빤히 바라보았고 그 얼굴들도 메리를 빤히 바라보는 듯했다. 마치 인도에서 온 어린 여자애가 자기들 집에서 뭘 하는지 궁금해하는 것 같았다. 아이들의 초상화도 있었다. 여자아이들은 치마가 발끝까지 내려오는 두껍고 화려한 공단 드레스를 입었고, 남자아이들은 긴 머리에 부풀린 소매와 레이스 칼라가 달린 옷을 입었거나 목에 주름 칼라를 두르고 있었다. 메리는 아이들의 초상화가 나올 때마다 멈춰 서서 바라보며 이름은 무엇이고 어디로 갔으며 왜 그런 이상한 옷을 입고 있을까 하는 생각에 잠겼다. 메리처럼 경직되어 보이고 못생긴 여자아이의 초상화도 있었다. 초록색 비단 드레스를 입었고 손가락에는 초록색 앵무새가 앉아 있었다. 눈매가 날카로운 아이는 호기심 가득한 표정을 짓고 있었다.

메리는 입 밖으로 소리 내어 물었다. "너는 지금 어디에 사니? 네가 여기 있다면 좋을 텐데."

정말로 메리는 세상에 어떤 여자애보다 기이한 아침을 보내고 있었다. 사방으로 뻗은 거대한 집 안에 자그마한 메리 외에는 아무도 없는 듯했고, 메리는 자신 말고는 아무도 와본 적이 없을 것 같은 좁은 복도와 넓은 복도를 걸으면서 위층과 아래층을 돌아다녔다. 방이 이렇게나 많으니 거기 사는 사람이 분명 있을 텐데도 하나같이 텅 빈 느낌이라 방이 많다는 게 좀처럼 믿기지 않았다.

메리는 2층에 올라간 뒤에야 문 손잡이를 돌려볼 생각을 했다. 메들록 부인이 말한 대로 죄다 닫혀 있었지만, 메리는 그중 한 문의 손잡이를 잡고 돌렸다. 손잡이는 스르륵 돌아갔고 메리는 잠시 겁이 났지만 문을 밀었다. 문은 천천히 무겁게 열렸다. 거대한 문을 여니 큰 침실이 나왔다. 벽에는 수놓은 장식용 천이 걸려 있었고 인도에서 본 상감 세공을 한 가구가 곳곳에 놓여 있었다. 납 창살이 달린 넓은 창문 밖으로는 황무지가 보였고, 벽난로 위에는 아까 본 경직되고 못생긴 소녀의 초상화가 놓여 있었는데 호기심이 가득 어린 눈빛으로 메리를 바라보는 것 같았다.

"저 아이가 예전에 자던 방인가 봐. 날 빤히 쳐다보니까 기분이 이상해."

메리는 그 뒤로도 계속 문을 열어보았다. 지칠 정도로 많은 방을 보다 보니 세어보지는 않았지만 정말 방이 백 개가 있을 거라는 확신이 들었다. 방마다 오래된 그림이나 이상한 장면을 짜 넣은 태피스트리가 걸려 있었고, 신기한 가구와 장식품도 거의 모든 방에 있었다.

귀부인의 거실로 보이는 어떤 방에는 벨벳에 수를 놓은 장식용 천이 걸려 있었고, 보관장에는 상아로 만든 작은 코끼리상이 백여 개 놓여 있었다. 코끼리상은 크기가 제각각이었고, 몇 개는 등에 조련사나 가마를 태운 모양이었다. 어떤 건 다른 코끼리들보다 훨씬 컸고 어떤 건 너무 작아 새끼처럼 보였다. 메리도 인도에서 상아 조각상을 본 적이 있고 코끼리에 관해 잘 알았다. 메리는 보관장의 문을 열고 휴대용 발판 위에 서서 코끼리 조각상을 꽤 오래 갖고 놀았다. 그러다 싫증이 나자 조각상을 제자리에 돌려놓고 보관장 문을 닫았다.

기다란 복도와 텅 빈 방을 돌아다니는 내내 살아 있는 것이라고는 하나도 보지 못했는데 이 방은 달랐다. 보관장 문을 닫자마자 바스락거리는 소리가 작게 들렸다. 메리는 화들짝 놀라며 소리가 난 벽난로 옆 소파를 휙 돌아보았다. 소파 구석에 쿠션이 하나 있고 쿠션을 감싼 벨벳에 구멍이 나 있었는데, 그 구멍으로 작은 머리 하나가 겁에 질린 눈빛으로 빼꼼히 밖을 내다보고 있었다.

메리는 가까이에서 보려고 천천히 살금살금 방을 가로질러 갔다. 밝은색 눈동자의 주인은 쿠션에 구멍을 뚫고 그 안에 아늑한 둥지를 튼 작은 회색 생쥐였다. 생쥐 옆에서 새끼 여섯 마리가 서로 껴안고 잠들어 있었다. 방 백 개 가운데 유일하게 살아 있는 존재가 있었지만 생쥐 일곱 마리는 하나도 외로워 보이지 않았다.

"이렇게 겁을 내지만 않으면 데려갈 텐데."

지쳐서 더는 돌아다닐 기운이 남지 않은 메리는 제 방으로 향했다. 엉뚱한 복도로 가는 바람에 두세 번 길을 잃었고 아는 복도를 찾을 때까지 헤매야 했지만, 마침내 자기 방이 있는 층에 도착했다. 그러나 방이 멀리 떨어져 있어 정확히 어느 쪽으로 가야 하는지 알 수 없었다. 메리는 벽에 태피스트리가 걸려 있는 짧은 복도 끝에 가만히 서서 말했다.

"또 길을 잘못 들었나 봐. 어디로 가야 할지 모르겠어. 왜 이렇게 사방이 조용한 거야!"

메리의 말이 끝나자마자 웬 소리가 정적을 깼다. 간밤에 들린 소리와 달리 짧게 지나갔고, 벽에 막혀 작게 들렸지만 아이가 짜증을 부리며 칭얼거리는 울음소리였다. 메리는 심장이 빠르게 뛰었다.

"어제보다 가까이에서 들려. 역시 울음소리였어."

그때 옆에 있는 태피스트리에 우연히 손을 댄 메리가 깜짝 놀라며 뒤로 휙 물러났다. 태피스트리가 걸린 곳은 벽이 아니라 문이었다. 메리의 손에 밀려 열린 문 뒤로 복도의 나머지 부분이 보였다. 게다가 메들록 부인이 열쇠 꾸러미를 든 채 화가 잔뜩 난 얼굴로 복도를 걸어오고 있었다.

"여기서 뭐 하는 거예요? 내가 뭐라고 했죠?"

메들록 부인이 메리의 팔을 잡아당기며 묻자 메리가 해명했다.

"모퉁이를 헷갈려 길을 잘못 들었어요. 어느 쪽으로 가야 하는지 몰라 헤매고 있는데 우는 소리가 들렸어요."

메리는 그 순간에도 메들록 부인이 마음에 안 들었지만, 다음 순간에는 부인이 더 싫어졌다.

"그런 소리가 들릴 리가 있나요. 지금 당장 놀이방으로 돌아가지 않으면 귀싸대기를 맞을 줄 아세요."

부인은 메리의 팔을 잡고 강제로 밀고 당기다시피 하며 이 복도, 저 복도를 통과해 메리의 방 앞에 도착했다. 그런 뒤 방 안으로 메리를 밀어 넣으며 말했다.

"앞으로는 있으라는 곳에 얌전히 있어요. 안 그러면 방에 갇히게 될 거예요. 주인님 말씀대로 가정교사를 붙이는 게 좋겠어요. 아가씨를 엄격하게 가르칠 사람이 필요하단 뜻이에요. 난 안 그래도 할 일이 많다고요."

메들록 부인이 문을 쾅 닫고 떠나자 메리는 분해서 하얗게 질린 얼굴로 벽난로 앞 양탄자에 앉았다. 그러고는 울지 않고 이를 갈며 혼잣말을 했다.

"누가 울고 있었어…… 분명…… 분명히 들었다고!"

이로써 메리는 울음소리를 두 번 들었고, 언젠가는 소리의 정체를 알게 되리라는 예감이 들었다. 메리는 오늘 아침 많은 발견을 했다. 마치 긴 여행을 다녀온 기분이었다. 어쨌거나 언제든 재미있게 시간을 보낼 거리를 찾은 데다 코끼리 조각상도 가지고 놀았고 벨벳 쿠션 속 둥지에 있는 회색 어미 생쥐와 새끼들도 만났으니 말이다.

제7장

화원 열쇠

그로부터 이틀 뒤 메리는 아침에 눈을 뜨자마자 침대에 똑바로 앉아 마사를 불렀다.

"황무지를 좀 봐! 황무지를 좀 보라고!"

폭풍우가 멈추고 잿빛 안개와 구름도 밤새 바람에 휩쓸려 사라지고 없었다. 그 바람마저 멈추자 눈부시게 푸르른 하늘이 황무지 위로 둥글고 높게 펼쳐졌다. 메리는 이토록 파란 하늘은 꿈에서조차 본 적이 없었다. 인도의 하늘은 늘 뜨겁게 이글거렸지만, 이곳의 하늘은 깊고 시원한 푸른색이었고, 바닥이 안 보이는 아름다운 호숫물처럼 반짝거렸다. 파랗고 둥근 하늘 곳곳에는 순백의 작은 양털 구름이 높이, 드높이 떠 있었다. 끝없이 펼쳐진 황무지도 우울한 검보랏빛이나 음산한 잿빛이 아니라 연한 푸른빛으로 보였다.

마사가 환하게 웃으며 말했다. "암요. 폭풍이 잠깐 물러갔네요. 해마다 이맘때면 이런 식이에요. 언제 그랬냐는 듯, 다신 안 올 듯이 하룻밤 새 물러가 버리죠. 봄이 다가와서 그래요. 아직 멀었지만 오고 있으니까요."

"영국은 늘 비가 오거나 흐릴 줄 알았는데."

"아이고! 아니에요! 당찮아요!"

마사가 납으로 된 검은색 청소 솔들 사이에 무릎을 꿇고 앉아 외쳤다.

"그게 무슨 뜻이야?" 메리가 진지하게 물었다. 인도에서도 원주민들이 서로 다른 사투리를 쓰면 몇몇 사람만 알아들었기 때문에 메리는 마사가 낯선 단어를 써도 놀라지 않았다.

마사는 처음 만난 아침에 그랬듯 웃고는 찬찬히 정성껏 설명했다.

"이런, 메들록 부인이 쓰면 안 된다고 했는데 내가 또 요크셔 사투리를 썼네요. '당찮다'는 '절대 그럴 리 없다'는 뜻인데 이 말은 너무 길잖아요. 요크셔는 날이 맑을 때는 세상에서 햇빛이 제일 잘 드는 곳이에요. 내가 좀만 있으면 황무지가 좋아질 거라고 했죠? 두고 보세요. 곧 금빛 가시금작화랑 금작화랑 자줏빛 종 모양 히스꽃이 필 거예요. 나비가 수백 마리 날아다니고 벌들이 윙윙거리고 종달새가 날아오르며 노래할 테고요. 그러면 아가씨도 디콘처럼 해만 뜨면 황무지에서 종일 뒹굴며 놀고 싶어질걸요."

"내가 저기 갈 수 있을까?" 메리가 창문 너머로 아득히 펼쳐진 푸른 황무지를 아련하게 바라보며 물었다. 광활한 황무지는 너무나 새롭고 근사해 보였고 천상의 푸른빛으로 물들어 있었다.

"글쎄요. 아가씨는 태어나서 한 번도 다리를 제대로 써본 적이 없는 것 같은데 8킬로미터를 걸을 수 있겠어요? 우리 오두막까지 8킬로미터쯤 되거든요."

"오두막에 가보고 싶어."

마사는 잠시 신기한 듯 메리를 쳐다보다가 다시 청소 솔을 들고 장작 받침대를 문질렀다. 오늘따라 작고 못생긴 메리의 얼굴이 처음 만난 아침처럼 심술 맞아 보이지 않았다. 무언가를 간절히 바라는 표정이 어린 수전 앤을 살짝 닮아 있었다.

"엄마한테 물어볼게요. 엄마는 어떻게든 방법을 찾아내거든요. 마침 쉬는 날이라 이따 집에 갈 거예요. 아! 정말 좋아요. 메들록 부인도 우리 엄마를 무척 좋아하세요. 엄마가 부인한테 부탁해볼 수도 있겠네요."

"난 네 엄마가 좋아."

메리의 말에 마사가 받침대를 닦으며 대꾸했다.

"그런 것 같네요."

"본 적도 없는데."

"그러게요, 본 적도 없죠."

마사는 다시 발뒤꿈치로 엉덩이를 받치고 앉아 잠시 어리둥절한 듯 손등으로 코끝을 문질렀지만, 좋은 쪽으로 결론을 내렸다.

"하긴 우리 엄마는 엄마를 안 본 사람들도 싫어할 수 없어요. 워낙 현명하고 성실한 데다 마음씨도 좋고 깔끔하시거든요. 나도 쉬는 날에 황무지를 가로질러 집에 갈 때면 신이 나서 펄쩍펄쩍 뛴다니까요."

"디콘도 좋아. 한 번도 안 봤는데."

메리가 덧붙이자 마사가 단호하게 말했다.

"그야 새들도 좋아하고 토끼며 야생 양이며 조랑말이며 여우도 디콘을 좋아한다고 했잖아요. 그런데…… 디콘은 아가씨를 어떻게 생각할까요?"

마사가 생각에 잠긴 표정으로 메리를 빤히 바라보며 묻자 메리가 특유의 뻣뻣하고 냉담한 말투로 말했다.

"디콘은 날 안 좋아할 거야. 아무도 날 안 좋아하니까."

미시는 다시 생각에 잠겼다가 정말 궁금하다는 듯 물었다.

"아가씨는 아가씨 자신이 얼마나 좋아요?"

메리는 잠시 머뭇거리며 생각해본 뒤 답했다.

"안 좋아. 하나도. 그런 생각은 처음 해보지만."

마사는 따뜻한 기억이 떠오른 듯 살짝 미소를 지었다.

"예전에 엄마가 나한테 한 질문이에요. 엄마는 빨래통 앞에 있었고 난 그날따라 기분이 나빠 사람들 욕을 막 하고 있는데 갑자기 엄마가 날 휙 돌아보며 그러는 거예요. '이 한심한 것아! 자꾸 거기 서서 이 사람이 싫다, 저 사람이 싫다 그럴래? 그러는 넌 너 자신은 좋니?' 그 말을 들으니 웃음이 터지면서 정신이 번쩍 들더라고요."

마사는 메리에게 아침 식사를 차려주자마자 한껏 들뜬 기분으로 방을 나갔다. 황무지를 8킬로미터 가로질러 오두막에 가서 어머니를 도와 빨래를 하고 한 주 동안 먹을 빵을 구우며 신나게 보낼 작정이었다.

마사가 집에 없다고 생각하니 메리는 평소보다 더 외로워졌다. 그래서 최대한 빨리 준비해 정원으로 나갔고, 제일 먼저 분수가 있는 화원 주변을 열 바퀴 뛰면서 바퀴 수를 꼼꼼히 셌다. 열 번을 다 뛰자 기분이 한결 나아졌다. 햇빛이 비치니 정원이 전혀 다르게 보였다. 높고 깊고 푸른 하늘이 황무지뿐 아니라 미셀스웨이트 저택 위를 둥글게 뒤덮고 있었다. 메리는 자꾸 고개를 들어 하늘을 올려다보며 작은 순백 구름 위에 누워 떠다니면 어떨지 상상의 나래를 펼쳤다. 그러다 첫 번째 주방 텃밭에 가니 벤 웨더스태프가 다른 두 정원사와 일하고 있었다. 달라진 날씨가 그에게도 좋은 영향을 미쳤는지 웬일로 벤 노인이 먼저 메리에게 말을 걸었다.

"봄이 오고 있구먼요. 봄 냄새가 나지 않나요?"

벤 노인의 말에 메리는 킁킁대며 냄새를 맡았다.

"상쾌하고 축축하고 좋은 냄새가 나요."

벤 노인이 땅을 파며 말했다. "기름진 땅 냄새예요. 작물을 키울 준비가 되니 땅도 기분이 좋은 게죠. 식물을 심는 철이 오면 땅도 반가워해요. 겨울에는 할 일이 없어 심심하거든요. 저기 저 화원들에서도 캄캄한 땅속에서 뭔가가 꿈틀대고 있을 거예요. 햇볕이 그것들을 덥혀주고 있죠. 좀 있으면 작은 초록 싹이 검은 흙에서 삐죽 튀어나올 거예요."

"그 싹들은 뭐가 돼요?"

"크로커스랑 눈풀꽃이 되고 수선화도 되죠. 아가씨는 본 적 있어요?"

"없어요. 인도에서는 늘 덥고 습한 데다 비 오고 나면 온통 푸릇푸릇해져요. 그래서 난 식물은 하룻밤 새에 다 자라는 줄 알았어요."

"얘들은 하룻밤 새에 자라지 않아요. 기다려줘야 해요. 이쪽에서 더 높이 삐져나오다가 저쪽에서 더 많이 자라기도 하고 오늘 이파리 하나가 펴지면 내일 또 다른 이파리가 펴진다니까요. 잘 지켜봐요."

"그럴게요."

바로 그때 부드러운 날갯짓 소리가 들렸고, 메리는 울새가 다시 왔다는 걸 단번에 알아차렸다. 울새는 당돌하고 활기차게 메리의 발치 주변을 깡충깡충 뛰어다녔고 고개를 갸웃거리며 메리를 장난스레 쳐다보았다. 그 모습을 보고 메리가 벤 노인에게 물었다.

"날 기억할까요?"

벤 노인이 발끈하며 답했다. "기억하고말고요! 사람은 말할 것도 없고 정원의 양배추 그루터기 하나까지 다 아는걸요. 이 정원에서 여자애는 난생처음 봤으니 아가씨에 대해 속속들이 알아내려고 작정했을 테죠. 이 녀석한테는 뭐든 숨길 수 없다니까요."

"얘가 사는 화원에서도 캄캄한 땅속에서 뭔가가 꿈틀대고 있어요?"

메리가 묻자 벤 노인이 툴툴거리며 다시 퉁명스럽게 답했다.

"무슨 화원이요?"

메리는 호기심을 못 참고 질문을 쏟아냈다.

"오래된 장미나무들이 있는 화원 말이에요. 꽃은 다 죽었어요? 아니면 여름에 다시 피는 꽃이 있어요? 장미가 남아 있기는 해요?"

벤 노인이 울새를 향해 어깻짓을 하며 말했다. "이 녀석한테 물어봐요. 그 화원은 얘밖에 몰라요. 10년 동안 이 녀석 말고는 아무도 그 안을 본 적이 없으니까요."

메리는 10년이면 긴 시간이라고 생각했다. 메리가 태어난 게 10년 전이었으니 말이다.

메리는 걸음을 옮기며 생각에 잠겼다. 울새와 디콘과 마사의 어머니만큼이나 메리는 정원이 좋았다. 마사도 좋아지기 시작했다. 누군가를 좋아한 적이 없던 터라 좋아하는 사람이 너무 많아진 기분이 들었다. 울새도 좋아진 사람 중 하나였다. 텃밭 밖으로 나간 메리는 나무 꼭대기가 보이고 담쟁이덩굴로 뒤덮인 기다란 담장 옆 산책로를 걸었다. 산책로를 두 번째로 왕복하며 걸을 때였다. 지금껏 메리가 겪은 일 중 제일 설레고 신나는 일이 벌어졌다. 바로 벤 웨더스태프를 따르는 울새 덕분이었다.

찌르르 지저귀는 소리가 들려 왼쪽의 휑한 화단을 보니 울새가 마치 메리를 따라온 게 아니라는 양 깡충거리며 흙에서 무언가를 쪼아먹는 시늉을 했다. 메리는 울새가 따라왔다는 걸 깨닫자 깜짝 놀라고 너무 기뻐서 몸이 부르르 떨릴 지경이었다.

메리가 외쳤다. "날 기억하는구나! 날 기억하다니! 넌 정말 세상에서 제일 예쁜 새야!"

메리가 재잘거리며 다정하게 말을 걸자 울새는 깡충거리고 꽁지를 흔들며 찌르르 노래했다. 마치 메리에게 말을 건네는 것 같았다. 울새는 빨간 공단 조끼를 입은 듯한 작은 가슴을 너무나 곱고 당당하고 귀엽게 부풀렸다. 마치 메리에게 자기가 얼마나 중요한 존재이고 사람과 얼마나 비슷한지 보여주려는 것 같았다. 메리 아가씨는 지금껏 심술쟁이로 살았던 걸

까맣게 잊어버릴 만큼 울새에게 푹 빠졌다. 메리가 점점 더 가까이 다가가 허리를 숙여 말을 걸고 새 울음소리를 흉내 냈는데도 울새는 도망치지 않았다.

아! 이렇게까지 가까이 다가가게 해주다니! 울새는 메리가 절대 저에게 손을 뻗지 않을 것이고 무슨 일이 있어도 저를 깜짝 놀라게 하지 않으리라는 걸 알고 있었다. 세상 누구보다 멋진, 진짜 사람이었기 때문이다. 메리는 기뻐서 가슴이 벅차올라 숨을 쉴 엄두조차 내지 못했다.

화단이 완전히 텅 비어 있는 건 아니었다. 겨울을 나도록 다년생 식물들을 잘라 꽃이 없다 뿐이지 화단 뒤쪽에는 키 큰 관목과 낮은 관목이 함께 자라고 있었다. 메리는 울새가 그 아래를 총총 뛰어다니다가 갓 파낸 작은 흙더미 위로 뛰어오르는 모습을 지켜보았다. 울새는 지렁이를 찾으려는 듯 흙더미 위에 멈춰 섰다. 개가 두더지를 잡으려고 구덩이를 꽤 깊이 파면서 파헤쳐진 흙더미였다.

메리는 구덩이가 왜 거기 있는지도 모른 채 바라보다가 막 파낸 흙 속에 무언가가 파묻혀 있는 걸 발견했다. 녹슨 쇠 혹은 놋쇠로 된 고리 비슷한 물건이었다. 울새가 근처 나무 위로 날아가자 메리는 손을 내밀어 고리를 집어 들었다. 가까이에서 보니 고리가 아니라 낡은 열쇠였고 오랜 시간 묻혀 있었던 듯 보였다.

메리 아가씨는 자리에서 일어나 겁에 질린 얼굴로 제 손가락에 매달린 열쇠를 바라보고는 속삭이는 소리로 말했다.
"이 열쇠는 10년 동안 묻혀 있었던 것 같아. 그 화원 열쇠일지도 몰라!"

제8장

울새가 안내해준 길

메리는 열쇠를 한참 동안 바라보고 이리저리 뒤집어보고는 생각에 잠겼다. 앞서 말했듯 메리는 어른에게 허락을 구하거나 상의하는 법을 배운 적이 없었다. 그저 이 열쇠가 잠긴 화원의 열쇠고 화원의 문을 찾으면, 문을 열고 들어가 담장 안에 무엇이 있고 오래된 장미나무들이 어떻게 되었는지 볼 수 있으리라는 생각뿐이었다. 오랜 시간 닫혀 있었다니 더더욱 궁금했다. 평범한 화원과는 다를 것이 분명했고 10년 동안 뭔가 이상한 일이 일어났을 것만 같았다. 게다가 마음에 들면 매일 들어가 문을 닫고 자기만의 놀이를 만들어 혼자 놀 수 있었다. 다들 이 화원은 문이 여전히 잠겨 있고 열쇠는 땅속에 묻혀 있는 줄 알 테니 메리가 어디에 있는지 모를 것이다.

문이 닫혀 있는 비밀스러운 방이 백 개나 있는 집에서 놀거리 하나 없이 혼자 살다시피 하는 삶은 메리의 잠자던 뇌와 상상력을 깨어나게 했다. 물론 그렇게 되기까지는 황무지에서 세차게 불어오는 신선하고 깨끗한 바람의 공이 컸다. 바람에 맞서 달리면서 식욕이 살아나고 피가 더 빨리 흐르게 되었듯이 황무지 바람은 메리의 정신도 휘저어놓았다. 인도에서는 무더운 날씨에 나른하고 기력이 없어 만사가 귀찮았지만, 이곳에서는 무언가 새로운 일을 하고 싶은 마음과 관심이 생겼다. 자신은 그 이유를 몰랐지만, 이미 메리는 예전의 '심술쟁이' 메리 아가씨가 아니었다.

메리는 열쇠를 주머니에 넣고 산책로를 오르락내리락 걸었다. 아무도 오지 않아 천천히 걸으면서 담벼락, 아니 담벼락에서 자라는 담쟁이덩굴을 살펴볼 수 있었다. 담쟁이덩굴은 화원을 찾는 데 도움이 되질 않았다. 아무리 자세히 들여다봐도 무성하게 자란 윤기 나는 짙은 녹색 잎사귀뿐이었다. 메리는 너무 실망스러웠다. 산책로를 서성거리면서 담장 너머 화원에 있는 나무의 꼭대기를 바라보니 예전의 삐딱한 성질이 되살아났다. 메리는 코앞에 있는데 들어가질 못하다니 말도 안 된다고 혼자 중얼거렸다. 집으로 돌아가면서 메리는 열쇠를 주머니에 넣었고, 언제라도 숨겨진 문을 발견할 수 있으니 앞으로 밖에 나갈 때는 늘 열쇠를 갖고 다니기로 마음먹었다.

마사는 메들록 부인이 집에서 하룻밤 자고 와도 된다고 했는데도 아침 댓바람부터 일터로 돌아와 있었다. 기분이 무척 좋은지 볼이 그 어느 때보다 발그레했다.

마사가 말했다. "네 시에 잠에서 깼는데요. 아! 황무지가 얼마나 예쁘던지. 새들도 잠에서 깨고 토끼들도 깡충깡충 뛰어다니고 해돋이도 멋지더라고요. 여기까지 쭉 걸어오지도 않았어요. 어떤 남자가 달구지에 태워줘서 신나게 타고 왔죠."

마사는 하루 휴가 동안 있었던 온갖 즐거운 일을 끝도 없이 들려줬다. 어머니는 마사를 반갑게 맞아서 마사와 함께 빵 굽기와 빨래를 후딱 해치웠고, 마사는 동생들에게 흑설탕을 조금 넣은 밀빵을 만들어주었다고 했다.

"애들이 황무지에서 놀다 들어올 시간에 맞춰 빵을 뜨끈뜨끈하게 구워놨어요. 불을 피워 따뜻한 데다 오두막에 갓 구운 빵 냄새가 진동하니까 애들이 들어오면서 환호성을 지르더라고요. 디콘은 우리 오두막이 왕이 살아도 될 만큼 좋대요."

저녁에는 온 식구가 벽난로 앞에 모여 앉았고, 마사와 어머니는 찢어진 옷에 헝겊을 덧대 꿰매고 양말을 수선했다. 그러면서 마사는 인도에서 어린 여자애가 왔는데, 마사가 '흑인'이라 부르는 사람들이 평생 시중을 들어줘 제 손으로 양말 하나 신을 줄 모른다는 이야기를 식구들에게 들려주었다.

"아! 다들 아가씨 이야기를 얼마나 좋아하는지 몰라요. 아가씨가 타고 온 배랑 흑인이 그렇게 궁금한가 봐요. 내 얘기로는 만족이 안 되는 눈치예요."

메리는 잠시 생각에 잠겼다가 말했다.

"식구들한테 들려줄 수 있게 다음 쉬는 날 전까지 더 많이 알려줄게. 장교들이 코끼리랑 낙타를 타고 호랑이를 사냥하러 가는 이야기도 재미있어 할 거야."

마사가 기뻐하며 외쳤다. "어머나! 그럼 다들 정신 못 차리게 좋아할 거예요. 정말 그래 줄래요, 아가씨? 전에 한 번 요크셔에서 야생동물 공연이 열렸다던데 그것만큼 재미있을 거예요."

메리가 곰곰이 생각하고는 천천히 말했다. "인도는 요크셔랑 정말 다르구나. 그런 생각은 처음 해봤어. 그런데 디콘이랑 너희 엄마가 정말 내 이야기를 듣고 싶어 해?"

"그럼요. 디콘의 눈이 얼마나 동그래지던지 튀어나올 뻔했다니까요? 엄마는 아가씨가 늘 혼자 있는 것 같다며 속상해 하셨어요. 크레이븐 씨가 가정교사나 보모도 안 구해주셨냐고 엄마가 묻길래 아직 소식이 없다고 했어요. 메들록 부인 말로는 생각나면 구하실 테지만 이삼 년은 그런 생각을 안 하실 거래요."

"난 가정교사가 필요 없어." 메리가 날카롭게 말했다.

"하지만 엄마 말로는 아가씨도 이제 책을 공부할 나이가 되었고 돌봐줄 여자 어른이 있어야 한다던데요? 또 이런 말도 하셨어요. '마사, 네가 그런 큰 집에서 엄마도 없이 혼자 헤매고 다니면 어떨 것 같니? 아가씨한테 힘이 되도록 최선을 다하렴.' 난 그러겠다고 했고요."

메리는 차분한 눈길로 마사를 한참 바라보다 말했다.

"네 덕분에 힘이 나. 난 네 이야기를 듣는 게 좋아."

그러자 마사가 방을 나갔다가 무언가를 앞치마로 가린 채 들고 돌아와서는 활짝 웃으며 말했다.

"이게 뭔지 아세요? 아가씨한테 줄 선물이에요."

"선물?" 메리 아가씨가 외쳤다. 열네 식구가 작은 오두막에서 배를 곯고 살면서 선물이라니!

"행상꾼이 황무지를 지나가더라고요. 우리 집 앞에 수레를 세우길래 나가 보니 냄비며 프라이팬이며 이런저런 잡동사니를 팔던데 엄마는 돈이 없어 아무것도 못 샀어요. 근데 행상꾼이 막 떠나려 할 때 엘리자베스 엘런이 '엄마, 빨갛고 파란 손잡이가 달린 줄넘기도 팔아요'라고 외쳤어요. 그러자 엄마가 갑자기 행상꾼을 부르더니 '잠시만요, 아저씨! 줄넘기는 얼마죠?'라고 묻더라고요. 행상꾼이 '2펜스'라고 하니까 엄마가 주머니를 뒤적거리며 그러셨어요. '마사, 우리 착한 딸이 벌어다 주는 돈은 한 푼도 빼지 않고 네 군데에 나눠 모으고 있지만 오늘은 그 애한테 사줄 줄넘기값으로 2펜스만 써야겠다.' 그러고는 사주신 게 바로 이 줄넘기예요."

마사는 앞치마 밑에서 줄넘기를 꺼내 자랑스레 보여주었다. 양 끝에 빨갛고 파란 줄무늬 손잡이가 달린 튼튼하고 가느다란 줄이었는데, 메리 레녹스는 생전 처음 보는 물건이었다. 메리는 얼떨떨한 표정으로 줄넘기를 빤히 바라보다가 호기심 어린 목소리로 물었다.

"이건 뭐에 쓰는 거야?"

"뭐에 쓰냐고요? 코끼리랑 호랑이랑 낙타가 있는 인도에 줄넘기가 없단 말이에요? 하긴, 흑인이 많이 사는 곳이니 그럴 만도 하겠네요. 이건 이렇게 쓰는 거예요. 잘 보세요."

마사는 방 한가운데로 달려가 양손으로 손잡이를 하나씩 잡고 줄을 뛰어넘기 시작했다. 뛰고 또 뛰는 동안 메리는 의자에 앉은 채로 몸을 돌려 마사를 뚫어져라 바라보았다. 오래된 초상화의 이상한 얼굴들도 오두막에 사는 이 천한 여자애가 자기들 코앞에서 도대체 뭔 낯짝 두꺼운 짓을 하는 건지 궁금한 듯 마사를 빤히 보는 것 같았다. 그러나 마사는 초상화에 눈길조차 주지 않았다. 메리 아가씨가 관심과 호기심이 잔뜩 어린 표정으로 보자 신이 나서 백 개를 셀 때까지 계속 줄만 뛰어넘었다.

마사가 줄넘기를 멈추고 말했다. "더 오래 뛸 수도 있어요. 열두 살 때는 오백 개까지 뛰었어요. 그때는 지금보다 날씬했고 연습도 많이 했으니까요."

메리는 자기도 해보고 싶어 의자에서 일어났다.

"멋지다. 너희 엄마는 참 친절한 분이야. 나도 너처럼 뛸 수 있을까?"

마사가 줄넘기를 건네며 권했다. "일단 해보세요. 처음에는 백 개까지 못 뛰겠지만 연습하면 늘 거예요. 엄마도 그러셨어요. 아가씨한테는 줄넘기보다 좋은 운동은 없다고요. 엄마는 줄넘기가 애들 장난감 중에 제일 쓸모 있대요. 신선한 공기를 마시면서 줄넘기로 놀면 팔다리가 쭉 뻗고 강해질 거래요."

메리는 줄넘기를 시작했는데, 메리 아가씨의 팔다리에 힘이 없다는 건 누가 봐도 알 수 있었다. 줄넘기에 소질이 있지는 않았지만, 메리는 너무 재미있어 멈추고 싶지 않았다.

"옷 입고 밖에 나가서 뛰세요. 엄마가 아가씨한테 전하라고 하셨어요. 비가 좀 오더라도 웬만하면 따뜻하게 잘 입고 밖에 나가 놀라고요."

메리는 외투를 입고 모자를 쓰고 줄넘기를 팔에 걸쳤다. 그러고는 밖으로 나가려고 문을 열다가 문득 어떤 생각이 떠올라 천천히 돌아섰다.

"마사, 이건 네가 번 돈으로 산 거잖아. 그 2펜스 말이야. 고마워." 메리는 감사 인사를 하거나 타인의 호의를 알아채는 데 익숙하지 않아 뻣뻣하게 다시 말했다. "고마워." 그러고는 달리 뭘 해야 할지 몰라 한 손을 내밀었다.

마사도 이런 상황이 익숙하지 않은 듯 어색하게 손을 내밀어 악수했다. 그런 뒤 웃음을 터트렸다.

"아이고! 아가씨는 진짜 이상한 할머니 같다니까요. 엘리자베스 엘런이었다면 뽀뽀를 해줬을 거예요."

메리는 어느 때보다 뻣뻣한 표정이 되었다.

"내가 뽀뽀해줬으면 좋겠어?"

마사가 다시 웃었다.

"아뇨, 아니에요. 다른 사람이었다면 그랬을 거라고요. 하지만 아가씨는 아가씨잖아요. 얼른 나가서 줄넘기하며 노세요."

메리 아가씨는 조금 머쓱해진 기분으로 방 밖으로 나왔다. 요크셔 사람들은 다 이상했지만, 그중에서도 마사는 늘 수수께끼 같았다. 처음에는 마사가 정말 싫었지만 지금은 싫지 않았다.

줄넘기는 멋진 물건이었다. 메리는 뺨이 발갛게 달아오를 때까지 세고 또 세면서 줄을 뛰어넘었다. 이렇게 재미있는 놀이는 태어나서 처음이었다. 햇살이 반짝이고 바람이 살랑거렸다. 거센 바람이 아니라 갓 일군 땅의 흙내음을 풍기며 기분 좋게 회오리치는 바람이었다. 메리는 줄넘기를 하며 분수 정원을 돌고 산책로를 오르락내리락했다. 그러다 텃밭에 도착했고, 벤 웨더스태프가 땅을 파며 주변을 총총 뛰어다니는 울새에게 말을 거는 모습을 보았다. 벤 노인은 줄넘기를 하며 다가오는 메리를 고개를 들고 신기하다는 표정으로 바라보았다. 메리는 그가 자신을 알아볼지 궁금했다. 줄넘기하는 모습을 벤 노인이 꼭 봐줬으면 했다.

"이런! 세상에나! 애는 애였네요. 몸속에 시큼한 버터밀크가 아니라 어린애 피가 흐르는 게죠. 볼이 빨개지도록 줄넘기하는 걸 보면 내 이름이 벤인 것만큼이나 확실해요. 아가씨가 줄넘기를 할 줄은 생각도 못 했구먼요."

"줄넘기는 처음 해봐요. 지금 막 시작했는데 스무 개밖에 못 뛰어요."

"계속 연습하면 돼요. 이교도들이랑 산 것치고는 자세가 꽤 좋네요. 애 구경하는 것 좀 봐요." 벤 노인이 울새 쪽으로 고개를 홱 젖히며 말했다. "어제도 아가씨를 쫓아가더니 오늘도 따라가게 생겼구먼. 첨 보는 물건이라 저게 뭔지 알아내야 직성이 풀리겠지. 아이고!" 벤 노인은 울새를 향해 고개를 저었다. "너 이 녀석, 조심하지 않으면 언젠간 그놈의 호기심 때문에 죽고 말 거다."

메리는 몇 분마다 한 번씩 쉬기는 했지만 줄넘기를 하며 모든 정원과 과수원을 돌았다. 그러다 늘 가는 특별한 산책로에 도착했고 줄넘기로 산책로를 처음부터 끝까지 뛸 수 있는지 도전해보기로 했다. 꽤 긴 거리여서 천천히 뛰기 시작했지만 반쯤 가기도 전에 너무 덥고 숨이 차 멈출 수밖에 없었다. 이미 서른 번까지 뛰어서 별로 속상하지는 않았다. 메리는 기쁨에 겨워 작게 웃음을 터뜨리며 줄넘기를 멈췄다. 바로 그때 바람에 흔들리는 긴 담쟁이덩굴 가지에 울새가 앉아 있는 게 보였다! 지금껏 메리의 뒤를 따라온 울새가 찌르르 지저귀며 메리를 맞이했다. 메리는 울새 쪽으로 가면서 줄넘기를 했고, 줄을 뛰어넘을 때마다 주머니 속에서 묵직한 무언가가 몸에 부딪히는 걸 느꼈다. 메리가 울새를 보고 다시 웃음을 터트리며 말했다.

"어제 네가 열쇠가 어디 있는지 알려줬지? 오늘은 문이 어디 있는지 알려주면 좋겠다. 물론 알 리 없겠지만!"

흔들리는 담쟁이덩굴 가지에서 날아오른 울새는 담장 위에 앉아 부리를 열더니 힘차고 사랑스러운 목소리로 그저 뽐내려고 노래를 불렀다. 뽐내기에 열중한 울새는 세상 그 무엇보다 사랑스럽다. 게다가 울새는 거의 항상 그 모습을 보여준다.

메리 레녹스는 인도에서 아야에게 마법 이야기를 많이 들었다. 그런데 바로 그 순간에 마법이 일어났다.

가볍게 회오리치는 기분 좋은 바람이 또다시 산책로를 따라 불었다. 이번 바람은 유난히 강해서 나뭇가지가 흔들렸고, 가지치기를 하지 않아 담장에 매달려 바닥까지 늘어진 담쟁이덩굴까지 흔들렸다. 메리가 울새에게 가까이 다가갔을 때였다. 갑자기 바람이 불어 냥에 끌리는 담쟁이덩굴을 옆으로 휙 날리자 메리는 동시에 펄쩍 뛰어 바람에 날리는 덩굴을 넙식 붙잡았다. 덩굴 이파리에 가려졌던 둥근 손잡이를 보았기 때문이다. 문손잡이가 틀림없었다.

메리는 두 손으로 덩굴의 이파리들을 당겨 옆으로 치우기 시작했다. 담쟁이덩굴은 이파리가 무성하고 일부는 문의 나무와 쇠 부분을 뒤덮고 있었지만 마치 흔들리는 커튼 같았다. 심장이 쿵쾅대기 시작했고 기쁨과 설렘으로 두 손이 약간 떨렸다. 울새도 메리만큼 설레는 듯 계속 노래하며 고개를 갸웃했다. 네모나고 구멍이 있고 쇠로 된 무언가가 메리의 손끝에 느껴졌다. 이게 뭐지?

그건 바로 10년째 닫혀 있는 문의 자물쇠였다. 메리는 주머니에 손을 넣어 열쇠를 꺼내 자물쇠와 맞춰보고는 구멍에 열쇠를 넣고 돌렸다. 열쇠는 두 손으로 돌려야 했지만 돌아갔다.

메리는 심호흡을 하고는 혹시 누가 올까 봐 기다란 산책로를 뒤돌아보았다. 아무도 오지 않았고, 아무도 온 적이 없는 것 같았다. 메리는 심장이 터질 것 같아 다시 한번 숨을 크게 고르고는 흔들리는 담쟁이덩굴 커튼을 걷고 천천히, 천천히 문을 밀었다.

열린 문틈으로 미끄러지듯 들어가 문을 닫은 메리는 문에 등을 기대고 서서 주변을 둘러보았다. 그러면서 너무나 흥분되고 놀랍고 기쁜 나머지 숨을 가쁘게 쉬었다.

메리는 비밀의 화원 안에 서 있었다.

제9장

세상에서 제일 이상한 집

화원은 상상과는 비할 데가 없을 만큼 아름답고 신비로웠다. 화원을 감싼 높은 담장은 온통 잎사귀 없는 덩굴장미 줄기로 뒤덮여 있었는데 줄기가 너무 두꺼워 서로 엉겨 붙어 있었다. 메리 레녹스가 장미 줄기를 알아본 이유는 인도에서 숱하게 많이 보았기 때문이다. 화원의 땅은 겨울이라 갈색 풀로 뒤덮여 있었지만, 살아 있다면 분명 장미였을 덤불이 그 속에서 무리 지어 자라고 있었다. 가지가 넓게 퍼져 마치 작은 나무 같은 외목대 장미도 많았고 다른 나무들도 있었다. 그러나 화원을 더없이 신비롭고 아름다워 보이게 한 건 덩굴장미였다. 다른 식물들을 뒤덮으면서 얇은 커튼처럼 가볍게 흔들리며 늘어진 덩굴손이 곳곳에서 서로 뒤엉키거나 길게 뻗은 가지를 붙잡아 이 나무에서 저 나무를 타고 자라나면서 저들끼리 아름다운 다리를 만들었다. 지금은 잎사귀도 장미꽃도 없어 메리는 죽었는지 살았는지도 알 수 없었지만, 덩굴장미의 회색 또는 갈색을 띤 가는 가지와 잔가지가 반투명한 망토처럼 화원의 담장과 나무는 물론 모든 걸 뒤덮고 있었다. 심지어 뒤엉켰다가 떨어진 가지들은 갈색 풀을 뒤덮으며 바닥까지 퍼져 있었다. 화원이 너무나 신비로워 보이는 까닭은 바로 뒤엉킨 덩굴장미의 가지들이 나무와 나무를 이으며 만들어낸 반투명한 망토 때문이었다. 메리가 비밀의 화원은 오랜 세월 방치되었으니 다른 화원과는 분명 다를 거라고 예상했듯이, 이곳은 메리가 지금껏 본 어떤 곳보다 특별했다.

메리가 속삭이듯 말했다. "어쩜 이렇게 조용할까! 정말 조용하다!"

메리는 잠시 기다렸다가 귀를 기울였다. 나무 꼭대기로 날아간 울새도 조용하긴 마찬가지였다. 날개를 퍼덕이지도 않고 꼼짝도 하지 않고 앉아서 메리를 바라보았다.

메리가 다시 속삭였다. "조용한 게 당연하지. 이 화원에서 말을 한 사람은 10년 만에 내가 처음일 테니까."

메리는 누군가를 깨울까 봐 두렵기라도 한 듯 문에서 살금살금 걸음을 옮겼다. 풀밭이라 발소리가 안 들려 다행이었다. 메리는 마치 동화 속 풍경처럼 나무 사이에 만들어진 아치형 잿빛 다리 아래로 걸어가 다리를 이루고 있는 잔가지와 덩굴손을 올려다보았다.

"다 시들어버린 걸까? 이 화원은 완전히 죽어버렸나? 아니면 좋겠는데."

벤 웨더스태프였다면 보기만 해도 나무가 죽었는지 살았는지 알았겠지만, 메리는 그저 온통 회색 또는 갈색 가지와 잔가지뿐이며 어떤 가지에서도 작은 새순 하나 돋아날 기미조차 안 보인다는 정도만 알 수 있었다.

그러나 메리는 신비로운 화원 안에 들어왔고 앞으로 언제든 담쟁이덩굴에 가려진 문을 열고 이곳에 들어올 수 있었다. 자신만의 세상을 발견한 것이다.

태양은 화원을 감싼 담장 안쪽을 환하게 비췄고, 미셀스 웨이트의 이 특별한 공간 위로 드높이 둥글게 솟은 푸른 하늘은 황무지의 하늘보다 훨씬 더 눈부시고 아늑해 보였다. 울새는 나무 꼭대기에서 내려와 총총 뛰어다니거나 메리를 따라 이 덤불에서 저 덤불로 날아다녔다. 열심히 지저귀며 바쁘게 따라다니는 모습이 마치 메리에게 화원을 안내하는 것 같았다. 모든 게 낯설고 고요해서 저 혼자 멀리 뚝 떨어진 느낌이 들었지만 메리는 하나도 외롭지 않았다. 그저 장미가 전부 다 죽었는지, 아니면 조금은 살아남아서 날이 따뜻해지면 싹과 봉오리를 틔울지 알고 싶다는 생각뿐이었다. 메리는 이 화원이 아직 살아 있길 바랐다. 장미가 화원 가득 피어나면 얼마나 멋지겠는가!

줄넘기를 팔에 걸고 한참 걸어 다니던 메리는 줄넘기를 하면서 화원 전체를 한 바퀴 돌아보되 구경하고 싶은 것이 있을 때마다 한 번씩 멈추기로 했다. 잔디를 깔아놓은 길이 있던 흔적이 화원 곳곳에서 보였고, 모퉁이 자리 한두 곳에 상록수를 심은 쉼터가 있었는데 돌의자나 이끼로 뒤덮인 긴 화병이 놓여 있었다.

두 번째 쉼터에 다다랐을 때 메리는 줄넘기를 멈췄다. 쉼터 안에는 한때 화단이었던 공간이 있었는데, 연초록빛을 띤 뾰족한 무언가가 검은 흙에서 튀어나온 게 보였다. 메리는 벤 노인이 한 말이 떠올라 무릎을 꿇고 그것들을 들여다보며 속삭였다.

"정말 작은 싹이 자라고 있네. 아마 크로커스일 수도 있고 눈풀꽃이나 수선화일 수도 있어."

메리는 몸을 굽혀 싹에 코를 대고 축축한 흙에서 나는 신선한 냄새를 킁킁대며 맡았다. 정말 좋은 냄새가 났다.

"다른 곳에서는 다른 싹이 나오고 있을지도 몰라. 구석구석 다니면서 봐야겠다."

메리는 줄넘기를 하지 않고 천천히 걸으면서 바닥에서 눈을 떼지 않았다. 가장자리의 오래된 화단과 풀밭 속을 꼼꼼히 들여다보았다. 하나도 놓치지 않으려고 눈을 부릅뜬 채 화원을 돌아다니면서 연둣빛 싹을 훨씬 더 많이 발견한 메리는 또다시 들떠서 낮게 탄성을 질렀다.

"이 화원은 죽지 않았어. 장미는 죽었을지 몰라도 다른 게 살아 있잖아."

메리는 정원을 가꾸는 일은 전혀 몰랐지만 연둣빛 싹이 흙을 뚫고 올라오는 곳 중 몇 군데는 잡풀이 너무 무성해서 싹이 자랄 공간이 부족해 보였다. 그래서 주변을 뒤져 날카로운 나뭇조각을 찾아내서는 무릎을 꿇고 그 조각으로 땅을 파헤쳐 잡초를 뽑아 싹 주변을 깨끗하게 만들었다.

메리는 첫 번째 구역의 잡초를 다 뽑고 나서 말했다. "이제 좀 숨을 쉴 수 있겠네. 더 많이 뽑아줘야겠어. 싹이 보이는 곳마다 잡초를 뽑아줄 거야. 오늘 시간이 안 되면 내일 와서 해야지."

메리는 여기저기 다니면서 땅을 파고 잡초를 뽑았다. 너무 재미있어서 이 화단에서 저 화단으로 옮겨 다니다 나무 아래 풀밭까지 갔다. 잡초 뽑기를 하며 몸이 후끈해진 메리는 외투를 벗었고 이어서 모자도 벗었다. 자신은 몰랐지만 풀밭과 연둣빛 싹을 보며 일하는 내내 메리의 얼굴에서는 미소가 사라지지 않았다.

울새도 무척 바빠 보였다. 제가 사는 곳을 가꿔주는 메리를 매우 만족스러운 눈길로 바라보느라 여념이 없었다. 울새는 벤 웨더스태프를 보며 신기해하곤 했다. 벤 노인이 정원을 가꾸며 흙을 파헤친 곳에서는 온갖 맛있는 먹을거리가 생겨났다. 그런데 몸집이 벤의 절반도 안 되는 새로운 생명체가 나타나 곧바로 화원을 가꾸기 시작한 것이다.

메리 아가씨는 점심을 먹을 때가 되어서야 김매기 작업을 멈췄다. 사실 이미 점심때가 조금 지난 시각이어서 메리는 외투를 입고 모자를 쓰고 줄넘기를 집어 들면서 그새 두세 시간이나 지났다는 걸 깨닫고 깜짝 놀랐다. 일하는 내내 메리는 기분이 좋았다. 김을 매자 모습을 드러낸 연둣빛 싹 수십 개가 잡초에 가려 숨이 막혔을 때보다 두 배는 생기 있어 보였기 때문이다.

"이따 오후에 다시 올게." 메리는 제가 꾸민 새로운 왕국을 둘러보며 나무와 장미 덤불이 알아듣기라도 할 것처럼 말했다.

그러고는 가벼운 뜀박질로 풀밭을 가로질러 천천히 여닫히는 오래된 문을 밀고 담쟁이덩굴을 통과해 나왔다. 볼이 한껏 붉어지고 눈빛이 초롱초롱해진 메리가 점심을 아주 맛있게 먹자 마사는 기뻐하며 말했다.

"고기도 두 조각이나 먹고 쌀 푸딩도 두 그릇이나 먹었네요. 아! 줄넘기한 효과가 이렇게 크다고 말씀드리면 엄마가 기뻐하실 거예요."

메리 아가씨는 화원에서 뾰족한 막대기로 땅을 팔 때 발견한, 양파처럼 생긴 작고 하얀 뿌리를 떠올렸다. 다시 제자리에 돌려놓고 조심스럽게 흙을 덮고 두드린 그 뿌리가 무엇인지 마사는 알지도 몰랐다.

"마사, 양파처럼 생긴 하얀 뿌리는 뭐야?"

"알뿌리예요. 거기서 자라는 봄꽃이 한두 가지가 아니에요. 눈풀꽃이랑 크로커스처럼 아주 작은 꽃도 자라고 노랗거나 흰 수선화, 나팔 수선화 같은 큰 꽃도 자라죠. 그중에 제일 큰 건 백합이랑 보랏빛 꽃창포예요. 아! 꽃이 피면 정말 예쁘죠. 디콘도 우리 집 조그만 정원에 알뿌리를 무지 많이 심었어요."

"디콘은 알뿌리를 다 알아?" 메리가 새로운 생각이 떠올라 물었다.

"디콘은 벽돌담에서도 꽃을 키울 수 있는 애예요. 엄마 말로는 디콘이 속삭이기만 해도 땅에서 뭔가가 자라는 것 같대요."

"알뿌리는 오래 살아? 몇 년 동안 아무도 돌봐주지 않아도?" 메리가 걱정스럽다는 듯 물었다.

"알뿌리는 알아서 잘 살아요. 그래서 가난한 사람들도 키울 수 있죠. 누가 괴롭히지만 않으면 평생 땅속에서 열심히 양분을 섭취해 자식을 퍼트려요. 공원 숲에 눈풀꽃이 수천 송이 피는 곳이 있는데요. 봄이 오면 요크셔에서 제일 예쁜 장관이 펼쳐져요. 언제 처음 심어졌는지는 아무도 모르지만요."

"빨리 봄이 오면 좋겠다. 영국에서 자라는 건 전부 다 보고 싶어."

메리는 점심 식사를 마치고 벽난로 앞 양탄자에서 제일 좋아하는 자리에 앉았다.

"저기…… 작은 삽이 하나 있으면 좋겠는데."

메리의 말에 마사가 웃으며 물었다.

"삽이 왜 필요한데요? 땅 파는 게 재밌어졌군요? 엄마한테 이 얘기도 해줘야겠네요."

메리는 벽난로의 불꽃을 바라보며 잠시 생각에 잠겼다. 비밀의 왕국을 지키려면 조심해야 했다. 메리가 화원에 해를 끼치거나 한 건 아니지만 화원의 문이 열린 걸 고모부가 알면 불같이 화를 내며 새 열쇠로 화원을 영원히 잠가버릴 것이다. 그건 정말 못 견딜 것 같았다.

메리는 무언가를 곰곰이 생각하며 천천히 말했다. "여긴 너무 크고 외로워. 집도 외롭고 공원도 외롭고 정원도 외로워. 너무 많은 곳이 닫혀 있어. 인도에서는 뭘 많이 해본 적은 없지만 원주민이나 행군하는 군인처럼 구경할 사람이 많았어. 가끔 밴드 연주를 보기도 했고 아야가 이야기를 들려줬어. 여기서는 너랑 벤 할아버지를 빼면 얘기할 사람이 아무도 없어. 넌 일해야 하고 벤 할아버지는 나한테 말도 잘 안 걸어. 작은 삽이 있으면 할아버지가 일하는 정원에서 땅도 파고 할아버지한테 씨앗을 좀 받아 작은 정원도 만들 수 있을 것 같아."

그 말에 마사가 얼굴이 환해져 외쳤다.

"엄마 말대로 됐네요! 똑같이는 아니어도 엄마가 그러셨 거든요. 그렇게 큰 집에 땅이 남아도는데 아가씨한테도 파슬리랑 무 정도라도 심을 땅을 조금 주면 어떻겠냐고요. 그러면 아가씨가 삽질도 하고 갈퀴질도 하면서 아주 행복해할 거래요. 정말 딱 그렇게 말씀하셨다니까요."

"정말? 너희 엄마는 어쩜 그렇게 모르는 게 없으시지?"

"그러게요! 엄마가 그러셨어요. 아이를 열두 명 키우는 여자는 글자 말고도 배우는 게 많다고요. 아이들은 산수 못지않게 많은 걸 깨닫게 해준대요."

"삽은 가격이 얼마나 해? 작은 걸로 사면."

마사가 기억을 더듬으며 말했다. "글쎄요. 스웨이트 마을에 가게가 한두 개 있는데 정원용품을 묶어 파는 걸 보긴 했어요. 삽이랑 갈퀴랑 삼지창을 2실링에 팔더라고요. 꽤 튼튼해서 그 정도면 쓸 만할 거예요."

"돈은 지갑에 많이 있어. 모리슨 부인이 5실링을 췄고 메들록 부인도 고모부가 주셨다면서 조금 췄어."

"주인님이 그렇게나 아가씨를 챙기셨다고요?" 마사가 흥분해서 외쳤다.

"메들록 부인이 그러는데 일주일에 1실링씩 주라고 하셨대. 매주 토요일에 받아. 어디에 쓸지 몰라 안 썼고."

"세상에! 부자네요! 그 돈이면 아가씨가 원하는 건 뭐든 살 수 있어요. 우리 집 월세가 1실링 3펜스밖에 안 되는데도 그 돈을 벌려면 어찌나 힘든지 생니가 다 뽑히는 것 같다니까요. 그보다 방금 좋은 생각이 났어요."

마사가 양 허리에 손을 얹고 말하자 메리가 기대하는 눈빛으로 물었다.

"뭔데?"

"스웨이트에 있는 가게에서는 꽃씨를 봉지당 1페니에 파는데, 우리 디콘은 어떤 꽃이 제일 예쁘고 어떻게 키우는지 잘 알아요. 하루에도 몇 번씩 재미 삼아 걸어서 스웨이트에 다녀오거든요. 아가씨, 인쇄체로 글자를 쓸 줄 아세요?" 마사가 갑자기 물었다.

"글자를 쓸 줄은 알아."

메리가 답하자 마사가 고개를 저으며 말했다.

"우리 디콘은 인쇄체로 쓴 글자만 읽을 수 있거든요. 인쇄체로 편지를 쓸 수만 있으면 디콘더러 가게에 가서 꽃씨랑 정원용품을 사오라고 할 수 있어요."

"와! 넌 참 착한 아이야! 정말이야! 네가 이렇게 착한지 몰랐어. 해보면 인쇄체로 쓸 수 있을 거야. 메들록 부인한테 펜이랑 잉크랑 종이를 달라고 하자."

"내 것도 있어요. 일요일에 엄마한테 편지를 쓰려고 샀거든요. 가서 가져올게요."

마사가 방을 뛰어나가자 메리는 벽난로 옆에 서서 기뻐서 어쩔 줄 모르겠다는 듯 가늘고 작은 두 손을 맞잡고 비벼대며 속삭였다.

"삽만 있으면 흙을 뒤집어 부드럽게 만들고 잡초를 파낼 수 있어. 씨앗을 구해 꽃을 키우면 화원은 죽지 않고 살아날 거야."

그러나 그날 오후 메리는 다시 화원에 가지 못했다. 마사가 펜과 잉크와 종이를 가지고 돌아왔지만 먼저 식탁을 치우고 그릇을 아래층으로 옮겨야 했고, 그릇을 들고 주방에 가니 거기 있던 메들록 부인이 일을 시켰기 때문이다. 메리는 마사를 기다리는 시간이 길게만 느껴졌다. 디콘에게 편지를 쓰는 것도 만만치 않은 일이었다. 인도에서는 가정교사들이 메리를 너무 싫어해서 오래 붙어 있질 않아 글을 거의 배우지 못했다. 그래서 철자에 약했지만, 해보니 인쇄체로 글을 쓸 수는 있었다. 마사가 말하는 대로 메리가 받아 쓴 편지 내용은 다음과 같았다.

사랑하는 디콘에게

지금 부치려는 이 편지가 너에게 잘 도착하면 좋겠구나. 메리 아가씨에게 돈이 많으니 스웨이트에 가서 화단을 만들 정원 용품 세트와 꽃씨를 좀 사다 주지 않겠니? 아가씨는 꽃을 한 번도 키워본 적이 없고 여기와는 다른 인도에서 살았으니 네가 보기에 제일 예쁘고 키우기 쉬운 꽃으로 골라 주길 바란다. 엄마와 아이들에게 사랑한다고 전해주렴. 메리 아가씨가 인도 이야기를 더 많이 들려주셔서 다음 휴가 때는 코끼리랑 낙타 이야기랑 사자와 호랑이를 사냥하러 다니는 신사들 이야기를 들을 수 있을 거란다.

너를 사랑하는 누나
마사 피비 소어비

"봉투에 돈을 넣어주시면 푸줏간 아이가 수레로 배달할 때 가져가서 전하라 할게요. 디콘이랑 아주 친한 친구거든요."

"디콘이 사온 물건은 어떻게 받아?"

"직접 아가씨한테 가져다줄 거예요. 이리로 걸어오고 싶어 할걸요."

그 말에 메리가 탄성을 질렀다. "와! 그러면 디콘을 보겠네! 볼 수 있을 줄 몰랐어."

"디콘이 보고 싶으세요?" 메리가 하도 즐거워 보이자 마사가 불쑥 물었다.

"응, 보고 싶어. 여우랑 까마귀가 좋아하는 남자애는 한 번도 본 적이 없거든. 꼭 만나고 싶어."

그때 마사가 잊었던 무언가가 떠오른 듯 움찔하며 말했다.

"그 말을 듣고 보니 깜빡 잊어버린 게 있네요. 오늘 아침에 오자마자 말하려고 했는데. 엄마한테 부탁드렸더니 메들록 부인한테 직접 물어보시겠대요."

"그 말은……?"

"왜, 화요일에 내가 그랬잖아요. 아가씨를 언제 한번 우리 오두막에 초대해 엄마가 만든 뜨끈한 귀리빵이랑 버터랑 우유를 드려도 되냐고 물어보겠다고요."

메리는 온갖 즐거운 일이 하루 만에 다 벌어지는 것 같았다. 하늘이 파란 대낮에 황무지를 가로질러 갈 수 있다니! 아이가 열두 명이나 있는 오두막에 갈 수 있다니!

"너희 엄마는 메들록 부인이 날 보내줄 것 같으시대?" 메리가 매우 걱정스러운 얼굴로 물었다.

"네, 보내줄 것 같으시대요. 엄마가 얼마나 깔끔한 분인지, 오두막을 얼마나 깨끗하게 관리하는지 잘 아시거든요."

메리는 마사가 한 말을 생각해보더니 아주 마음에 든다는 듯 말했다. "거기 가면 디콘뿐 아니라 너희 엄마도 만나겠네. 너희 엄마는 인도의 엄마들과는 다른 것 같아."

오후의 흥분이 가라앉자 오전의 정원 일로 나른해진 메리는 조용히 생각에 잠겼다. 마사도 차 마시는 시간이 될 때까지 메리와 함께 있었지만 둘 다 말은 거의 하지 않고 편안하게 앉아 있었다. 그러다 마사가 차 쟁반을 가지러 아래층으로 내려가려 하자 메리가 물었다.

"마사, 오늘도 주방 하녀가 이가 아팠어?"

마사는 분명 조금 놀란 표정이었다.

"왜 그런 걸 물으세요?"

"아까 널 기다릴 때 네가 하도 안 오길래 언제 오나 보려고 문을 열고 복도로 나갔거든. 그때 또 그날 밤 들었던 그 울음소리가 멀리서 들렸어. 오늘은 바람이 안 부니까 바람 소리는 아닐 거 아냐."

마사가 안절부절못하며 말했다. "아! 복도를 돌아다니면서 엿들으시면 안 돼요. 주인님이 화나면 무슨 짓을 하실지 모른다고요."

"엿듣지 않았어. 그냥 널 기다리다가 들은 거야. 세 번이나 들렸는걸."

"아이고! 메들록 부인이 종을 울리네요." 마사는 그렇게 말하고는 허둥지둥 방을 나갔다.

"진짜 세상에서 제일 이상한 집이라니까." 메리가 졸린 목소리로 말했다. 옆에 있던 푹신한 안락의자로 고개가 툭 떨어졌다. 메리는 신선한 공기와 땅 파기, 줄넘기가 선사한 기분 좋은 피로를 이기지 못하고 잠에 빠져들었다.

제10장

디콘

일주일 가까이 비밀의 화원에 햇볕이 내리쬐었다. '비밀의 화원'은 메리가 그 화원에 붙여준 이름이었다. 메리는 그 이름이 좋았고, 아무도 모르게 화원의 아름답고 오래된 담장에 둘러싸인 기분은 더 좋았다. 마치 세상과 동떨어진 동화 속 공간에 있는 기분이 들었다. 몇 권 안 되지만 지금까지 메리가 읽고 마음에 들었던 책은 다 동화책이었는데, 그중에 비밀의 화원이 등장하는 책이 있었다. 사람들이 들어가면 잠이 들어 100년 동안 깨어나지 않는 화원이었는데, 메리는 그 사람들이 참 어리석다고 생각했다. 미셀스웨이트에 온 뒤로 메리는 잠이 들기는커녕 날이 갈수록 정신이 또렷해졌다. 집 밖에서 노는 게 좋아졌고 더 빨리, 더 오래 뛸 수 있었으며, 줄넘기도 백 개까지 할 수 있었다. 비밀의 화원에 있는 알뿌리들은 분명 깜짝 놀랐을 것이다. 어느 날 갑자기 주변이 깔끔하고 멋지게 정리되어 그동안 절실했던 숨 쉴 공간이 생겼으니 말이다. 메리 아가씨는 모르겠지만, 그때부터 화원의 알뿌리들은 검은 흙 속에서 기운을 내 열심히 일하기 시작했다. 주변이 정리되어 햇볕이 내리쬐면 금세 따뜻해졌고 비가 내리면 빗물이 곧바로 스며들었다. 그 덕분에 알뿌리마다 생기가 넘쳤다.

별나고 의지가 강한 소녀인 메리는 의지를 불태울 흥미로운 대상이 생기니 그 대상에 완전히 몰두했다. 착실하게 땅을 파서 잡초를 뽑았고 시간이 갈수록 지치기는커녕 이 일을 더 좋아하게 되었다. 메리에게 정원을 가꾸는 일은 흥미진진한 놀이였다. 메리는 기대하지 않았던 연둣빛 새싹을 더 많이 발견했다. 사방에서 싹이 나기 시작해 매일 작은 싹이 새로 발견되었는데, 어떤 건 너무 작아서 흙 위로 아주 조금만 올라와 보일락 말락 했다. 싹이 너무 많아 메리는 '눈풀꽃이 수천 송이 핀다'고 했고 알뿌리가 번식해 자식을 퍼트린다고 했던 마사의 말을 떠올렸다. 이 화원의 알뿌리들은 10년이나 방치되었으니 그동안 눈풀꽃처럼 수천 개로 번식했을지도 몰랐다. 메리는 알뿌리가 꽃이 되려면 얼마나 걸릴지 궁금했다. 가끔 땅 파기를 멈추고 화원을 둘러보면서 활짝 핀 꽃 수천 송이로 뒤덮인 화원을 상상해보기도 했다.

햇볕이 내리쬔 한 주 동안 메리는 벤 웨더스태프와 더 가까워졌다. 땅에서 솟아난 것처럼 옆에서 불쑥 나타나 몇 번이나 벤 노인을 깜짝 놀라게 했는데, 일부러 그런 건 아니었다. 벤 노인이 자기를 보면 도구들을 챙겨서 가버릴까 봐 최대한 조용히 다가갔을 뿐이다. 사실 벤 노인은 이제 메리를 처음 만났을 때처럼 싫어하지는 않았다. 메리가 자기처럼 다 늙은 할아버지와 같이 있고 싶어 하는 게 확연히 느껴져 내심 기분이 좋았기 때문이다. 메리의 태도가 전보다 공손해진 것도 있었다. 벤 노인은 몰랐지만, 메리는 벤을 처음 만났을 때 인도의 원주민을 대하는 태도로 말했다. 그리고 메리는 몰랐지만, 퉁명스럽고 억센 요크셔 노인은 주인에게 고개를 조아리는 인사법에 익숙하지 않았으며 그저 주인이 시키는 일을 할 뿐이었다.

어느 날 아침 고개를 들다가 어느새 옆에 서 있는 메리를 보고 벤 노인이 말했다.

"아가씨는 꼭 울새 같구먼요. 언제, 어느 쪽에서 나타날지 도통 알 수 없다니까요."

"울새는 이제 나랑 친구예요."

메리의 말에 벤 노인이 쏘아붙이듯 말했다.

"그 너석답네요. 허영심이 어찌나 많은지 여자들만 보면 방정맞게 알랑거리거든요. 꽁지깃을 보란 듯 흔들 수만 있다면 무슨 짓이든 할걸요. 노른자가 꽉 들어찬 달걀처럼 아주 자만심으로 똘똘 뭉쳤다니까요."

벤 노인은 말수가 거의 없어 가끔 끙하는 소리만 낼 뿐 메리의 물음에 제대로 답조차 하지 않았는데, 이날 아침에는 유난히 말이 많았다. 허리를 펴고 서서 밑창에 징이 박힌 장화 한쪽을 삽 위에 걸쳐놓고는 메리를 살펴보더니 불쑥 물었다.

"여기 온 지 얼마나 되었죠?"

"한 달쯤 되었을걸요."

"아가씨가 미셀스웨이트 체면을 세워주네요. 처음보다 살도 제법 올랐고 누리끼리한 얼굴빛도 좋아진 걸 보면요. 이 텃밭에 처음 왔을 때는 꼭 털 뽑은 까마귀 새끼 같았는데 말이죠. 저렇게 못생기고 심통 맞아 보이는 애는 처음 본다고 생각했다니까요."

메리는 허영심이 없고 자기가 예쁘게 생겼다는 생각은 해본 적이 없어 그다지 기분이 나쁘지 않았다.

"살이 찌긴 했어요. 양말이 점점 조이더라고요. 원래는 헐렁해서 주름이 졌거든요. 저기 울새가 있어요, 벤 할아버지."

정말 울새가 있었는데, 울새는 그 어느 때보다 기분이 좋아 보였다. 붉은 조끼는 공단처럼 반지르르했으며, 날개와 꽁지를 파닥이거나 고개를 갸웃하며 활기차게 온갖 애교를 떨면서 총총 뛰어다녔다. 울새는 벤 노인의 칭찬을 끌어내려고 작정한 듯 보였다. 그러나 벤은 비꼬는 투로 말했다.

"하, 오셨구먼! 달리 놀 사람이 없을 땐 나랑 놀아도 괜찮은가 보지? 요 몇 주 동안 가슴 털은 더 빨개지고 깃털은 반질반질 윤이 나는 걸 보니 무슨 꿍꿍인지 알겠다. 어디 사는진 몰라도 웬 당돌한 암컷의 환심을 사려고 애쓰는 게지? 네가 미셀 황무지에서 제일 멋진 수컷이라느니, 다른 수컷은 다 싸워 이길 수 있다느니 허풍을 떨면서 말이다."

"와! 쟤 좀 보세요!" 메리가 외쳤다.

울새는 오늘따라 더 매혹적이고 대담했다. 총총걸음으로 벤 노인에게 점점 더 가까이 다가가더니 한층 더 귀여운 눈빛으로 그를 쳐다보았다. 그러더니 바로 옆에 있는 까치밥나무 덤불로 날아가서는 고개를 갸웃하며 그를 향해 노래를 불렀다.

벤은 얼굴을 찡그리며 말했지만, 메리가 보기에는 분명 기쁜 내색을 하지 않으려고 애쓰는 표정이었다.

"그러면 내가 넘어갈 줄 아는 모양이구나. 네 애교에 안 넘어갈 사람은 없다고 생각하는 게지. 암, 어련하겠니."

울새가 날개를 쫙 편 순간 메리는 제 눈을 의심했다. 벤 노인의 삽자루 쪽으로 곧장 날아가 손잡이 꼭대기에 앉은 것이다. 그러자 벤의 얼굴에 주름이 지면서 서서히 새로운 표정이 떠올랐다. 벤은 마치 숨을 쉴까 봐 두렵기라도 한 듯 선 채로 꼼짝도 하지 않았다. 울새가 놀라서 날아가 버릴세라 무슨 일이 있어도 움직이지 않을 기세였다. 벤 노인이 속삭였다. 하는 말과 달리 한없이 부드러운 목소리였다.

"이런 요망한 것! 사람 괴롭히는 데 도가 텄구나, 텄어! 아주 내 머리 꼭대기에 앉아 있다니까."

벤 노인은 숨을 거의 쉬지 않으며 움직이지 않고 서 있었다. 벤은 울새가 날개를 다시 파닥이며 날아간 뒤에야 삽자루 손잡이에 마법이라도 걸린 듯 바라보다 다시 땅을 파기 시작했고, 이후 몇 분 동안 아무 말도 하지 않았다.

그러나 이따금 얼굴에 환한 미소가 번졌다. 그 모습에 메리도 거리낌 없이 말을 걸었다.

"할아버지도 정원이 있어요?"

"아뇨. 난 결혼을 안 해서 정문에 있는 숙소에서 마틴이랑 살아요."

"정원이 있으면 뭘 심으실 거예요?"

"양배추랑 감자랑 양파를 심죠."

"화원을 꾸미고 싶으면 뭘 심으실 거예요?" 메리가 집요하게 물었다.

"알뿌리랑 냄새가 향긋한 걸 심겠죠. 뭐, 주로 장미를 심겠지만요."

그 말에 메리의 얼굴이 환해졌다.

"장미를 좋아하세요?"

벤 노인이 잡초를 뿌리째 뽑아 옆으로 던지고는 대답했다.

"뭐, 좋아하긴 하죠. 어떤 젊은 귀부인 밑에서 정원사로 일할 때 장미 키우는 법을 배웠거든요. 그 부인은 맘에 드는 곳에 장미를 한가득 심어놓고는 자식이나 울새라도 되는 양 애정을 쏟았어요. 장미에 입을 맞추는 모습까지 봤다니까요."
벤 노인은 잡초를 하나 더 뽑아 못마땅하다는 듯 쳐다봤다.
"10년이나 지난 일이지만요."

"그 부인은 지금 어디 있는데요?"

메리가 궁금해하자 벤이 삽을 땅속 깊숙이 꽂으며 답했다.

"하늘나라요. 목사가 하는 말대로라면요."

"장미는 어떻게 되었어요?" 궁금해 못 견디겠다는 듯 메리가 다시 물었다.

"그냥 내버려 뒀죠."

메리는 마음이 한껏 들뜨고 있었다.

"다 죽었어요? 장미는 그냥 두면 죽어요?"

메리가 조심스레 묻자 벤 웨더스태프는 마지못해 털어놓았다.

"뭐, 나도 부인의 장미가 좋아졌지만 그 부인도 좋아했고 아끼는 꽃이고 해서 1년에 한두 번 손을 봐줬어요. 가지치기도 하고 잡초도 뽑아주고 하면서요. 제멋대로 자라긴 하지만 기름진 땅에 심어서 몇 그루는 살아남았죠."

"잎사귀가 없고 가지가 회색이나 갈색인 데다 메말랐으면 죽었는지 살았는지 어떻게 알아요?"

"봄이 올 때까지 기다려야죠. 햇볕을 쬐고 비를 맞고 또 햇볕을 쬐고 나면 알게 돼요."

"어떻게요? 어떻게 되는데요?" 메리가 조심해야 하는 걸 깜빡 잊고 외쳤다.

"잔가지와 굵은 가지를 살펴보면 갈색 혹 같은 게 여기저기서 부풀어 올라요. 따뜻한 비를 맞고 나면 그게 어떻게 되는지 보면 돼요."

벤 노인은 말을 멈추고 간절한 표정을 한 메리 얼굴을 궁금한 듯 바라보다 따져 물었다.

"근데 갑자기 장미가 왜 그렇게 궁금해졌대요?"

메리 아가씨의 얼굴이 붉게 달아올랐다. 메리는 답하기가 두려웠지만 더듬거리며 말했다.

"그게…… 그러니까 놀고 싶어서요…… 나만의 정원이 있거든요. 난…… 나는 할 일이 하나도 없어요. 할 일도 없고…… 놀 사람도 없어요."

벤 노인은 메리를 가만히 바라보며 천천히 말했다.

"하긴, 그렇겠네요. 없긴 하죠."

벤의 말투가 너무 이상해서 메리는 벤이 자기를 조금 안쓰러워하는 것은 아닐까 생각했다. 메리는 자신이 안됐다는 생각은 한 번도 해본 적이 없었다. 사람이든 사물이든 죄다 너무 싫어서 그저 피곤하고 짜증이 날 뿐이었다. 그러나 지금은 세상이 더 좋게 변하는 것 같았다. 비밀의 화원을 들키지만 않으면 언제든 그곳에서 재미있게 놀 수 있었다.

메리는 벤 노인 옆에 10분에서 15분쯤 붙어 있으면서 용기를 내어 계속 이런저런 질문을 했다. 벤은 특유의 툴툴거리는 말투로 모두 답해주었는데, 화도 안 나 보였으며 삽을 들고 가버리지도 않았다. 메리가 막 자리를 뜨려 할 때 벤 노인이 장미에 관해 무언가를 말했다. 그 말을 들으니 노인이 좋아했다던 장미가 떠올라 메리가 물었다.

"지금도 가서 그 장미들을 돌봐주세요?"

"올해는 못 갔어요. 류머티즘 때문에 관절이 너무 뻣뻣해서요."

벤 노인은 늘 그러듯 투덜대는 말투로 답하고는 갑자기 메리에게 화가 난 것 같은 표정을 지었다. 메리는 영문을 알 수 없었다.

벤이 날카롭게 말했다. "아니, 이봐요! 뭔 질문이 이렇게 많대요. 살다 살다 이렇게 질문 많은 아가씨는 처음 보는구먼. 가서 놀아요. 오늘 할 말은 다 했으니까."

그 말투가 하도 퉁명스러워 메리는 더 있어봤자 소용없다고 판단했다. 천천히 줄넘기를 하며 정원 밖 산책로로 나간 메리는 벤 노인을 떠올리며 곰곰이 생각했다. 그러고는 이상하긴 하지만 지렇게 찌증을 내는데도 벤 노인이 좋다고 혼자 중얼거렸다. 메리는 벤 웨더스태프가 좋았다. 그랬다. 정말 좋았다. 쉽지는 않지만 언제든 벤 노인과 대화를 하고 싶었다. 벤이 꽃에 관해서는 모르는 게 없을 거라는 믿음도 갔다.

비밀의 화원은 월계수 울타리를 심은 산책로가 둘러싸고

있었는데, 산책로 끝에 있는 출입문을 통과하면 공원 숲이 나왔다. 메리는 줄넘기를 하며 가서 숲에 깡충깡충 뛰어다니는 토끼가 있는지 찾아보기로 했다. 신나게 줄을 뛰어넘으며 작은 문에 다다른 메리는 문 너머에서 낮게 울리는 특이한 휘파람 소리를 들으며 문을 열고 숲으로 들어갔다.

그러자 정말 이상한 광경이 보였다. 메리는 숨을 멈추고 서서 그 광경을 바라보았다. 한 남자아이가 나무에 등을 기대고 앉아 소박하게 생긴 나무 피리를 연주하고 있었다. 열두 살쯤 되어 보이는 남자아이는 얼굴이 특이했다. 아주 말끔한 인상에 코는 들창코였고 두 볼은 양귀비꽃처럼 빨갰다. 메리 아가씨는 그렇게 동그랗고 파란 남자애 눈은 지금껏 본 적이 없었다. 남자아이가 기댄 나무 몸통에는 갈색 다람쥐 한 마리가 매달려 구경하고 있었고, 근처 덤불 뒤에서는 꿩 한 마리가 우아하게 목을 뻗어 훔쳐보고 있었으며, 바로 옆에서는 토끼 두 마리가 앞발을 들고 똑바로 앉아 코를 움찔거리며 냄새를 맡고 있었다. 마치 동물들이 이끌리듯 다가와 구경하면서 남자아이가 내는 이상하고 나직한 피리 소리를 귀 기울여 듣는 것 같았다.

남자아이는 메리를 보고는 한 손을 들면서 피리 소리만큼 나직한 목소리로 말했다.

"움직이지 마세요. 그러면 다 도망가요."

메리는 꼼짝하지 않았다. 남자아이는 연주를 멈추고 자리에서 일어나기 시작했다. 남자애가 움직임이 거의 보이지 않을 정도로 천천히 일어나 두 발을 딛고 서자 다람쥐는 날쌔게 나뭇가지로 올라갔고 꿩은 목을 움츠렸으며 두 토끼는 앞발을 내려 네 발로 깡충깡충 뛰어갔다. 겁을 먹고 도망가는 것 같지는 않았다.

"난 디콘이에요. 보아하니 메리 아가씨구먼요." 남자아이가 말했다.

메리는 왠지 처음 봤을 때부터 디콘을 알아본 것 같았다. 인도 원주민이 뱀을 부리듯 토끼와 꿩을 부릴 수 있는 사람이 디콘 말고 또 누가 있겠는가! 디콘은 입술이 빨갛고 입이 크고 둥글게 휘어져 있어 웃으니 온 얼굴에 미소가 번졌다.

"빨리 움직이면 동물들이 놀랄까 봐 천천히 일어났어요. 들짐승이 근처에 있을 때는 조심조심 움직이고 목소리도 낮춰야 하거든요."

디콘은 메리를 처음 보았으면서도 잘 아는 사람인 양 친근하게 말했다. 메리는 남자애에 관해서는 아는 게 없기도 했고 왠지 부끄러워 다소 뻣뻣한 말투로 물었다.

"마사가 보낸 편지 받았니?"

디콘은 곱슬곱슬한 적갈색 머리를 끄덕였다.

"그래서 온 거예요."

그러고는 피리를 불 때부터 옆쪽 바닥에 놓여 있던 무언가를 집어 들었다.

"정원용품을 가져왔어요. 작은 삽이랑 갈퀴랑 쇠스랑이랑 괭이 세트예요. 아! 물건은 쓸 만해요. 모종삽도 있고요. 꽃씨를 사니까 아주머니가 흰양귀비랑 파란 참제비고깔 씨앗도 덤으로 주셨어요."

"씨앗 좀 보여줄래?"

메리는 디콘처럼 말하고 싶었다. 디콘의 말투는 빠르고 자연스러웠다. 메리를 향한 호감을 있는 그대로 드러내는 말투였다. 황무지에 살고 누더기를 입으며 재미있게 생긴, 부스스한 적갈색 머리의 평민 남자애를 메리가 싫어할지 모른다는 불안감은 조금도 안 느껴졌다. 디콘에게 다가가니 마치 히스꽃과 풀과 나뭇잎으로 만든 사람인 것처럼 싱그러운 냄새가 났다. 메리는 그 냄새가 정말 좋았으며, 볼이 빨갛고 파란 눈에 동그란 얼굴의 디콘이 웃는 모습을 보다 보니 수줍은 마음이 어느새 사라졌다.

"여기 통나무에 앉아서 보자."

같이 자리에 앉자 디콘은 외투 주머니에서 작고 투박한 갈색 종이봉투를 꺼냈다. 디콘이 봉투의 줄을 풀자 그 안에 꽃그림이 그려진 더 깔끔하고 작은 봉지가 여러 개 들어 있었다.

"목서초랑 양귀비씨가 많네요. 목서초는 자라면서 달콤한 향기가 나고 양귀비처럼 어디에 씨앗을 뿌리든 잘 자라요. 휘파람만 불어줘도 싹이 트고 꽃이 필 정도니 이만한 꽃이 없죠."

그때 디콘이 말을 멈추고 고개를 획 돌렸다. 볼이 양귀비꽃처럼 빨간 얼굴이 확 밝아졌다.

"울새가 어디서 우리를 부르는 거지?"

새빨간 열매가 반짝거리고 잎이 무성한 호랑가시나무 덤불에서 지저귀는 소리가 났다. 메리는 소리의 주인공이 누군지 알 것 같았다.

"정말 우리를 부르는 소리야?"

메리가 묻자 디콘은 너무나 당연하다는 듯 답했다.

"암요. 친구를 부르는 소리예요. '나 여기 있어. 나 좀 봐. 우리 수다 좀 떨자'라고 하는 거예요. 저기 덤불에 있네요. 누구 새예요?"

"벤 웨더스태프 할아버지 새긴 한데, 나랑도 조금 아는 사이야."

디콘이 다시 목소리를 낮췄다. "어쩐지, 아가씨를 아는군요. 좋아하기도 하고요. 친구로 받아들인 거죠. 이제 나한테 아가씨 이야기를 다 들려줄 거예요."

디콘은 메리가 아까 본 느린 동작으로 조심스럽게 덤불 가까이 다가가 울새가 지저귀는 소리와 거의 비슷한 소리를 냈다. 울새는 몇 초간 열심히 듣더니 질문에 답하는 듯 지저귀었다.

"역시 아가씨 친구가 맞네요."

디콘이 빙그레 웃으며 말하자, 메리는 너무도 궁금한 마음에 간절한 눈빛으로 외쳤다.

"진짜 그래 보여? 날 정말 좋아하는 것 같아?"

"싫으면 가까이 오지 않죠. 새들은 친구를 사귈 때 여간 까다로운 게 아니에요. 사람보다 사람을 더 우습게 여기죠. 그런데 봐요. 아가씨한테 알랑거리잖아요. '넌 친구도 못 알아보니?'라고 하네요."

정말 디콘의 말이 맞는 것 같았다. 울새는 옆걸음질을 치고 지저귀고 고개를 갸웃하며 덤불 위를 총총 뛰어다녔다.

"넌 새가 하는 말을 다 알아들어?"

메리가 묻자 디콘은 환한 미소가 번져 크고 빨갛고 둥글게 휘는 입이 유난히 도드라져 보이는 얼굴로 부스스한 머리를 벅벅 문질렀다.

"그런 것 같아요. 새들도 내가 알아듣는단 걸 알고요. 황무지에서 새들이랑 워낙 오래 살았거든요. 알을 깨고 나오는 새끼 때부터 나는 법을 배우고 지저귀기 시작할 때까지 지켜보다 보면 나도 새가 된 기분이 들어요. 가끔은 내가 새나 여우 같기도 하고 다람쥐나 딱정벌레 같기도 하다니까요."

디콘은 웃으며 통나무로 돌아와서는 다시 꽃씨 이야기를 하기 시작했다. 꽃씨가 자라면 어떤 모양의 꽃이 되는지, 어떻게 심고 지켜보고 양분을 주고 물을 주는지 알려주었다.

그러더니 갑자기 고개를 돌려 메리를 보고 말했다.

"저기, 그러지 말고 내가 직접 심어줄게요. 정원이 어디예요?"

메리는 무릎에 올려둔 가느다란 두 손을 꼭 맞잡았다. 무슨 말을 해야 할지 몰라 꼬박 1분 동안 아무 말도 하지 않았다. 이런 상황이 올 줄은 상상도 하지 못해 어찌할 바를 몰랐다. 얼굴이 붉어졌다가 창백해지는 느낌이 들었다.

"작은 화원이라도 있긴 한 거죠?"

메리의 얼굴은 정말로 붉어졌다가 창백해졌다. 안색이 바뀌면서 메리가 계속 말이 없자 디콘은 당황했다.

"작은 땅 하나 안 주겠대요? 아가씨 화원은 아직 없는 거예요?"

메리는 두 손을 더 꽉 부여잡고는 고개를 돌려 디콘을 쳐다보며 천천히 입을 열었다.

"난 남자애들을 잘 몰라서 널 믿어도 될지 모르겠어. 너, 내가 비밀을 말하면 지켜줄 수 있어? 이건 엄청난 비밀이야. 들켰다간 어떻게 될지 몰라. 죽을지도 모른다고!" 메리는 흥분한 목소리로 말을 끝맺었다.

디콘은 몹시 당황한 표정으로 부스스한 머리를 다시 벅벅 문질렀지만 이내 기분 좋게 답했다.

"난 이미 비밀을 지키고 있어요. 친구들의 비밀을 지키지 않으면, 그러니까 새끼 여우랑 새 둥지, 야생동물이 사는 굴이 어디 있는지 다 말하면 황무지에서 안전한 곳은 하나도 없을 테니까요. 암요, 지킬 수 있고말고요."

메리 아가씨는 자기도 모르게 손을 내밀어 디콘의 옷소매를 움켜잡고는 속사포처럼 말을 쏟아냈다.

"내가 화원을 하나 훔쳤어. 그 화원은 내 것도 아니고 누구 것도 아니야. 갖고 싶어 하는 사람도 없고 신경 쓰는 사람도 없어. 들어가는 사람도 없고. 아마 그 안에 있는 건 다 벌써 죽었을 거야. 잘은 모르지만."

메리는 몸이 뜨겁게 달아올랐고 삐딱한 마음이 어느 때보다 강하게 치밀어 올랐다.

"몰라, 상관없어! 누구도 나한테서 그 화원을 빼앗을 권리는 없어. 나 말고는 아무도 신경 안 쓴단 말이야. 다들 그 화원을 꽁꽁 닫아두고 다 죽게 내버려 두고 있다고."

메리는 마지막 말을 격렬하게 내뱉고 두 팔에 얼굴을 묻고 울음을 터트렸다. 가엾고 어린 메리 아가씨였다.

디콘은 파란 눈을 점점 더 동그랗게 뜨면서 놀라움과 연민이 담긴 탄성을 길게 내질렀다.

"어어어!"

"난 할 게 아무것도 없어. 내 건 하나도 없어. 그 화원은 나 혼자 찾았고 나 혼자 들어갔어. 나도 울새랑 똑같아. 울새한테서 화원을 뺏지는 않을 거잖아."

"어디 있어요?" 디콘이 목소리를 낮추며 물었다.

메리 아가씨는 곧바로 통나무에서 일어났다. 또다시 삐딱한 마음이 들고 고집이 발동했지만 메리는 조금도 신경 쓰지 않았다. 지금의 메리는 인도에 있을 때처럼 오만했고, 동시에 화가 나고 슬펐다.

"나랑 같이 가자. 보여줄게."

메리는 월계수 산책로를 빙 돌아 담쟁이덩굴이 무성하게 자란 길로 디콘을 안내했다. 디콘은 연민에 가까운 감정이 어린 묘한 표정으로 메리를 따라갔다. 마치 낯선 새의 둥지를 보러 가는 길 같아서 조심스럽게 움직여야 할 듯했다. 메리가 담장에 다가가 늘어진 담쟁이덩굴을 들어 올리자 디콘은 깜짝 놀랐다. 그곳에 문이 있었고, 메리가 밀자 문이 천천히 열렸다. 디콘과 함께 문을 통과한 메리는 멈춰 서서 보란 듯 손을 획 돌리며 화원을 가리켰다.

"여기야. 여기가 비밀의 화원이고 이곳이 살아 있길 바라는 사람은 이 세상에 나 하나뿐이야."

디콘은 화원을 둘러보고 또 둘러보았고, 또다시 몇 번을 둘러보고는 속삭이며 말했다.

"아! 정말 기이하고 예쁜 곳이네요! 꼭 꿈속에 들어온 것 같아요."

제11장

개똥지빠귀 둥지

디콘은 2~3분 동안 가만히 서서 주변을 둘러보았고 메리는 그러는 디콘을 지켜보았다. 잠시 후 디콘은 조심스럽게 걸음을 옮겼다. 메리가 처음으로 화원의 네 담장 안으로 들어왔을 때보다 더 부드러운 걸음이었다. 디콘은 화원의 모든 걸 눈에 담는 것 같았다. 잿빛 덩굴장미가 타고 자라 가지에 매달려 늘어진 나무, 담장과 풀밭에서 서로 뒤엉켜 있는 가지들, 돌의자와 긴 화병이 있는 상록수 쉼터를 찬찬히 살폈다.

"이곳을 보게 될 줄은 꿈에도 몰랐어요." 드디어 디콘이 속삭이는 목소리로 입을 열었다.

"알고 있었어?"

메리가 큰 소리로 묻자 디콘이 손짓하며 말했다.

"목소리 낮춰요. 누가 들으면 여기서 뭘 하는지 수상하게 여길 거예요."

"아! 깜빡했어!" 메리는 깜짝 놀라 얼른 손으로 입을 틀어막았다.

"이 화원을 알고 있었어?"

메리가 놀란 마음을 가다듬고 다시 묻자 디콘이 고개를 끄덕였다.

"마사 누나가 아무도 들어가지 않는 화원이 있다고 하더라고요. 어떤 곳일까 궁금했는데."

디콘은 걸음을 멈추고 아름다운 잿빛 덩굴을 둘러보았다. 동그란 눈이 이상하리만큼 행복해 보였다.

"아! 봄이 오면 둥지가 잔뜩 생기겠네요. 영국을 통틀어 둥지 짓기에 여기보다 좋은 곳은 없을 거예요. 사람이 오지도 않고 나무랑 장미 덩굴이 저리 엉켜 있으니 둥지 짓기에 딱이죠. 황무지 새들이 몽땅 여기에 둥지를 안 짓는 게 이상할 정도라니까요."

메리 아가씨가 자기도 모르게 또 디콘의 팔을 잡으며 속삭였다.

"장미가 필까? 필지 안 필지 넌 알아? 난 다 죽었을 것 같더라고."

"아! 아니에요! 다 죽은 건 아니에요! 여기 봐요!"

디콘은 제일 가까운 나무로 다가갔다. 껍질에 회색 이끼가 뒤덮인 아주 늙은 나무였지만 뒤엉켜서 커튼처럼 늘어진 잔가지와 굵은 가지를 잘 지탱하고 있었다. 디콘은 주머니에서 두꺼운 칼을 꺼내 칼날 중 하나를 열었다.

"쳐내야 하는 죽은 나무가 많네요. 늙은 나무도 많고요. 근데 작년에 새 가지가 자랐어요. 여기 이게 새로 난 거예요."

디콘은 말을 마치더니 딱딱하고 메마른 회색이 아니라 갈색빛이 도는 초록색 새순에 손을 댔다.

메리도 간절하고 경건한 손짓으로 새순을 만지고는 물었다.

"저건? 저것도 살아 있어?"

디콘은 큰 입술로 호를 그리며 환한 미소를 지었다.

"아가씨나 나만큼 팔팔하구먼요."

메리는 '팔팔하다'는 '살아 있다'나 '생기 있다'는 뜻이라고 했던 마사의 말이 떠올랐다.

메리가 속삭이는 소리로 탄성을 질렀다. "팔팔하다니 다행이다! 전부 다 팔팔하면 좋겠다. 화원을 한 바퀴 돌면서 팔팔한 게 몇 개인지 세어보자."

메리는 숨이 가쁠 정도로 의욕이 넘쳤고, 디콘도 메리만큼 열심이었다. 둘은 나무와 덤불을 차례대로 하나씩 살폈다.

디콘은 칼을 들고 다니면서 메리에게는 그저 경이롭기만 한 것들을 보여주었다.

"제멋대로 자라긴 했지만 제일 강한 나무들은 잘 자랐네요. 약한 것들은 죽었어도 나머지는 자라고 또 자라 퍼지고 또 퍼져 놀라운 일을 이뤄내요. 여기 봐요!" 디콘이 두껍고 메마른 회색 가지를 끌어당기며 말했다. "죽은 가지로 보이겠지만 내가 보기엔 뿌리까지 죽은 건 아니에요. 아래를 한번 잘라볼 테니 잘 봐요."

디콘은 무릎을 구부려 칼로 가지를 땅 바로 위까지 잘라내고는 의기양양하게 말했다.

"봐요! 내 말이 맞죠? 아직 녹색이 남아 있잖아요. 여기 봐요."

메리는 디콘이 말하기도 전에 이미 무릎을 꿇고 열심히 쳐다보고 있었다.

"이렇게 녹색이 비치고 물기가 있으면 팔팔한 거예요. 잘라낸 부분처럼 속까지 메마르고 쉽게 부러지면 죽은 거고요. 여기 이 큰 뿌리에서 산 가지들이 다 자라난 거예요. 오래된 가지를 쳐주고 뿌리 주변의 흙을 파고 돌봐주면……." 디콘은 말을 멈추고 고개를 들어 머리 위로 뒤엉켜 오르고 늘어진 잔가지들을 올려다보았다. "올여름에는 여기에 장미가 흐드러지게 필 거예요."

두 아이는 계속 덤불과 나무를 하나씩 살펴보았다. 힘이 센 디콘은 칼을 능숙하게 다뤘다. 말라 죽은 가지를 쳐내는 법을 알았고, 겉으로는 죽은 것 같지만 아직 초록빛 생명을 품은 크고 작은 가지를 구별해냈다. 30분쯤 지나자 메리도 분간할 수 있게 되었고, 디콘이 죽은 것 같은 가지를 잘랐는데 촉촉한 초록빛이 조금이라도 보이면 흥분을 못 이기고 숨죽여 외쳤다. 삽과 괭이와 쇠스랑은 쓸모가 아주 많았다. 디콘은 삽으로 뿌리 주변을 파내고 흙을 뒤집어 숨을 불어넣으면서 메리에게 쇠스랑 사용법을 알려주었다.

둘이 화원에서 제일 큰 외목대 장미 주변에서 열심히 일할 때였다. 디콘이 무언가를 발견하고 깜짝 놀라 탄성을 지르며 몇 발짝 떨어진 풀밭을 가리켰다.

"세상에! 누가 저렇게 해놨어요?"

메리가 연둣빛 새싹 주변의 잡초를 뽑은 자리 중 하나였다.

"내가 했어."

"와, 아가씨는 화단 가꾸는 법을 하나도 모르는 줄 알았어요."

디콘이 놀라서 외치자 메리가 답했다.

"몰라. 하지만 싹은 너무 작은데 풀은 너무 무성하고 억세서 숨 쉴 공간이 없어 보였어. 그래서 공간을 만들어준 거야. 난 저게 무슨 싹인지도 몰라."

디콘은 싹 옆으로 가서 무릎을 꿇고 앉아 특유의 크고 환한 미소를 지었다.

"잘했어요. 정원사한테 배워서 해도 이보다 더 잘하긴 힘들걸요. 이제 잭의 콩나무처럼 자랄 거예요. 이건 크로커스랑 눈풀꽃이고 여기 이건 흰수선화예요." 디콘이 또 다른 자리를 돌아보며 말했다. "이건 나팔수선화고요. 아! 정말 볼 만하겠네요."

디콘은 메리가 새싹 주변을 정돈한 자리들을 찾아 뛰어다니다 메리를 쳐다보며 말했다.

"쪼그만 아가씨가 많이도 뽑아놨네요."

"난 살이 찌고 있어. 힘도 더 세지고 있고. 전에는 늘 피곤했는데 이제는 땅을 파도 하나도 안 피곤해. 땅을 파헤칠 때 나는 흙냄새도 좋아."

디콘이 어른스럽게 고개를 끄덕이며 말했다. "정말 잘됐네요. 깨끗하고 좋은 흙에서 나는 냄새보다 좋은 건 없죠. 비 맞는 식물에서 나는 싱그러운 냄새보단 못하지만요. 난 비만 오면 황무지에 나가 덤불 밑에 누워요. 빗방울이 히스꽃에 톡톡 떨어지는 소리를 들으면서 쿵쿵 냄새를 맡고 또 맡죠. 엄마가 그러는데, 그럴 때는 코끝을 벌름거리는 게 꼭 토끼 같내요."

"그럼 감기 안 걸려?" 메리가 놀랍다는 듯 디콘을 뚫어지게 바라보며 물었다. 이렇게 재미있고 착한 남자애는 지금껏 한 번도 본 적이 없었다.

디콘이 씩 웃었다. "난 안 걸려요. 태어나서 한 번도 안 걸렸어요. 원체 강하게 컸거든요. 날씨가 어떻든 간에 토끼처럼 늘 황무지를 쏘다녔죠. 엄마는 내가 12년 동안 신선한 공기를 하도 많이 들이마셔서 감기에 걸릴 일은 없을 거래요. 산사나무로 만든 곤봉처럼 튼튼하다나요."

디콘은 말하는 내내 작업을 계속했고 메리는 쇠스랑과 모종삽을 들고 따라다니면서 디콘을 도왔다.

"할 일이 정말 많네요!" 디콘이 작업을 하다 뿌듯한 눈길로 주변을 돌아보며 말했다.

메리가 간절히 부탁했다. "또 와서 나 좀 도와주지 않을래? 나도 도울 수 있어. 땅도 파고 잡초도 뽑고 네가 시키는 건 뭐든 다 할게. 아! 제발 와줘, 디콘!"

디콘이 힘차게 답했다. "아가씨가 원하면 비가 오나 날이 맑으나 매일 올게요. 이렇게 재미있는 일은 처음인걸요. 이 안에 틀어박혀서 잠든 정원을 깨우는 거잖아요."

"네가 와주면, 날 도와 여길 되살려주면 난…… 나는 뭘 해야 할까……." 메리는 힘없이 말끝을 흐렸다. 이렇게 착한 아이를 위해 할 수 있는 일이 있긴 할까?

디콘이 행복한 미소를 지으며 말했다. "뭘 할지 알려줄게요. 살도 더 찌고 새끼 여우처럼 입맛도 좋아지고 나처럼 울새랑 말하는 법도 배우면 돼요. 아! 우리 진짜 재미있을 거예요."

디콘은 화원을 걸어 다니면서 생각에 잠긴 표정으로 나무를 올려다보고 벽과 덤불을 살펴보았다.

"난 정원사처럼 깔끔하게 다듬어가며 가꾸고 싶지는 않은데 아가씨 생각은 어때요? 이렇게 서로 엉키고 흔들리면서 제멋대로 자란 모습이 더 좋아 보여서요."

메리가 걱정스레 말했다. "깔끔하게 다듬지는 말자. 그러면 비밀의 화원 같지 않을 거야."

디콘은 가만히 서서 어리둥절한 표정으로 적갈색 머리카락을 문질렀다.

"그러고 보니 비밀의 화원 맞네요. 근데 10년 전에 문이 잠긴 뒤로 울새 말고도 누가 들어왔었던 것 같아요."

"하지만 문을 잠그고 열쇠를 묻었는걸. 아무도 들어올 수 없었어."

"그러게 말이에요. 참 이상한 곳이네요. 여기저기 가지치기한 흔적이 있는데 10년은 안 되어 보이거든요."

"어떻게 들어와서 가지를 쳤을까?"

디콘은 외목대 장미의 가지 하나를 찬찬히 살펴보며 고개를 가로저었다.

"그러게요! 대체 어떻게 했을까! 문이 잠겼고 열쇠도 묻혀 있는데."

메리 아가씨는 시간이 아무리 오래 지나도 비밀의 화원이 처음 자라기 시작한 이날 아침을 절대 못 잊을 것 같았다. 메리에게 비밀의 화원은 이날 아침부터 자라기 시작했다. 디콘이 씨앗 심을 땅을 정리하기 시작했을 때 메리는 배질이 저를 놀릴 때마다 부르던 노래가 떠올랐다.

"종처럼 생긴 꽃이 있어?"

메리가 묻자 디콘이 모종삽으로 흙을 파내며 답했다.

"은방울꽃이 종 모양이에요. 앵초랑 초롱꽃도요."

"그것도 심자."

"아까 봤는데 은방울꽃은 이미 있어요. 너무 다닥다닥 붙어 자라 솎아줘야겠지만 아주 많아요. 다른 꽃들은 씨를 심어 꽃을 피우려면 2년은 걸릴 테니 우리 오두막 정원에서 몇 개 뽑아와도 돼요. 근데 왜 그 꽃들을 심고 싶어요?"

메리는 인도에 있을 때 같이 산 배질과 그의 형제자매들 이야기를 들려주면서 자기를 '심술쟁이 메리 아가씨'라고 부른 그 애들이 얼마나 싫었는지 털어놓았다.

"내 주위를 빙빙 돌고 춤추면서 이렇게 노래했어.

심술쟁이 메리 아가씨,
어떻게 정원을 가꾸나요?
은종과 새조개 껍데기,
금잔화가 줄지어 있네요.

방금 그 노래가 떠올랐는데, 정말 은종을 닮은 꽃이 있는지 궁금했어."

메리는 살짝 인상을 쓰며 분한 듯 거칠게 모종삽을 흙에

푹 찔러넣었다.

"심술은 걔들이 나보다 더 부렸다고."

그 말에 디콘은 웃음을 터트리고는 메리가 보는 앞에서 기름진 검은 흙을 바스러뜨려 쿵쿵 냄새를 맡았다.

"아! 꽃이나 이런저런 식물이 자라고 친근한 들짐승들이 여기저기 다니면서 저들끼리 집을 짓고 둥지를 틀고 노래하고 지저귀는 걸 생각하면, 누구든 심술을 부릴 필요가 없는 것 같은데, 안 그래요?"

메리는 씨앗을 든 디콘 옆에 무릎을 꿇고 앉아 디콘을 쳐다보며 찌푸렸던 인상을 폈다.

"디콘, 너는 마사가 말한 대로 참 좋은 아이야. 난 네가 좋아. 넌 내가 다섯 번째로 좋아하게 된 사람이야. 좋아하는 사람이 다섯 명이나 생기다니 신기해."

디콘은 마사가 벽난로 장작 받침대를 닦을 때 그러듯 무릎을 꿇은 자세로 허리를 똑바로 폈다. 메리는 디콘의 동그랗고 파란 눈과 빨간 볼과 행복해 보이는 들창코가 우습고 귀여웠다.

"좋아하는 사람이 다섯 명밖에 안 된다고요? 나머지 넷은 누군데요?"

메리가 손가락을 하나씩 꼽으며 말했다. "너희 엄마랑 마사랑 울새랑 벤 웨더스태프 할아버지."

디콘은 웃음을 터트렸다가 누가 들을세라 얼른 팔로 입을 가렸다.

"아가씨 눈에는 내가 이상해 보인다는 거 알아요. 근데 아가씨도 내가 본 여자애 중에 제일 이상해요."

그때 메리가 이상한 행동을 했다. 디콘 쪽으로 몸을 기울여 예전이었다면 남한테 하리라고 상상도 못 했을 질문을 한 것이다. 그것도 디콘처럼 요크셔 억양으로 말하려 애썼다. 인도에서도 누가 자기네랑 비슷하게 말할 때마다 원주민들이 좋아했기 때문이다.

"너도 내가 좋은감?"

디콘은 진심을 담아 답했다.

"아! 좋고말고요. 나는 아가씨가 정말로 좋아요. 울새도 분명 그럴 테고요!"

"그럼 둘이네. 두 명이 날 좋아해."

메리와 디콘은 있는 힘껏 아까보다 더 즐겁게 일했다. 안뜰의 큰 시계가 점심시간을 알리며 울리자 메리는 깜짝 놀라고 아쉬워했다.

"그만 가야 해. 너도 가야 하지 않아?"

메리가 안타깝다는 듯 말하자 디콘이 빙긋 웃었다.

"난 편하게 점심을 갖고 다녀요. 엄마가 늘 주머니에 먹을 걸 조금씩 넣고 다니게 하시거든요."

디콘은 풀밭에 둔 외투를 집어 들더니 주머니에서 울퉁불퉁한 작은 꾸러미를 꺼냈다. 거친 천에 파란색과 하얀색이 섞인 소박하지만 깨끗한 손수건으로 감싸 묶은 꾸러미였다. 꾸러미 안에는 얇게 썬 무언가가 사이에 끼워진 두꺼운 빵 두 조각이 들어 있었다.

"주로 빵만 있는데 오늘은 맛나고 두툼한 베이컨 조각이 들어 있네요."

메리는 이상한 점심이라고 생각했지만, 디콘은 맛있게 먹을 준비가 된 표정이었다.

"아가씨도 얼른 가서 먹어요. 난 먼저 먹고 집에 가기 전에 일을 조금만 더 할게요."

디콘은 나무에 등을 기대고 앉았다.

"울새를 불러 쪼아먹게 베이컨 껍질을 좀 줘야겠어요. 새들은 기름진 걸 아주 좋아하거든요."

메리는 디콘을 두고 차마 발걸음이 떨어지질 않았다. 문득 디콘이 나중에 다시 화원에 오면 사라지고 없을 나무 요정처럼 느껴졌다. 메리에게 디콘은 눈앞에 있는 게 믿기지 않을 정도로 완벽한 존재였다. 메리는 담장에 난 문으로 천천히 반쯤 걸어가다가 걸음을 멈추고 다시 돌아왔다.

"무슨 일이 있어도 절대, 절대로 말하지 않을 거지?"

디콘은 빵과 베이컨을 한입 가득 베어 물어 빨간 볼이 볼록해진 채로 안심하라는 듯한 미소를 지었다.

"아가씨가 개똥지빠귀라면 나한테 둥지를 보여준 셈인데 내가 남들한테 말할 것 같아요? 난 안 해요. 아가씨는 개똥지빠귀만큼 안전하다고요."

메리는 정말 그렇다고 확신했다.

제12장

"땅을 조금 주실 수 있나요?"

메리는 숨이 찰 정도로 쏜살같이 달려 방에 도착했다. 머리카락은 헝클어져 이마를 덮었고 두 볼은 분홍빛으로 물들어 발그레했다. 마사가 식탁에 점심을 차려놓고 그 옆에서 기다리고 있었다.

"좀 늦었네요. 어디 있다 왔대요?"

"디콘을 만났어! 디콘을 만났다고!"

마사가 의기양양하게 말했다. "올 줄 알았어요. 만나보니 어떻던가요?"

"난…… 난 디콘이 예쁜 것 같아!"

메리가 단호한 목소리로 말하자 마사는 당황스러우면서도 기분 좋은 표정을 지었다.

"뭐, 우리 형제자매 중에 제일 괜찮긴 하지만 잘생겼다는 생각은 해본 적이 없네요. 코가 너무 많이 들렸어요."

"그래서 좋은걸."

마사가 약간 미심쩍다는 듯 말했다. "눈도 너무 동그랗잖아요. 눈동자 색은 예쁘지만."

"난 동그란 눈이 좋아. 게다가 황무지 하늘 색깔이랑 똑같잖아."

마사는 흐뭇하다는 듯 환한 미소를 지었다.

"엄마는 디콘 눈이 그 색깔이 된 건 늘 새랑 구름을 올려다봐서 그렇대요. 근데 입은 너무 크지 않나요?"

"그래서 정말 좋은걸. 내 입도 그랬으면 좋겠어."

메리가 고집스레 말하자 마사가 기뻐하며 빙긋 웃었다.

"아가씨는 얼굴도 작은데 입이 그렇게 크면 참 우습겠네요. 어쨌거나 난 아가씨가 디콘을 만나면 좋아할 줄 알았어요. 씨앗이랑 정원용품은 마음에 들던가요?"

"디콘이 가져올 거란 건 어떻게 알았어?"

"아! 안 가져올 거란 생각은 하지도 않았어요. 어디 멀리 있는 것도 아니고 요크셔에 있는 건데 당연히 가져오죠. 워낙 믿음직한 아이거든요."

메리는 마사가 답하기 곤란한 질문을 할까 봐 걱정했지

만, 다행히 그런 일은 없었다. 마사는 씨앗과 정원용품에만 관심을 보였다. 딱 한 번 메리가 겁먹은 순간이 있기는 했는데, 마사가 꽃을 어디에 심을지 물을 때였다.

"누구한테 물어는 봤어요?"

마사의 질문에 메리는 머뭇거리며 답했다.

"아직 아무한테도 안 물어봤어."

"나라면 수석 정원사한테는 안 물어볼 거예요. 로치 씨는 너무 으스대거든요."

"그 사람은 본 적도 없어. 정원 일꾼들하고 벤 웨더스태프 할아버지만 봤어."

"나라면 벤 영감님한테 물어보겠어요. 좀 괴팍하지만 보기와는 다르게 착한 분이에요. 주인님도 그 영감님은 하고 싶은 대로 하게 두세요. 주인마님이 살아 계실 때부터 있었고 마님을 웃게 했던 분이거든요. 마님이 영감님을 좋아하셨어요. 아마 영감님한테 부탁하면 구석진 데 있는 땅을 찾아주실 거예요."

"아무도 안 쓰는 구석 자리 땅은 내가 가져도 누가 뭐라 하지 않겠지?"

메리가 걱정스레 묻자 마사가 답했다.

"뭐라 할 이유가 없지 않을까요. 아가씨가 무슨 해를 끼칠 것도 아니고."

메리는 점심을 최대한 빨리 먹었다. 그러고는 식탁에서

일어나 다시 놀이방으로 뛰어가 모자를 쓰자 마사가 멈춰 세웠다.

"할 말이 있어요. 점심을 다 먹으면 말하려고 기다렸어요. 주인님이 오늘 아침에 돌아오셨는데 아가씨를 보고 싶어 하시나 봐요."

메리의 얼굴이 하얗게 질렸다.

"아! 왜? 대체 왜! 내가 왔을 때는 보고 싶지 않다고 했잖아. 피처가 그렇게 말하는 걸 들었단 말이야."

"그게, 메들록 부인 말로는 우리 엄마 때문이래요. 엄마가 스웨이트 마을로 걸어가다가 주인님을 만났대요. 여태껏 엄마가 말을 건 적은 없지만 주인님이 우리 오두막에 두세 번 온 적은 있어요. 주인님은 엄마를 잊어버렸겠지만, 엄마는 주인님 얼굴이 기억나 실례를 무릅쓰고 주인님을 불러 세웠대요. 내용은 몰라도 아가씨에 대해 무슨 말을 한 모양이에요. 어쨌든 엄마가 한 말 때문에 주인님이 내일 또 멀리 떠나기 전에 아가씨를 볼 마음이 생기셨대요."

"아! 내일 떠나신대? 정말 다행이다!"

"오래 떠나 계실 거래요. 가을이나 겨울까지는 안 돌아오신대요. 외국으로 가시나 봐요. 항상 그러세요."

메리가 다행스러워하며 말했다. "아! 잘됐다…… 정말 잘됐어!"

고모부가 겨울까지, 아니 가을까지라도 안 돌아오면 비밀의 화원이 되살아나는 걸 지켜볼 시간이 생길 것이다. 고모부에게 들켜 화원을 빼앗기더라도 최소한 그때까지는 누릴 수 있었다.

"고모부가 언제 나를 보고 싶으시……."

메리가 말을 다 마치기도 전에 문이 열리고 메들록 부인이 들어왔다. 메들록 부인은 자기 옷 중 제일 좋은 원피스와 모자를 착용하고 있었고, 옷깃에는 남자 얼굴 사진으로 장식된 큼지막한 브로치가 꽂혀 있었다. 몇 년 전 사별한 메들록 씨의 컬러 사진이었는데, 메들록 부인은 옷을 차려입을 때마다 늘 그 브로치를 찼다. 초조하고 들뜬 표정으로 부인이 빠르게 말했다.

"머리가 헝클어졌네요. 가서 빗어요. 마사, 아가씨가 제일 좋은 원피스를 입으시게 도와드려. 크레이븐 씨가 아가씨를 서재로 데리고 오라셨다."

발그레하던 메리의 볼에서 핏기가 싹 가셨다. 심장이 쿵쿵 뛰기 시작했고 다시 뻣뻣하고 못생기고 말 없는 아이로 돌아가는 느낌이 들었다. 메리는 메들록 부인의 질문에 답도 하지 않고 뒤따르는 마사와 함께 침실로 걸어갔다. 마사가 원피스를 입혀주고 머리를 빗겨줄 때도 한마디도 하지 않았고, 몸단장을 마치고 메들록 부인을 따라 복도를 걸을 때에도 입을 꾹 다물었다. 무슨 할 말이 있겠는가? 메리는 고모부를 보러 갈 수밖에 없고 고모부도, 메리도 서로를 좋아하지 않을 게 뻔한데 말이다. 메리는 고모부가 자기를 어떻게 생각할지 알고 있었다.

부인을 따라가니 메리가 저택에서 한 번도 가보지 않은 어느 장소에 도착했다. 메들록 부인이 문을 두드리자 누군가가 "들어와요"라고 했고, 둘은 함께 방으로 들어갔다. 벽난로 앞 안락의자에 한 남자가 앉아 있었고, 메들록 부인이 그에게 말을 건넸다.

"메리 아가씨입니다, 주인님."

"아이는 두고 그만 가봐요. 아이를 데려갈 때가 되면 종을 울리겠소." 크레이븐 씨가 말했다.

메들록 부인이 나가서 문을 닫자 못생기고 작은 메리는 가엾게도 가느다란 두 손을 맞잡아 비틀면서 기다리는 수밖에 없었다. 메리가 보기에 의자에 앉은 고모부는 곱사등이라기보다는 어깨가 높고 다소 구부정했고, 머리카락은 희끗희끗한 검은색이었다. 고모부는 높은 어깨 너머로 고개를 돌려 메리에게 말했다.

"이리 오렴!"

메리는 고모부에게 걸어갔다.

크레이븐 씨는 못생긴 얼굴은 아니었다. 심하게 우울해 보여 그렇지 잘생긴 편이었다. 크레이븐 씨는 메리를 보고 불안해하며 안절부절못했고 메리를 어떻게 대해야 할지 도통 모르겠다는 표정이었다.

"잘 지내니?"

"네."

"다들 잘 보살펴주고?"

"네."

크레이븐 씨는 메리를 살펴보며 초조한 듯 이마를 문질렀다.

"너무 말랐구나."

"살이 찌고 있어요." 메리는 자신이 생각하기에 제일 뻣뻣한 말투로 답했다.

이렇게 불행해 보이는 얼굴이 또 있을까! 크레이븐 씨는 검은 눈으로 메리가 아니라 다른 무언가를 보고 있었고, 메리를 앞에 두고 딴생각을 하는 듯이 보였다.

"널 잊어버리고 있었단다. 내가 어떻게 널 기억할 수 있겠니? 원래는 가정교사나 보모를 붙여줄 생각이었는데 깜빡 잊어버렸구나."

"부탁이에요. 제발……." 메리는 가까스로 입을 열었지만 목이 메어 숨이 막혔다.

"하고 싶은 말이 뭐니?"

"저는…… 저는 이제 커서 보모가 필요 없어요. 그리고 부탁인데…… 제발 가정교사는 붙이지 말아주세요."

크레이븐 씨는 다시 이마를 문지르며 메리를 빤히 쳐다보고는 멍한 표정으로 중얼거렸다.

"소어비 부인도 그렇게 말하더구나."

"그분이 혹시…… 마사의 엄마인가요?"

메리가 더듬거리며 묻자 크레이븐 씨가 답했다.

"그래, 그럴 거다."

"그분은 아이들을 잘 알아요. 자녀가 열두 명이거든요."

크레이븐 씨가 정신을 차린 듯한 얼굴로 물었다.

"그러면 넌 뭘 하고 싶니?"

메리는 목소리가 떨리지 않길 빌며 답했다.

"집 밖에서 놀고 싶어요. 인도에서는 밖에서 노는 게 싫었어요. 여기서는 밖에서 노니까 입맛이 돌아 살이 찌고 있어요."

크레이븐 씨는 메리를 유심히 바라보았다.

"소어비 부인이 밖에서 놀면 너한테 좋을 거라고 하더구나. 나도 그럴 것 같고. 부인은 가정교사를 들이기 전에 네 몸부터 튼튼해지는 게 낫다고 생각하더라."

"밖에서 놀면서 황무지에서 불어오는 바람을 맞으면 튼튼해지는 기분이 들어요."

"어디에서 노니?"

크레이븐 씨의 다음 질문에 메리는 깜짝 놀라 숨을 헉 들이쉬었다.

"아무 데서나요. 마사의 엄마가 줄넘기를 보내주셔서 줄을 넘으며 뛰어다녀요. 그러면서…… 땅에서 무언가가 싹트기 시작했나 둘러봐요. 나쁜 짓은 안 해요."

크레이븐 씨가 걱정하는 목소리로 말했다. "그렇게 겁먹을 것 없다. 너 같은 어린애가 무슨 나쁜 짓을 하겠니! 하고 싶은 건 다 해도 된다."

메리는 손으로 목을 가렸다. 목에서 울컥 차오르는 벅찬 느낌을 들킬까 봐 걱정되었기 때문이다. 메리는 고모부에게 한 걸음 더 다가가 떨리는 목소리로 물었다.

"그래도 돼요?"

메리의 작은 얼굴이 불안에 떨자 크레이븐 씨는 아까보다 더 걱정되는 듯 외치다시피 말했다.

"그렇게 겁먹을 것 없다니까. 당연히 그래도 되지. 난 아이를 잘 모르지만 네 보호자다. 너한테 시간을 쏟고 마음을 써 줄 수는 없을 거다. 내가 좀 많이 아픈 데다 우울하고 심란한 상태거든. 그래도 네가 행복하고 편하게 지냈으면 좋겠구나. 아이에 관해서는 아무것도 모르지만 네게 필요한 건 다 주라고 메들록 부인에게 말해두마. 오늘 널 데려오라고 한 건 소어비 부인이 널 만나보라고 했기 때문이란다. 딸한테 네 얘기를 들었다면서 네가 신선한 공기를 마시고 자유롭게 뛰어다니며 놀아야 한다고 생각하너구나."

"부인은 아이들을 아주 잘 알아요." 메리가 자기도 모르게 아까 한 말을 반복했다.

"그렇겠지. 황무지에서 날 불러 세우길래 좀 당돌하다 싶었는데…… 크레이븐 부인이 자기한테 친절하게 대해줬다고 하더구나."

크레이븐 씨는 죽은 아내의 이름을 입 밖에 내기가 힘겨워 보였다.

"훌륭한 여인이더군. 아무튼 너를 보니 그 부인의 말이 맞는 것 같구나. 실컷 나가서 놀아라. 집도 넓겠다 어디든 가서 마음대로 놀아도 된다. 갖고 싶은 게 있니?"

크레이븐 씨가 갑자기 어떤 생각이 떠오른 듯 물었다.

"장난감이나 책이나 인형을 사주랴?"

메리는 떨리는 목소리로 말했다.

"혹시, 땅을 조금 주실 수 있나요?"

메리는 간절한 마음에 자기가 방금 한 말이 얼마나 이상하게 들릴지 미처 깨닫지 못했다. 생각했던 것과는 다른 말이 나왔다는 것도 몰랐다. 크레이븐 씨는 깜짝 놀란 얼굴로 되물었다.

"땅을 달라니! 그걸로 뭘 하려고?"

"씨앗을 심어서…… 씨앗을 키워서…… 살아나는지 보려고요." 메리가 더듬거리며 말했다.

크레이븐 씨는 잠시 메리를 빤히 바라보다가 얼른 손으로 두 눈을 가리고는 천천히 말했다.

"넌…… 정원을 가꾸는 게 무척 좋은가 보구나."

"인도에서는 그런 줄 몰랐어요. 늘 아팠고 피곤했고 날씨가 너무 더웠거든요. 가끔 모래밭에서 작은 화단을 만들어 꽃을 꽂기는 했지만요. 그런데 여기선 달라요."

크레이븐 씨는 의자에서 일어나 서재 안을 천천히 걷기 시작했다.

"땅 조금이라……." 크레이븐 씨가 혼잣말을 중얼거렸다. 메리는 어쩐지 고모부가 자기를 보고 누군가를 떠올린 것 같다는 생각이 들었다. 크레이븐 씨는 걸음을 멈추고 부드럽고 다정해 보이는 검은 눈으로 메리를 바라보았다.

"땅이라면 원하는 만큼 다 가져도 된다. 땅과 땅에서 자라는 걸 무척 좋아했던 사람이 떠오르는구나. 갖고 싶은 땅이 있으면 가져도 된다. 잘 살려보렴." 크레이븐 씨의 얼굴에 미소 비슷한 것이 떠올랐다.

"어떤 땅이라도 괜찮나요? 아무도 쓰지 않는 땅이면요."

"어디든 좋다. 됐지? 이제 그만 가렴. 피곤하구나."

크레이븐 씨는 메들록 부인을 부르는 종을 울렸다.

"잘 가거라. 난 여름 내내 떠나 있을 거란다."

메들록 부인은 복도에서 대기하고 있었는지 곧바로 들어왔다.

"메들록 부인, 이 아이를 보니 소어비 부인이 한 말이 무슨 뜻인지 알겠소. 공부를 시작하기 전에 몸부터 튼튼하게 만드는 게 좋겠소. 소박하고 건강에 좋은 음식을 주고 정원에서 마음껏 뛰어놀게 해요. 너무 쫓아다니며 돌봐주지 말고. 이 아이는 신선한 공기를 마시며 자유롭게 뛰어놀 필요가 있소. 소어비 부인이 아이를 보러 가끔 올 거요. 아이도 부인의 오두막에 놀러 가게 해줘요."

메들록 부인은 기분이 좋아 보였다. 특히 메리를 쫓아다니며 '돌볼' 필요가 없다는 말을 듣고 안심했다. 안 그래도 성가신 짐 같아서 되도록 메리를 만나지 않으려 애쓰던 참이었다. 게다가 부인은 마사의 엄마가 좋았다.

"고맙습니다, 주인님. 수전 소어비는 학교를 같이 다녀 제가 잘 압니다. 이 근방에서 그 부인보다 현명하고 마음씨 고운 여인은 찾기 힘들 겁니다. 저는 없지만 소어비는 자식이 열두 명인 데다 애들이 다 더없이 건강하고 착합니다. 메리 아가씨에게는 해가 될 게 전혀 없는 애들이죠. 전 아이들에 관해서는 늘 수전 소어비의 조언을 듣는답니다. 무슨 뜻인지 아실지 모르겠지만 정신이 건강한 사람이거든요."

"무슨 뜻인지 알겠소. 그만 메리를 데려가고 피처를 들여보내요."

메리는 메들록 부인이 제 방이 있는 복도 끝에 저를 두고 떠나자 나는 듯 방으로 뛰어갔다. 방에서는 마사가 기다리고 있었는데, 점심 먹은 그릇을 치우고 서둘러 돌아온 참이었다.

메리가 외쳤다. "내 화원을 가져도 된대! 어디든 다 된대! 가정교사도 한참 뒤에 들일 거래! 너희 엄마가 날 보러 와도 되고 나도 너희 오두막에 가도 된대! 나처럼 작은 여자애가 무슨 나쁜 짓을 하겠냐면서 하고 싶은 대로 하래. 어디든 괜찮대!"

"아! 참 친절하신 분이네요, 안 그래요?"

마사가 기뻐하자 메리가 진지한 말투로 말했다.

"마사, 고모부는 정말 좋은 분이야. 얼굴이 너무 우울해 보이고 인상을 잔뜩 쓰고 계시긴 했지만."

메리는 있는 힘을 다해 화원으로 달려갔다. 예상보다 너무 오래 화원을 떠나 있었으니 디콘은 이미 8킬로미터를 걸어 집으로 갔을 게 분명했다. 담쟁이덩굴 뒤에 숨겨진 문을 미끄러지듯 통과해 들어가자 아까 화원을 떠날 때 일하고 있던 디콘이 보이지 않았다. 나무 아래에 정원용품이 나란히 놓여 있었다. 그쪽으로 뛰어가 주변을 둘러보았지만 디콘은 온데간데 없었다. 디콘은 가고 없었고 비밀의 화원은 텅 비어 있었다. 지금 막 담장을 넘어 날아온 울새만 외목대 장미 덤불에 앉아 메리를 지켜볼 뿐이었다.

메리가 애처롭게 말했다. "갔네. 아! 그 애는…… 그 애는…… 정말 나무 요정이었을까?"

그때 외목대 장미에 붙어 있는 하얀 무언가가 메리의 시선을 사로잡았다. 종이쪽지였는데, 가만 보니 메리가 마사가 불러주는 대로 인쇄체로 적어 디콘에게 보낸 편지 종이였다. 종이는 기다란 가시로 덤불에 고정되어 있었는데, 메리는 디콘이 두고 갔다는 걸 금방 알아차렸다. 종이를 빼 보니 서툴게 쓴 인쇄체 글자와 그림 비슷한 게 있었다. 메리는 처음에는 알아보지 못하다가 곧 새가 둥지에 앉아 있는 그림이란 걸 깨달았다. 그림 밑에는 인쇄체로 이렇게 적혀 있었다.

"또 올 거구먼요."

제13장

"난 콜린이야"

메리는 종이를 집으로 들고 가 저녁을 먹을 때 마사에게 보여주었다.

마사가 무척 뿌듯해하며 말했다. "아! 디콘이 이런 재주가 있는 줄은 몰랐네요. 둥지에 앉은 개똥지빠귀를 어쩜 이렇게 진짜랑 똑같이 그렸대요."

메리는 그제야 디콘의 그림에 메시지가 담겨 있단 걸 깨달았다. 비밀을 지킬 테니 안심해도 된다는 메시지였다. 화원은 메리의 둥지고 메리는 개똥지빠귀였다. 아, 메리는 이 별난 평민 아이가 정말 좋았다!

그날 밤 메리는 디콘이 다음 날 또 오길 바라면서, 아침을 기대하면서 잠들었다.

그러나 요크셔의 날씨는, 특히 봄 날씨는 종잡을 수 없었다. 메리는 한밤중에 굵은 빗방울이 유리창을 마구 두드리는 소리에 잠에서 깼다. 장대비가 쏟아졌고, 오래된 대저택의 모퉁이와 굴뚝 안으로 거센 바람이 '불어제쳤다.' 침대에서 일어나 앉은 메리는 우울하고 화가 났다.

"비가 꼭 심술을 된통 부리는 나 같네. 분명 내가 비가 안 오길 바라는 걸 알고 일부러 내리는 걸 거야."

메리는 다시 침대에 획 쓰러져 베개에 얼굴을 파묻었다. 울지는 않았지만, 빗줄기가 창문을 마구 두드리는 소리와 '불어제치는' 바람 소리가 너무 싫었다. 다시 자려고 해도 잘 수 없었다. 마음이 슬프니 소리도 구슬프게 들려 잠이 오지 않았다. 기분이 좋았다면 빗소리와 바람 소리를 자장가 삼아 잠들었을 것이다. 바람이 어찌나 세게 '불어제치고' 굵은 빗방울은 어찌나 사납게 쏟아지며 창문을 두드려대던지!

"꼭 누가 황무지에서 길을 잃고 헤매면서 우는 소리 같아."

메리가 잠들지 못하고 뒤척인 지 한 시간쯤 되었을 때였다. 갑자기 밖에서 무슨 소리가 들렸다. 메리는 침대에 벌떡 일어나 앉았다. 그러고는 문 쪽으로 고개를 돌린 채 귀를 쫑긋 세우고 소리를 듣고 또 들었다.

메리가 큰 소리로 중얼거렸다. "이건 바람 소리가 아니야. 바람이 아니라 다른 소리야. 전에 들었던 그 울음소리야."

방문은 살짝 열려 있었다. 그 틈으로 멀리서 희미하게 들리는 짜증 섞인 울음소리가 복도를 타고 전해졌다. 그 소리를 잠시 귀 기울여 들으면서 메리의 생각은 점점 더 확고해졌다. 소리의 원인을 찾아 나서야 할 것 같았다. 이 소리는 비밀의 화원과 땅에 묻힌 열쇠보다 더 이상했다. 날씨 때문에 생긴 반항심이 용기를 불어넣었는지도 몰랐다. 메리는 침대에서 발을 하나씩 내리고 일어섰다.

"무슨 소리인지 알아낼 거야. 모두 잠들었고 메들록 부인한테 들켜도 상관없어. 상관없다고!"

메리는 침대 옆에 놓인 양초를 들고 천천히 방에서 나갔다. 복도가 유난히 길고 어두워 보였지만 설레는 마음에 그런 건 신경도 쓰이지 않았다. 메리는 태피스트리로 가려진 문이 있는 짧은 복도로 가려면 어느 모퉁이를 돌아야 하는지 떠올리려고 기억을 더듬었다. 복도에서 길을 잃고 헤매던 날 메들록 부인이 나왔던 문을 찾아야 했다. 울음소리는 분명 그 문 너머에서 들렸다. 메리는 어둑한 촛불에 의지해 길을 더듬다시피 하며 복도를 걸었다. 심장이 하도 세게 뛰어 쿵쿵 소리가 들리는 것만 같았다. 멀리서 들리는 희미한 울음소리는 계속 이어지며 메리를 이끌었다. 소리는 이따금 잠시 멈췄다가 다시 시작되었다. 이 모퉁이에서 도는 게 맞나? 메리는 멈춰 서서 생각했다. 그래, 맞아. 이 복도를 따라가다 왼쪽으로 돌고 넓은 계단 두 개를 올라가서 다시 오른쪽으로 돌면 돼. 그래, 바로 저 태피스트리 문이야.

메리는 문을 아주 조심스럽게 열고 들어가 다시 문을 닫고는 복도에 멈춰 섰다. 이제 울음소리는 크지 않은데도 또렷이 들렸다. 소리는 메리가 선 곳의 왼쪽 벽에서 들렸다. 몇 미터 앞에 문이 하나 있었는데, 문 밑에서 희미하게 깜박이는 불빛이 새어 나왔다. 누군가가 그 방 안에서 울고 있었고, 어린 아이의 목소리였다.

메리는 앞으로 걸어가 문을 밀어 열고 방 안으로 들어갔다!

넓고 근사한 고가구로 꾸며진 방이었다. 벽난로에서는 은은한 불꽃이 약하게 타올랐고, 무늬가 조각된 네 기둥에 비단을 늘어뜨린 침대 옆에는 밤을 밝히는 등불이 켜져 있었다. 그리고 침대 위에는 한 남자아이가 칭얼거리고 있었다.

메리는 이게 현실인지, 다시 잠들어 자기도 모르게 꿈을 꾸는 건지 헷갈렸다.

남자아이의 날카롭고 섬세하게 생긴 얼굴은 상아색이었고, 눈은 얼굴에 비해 지나치게 컸다. 숱이 많고 헝클어진 머리카락이 이마를 뒤덮어서 야윈 얼굴이 더 작아 보였다. 병을 앓은 지 꽤 되어 보였지만, 아이는 아파서가 아니라 피곤하고 짜증이 나서 우는 것 같았다.

메리는 양초를 손에 든 채 문 앞에 서서 숨을 죽였다. 그러고는 살금살금 방을 가로질러 갔다. 메리가 가까이 다가가니 양초의 불빛이 남자아이의 시선을 끌었다. 남자아이는 베개에 누운 채 얼굴을 돌렸고, 회색 눈동자가 거대해 보일 정도로 눈을 크게 뜨고는 메리를 빤히 쳐다보았다.

"넌 누구야? 유령이야?" 남자아이가 반쯤 겁먹은 목소리로 속삭였다.

"아니, 난 아니야. 그러는 넌 유령이니?" 메리도 겁먹은 목소리로 속삭이며 답했다.

남자아이는 메리를 빤히 보고, 보고, 또 보았다. 메리는 이상하게 생긴 남자아이의 눈에 절로 시선이 쏠렸다. 남자아이의 눈은 눈동자가 마노 보석처럼 연한 회색인 데다 까맣고 숱 많은 속눈썹이 둘러싸서 얼굴에 비해 유난히 커 보였다.

"아니. 난 콜린이야."

남자아이가 잠시 기다렸다가 답하자 메리가 머뭇거리며 물었다.

"콜린이 누군데?"

"콜린 크레이븐. 넌 누구야?"

"난 메리 레녹스야. 크레이븐 씨가 고모부야."

"그분이 우리 아빠야."

"아빠라고!" 메리는 숨을 헉 들이쉬었다. "아들이 있단 말은 못 들었어! 왜 아무도 말해주지 않았지?"

"이리 와봐." 콜린이 이상하게 생긴 눈을 계속 메리에게 고정한 채 불안한 표정으로 말했다.

메리가 침대로 다가가자 콜린은 손을 내밀어 메리를 만졌다.

"너, 진짜 맞지? 난 진짜 같은 꿈을 자주 꿔. 너도 그런 꿈일지 몰라."

메리는 방을 나올 때 걸친 모직 가운의 일부를 콜린의 손가락 사이에 끼워주었다.

"이게 얼마나 두껍고 따뜻한지 직접 만져봐. 괜찮으면 널 꼬집어줄게. 그럼 내가 진짜라는 게 믿어질 거야. 나도 잠깐이지만 네가 꿈인가 싶었어."

"넌 어디서 왔어?"

"내 방에서. 바람이 하도 불어제쳐서 잠을 못 자고 있는데 우는 소리가 들려서 누군지 알아보려고 나왔어. 왜 울고 있었어?"

"나도 잠이 안 왔어. 머리도 아프고. 이름이 뭐라고 했지?"

"메리 레녹스. 내가 여기 살러 왔다고 아무도 말 안 해줬어?"

콜린은 아직도 메리의 가운이 접힌 부분을 손가락으로 만지고 있었다. 이제는 메리가 진짜라는 걸 조금은 믿기 시작한 표정이었다.

"아니, 감히 말 못 하지."

"왜?"

"네가 날 볼까 봐 걱정했을 테니까. 난 사람들이 날 못 보게 해. 보면 다들 수군대거든."

"왜?" 메리는 대답을 들을수록 어리둥절해져 또다시 물었다.

"맨날 이렇게 아프고 누워 있으니까. 아빠도 사람들이 날 보고 수군대는 걸 원치 않으셔. 하인들은 내 얘기를 하는 게 금지되어 있어. 계속 살면 곱사등이가 되겠지만 난 어차피 죽을 거야. 아빠는 내가 아빠처럼 되는 건 생각도 하기 싫어하셔."

"아, 여긴 정말 이상한 집이야! 이렇게 이상한 집은 처음 봐! 모든 게 비밀이잖아. 방문도 잠겨 있고 정원도 잠겨 있고…… 너까지! 너도 갇혀 있는 거야?"

"아니. 내가 이 방에 계속 있는 건 방 밖으로 나가기 싫기 때문이야. 나가면 너무 힘들어."

"아빠는 널 만나러 오셔?" 메리가 조심스럽게 물었다.

"가끔. 보통 내가 잘 때 오셔. 날 만나고 싶어 하지 않으시거든."

"왜?" 메리는 또 같은 질문을 할 수밖에 없었다.

순간 분노의 그림자가 콜린의 얼굴을 스쳤다.

"내가 태어날 때 엄마가 돌아가셨거든. 그래서 날 보면 괴로워하셔. 아빠는 내가 모르는 줄 알지만, 사람들이 얘기하는 걸 들었어. 아빠는 날 증오하셔."

"고모가 돌아가신 뒤로는 화원도 증오하시지."

제13장

메리가 혼잣말처럼 말하자 콜린이 물었다.

"무슨 화원?"

"아! 아니…… 그냥 고모가 좋아하던 화원이 있어. 넌 늘 여기에 있니?" 메리가 더듬거리며 답하고는 물었다.

"거의 항상 있지. 가끔 하인들이 해변에 데려다주는데, 사람들이 자꾸 쳐다봐서 오래 안 있어. 등을 똑바로 펴게 고정해 주는 쇠로 된 장치를 달고 다녔는데 런던에서 온 유명한 의사가 보더니 바보 같은 짓이라고 했어. 그딴 건 벗고 밖에 내보내 맑은 공기를 마시게 하라고. 난 신선한 공기도 싫고 나가기도 싫은데."

"나도 처음에는 싫었어. 왜 날 계속 그런 눈으로 봐?"

콜린이 약간 짜증 난 목소리로 답했다. "너무 진짜 같은 꿈이 아닌가 싶어서. 가끔 그런 꿈을 꾸면 눈을 떠도 깬 것 같지가 않아."

"우리 둘 다 깨어 있는 거 맞아."

메리는 천장이 높고 벽난로 불빛이 어둑해 구석 자리가 그늘진 방 안을 힐끗 둘러보고는 말했다.

"꿈 같기는 하네. 한밤중인 데다 이 집에서 우리 말고는 전부 다 잠들어 있으니까. 우리만 말똥말똥해."

"꿈이 아니면 좋겠다." 콜린이 안절부절못하며 말했다.

그때 갑자기 메리에게 어떤 생각이 떠올랐다.

"사람들이 널 보는 게 싫다면 나도 가야 하는 거 아냐?"

콜린은 계속 쥐고 있던 메리의 가운을 살짝 잡아당겼다.

"아니. 네가 가면 난 네가 꿈이라고 믿어버릴 거야. 네가 진짜면 저 큰 발받침 의자에 앉아서 얘기해줘. 네 이야기를 듣고 싶어."

메리는 양초를 침대 근처 탁자에 놓고 푹신한 발받침 의자에 앉았다. 메리도 가고 싶은 마음이 전혀 없었다. 이 신비로운 비밀의 방에 남아 신비로운 남자애와 이야기하고 싶었다.

"무슨 이야기를 듣고 싶은데?"

콜린은 메리가 미셀스웨이트에 온 지 얼마나 되었고 메리의 방은 어떤 복도에 있으며 그동안 뭘 하면서 지냈는지 알고 싶어 했다. 자기는 황무지가 싫다면서 메리도 황무지가 싫은지, 요크셔에 오기 전에는 어디에 살았는지도 궁금해했다. 메리는 모두 답해주고 다른 이야기도 들려주었다. 콜린은 다시 베개를 베고 누워 귀를 기울였다. 특히 인도 이야기와 바다를 건너온 이야기를 더 해달라고 보챘다. 메리는 콜린이 병약한 탓에 다른 아이들처럼 배우지 못했다는 걸 알게 되었다. 아주 어릴 때 어떤 보모에게 읽는 법을 배운 뒤로 늘 멋진 책과 그 안의 그림을 읽고 보았다고 했다.

콜린의 아버지는 콜린이 깨어 있을 때는 거의 보러 오지 않았지만, 아들이 갖고 놀 온갖 멋진 장난감을 사주었다. 그런데도 콜린은 한 번도 재미있게 놀아본 적이 없는 듯했다. 콜린은 원하는 건 뭐든 가질 수 있었고 하기 싫은 건 무엇도 할 필요가 없었다.

콜린이 무심하게 말했다. "모두 싫어도 내 비위를 맞춰줘. 화를 내면 몸이 아프니까. 내가 어른이 될 때까지 살 거라고 믿는 사람은 아무도 없어."

이 상황에 너무 익숙해 그러든 말든 상관없다는 듯한 말투였다. 콜린은 메리의 목소리가 마음에 드는 모양이었다. 메리가 이야기하면 졸리면서도 흥미롭다는 표정으로 귀를 기울였다. 메리는 콜린이 점점 잠에 빠져드는 게 아닐까 하는 생각을 한두 번 했다. 그러다 마침내 콜린이 화제를 바꾸는 질문을 했다.

"몇 살이야?"

"열 살이야. 너도 그렇잖아."

메리가 잠시 방심해 엉겁결에 말하자 콜린이 놀란 목소리로 물었다.

"내 나이를 어떻게 알아?"

"네가 태어난 해에 화원 문이 잠겼고 열쇠가 묻혔거든. 화원이 잠긴 지는 10년 되었고."

그 말에 콜린은 반쯤 일어나 팔꿈치로 몸을 지탱한 채 메리 쪽으로 돌아앉았다.

"무슨 화원 문이 잠겼는데? 누가 잠갔는데? 열쇠는 어디에 묻혔고?" 콜린이 갑자기 큰 호기심이 발동한 듯 외쳤다.

"그게…… 고모부가 아주 싫어하는 화원이야. 고모부가

화원 문을 잠갔어. 그러곤 열쇠를 묻었는데 어디에 묻었는지는…… 아무도 몰라." 메리가 초조하게 답했다.

"무슨 화원인데?"

콜린이 집요하게 묻자 메리는 조심스럽게 답했다.

"10년 동안 아무도 들어가 보지 못했어."

그러나 조심하기에는 이미 늦었다. 콜린은 메리와 너무 비슷했다. 콜린도 생각할 거리가 하나도 없던 터라 메리가 그랬듯 숨겨진 화원에 마음을 빼앗겼다. 콜린은 끝도 없이 질문을 던졌다. 화원은 어디에 있어? 문을 찾아본 적이 한 번도 없어? 정원사들한테 물어본 적도 없어?

"물어봐도 얘기를 안 해줘. 질문을 받아도 답하지 말라고 지시를 받은 것 같아."

"내가 답하게 할게."

"그럴 수 있어?" 메리는 겁이 나서 목소리가 흔들렸다. 콜린이 시켜서 사람들이 질문에 답하게 된다면 무슨 일이 벌어질지 몰랐다!

"모두 내 비위를 맞춰야 한다니까. 아까 말했잖아. 내가 죽지만 않으면 이 집은 언젠가 내 것이 될 거야. 다들 그걸 아니까 나한테는 말해줄 거야."

메리는 자기가 버릇이 없다는 건 몰랐지만 이 신비로운 소년이 그렇다는 건 분명히 알 수 있었다. 콜린은 온 세상이 자신을 중심을 돌아간다고 생각했다. 정말 이상한 아이였다.

자기가 곧 죽을 거라는 말을 저렇게 태연하게 하다니.

"넌 네가 오래 못 살 것 같아?"

메리는 궁금하기도 하고 콜린이 비밀의 화원을 잊어버리길 바라는 마음에 화제를 돌렸다.

콜린이 조금 전처럼 무심하게 답했다. "응, 못 살 것 같아. 아주 어릴 때부터 내가 오래 못 살 거라는 말을 들었어. 처음에는 다들 내가 너무 어려서 이해를 못 할 거라고 생각했어. 지금은 내가 듣지 못하는 줄 알고 있고. 하지만 난 다 듣고 있어. 주치의가 아빠 사촌인데 몹시 가난해. 내가 죽고 아빠가 돌아가시면 그 의사가 이 저택의 모든 걸 물려받을 거야. 그러니 그 의사도 내가 살기를 바라지 않을걸."

"살고는 싶어?"

메리가 묻자 콜린은 지치고 짜증 난다는 듯 답했다.

"아니. 그렇다고 죽고 싶지는 않아. 아플 때는 여기 누워서 그런 생각을 하다가 울고 또 울어."

"네가 우는 소리를 세 번 들었어. 누가 우는지는 몰랐지만. 운 이유가 그거였어?"

화원을 잊어버리길 바라며 메리가 묻자 콜린이 답했다.

"아마 그럴 거야. 우리 다른 이야기 하자. 그 화원 이야기. 넌 그 화원 보고 싶지 않아?"

"보고 싶어."

메리가 나직한 목소리로 답하자 콜린이 끈질기게 말했다.

"나도 보고 싶어. 지금껏 보고 싶은 게 하나도 없었는데 그 화원은 보고 싶어. 열쇠를 파내서 문을 열어보고 싶어. 하인들한테 휠체어에 태워 거기로 데려다 달라고 해야겠어. 신선한 공기도 마실 겸. 하인들더러 문을 열라고 할 거야."

콜린의 이상하게 생긴 눈은 기대에 잔뜩 부풀어 별처럼 반짝거리기 시작했고, 그래서 아까보다 훨씬 더 커 보였다.

"하인들은 내 비위를 맞출 수밖에 없어. 거기에 데려다 달라고 하면 돼. 너도 가게 해줄게."

메리는 두 손을 꽉 움켜잡았다. 그러면 다 엉망이 될 것이다. 전부 다! 디콘은 다시는 오지 않을 테고, 메리도 안전한 비밀의 둥지를 가진 개똥지빠귀가 된 기분을 다시는 느끼지 못할 것이다.

"아, 안 돼…… 제발…… 그러지 마!" 메리가 외쳤다.

콜린은 미친 사람을 보는 듯 메리를 빤히 쳐다보았다!

"왜? 너도 보고 싶다며."

"보고 싶어. 하지만 하인들을 시켜 문을 열고 들어가면 우리만의 비밀이 될 수 없잖아." 메리가 흐느낌이 목에서 새어 나오려는 걸 애써 삼키며 답했다.

콜린은 메리 쪽으로 몸을 더 기울였다.

"비밀이라니, 무슨 뜻이야? 자세히 말해봐."

메리는 숨을 거칠게 쉬며 뒤죽박죽 두서없이 말했다.

"그러니까…… 내 말은 우리 말고는 아무도 모르면……

그러니까 담쟁이덩굴 뒤에 문이 숨겨져 있다면…… 혹시라도 그렇다면…… 우리가 그 문을 찾아 몰래 들어갈 수도 있잖아. 그러면 그 화원은 우리가 안에 있는 걸 아무도 모르는 우리만의 화원이라 부르는 공간이 될 거고…… 우리는 개똥지빠귀고 화원은 둥지인 척할 수도 있고 거기서 거의 매일 놀면서 땅을 파고 씨앗을 심어 화원이 살아나게 만들면…….”

"지금은 죽었어?"

콜린이 끼어들자 메리는 계속 말을 이었다.

"돌보는 사람이 아무도 없으면 곧 죽을 거야. 알뿌리는 살아남겠지만 장미는…….”

메리만큼 흥분한 콜린이 다시 말을 끊고 재빨리 물었다.

"알뿌리가 뭐야?"

"나팔수선화랑 백합이랑 눈풀꽃이야. 지금 땅속에서 열심히 일하는 중이야. 봄이 곧 와서 연둣빛 싹을 밀어 올리고 있어."

"봄이 온다고? 봄이 오면 어때? 아파서 방에만 있으면 봄이 와도 모르거든."

"비가 오다 햇빛이 비추기도 하고 햇빛이 비추다 비가 오기도 해. 그러면 많은 것이 땅 위로 올라오고 땅속에서 일해. 화원을 비밀로 하면 매일 가서 그것들이 자라는 모습을 볼 수 있어. 장미가 얼마나 많이 살았는지도 알 수 있고. 아직도 모르겠어? 아, 우리만의 비밀로 하면 얼마나 더 멋질지 모르겠어?"

콜린은 다시 베개에 풀썩 쓰러지듯 누워 묘한 표정을 지었다.

"난 비밀을 가져본 적이 없어. 어른이 될 때까지 살지 못한다는 것 빼고. 내가 안다는 걸 아무도 모르니 비밀이지. 하지만 이 비밀이 더 좋네."

메리가 애원했다. "네가 하인들한테 그 화원에 데려다 달라고 하지만 않으면 그 화원에 들어갈 방법을…… 내가 어떻게든 찾을 수 있을 것 같아. 그러고 나서…… 주치의가 너더러 휠체어를 타고 바깥바람을 쐬라고 하면, 그러면…… 휠체어를 밀 남자애를 구해 우리 셋이서만 갈 수 있을 거야. 그럼 그 화원은 언제까지나 비밀의 화원이 되는 거지."

콜린은 꿈꾸는 듯한 눈으로 아주 천천히 말했다. "그거…… 참…… 좋다. 마음에 들어. 비밀의 화원에서라면 신선한 공기를 마셔도 좋을 것 같아."

메리는 비밀로 하자는 생각을 콜린이 마음에 들어 하는 듯하자 숨이 쉬어지고 안심이 되었다. 콜린이 상상할 수 있도록 계속 화원 이야기를 들려주면 화원이 너무 좋아져서 절대 아무나 마음대로 들어가게 두지 않으리라는 확신도 들었다.

"그 화원에 들어갈 수 있게 되면 어떤 모습일지 내 생각을 말해줄게. 너무 오랫동안 잠겨 있어서 아마 다 제멋대로 자라 엉켜 있을 거야."

콜린은 가만히 누워 메리의 말에 귀를 기울였다. 메리는 이 나무에서 저 나무를 타고 자라 커튼처럼 늘어져 있을지도 모를 장미와 너무 안전한 곳이라 너도나도 둥지를 지었을지도 모를 새들에 관한 이야기를 계속 이어갔다. 울새와 벤 웨더스태프 이야기도 꺼냈다. 울새에 관해서는 할 이야기가 너무도 많아 마음 편히 술술 말하다 보니 두려움이 사그라들었다. 콜린은 울새 이야기가 무척 마음에 드는지 미소를 지었는데, 그 모습이 어찌나 근사한지 아름다워 보일 정도였다. 사실 메리는 눈만 크고 숱 많은 머리카락이 축 늘어진 콜린을 처음 보았을 때 자기보다 더 못생겼다고 생각했다.

"새들이 그러는 줄은 몰랐어. 방에만 있으면 뭘 볼 수 없어. 넌 참 많은 걸 알고 있구나. 꼭 그 화원에 들어가 본 사람처럼."

메리는 어떻게 말해야 할지 몰라 그냥 잠자코 있었다. 콜린도 답을 기대하고 한 말이 아닌 듯했고, 다음 순간 메리에게 놀랄 만한 말을 꺼냈다.

"너한테 보여줄 게 있어. 저기 벽난로 선반 위 벽에 걸린 장미색 비단 커튼 보이지?"

메리가 고개를 드니 아까는 미처 보지 못했던 천이 보였다. 부드러운 비단으로 된 벽걸이용 커튼이었는데 그림을 덮고 있는 것 같았다.

"응, 보여."

"거기에 끈이 하나 달려 있을 거야. 가서 잡아당겨 봐."

메리는 도통 영문을 모르겠다는 표정으로 일어나 끈을 찾아서 당겼다. 그러자 고리에 달린 커튼이 뒤로 당겨지면서 그림이 드러났다. 파란 리본으로 밝은색 머리를 묶은 모습으로 웃고 있는 소녀를 그린 그림이었다. 쾌활하고 사랑스러워 보이는 소녀의 눈은 마노 보석과 같은 회색에다 검은 속눈썹에 둘러싸여 두 배는 더 커 보였는데, 불행해 보이는 콜린의 눈과 똑 닮은 꼴이었다.

콜린이 퉁명스럽게 말했다. "우리 엄마야. 왜 죽었는지 모르겠어. 가끔은 엄마가 죽어서 미워."

"진짜 이상하다!" 메리가 말했다.

콜린이 투덜거렸다. "엄마가 살아 계셨다면 나도 이렇게 항상 아프진 않았을 거야. 아마 살 수도 있었을 거야. 아버지도 날 보는 게 그렇게 싫지 않았을 거고. 내 허리도 더 튼튼했겠지. 다시 커튼 쳐."

메리는 시키는 대로 커튼을 친 뒤 발받침 의자에 다시 앉았다.

"너보다 훨씬 예쁘신데 눈은 너랑 똑같다. 특히 모양이랑 색깔은 진짜 닮았어. 근데 왜 그림에 커튼을 쳐놔?"

콜린은 불편한지 몸을 움직이며 말했다.

"내가 쳐놓으라고 시켰어. 엄마가 날 보고 있는 게 싫을 때가 있거든. 난 아프고 우울한데 엄마는 저렇게 환하게 웃으니까. 엄마는 내 건데 딴 사람이 보는 게 싫기도 하고."

잠시 침묵이 흐른 뒤 메리가 물었다.

"내가 여기 있었던 걸 메들록 부인이 알면 어쩌지?"

"메들록 부인은 내가 시키는 대로 해. 네가 매일 여기 와서 나랑 얘기하게 해달라고 할 거야. 네가 와서 기뻐."

"나도 기뻐. 최대한 자주 오겠지만……." 메리가 잠시 망설이다 말했다. "매일 화원 문을 찾아다녀야 하니 바쁠 거야."

"맞아, 그래야지. 나중에 그 이야기도 들려줘."

콜린은 아까처럼 누워서 잠시 생각에 잠겼다가 다시 입을 열었다.

"너도 비밀로 하는 게 좋겠어. 하인들이 알게 될 때까지는 말하지 않을래. 혼자 있고 싶다고 말하면 보모는 언제든 내보낼 수 있어. 마사를 알아?"

"응, 아주 잘 알아. 내 시중을 드는 하녀야."

콜린이 바깥 복도를 향해 고갯짓하며 말했다.

"저 방에서 잠든 애가 마사야. 어제 보모가 여동생네 집에서 자고 온다고 외출했어. 그럴 때마다 마사가 날 돌봐줘. 네가 언제 여기 오면 되는지는 마사가 알려줄 거야."

그제야 메리는 울음소리에 관해 물을 때마다 마사가 왜 곤란한 표정을 지었는지 이해되었다.

"마사는 처음부터 너를 알았던 거야?"

"응. 가끔 내 시중을 들어. 보모가 나한테 벗어나서 외출하는 걸 좋아하는데, 그때마다 마사가 와."

"시간이 많이 지났네. 그만 갈까? 눈이 졸려 보여."

"네가 가기 전에 잠들고 싶어."

콜린이 수줍게 말하자 메리는 발받침 의자를 침대 가까이 붙여 앉았다.

"눈 감아. 인도에 있을 때 아야가 해주던 걸 해볼게. 손을 토닥거리고 쓰다듬으면서 음이 낮은 노래를 불러주는 거야."

"그거 좋겠다." 콜린이 졸린 목소리로 말했다.

메리는 왠지 콜린이 안쓰러워 콜린이 잠들게 도와주고 싶었다. 그래서 침대에 기댄 채 콜린의 손을 쓰다듬고 토닥거리면서 단순하고 반복되며 음이 매우 낮은 노래를 힌두스탄어로 부르기 시작했다.

"좋다."

콜린이 아까보다 더 졸린 목소리로 말하자 메리는 계속 노래하며 콜린의 손을 쓰다듬었다. 그러다 콜린을 보니 검은 속눈썹이 볼에 닿을락 말락 하도록 눈을 감고 깊이 잠들어 있었다. 메리는 천천히 일어나 양초를 들고 조용히 살금살금 방 밖으로 나갔다.

제14장

어린 라자

아침이 되자 황무지는 안개에 휩싸여 보이지 않았고 비는 그칠 기미 없이 계속 퍼부었다. 집 밖으로 나가는 건 무리였다. 메리는 마사가 너무 바빠 말을 붙일 틈이 없었지만, 오후에는 놀이방에 같이 있어 달라고 부탁했다. 마사는 시간 날 때마다 뜨는 양말을 가지고 올라왔다.

"무슨 일이래요? 무슨 할 말이라도 있는 얼굴이네요." 메리와 함께 자리에 앉자마자 마사가 물었다.

"할 말 있어. 울음소리가 어디에서 나는지 알아냈어."

마사는 뜨개질하던 양말을 무릎에 툭 떨어뜨렸다. 그리고는 깜짝 놀란 눈으로 메리를 빤히 쳐다보다 외쳤다.

"설마요! 그럴 리가요!"

"간밤에 그 소리가 들리길래 침대에서 일어나 소리가 나는 곳을 찾으러 나갔어. 콜린이었어. 콜린을 찾았다고."

마사는 겁에 질려 벌게진 얼굴로 반쯤 울먹이며 외쳤다.

"아! 메리 아가씨! 그러지 마시지…… 그러면 안 돼요! 이거 큰일 나겠네. 난 아가씨한테 아무 말도 안 했는데…… 아가씨 때문에 내가 혼나게 생겼다고요. 이 집에서 쫓겨나면 우리 엄마는 어째요!"

"그럴 일 없어. 내가 와서 좋다고 했는걸. 같이 한참을 이야기했는데 내가 와서 기쁘다고 했어."

마사가 외쳤다. "진짜요? 정말 그랬어요? 짜증 나는 일이 생기면 도련님이 어찌 구는지 아가씨가 몰라서 그래요. 다 큰 애가 갓난애처럼 우는 데다 화나면 우릴 겁주려고 소리를 고래고래 지른다니까요. 우리를 마음대로 부릴 수 있다는 걸 아는 거죠."

"짜증 안 내던데. 내가 돌아갈까 하고 물으니까 있으라고 했어. 이것저것 묻길래 큰 발받침 의자에 앉아서 인도랑 울새랑 정원이 어떤지 들려줬어. 가려고 해도 붙잡더라고. 자기 엄마 그림도 보여줬어. 방을 나오기 전에는 내가 자장가도 불러줬다니까."

마사는 믿기지 않는 듯 숨을 헉 들이쉬며 반박했다.

"말도 안 돼요! 아가씨는 호랑이 굴에 제 발로 걸어 들어간 거라고요. 평소 같았으면 있는 대로 성질을 부리면서 온 집 안을 발칵 뒤집어놨을 거예요. 낯선 사람이 자길 보는 걸 얼마나 싫어하는데요."

"난 보게 해줬어. 그 방에 있는 동안 계속 봤고 콜린도 나를 봤어. 서로 빤히 쳐다봤단 말이야!"

"이 일을 어째요! 메들록 부인이 알면 내가 명을 어기고 아가씨한테 다 말한 줄 알 거예요. 짐 싸서 집으로 쫓아 보낼 거라고요."

마사가 흥분해서 외치자 메리가 단호하게 말했다.

"당분간은 메들록 부인한테 이번 일을 말하지 않는다고 했어. 처음에는 비밀로 하기로 했거든. 그리고 콜린이 그러는데 이 집 하인들은 죄다 콜린의 비위를 맞춰야 한대."

"암요, 맞춰야 하고말고요. 얼마나 못됐는데요!" 마사가 앞치마로 이마를 닦으며 한숨을 쉬었다.

"메들록 부인도 그래야 한대. 그러면서 나더러 매일 자기 방으로 와서 얘기하자고 했어. 넌 나한테 언제 방에 가면 될지 알려주고."

"내가요? 이제 난 이 집에서 쫓겨날 거예요…… 분명 그럴 거라고요!"

"콜린이 시키는 대로 했는데 왜 쫓겨나. 여기서는 모두 콜린의 명을 따라야 한다며."

메리가 강하게 말하자 마사가 눈을 휘둥그렇게 뜨고 외쳤다.

"그러니까 도련님이 아가씨한테는 친절했다는 말이에요?"

"내가 마음에 든 것 같아."

"아가씨가 도련님을 제대로 홀렸나 보네요!"

마사가 길게 숨을 내쉬며 결론을 내리자 메리가 물었다.

"마법을 부렸다는 뜻이야? 인도에서 마법 이야기를 듣긴 했지만 난 그런 거 못 해. 난 그냥 그 방에 들어갔고 콜린을 보고 너무 놀라 멍하니 서서 그 애를 빤히 봤을 뿐이야. 그 애도 나를 돌아보고는 빤히 바라봤고. 내가 유령이거나 꿈인 줄 알았대. 나도 그 애가 그런 줄 알았어. 한밤중에 단둘이 서로가 누군지도 모른 채 같이 있으니까 정말 이상했어. 그러다 서로 이것저것 물어보기 시작했어. 내가 갔으면 좋겠냐고 했더니 가지 말라고 했고."

"세상이 끝나려나 보나요!" 마사가 기막히다는 듯 말했다.

"그 애는 뭐가 문제야?"

"정확한 이유는 아무도 몰라요. 도련님이 태어났을 때 주인님은 제정신이 아니셨어요. 외사들이 정신병원에 넣어야 한다고 생각했을 정도였죠. 전에 말했지만 주인마님이 돌아가신 게 원인이었어요. 주인님은 아기를 제대로 보지도 않으셨어요. 자기처럼 곱사등이가 될 거라면서 그럴 바엔 죽는 게 낫다고 미친 듯이 악만 쓰셨죠."

"콜린이 곱사등이야? 그렇게 보이지 않던데."

"아직은 아니지만 도련님은 처음부터 문제가 많았어요. 엄마 말로는 이렇게 모진 일이 많이 닥친 집에서는 어떤 아이도 제대로 클 수 없대요. 다들 콜린의 등뼈가 약해질까 봐 전전긍긍했어요. 계속 누워 있게 하고 걷질 못하게 했죠. 한번은 등을 펴는 보조기를 달았는데 도련님이 불편해서 칭얼거리다 결국 심하게 앓아누웠어요. 그래서 유명한 의사를 불렀더니 보조기를 벗기라고 했어요. 보조기를 채운 의사한테 말투는 공손한데 막 뭐라고 하더라고요. 약을 너무 많이 먹이고 너무 제멋대로 하게 내버려 둔다고요."

"버릇이 많이 없기는 하더라."

"그렇게 버릇없는 애는 세상에 없다니까요! 꾀병이라는 건 아니에요. 기침과 감기를 죽을 만큼 심하게 앓은 게 두세 번이나 돼요. 류머티즘열이 나기도 하고 장티푸스에 걸린 적도 있고요. 아! 전에 한 번 메들록 부인을 깜짝 놀라게 한 일이 있었어요. 도련님이 아파서 정신이 나가니까, 메들록 부인이 도련님이 안 듣는 줄 알고 보모한테 '이번에는 분명 죽을 거야. 그게 본인한테도 좋고 모두를 위해서도 좋지'라고 했어요. 그러고는 도련님 쪽을 보니까 제정신이 돌아온 도련님이 그 큰 눈으로 부인을 뚫어져라 보고 있더래요. 놀라서 어쩔 줄 모르니까 도련님이 그냥 빤히 쳐다보면서 그러더래요. '말 그만하고 물 좀 줘.'"

"너도 콜린이 죽을 것 같아?"

"엄마 말로는 신선한 공기도 못 마시고 맨날 드러누워 그림책만 보고 약만 먹으면 어떤 애도 오래 살 수 없대요. 도련님은 몸이 약해서 집 밖에 나가는 걸 귀찮아하고 싫어해요. 감기에 워낙 쉽게 걸리니 나가면 더 아프기만 할 거라면서요."

메리는 벽난로 앞에 앉아 불꽃을 바라보며 천천히 말했다.

"정원에 나가서 식물이 자라는 걸 보면 콜린한테도 좋지 않을까. 난 그 덕을 봤잖아."

"도련님이 진짜 심하게 발작을 일으킨 적이 있어요. 하인들이 장미가 자란 분수대 옆으로 도련님을 데려다줬을 때였는데요. 도련님이 '장미열'[3]이란 병에 걸린 사람들 기사를 신문에서 읽고 있었는데 재채기가 나오자 자기도 그 병에 걸렸다고 하는 거예요. 그때 이 집 규칙을 모르는 신입 정원사가 지나가다가 도련님을 신기한 듯 쳐다봤어요. 그러자 도련님은 자기가 곱사등이가 될 거라 쳐다본 거라면서 갑자기 성질을 부렸어요. 어찌나 울던지 결국 열이 나서 밤새 앓았어요."

"나한테도 화를 내면 다시는 보러 안 갈 거야."

"도련님이 오라면 가야 해요. 그건 알아두고 시작하는 게 좋아요."

잠시 후 종이 울리자 마사는 뜨개질하던 양말을 돌돌 말

---

[3] 장미 꽃가루 때문에 생기는 알레르기 증상-옮긴이

고는 말했다.

"도련님이랑 잠깐 있어 달라고 보모가 부르는 걸 거예요. 도련님 기분이 좋아야 할 텐데."

마사는 방을 나갔다가 10분쯤 뒤 어리둥절한 표정으로 돌아왔다.

"아가씨가 도련님을 제대로 홀리긴 했나 봐요. 소파에 앉아 그림책을 보고 있더라고요. 보모한테 여섯 시까지는 들어오지 말라고 했대요. 난 옆방에서 대기하고요. 그런데 보모가 가자마자 도련님이 날 불러서 이러더라고요. '메리 레녹스를 불러 이야기하고 싶어. 다른 사람한테는 절대 비밀이야.' 얼른 가보세요, 아가씨."

메리도 빨리 가고 싶었다. 디콘만큼은 아니지만 콜린도 많이 보고 싶었다.

콜린의 방에 도착하니 벽난로에서 환한 불꽃이 타오르고 있었다. 낮에는 무척 아름다운 방이었다. 양탄자며 벽에 걸린 장식용 천이며 그림이며 책의 화려한 색감 덕분에 잿빛 하늘에서 비가 내리는 우중충한 날씨에도 따뜻하고 아늑해 보였다. 콜린도 마치 그림 같았다. 벨벳 가운을 두르고 비단으로 된 큰 쿠션에 기대앉아 있었으며, 두 뺨에는 붉은 반점이 올라와 있었다.

"들어와. 오전 내내 네 생각을 했어."

"나도 네 생각이 났어. 마사가 얼마나 겁을 먹었는지 몰

라. 나한테 네 이야기를 했다고 메들록 부인이 오해해서 자길 쫓아낼까 봐 불안한가 봐."

콜린이 얼굴을 찌푸리며 말했다.

"가서 이리 오라고 해. 옆방에 있어."

메리가 가서 마사를 데리고 왔다. 가엾게도 마사는 오들오들 떨고 있었다. 콜린은 여전히 찌푸린 얼굴이었다.

"넌 내 뜻을 따라야 해, 안 따라도 돼?"

콜린이 따지듯 묻자 마사는 새빨개진 얼굴로 더듬거리며 답했다.

"도련님 뜻을 따라야 해요."

"메들록도 내 뜻을 따라야 해?"

"모두가 따라야 하죠."

"좋아, 그럼 내가 너한테 메리 아가씨를 데려오라고 시켰는데 메들록이 그 사실을 알았다고 널 쫓아낸다는 게 말이 돼?"

"제발 그러지 않게 해주세요, 도련님."

마사가 애원하자 크레이븐 도련님은 거만하게 말했다.

"메들록이 쫓아내겠다는 말을 한마디라도 하면 내가 메들록을 쫓아낼 거야. 장담하는데 메들록은 쫓겨나기 싫을 테고."

"고맙습니다, 도련님. 전 그저 제 할 일을 하고 싶어요."

마사가 고개를 조아리며 말하자 콜린은 더 거만하게 말했다.

"내가 바라는 게 그거야. 네가 할 일을 하면 난 널 돌봐줄 거야. 이제 그만 가봐."

마사가 나가서 문을 닫자 콜린은 신기하다는 듯 자기를 빤히 보고 있는 메리를 발견했다.

"왜 그렇게 봐? 무슨 생각을 해?"

"두 가지 생각을 하는 중이야."

"무슨 생각인데? 앉아서 말해봐."

메리가 큰 발받침 의자에 앉으며 말했다. "첫 번째 생각은 이거야. 인도에서 라자[4]인 남자애를 본 적이 있어. 온몸에 루비며 에메랄드며 다이아몬드를 두른 아이였지. 그 애는 백성들에게 네가 마사한테 쓰는 말투를 썼어. 다들 그 애가 뭘 시키면 그게 뭐든 곧바로 해야 했어. 그러지 않는 사람은 다 죽었을 거야."

"라자 이야기도 듣고 싶지만 먼저 두 번째 생각부터 말해봐."

"두 번째 생각은 네가 디콘과 참 다르다는 거야."

"디콘이 누구야? 참 이상한 이름이네!"

메리는 말해줘도 괜찮겠다는 생각이 들었다. 비밀의 화원을 언급하지 않고도 말할 수 있을 것 같았다. 메리도 마사가 들려주는 디콘의 이야기가 좋았다. 디콘 이야기를 꼭 하고 싶

---

4   인도 문화권에서 왕을 뜻하는 호칭 – 옮긴이

기도 했다. 그러면 왠지 디콘이 가까이에 있는 듯한 기분이 들 것 같았다.

"디콘은 마사의 남동생이고 열두 살이야. 그 애는 세상 누구와도 달라. 여우랑 다람쥐를 마법처럼 부리는 애야. 인도 원주민들이 뱀을 부리듯이. 디콘이 피리로 아주 부드러운 곡을 연주하면 동물들이 다가와 귀를 기울여."

그때 콜린이 갑자기 옆 탁자에 놓인 큰 책을 자기 쪽으로 끌어당겼다.

"이 책에 뱀 조련사 그림이 있어. 와서 봐."

근사하게 채색된 삽화가 있는 아름다운 책이었다. 콜린은 그중 한 삽화를 가리키며 호기심 어린 눈빛으로 물었다.

"이런 것도 할 수 있어?"

"디콘이 피리를 불면 동물들이 와서 들어. 하지만 그걸 마법이라고 하지는 않아. 황무지에 오래 살아서 동물들을 잘 알아서 그런 거래. 가끔은 자기가 새나 토끼가 된 것 같다고도 했어. 그만큼 동물을 좋아하는 거지. 디콘은 울새한테 뭘 물어보기도 해. 부드럽게 지저귀면서 울새랑 대화를 나누는 것 같았어."

콜린은 쿠션에 기댄 채 눈을 점점 더 동그랗게 떴고 두 뺨의 반점은 타오르듯 빨개졌다.

"그 애 이야기를 더 들려줘."

"디콘은 알과 둥지도 잘 알아. 여우랑 오소리랑 수달이 어디 사는지도 알아. 남들한테는 말 안 해. 남자애들이 굴을 찾아가서 동물들을 겁줄 수도 있으니까. 어쨌든 황무지에서 자라거나 사는 건 그 애가 모르는 게 없어."

"그 애는 황무지가 좋대? 그렇게 크고 휑하고 음산한 곳을 왜?"

"황무지가 얼마나 아름다운데. 예쁜 식물이 수도 없이 자라고 무수히 많은 작은 동물이 저마다 둥지를 짓고 굴을 파. 짹짹거리거나 노래하거나 찍찍거리면서 서로 대화를 나누기도 하고. 다들 땅속이나 나무나 히스 덤불에서 너무나 즐겁고 바쁘게 살아. 황무지는 그들의 세상이야."

"넌 그걸 다 어떻게 알아?"

콜린이 팔꿈치에 기댄 몸을 틀어 메리를 보며 묻자, 메리는 문득 무언가가 떠오른 듯 말했다.

"나도 가본 적은 한 번도 없어. 캄캄할 때 차를 타고 지나간 적은 있지만. 그때는 기분 나쁜 곳인 줄 알았어. 황무지 이야기는 마사에게 처음 들었고 그다음엔 디콘한테 들었어. 디콘이 황무지 이야기를 할 때는 마치 눈앞에 풍경이 보이고 소리가 들리는 것 같아. 햇살이 반짝이고 꿀 냄새 같은 가시금작화 향기가 풍겨오고 벌이랑 나비가 가득 날아다니는 히스 덤불에 서 있는 느낌이야."

"아프면 아무것도 볼 수 없어." 저 멀리서 들리는 낯선 소리가 궁금해 귀를 쫑긋 세우는 사람처럼 콜린이 몸을 들썩였다.

"방에만 있으면 못 보지."

"난 황무지에 갈 수 없어." 콜린이 억울해하며 말했다.

메리는 잠시 침묵했다가 용기를 냈다.

"갈 수도 있지…… 언젠가는."

콜린이 깜짝 놀란 듯 움찔했다.

"황무지에 간다고? 내가 어떻게? 난 곧 죽을 몸이야."

"그걸 어떻게 아는데?" 메리가 매몰차게 되물었다.

메리는 콜린이 죽음을 말하는 방식이 마음에 들지 않아 안쓰럽다는 생각이 별로 안 들었다. 콜린이 마치 죽음을 자랑하는 것 같았다.

콜린은 퉁명스럽게 답했다. "아주 어릴 때부터 늘 들어온 말이니까 알지. 다들 툭하면 내가 죽을 거라고 수군거려. 내가 모를 거라고 생각하는 거지. 내가 죽길 바라기도 하고."

메리 아가씨는 삐딱한 기분이 들어 입술을 앙다물었다.

"사람들이 바란다 해도 나라면 안 죽을 거야. 네가 죽길 누가 바라는데?"

"하인들도 그렇고…… 크레이븐 박사도 그래. 내가 죽으면 이 집을 차지하고 부자가 될 테니까. 그런 말을 감히 입 밖에 내진 않지만 내 상태가 안 좋아질 때마다 표정이 신나 보여. 내가 장티푸스에 걸렸을 때는 얼굴이 통통해졌고. 아빠도 내가 죽길 바라는 것 같아."

"그럴 리 없어."

메리가 단호하게 말하자 콜린이 다시 몸을 돌려 메리를 바라보았다.

"넌 안 그래?"

그러고는 쿠션에 다시 몸을 기댄 채 가만히 생각에 잠겼다. 긴 침묵이 이어졌다. 어쩌면 두 아이는 평범한 아이라면 떠올리지 않는 이상한 생각을 하는지도 몰랐다.

메리가 마침내 입을 열었다. "난 런던에서 온 그 유명한 의사가 마음에 들어. 쇠로 된 그 기계를 떼게 해줬잖아. 그 의사도 네가 죽을 거라고 말했어?"

"아니."

"그럼 뭐라고 했어?"

"그 의사는 수군거리지 않았어. 내가 수군거리는 소리를 싫어하는 걸 알았나 봐. 이 말 하나는 똑똑히 들었어. '이 아이는 자기가 살고자 하면 살 겁니다. 살고 싶게 만드세요.' 꼭 화난 사람 같았어."

"널 살고 싶게 만들 사람을 내가 알려줄게." 메리가 생각에 잠긴 채 말했다. 메리는 이 문제를 어떻게든 해결하고 싶었다.

"바로 디콘이야. 디콘은 늘 살아 있는 것들을 이야기해. 죽었거나 아픈 것들 이야기는 절대 하지 않아. 새가 날아가는 걸 보려고 늘 하늘을 올려다보거나 식물이 자라는 걸 보려고 땅을 내려다봐. 눈이 아주 동그랗고 파란데 그 눈을 있는 대로 크게 뜨고 주변을 둘러봐. 그리고 입이 진짜 큰데 그 입으로 얼마나 환하게 웃는지 몰라. 두 볼은 앵두처럼 빨개."

메리는 의자를 소파 가까이 당겨 앉았다. 둥글게 휘는 디콘의 큰 입과 큰 눈을 떠올리니 표정이 절로 바뀌었다.

"있잖아, 죽는 얘기는 하지 말자. 난 싫어. 우리, 사는 얘기 하자. 디콘 이야기도 많이 하자. 그러고 나서 네 그림책을 보는 거야."

이것이 메리가 할 수 있는 최선의 말이었다. 디콘 이야기는 곧 황무지와 디콘이 사는 오두막과 그 오두막에서 일주일에 16실링으로 먹고사는 열네 식구 이야기였다. 야생 조랑말처럼 황무지의 풀을 먹고 살이 오른 아이들 이야기이기도 했으며, 디콘의 어머니와 줄넘기, 햇살이 내리쬐는 황무지와 검은 흙에서 삐죽 튀어나오는 연둣빛 새싹 이야기이기도 했다. 하나같이 생명력이 넘치는 존재들이라 메리는 어느 때보다 많은 이야기를 했고 콜린도 어느 때보다 더 열심히 말하고 들었다. 그러면서 두 아이는 여느 아이들처럼 별것 아닌 이야기에도 웃기 시작했다. 마침내는 뻣뻣하고 작고 귀염성 없는 여자애와 자신이 곧 죽을 거라고 믿는 병약한 남자애가 아니라, 평범하고 건강하고 자연스러운 열 살짜리 아이들처럼 깔깔거리며 웃어댔다.

메리와 콜린은 너무 즐거워 시간 가는 줄 몰랐고 그림책을 보기로 한 일도 잊어버렸다. 벤 웨더스태프와 울새 이야기를 하며 메리와 큰 소리로 웃던 콜린이 갑자기 무언가가 떠올랐는지 제 등뼈가 약하다는 걸 잊어버린 듯 똑바로 앉았다.

"우리가 여태 생각 못 한 게 있는데 뭔지 알아? 우리가 사촌 사이라는 거야."

그렇게 많은 이야기를 나누고도 이렇게 단순한 사실을 눈치채지 못했다는 게 너무 우스워 사소한 일에도 웃을 준비가 된 둘은 박장대소를 했다. 그러는 와중에 문이 열리고 크레이븐 박사와 메들록 부인이 들어왔다.

크레이븐 박사는 말 그대로 깜짝 놀랐고, 메들록 부인은 우뚝 선 박사와 부딪치는 바람에 뒤로 넘어질 뻔했다.

"세상에! 맙소사!"

메들록 부인은 불쌍하게도 눈알이 튀어나올 것 같은 얼굴로 외쳤고, 크레이븐 박사도 아이들에게 다가가며 물었다.

"이게 다 뭐지? 어떻게 된 거니?"

그때 메리는 인도에서 본 라자를 다시 떠올렸다. 콜린은 의사가 받은 충격이나 메들록 부인이 느끼는 두려움 따위는 하나도 중요하지 않다는 듯 답했다. 마치 늙은 고양이와 개가 방에 들어왔을 뿐이라는 듯 불안하거나 놀란 기색이 전혀 없었다.

"이쪽은 내 사촌 메리 레녹스예요. 이야기 나누려고 내가 불렀어요. 마음에 들거든요. 이제 내가 부를 때마다 와서 나랑 이야기하기로 했어요."

크레이븐 박사가 나무라는 눈빛으로 메들록 부인을 돌아보자 부인이 숨을 가쁘게 쉬며 말했다.

"아, 선생님. 어쩌다 이런 일이 생겼는지 모르겠습니다. 이 집에서 감히 입을 놀릴 하인은 없거든요. 한 명도 빠짐없이 주의를 주었는데 이상하네요."

"메리한테 뭘 말해준 사람은 아무도 없어. 내가 우는 소리를 듣고 메리가 제 발로 찾아온 거야. 와서 다행이었고. 멍청한 소리 하지 마, 메들록."

메리가 보기에 크레이븐 박사는 기분이 안 좋아 보였지만 환자에게 반기를 들 엄두는 내지 못하는 게 분명했다. 박사는 콜린 옆에 앉아 콜린의 맥박을 짚었다.

"너무 흥분한 것 같구나. 흥분은 몸에 좋지 않단다, 얘야."

콜린은 위험해 보일 만큼 눈빛을 반짝이며 답했다.

"메리를 못 보면 더 흥분할 거예요. 메리 덕분에 몸이 좋아졌어요. 보모한테 내 차를 가져올 때 메리 것도 가져오라고 해요. 같이 차를 마셔야겠어요."

메들록 부인과 크레이븐 박사는 불안한 눈빛으로 서로 바라보았지만 할 수 있는 게 아무것도 없었다.

"도련님 안색이 확실히 좋아지긴 했네요, 선생님. 하지만……." 메들록 부인은 용기를 내어 말하고는 곰곰이 생각하며 말을 이었다. "오늘 아침에 메리 아가씨가 이 방에 들어오기 전에는 더 좋아 보이셨어요."

제14장

"메리는 어젯밤에 처음 들어왔어. 들어와서 오랫동안 나랑 있었어. 힌두스탄어로 된 노래를 불러줬고 그 덕분에 잠들었어. 아침에 일어나니 몸이 좋아진 게 느껴졌어. 아침도 먹고 싶어졌고. 지금은 차를 마시고 싶어. 보모한테 전해, 메들록."

크레이븐 박사는 오래 머물지 않았다. 보모가 들어오자 보모와 잠시 대화를 나누고는 콜린에게 경고하는 말을 몇 마디 했다. 말을 너무 많이 해서는 안 되고, 병자니까 쉽게 피곤해진다는 사실을 잊지 말라는 내용이었다. 메리는 콜린이 잊으면 안 되는 불편한 일들이 참 많은 것 같다고 생각했다.

콜린은 짜증 난 표정으로 검은 속눈썹이 무성한 묘한 눈을 크레이븐 박사의 얼굴에 고정한 채 말했다.

"난 잊어버리고 싶어요. 메리가 다 잊게 해줘요. 그래서 메리랑 있고 싶은 거고요."

크레이븐 박사는 불만스러워 보이는 얼굴로 방을 나갔다. 그러면서 큰 의자에 앉은 작은 여자애를 영문을 모르겠다는 눈빛으로 힐끗 쳐다보았다. 메리는 박사가 들어오자마자 다시 뻣뻣하고 말 없는 아이로 돌아갔으므로 메리의 매력이 박사의 눈에 보일 리 없었다. 그러나 콜린이 평소보다 밝아 보이는 건 확실한 터라 박사는 깊은 한숨을 쉬며 복도를 걸어갔다.

보모가 차와 간식을 가져와 소파 옆 탁자 위에 두자 콜린이 말했다.

"다들 나한테 늘 뭔가를 먹이려고 해. 난 먹기 싫은데. 지금은 네가 먹으면 나도 먹을게. 머핀이 따뜻하고 맛있어 보이네. 이제 라자 이야기를 들려줘."

제15장

둥지 짓기

비가 일주일을 더 내리고 난 뒤 높다랗고 둥글고 푸른 하늘이 다시 떠올랐고 뜨거운 햇빛이 쏟아졌다. 비밀의 화원이나 디콘을 볼 기회가 전혀 없었지만, 그동안 메리 아가씨는 무척 즐겁게 지냈다. 일주일이 하나도 길게 느껴지지 않았다. 매일 콜린의 방에서 콜린과 몇 시간씩 있으면서 라자와 화원, 디콘, 황무지에 있는 디콘의 오두막을 주제로 대화를 나눴다. 둘이 함께 호화찬란한 책과 그림도 보았다. 가끔 메리가 콜린에게 책을 읽어주었고 콜린이 메리에게 조금 읽어주기도 했다. 메리가 보기에 콜린은 얼굴이 너무 창백하고 늘 소파에 있어서 그렇지 즐겁고 무언가에 관심이 있을 때는 전혀 병자 같지 않았다.

한 번은 메들록 부인이 메리에게 이런 말을 했다.

"어린 아가씨가 참 맹랑하네요. 그 늦은 시간에 소리만 듣고 침대에서 빠져나와 거기를 찾아가다니 말이에요. 뭐, 그게 꼭 우리한테 안 좋은 일이라고는 못 하겠지만요. 확실히 아가씨랑 친해진 뒤로는 도련님이 발끈해서 성질을 부리거나 투덜대는 일이 없어요. 보모가 넌더리를 내며 그만두려던 참이었는데 아가씨랑 돌아가며 번을 서니 이제는 더 있어도 되겠다고 하네요." 그러면서 부인은 살짝 웃었다.

메리는 콜린과 이야기할 때 비밀의 화원이 화제에 오르면 최대한 조심하려 애썼다. 콜린에게서 알아내고 싶은 것들이 있었지만 대놓고 물어서는 안 될 것 같았다. 콜린과 있는 시간이 즐거워지자 메리는 먼저 콜린이 비밀을 말해도 되는 아이인지 알고 싶었다. 콜린은 디콘과는 털끝만큼도 비슷한 면이 없지만, 둘 말고는 아무도 모르는 화원을 무척이나 마음에 들어 해서 믿어도 될 것 같았다. 그러나 알게 된 지 얼마 안 되어 확신할 수는 없었다. 두 번째로 알고 싶은 건 다음과 같았다. 콜린을 믿을 수 있다면, 정말 믿어도 된다면 아무에게도 들키지 않고 콜린을 화원으로 데려갈 수 있지 않을까? 유명하다는 의사가 신선한 공기를 쐬어야 한다고 했고, 콜린도 비밀의 화원에서라면 그러고 싶다고 했다. 화원에서 맑은 공기를 많이 마시고 디콘과 울새를 알게 되고 꽃들이 자라는 걸 본다면, 죽는다는 생각을 지금처럼 많이 하지 않을지도 몰랐다. 최근 들어 메리는 거울에 비친 제 모습이 인도에서 막 왔을 때와는 전혀 다르다는 걸 깨달았다. 지금 모습이 더 좋아 보였다. 마사도 변화를 감지하고 말했다.

"황무지 공기가 벌써 아가씨한테 득이 되었네요. 이제는 낯빛이 누리끼리하지도 않고 비쩍 마르지도 않았어요. 축 처져서 머리에 찰싹 붙었던 머리카락도 이젠 힘이 생겨 살짝 뻗치기까지 하고요."

"꼭 나 같네. 점점 튼튼해지고 살도 붙고 있잖아. 숱도 많아졌어."

마사가 메리의 얼굴 주변 머리카락을 살짝 헝클며 말했다.

"확실히 그러네요. 이제는 처음 왔을 때만큼 못생기지 않았어요. 뺨도 발그스름하고요."

화원과 신선한 공기가 메리에게 도움이 되었다면 콜린에게도 그럴 것이다. 하지만 사람들이 자길 보는 걸 끔찍이 싫어하니 디콘을 보는 게 싫을 수도 있었다.

"누가 널 쳐다보는 게 왜 그렇게 화가 나?"

어느 날 메리가 묻자 콜린이 답했다.

"아주 어릴 때부터 싫었어. 어릴 때 하인들이 날 해변에 데리고 갔는데 내가 유모차에 누워 있으면 다들 날 빤히 쳐다봤어. 지나가던 여자들이 멈춰 서서 내 유모한테 말을 걸었는데 그러다 유모랑 수군댔어. 내가 어른이 될 때까지 살지 못할 거라고. 그러고는 내 뺨을 토닥이며 '불쌍하기도 하지!'라고 했어. 한 번은 어떤 여자가 그러길래 내가 고래고래 소리 지르면서 여자의 손을 콱 물어버렸어. 여자는 잔뜩 겁먹고 도망쳤고."

"네가 미친개 같다고 생각했겠네."

메리가 기막혀하며 말하자 콜린이 인상을 찌푸렸다.

"뭐라고 생각했든 상관없어."

"내가 네 방에 들어갔을 때는 왜 비명을 지르면서 묻지 않았어?"

메리가 묻고는 슬며시 미소를 짓자 콜린이 말했다.

"유령이나 꿈인 줄 알았으니까. 유령이나 꿈을 물 수는 없잖아. 비명을 질러봤자 신경도 안 쓸 테고."

"저기, 만약에…… 어떤 남자애가 널 보면 엄청 싫을 것 같아?"

메리가 자신 없게 묻자 콜린은 쿠션에 기대 누워 생각에 잠겼다. 그러고는 단어를 하나하나 신중하게 고르는 듯 천천히 답했다.

"싫지 않을 것 같은 남자애가 한 명 있긴 해. 바로 여우가 사는 곳을 아는 디콘이야."

"분명 그 애는 싫지 않을 거야."

콜린은 다시 곰곰이 생각하며 말했다.

"새도 좋아하고 다른 동물들도 그 애를 좋아한다면 나도 괜찮지 않을까? 그 애는 동물 조련사고 나는 소년 동물인 셈이지."

콜린은 말을 마치고 웃었고 메리도 웃었다. 그냥 웃은 정도가 아니라 둘 다 한참을 깔깔거렸다. 소년 동물이 굴에 숨어 있는 상상을 하니 너무 우스웠기 때문이다.

그날 이후 메리는 디콘이 별로 걱정되지 않았다.

하늘이 다시 파랗게 갠 첫째 날 아침, 메리는 아주 일찍 잠에서 깼다. 햇살이 블라인드 틈으로 비스듬히 쏟아져 들어오는 걸 보고 신이 난 메리는 침대에서 펄쩍 뛰어내려 창가로 달려갔다. 블라인드를 걷고 창문을 여니 신선하고 향긋한 바람이 왈칵 불어 들어왔다. 황무지는 푸르렀고 온 세상이 마치 마법을 부린 듯 아름다웠다. 새 수십 마리가 연주회를 앞두고 조율하는 듯 부드럽고 작은 피리 소리가 여기저기 사방에서 들려왔다. 메리는 창밖으로 손을 내밀어 햇살을 느꼈다.

"따뜻하다…… 따뜻해! 이러면 연둣빛 새싹이 자라고, 자라고, 또 자랄 거야. 땅속에서는 알뿌리랑 뿌리가 온 힘을 다해 일할 테고."

메리는 무릎을 꿇고 창밖으로 최대한 몸을 내민 채 깊이 숨을 들이쉬며 킁킁 냄새를 맡았다. 그러다 디콘의 엄마가 디콘이 토끼처럼 코끝을 벌름거린다고 했다는 마사의 말이 떠올라 웃음이 터졌다.

"이른 시간이긴 한가 봐. 작은 구름이 온통 분홍색이야. 이런 하늘은 처음 봐. 일어난 사람도 없고. 마구간지기 애들 소리도 안 들려."

메리는 갑자기 어떤 생각이 떠오른 듯 서둘러 자리에서 일어났다.

"못 기다리겠어! 지금 바로 화원을 보러 갈 거야!"

이제 혼자 옷 입는 법을 익힌 메리는 5분 만에 옷을 다 입었다. 혼자서 열 수 있는 작은 쪽문을 알고 있어서 양말만 신은 발로 쏜살같이 아래층으로 내려가서는 현관에 있는 신발을 신고 쇠줄과 빗장을 풀고 쪽문을 열었다. 그런 뒤 쪽문 계단을 단번에 훌쩍 뛰어내려 초록으로 물든 풀밭 위에 착지했다. 쨍한 햇볕과 따뜻하고 향긋한 바람이 메리를 감쌌고, 곳곳의 덤불과 나무에서 피리 소리와 지저귀는 소리가 들렸다. 메리는 기쁨에 겨워 두 손을 꼭 맞잡고 하늘을 올려다보았다. 파란빛과 분홍빛, 백옥 같은 하얀빛으로 물들어 봄날의 빛이 흘러넘치는 하늘을 보니 피리를 불고 큰 소리로 노래하고 싶은 마음이 절로 생겼다. 개똥지빠귀와 울새와 종달새가 왜 노래를 부를 수밖에 없는지 알 것 같았다. 메리는 관목숲을 빙 돌고 산책로를 달려 비밀의 화원으로 향했다.

"벌써 확 달라졌어. 풀도 더 파릇파릇해졌고, 여기저기 새싹이 올라오고 말린 잎도 펴지고 있어. 초록색 잎눈도 보이고.

분명 디콘도 오늘 오후에 올 거야."

오랜 시간 내린 따뜻한 빗물은 낮은 담장 옆 산책로의 경계 역할을 하는 다년초 화단에 신기한 조화를 부렸다. 빽빽이 묻힌 식물 뿌리에서 싹이 자라나 흙을 비집고 나왔고, 크로커스 줄기에서 푸르스름한 자줏빛과 노란빛을 띠고 펼쳐지는 봉오리가 여기저기에서 언뜻언뜻 보였다. 반년 전만 해도 메리 아가씨는 세상이 깨어나는 풍경을 볼 일이 없었지만, 지금은 하나도 놓치지 않았다.

담쟁이덩굴 뒤에 숨겨진 문에 다다랐을 때 메리는 기이하고 요란한 소리를 듣고 화들짝 놀랐다. 까마귀가 깍깍 우는 소리였다. 위를 보니 깃털에 윤기가 흐르는 크고 검푸른 새가 담장 위에 앉아 지혜로워 보이는 눈빛으로 메리를 내려다보고 있었다. 메리는 까마귀를 그렇게 가까이에서 본 적이 없어 약간 긴장했지만, 까마귀는 곧 날개를 펼치고 퍼덕이며 화원을 가로질러 날아갔다. 메리는 까마귀가 화원 안에 머물지 않기를 바라면서 걱정스러운 마음으로 문을 열었다. 안으로 들어가 보니 화원에 있기로 했는지 까마귀가 키 작은 사과나무에 앉아 있었고, 사과나무 아래에는 꼬리털이 무성하고 작고 불그스름한 동물이 누워 있었다. 둘 다 구부정하게 몸을 숙이고 적갈색 머리의 디콘을 바라보고 있었다. 디콘은 풀밭에 무릎을 꿇고 앉아 열심히 일하는 중이었다.

메리는 풀밭을 나는 듯 가로질러 디콘에게 달려가 외쳤다.

"아, 디콘! 디콘! 어떻게 이렇게 일찍 왔어! 어떻게 온 거야! 해는 이제 막 떴는데!"

디콘은 뺨이 발갛고 머리가 헝클어진 채로 몸을 일으키며 웃음을 터트렸다. 눈동자가 마치 한 조각의 하늘 같았다.

"아! 해님보다 훨씬 더 일찍 일어났거든요. 도저히 못 누워 있겠더라고요! 온 세상이 다시 깨어나 움직이기 시작했잖아요. 일하고 윙윙거리고 긁고 지저귀고 둥지를 짓고 향기를 내뿜으면서요. 이런 날은 황무지에 가야지 못 누워 있어요. 해가 떠오르니까 황무지의 생명들이 기뻐서 미친 듯 날뛰었고, 히스 덤불 속에 있던 나도 소리 지르고 노래하며 미친 듯 뛰었어요. 그렇게 곧장 여기로 왔어요. 더는 기다릴 수 없더라고요. 화원이 이렇게 날 기다리는데 어떻게 더 기다리겠어요!"

메리는 자기도 여태 달려온 것처럼 숨을 가쁘게 쉬며 두 손을 가슴에 올렸다.

"아, 디콘! 디콘! 나, 너무 행복해서 숨이 잘 안 쉬어져!"

디콘이 낯선 사람과 이야기하는 걸 보고는 나무 아래에 있던 꼬리털이 북슬북슬한 동물이 자리에서 일어나 디콘에게 다가왔고, 까마귀는 한 번 끽 하고 울고는 가지에서 날아내려와 디콘의 어깨에 살포시 앉았다.

"얘는 새끼 여우예요. 이름은 대장이고요. 얘는 검댕이예요. 검댕이는 나랑 같이 황무지를 가로질러 날아왔고, 대장도 사냥개한테 쫓기기라도 하듯 있는 힘껏 뛰어왔어요. 둘 다 나랑 같은 마음이었거든요."

두 동물 모두 메리를 무서워하는 기색이 조금도 없었다. 디콘이 걷기 시작하니, 검댕이는 어깨 위에 계속 앉아 있었고 대장은 조용히 디콘 옆에 붙어 빠른 걸음으로 걸었다.

"여기 좀 봐요! 이만큼 자랐어요! 이거랑 이것도요! 와, 이것 좀 봐요!"

디콘은 얼른 무릎을 꿇고 앉았고 메리도 디콘 옆에 앉았다. 다닥다닥 붙은 크로커스들이 자줏빛과 주황빛, 금빛 꽃봉오리를 터트리고 있었다. 메리는 얼굴을 숙여 꽃봉오리에 입을 맞추고 또 맞췄다.

"사람한테는 절대 이렇게 뽀뽀하지 못할 거야. 꽃은 전혀 다르니까."

메리가 고개를 들며 말하자 디콘은 어리둥절한 얼굴이 되었다가 이내 미소를 지었다.

"아! 난 엄마한테도 그렇게 여러 번 뽀뽀해요. 온종일 황무지를 쏘다니다가 집에 오면 엄마가 문간에서 햇빛을 받으며 반갑고 편안한 얼굴로 서 계시거든요."

두 아이는 화원을 구석구석 뛰어다니면서 경이로운 장면을 수도 없이 발견했다. 그때마다 감탄이 절로 나와 목소리를 낮춰야 한다는 사실을 자주 떠올려야 했다. 디콘은 메리에게 죽은 줄 알았던 장미나무 가지에 봉긋하게 핀 새순을 보여주었다. 흙을 비집고 새로 돋아난 연둣빛 싹도 보여주었다. 둘은 신이 나서 코를 흙에 대고 봄날의 따뜻한 숨결을 쿵쿵 들이마셨다. 같이 환희에 차서 땅을 파고 잡초를 뽑고 숨죽여 웃다 보니 메리 아가씨도 디콘처럼 머리가 헝클어졌고 두 뺨은 양귀비꽃처럼 빨개졌다.

그날 아침 비밀의 화원에는 온 세상의 기쁨이 깃들었고 그중에서도 가장 경이롭고 유쾌한 기쁨 하나가 찾아왔다. 무언가가 담장을 넘어 나무들이 줄지어 자란 화단의 구석 자리로 휙 날아왔다. 부리에 뭔가를 물고 온, 작은 불꽃처럼 가슴이 빨간 새였다. 디콘은 우뚝 멈춰 서서 마치 웃음을 터트렸다가 이곳이 교회라는 걸 갑자기 깨달은 아이처럼 한 손을 메리에게 얹었다.

그러고는 강한 요크셔 억양으로 말했다. "옴짝달싹도 하지 말아요. 숨도 쉬면 안 돼요. 지난번에 봤을 때 짝을 찾아다닌다는 건 알았구먼요. 벤 할아버지 울새예요. 지금 둥지를 틀러 왔나 봐요. 우리가 쫓아내지만 않으면 여기서 살 거예요."

둘은 조심스럽게 풀밭에 앉아 꼼짝도 하지 않았다.

"가까이에서 지켜보고 있다는 티를 내면 안 돼요. 우리가 시큰 방해한다고 느끼기라도 하면 우리랑은 영영 끝이에요. 둥지를 다 지을 때까지는 평소와 딴판으로 굴 거예요. 살림을 꾸리는 거니까요. 사람을 피하고 예민해질 거예요. 지금 쟤는 친구랑 수다 떨 시간이 없어요. 우리는 그저 풀이나 나무나 덤불인 양 가만히 있어야 해요. 그러다 우리가 옆에 있는 게 익숙해졌을 때 내가 새소리를 조금 내면 우리가 방해하려는 게 아니란 걸 알 거예요."

메리 아가씨는 풀이나 나무나 덤불인 양 가만히 있는 게 어떤 건지 도통 알 수 없었다. 하지만 디콘은 그 이상한 일이 세상에서 제일 간단하고 자연스럽고 쉽다는 듯 말했다. 메리는 디콘이 정말 초록색으로 변하고 가지와 이파리가 돋아날까 궁금해하며 디콘을 몇 분간 유심히 바라보았다. 그러나 디콘은 놀라우리만큼 그저 가만히 앉아 있었다. 말할 때는 어찌나 살살 말하는지 들리는 게 신기할 정도였지만, 들리기는 했다.

"둥지 짓기도 봄의 일부분이에요. 내가 장담하는데 세상이 시작된 뒤로 해마다 똑같은 방식으로 둥지를 지었을 거예요. 새들은 생각하고 행동하는 자기만의 방식이 있어서 사람은 끼어들면 안 돼요. 봄은 동물 친구랑 멀어지기 쉬운 계절이에요. 호기심이 너무 많아 기웃거렸다간 말이죠."

"울새 얘기를 하면 자꾸 쟤를 쳐다보게 돼. 다른 얘기 하자. 실은 너한테 하고 싶은 말이 있어." 메리가 최대한 목소리를 낮춰 말했다.

"다른 이야기를 하면 쟤도 더 좋아할 거예요. 할 말이라는 게 뭐예요?"

"저기…… 혹시 콜린을 알아?"

메리가 속삭이며 묻자 디콘은 고개를 돌려 메리를 바라보았다.

"아가씨는 도련님을 얼마나 아는데요?"

"만났어. 이번 주에 매일 만나 이야기했고. 나더러 자기 방으로 오랬어. 자기가 아프고 곧 죽는다는 걸 내가 잊게 해준대."

디콘은 동그란 얼굴에서 깜짝 놀란 기색이 사라지자마자 안심한 표정을 지었다.

"다행이네요. 정말 다행이에요. 이제 마음이 편해졌어요. 도련님 이야기는 절대 하면 안 되는데 난 감추는 게 싫거든요."

"화원도 감추기 싫어?"

"화원은 절대 말하지 않을 거예요. 하지만 엄마한테는 이렇게 말해요. '엄마, 내가 지켜야 할 비밀이 있는데요. 나쁜 건 아니지만 비밀이 있다는 건 알아두세요. 새 둥지가 어디 있는지 말하지 않는 거랑 비슷해요.' 이 정도는 괜찮죠?"

메리는 디콘의 엄마 이야기라면 언제든 환영이었다.

"그러니까 뭐라셔?"

메리가 디콘의 엄마는 하나도 안 무섭다는 표정으로 묻자, 디콘은 다정히 빙긋 웃으며 답했다.

"엄마답게 말씀하시더라고요. 내 머리를 살짝 쓰다듬으며 웃고는 그러셨어요. '그럼, 애야, 넌 얼마든지 비밀을 가져도 된단다. 내가 널 12년이나 봐왔잖니.'"

"콜린은 어떻게 알아?"

"크레이븐 주인님에게 곱사등이가 될 것 같은 어린 아들이 있다는 건 주인님을 아는 사람은 다 알아요. 아들이 사람들 입에 오르내리는 걸 주인님이 싫어한다는 것도 알죠. 다들 주인님을 안타까워해요. 주인마님이 아주 예쁜 데다 젊으셨고, 두 분이 서로 정말 아끼셨거든요. 메들록 부인이 스웨이트에 갈 때 우리 오두막에 들르는데, 그때마다 우리가 보는 앞에서 엄마한테 다 얘기해요. 우리가 믿을 만한 애들이라는 걸 알거든요. 그런데 아가씨는 어떻게 도련님을 알게 되었어요? 마사 누나가 지난번 집에 왔을 때 걱정이 많더라고요. 도련님이 칭얼거리는 소리를 아가씨가 듣고 자꾸 물어보는데 뭐라고 해야 할지 모르겠다면서요."

메리는 불어제치는 바람 소리에 한밤중에 깨어났다가 멀리서 우는 소리가 희미하게 들려 양초를 들고 어두운 복도로 나간 이야기를 들려주었다. 그러다 결국 불빛이 어둑한 방의 문을 열고 들어갔고, 방 한구석에 조각 무늬가 있고 기둥이 네 개 달린 침대가 있었다는 이야기도 했다. 메리가 콜린의 작은 상아색 얼굴과 검은 속눈썹으로 둘러싸인 신비한 눈을 묘사하자 디콘이 고개를 저으며 말했다.

"주인마님의 눈을 똑 닮았네요. 마님의 눈은 늘 웃고 있었다고 들었지만요. 주인님은 도련님이 깨어 있을 때 차마 얼굴을 못 보겠다고 하신대요. 마님이랑 눈과 생김새는 너무 똑같은데 표정이 우울해 전혀 달라 보인다면서요."

"콜린이 죽고 싶어 하는 것 같아?" 메리가 속삭이며 물었다.

"아뇨. 근데 태어나지 말았어야 한다는 생각은 하겠죠. 우리 엄마는 그게 애들한테는 세상에서 제일 나쁜 생각이래요. 부모 사랑을 못 받는 아이는 절대 잘 자랄 수 없다면서요. 주인님은 불쌍한 도련님한테 돈으로 살 수 있는 건 뭐든 다 사주시지만, 도련님이 이 세상에 존재한다는 건 잊고 싶어 하세요. 무엇보다 곱사등이로 자란 아들을 보게 될까 봐 두려워하시죠."

"콜린도 그게 너무 걱정되어 똑바로 앉으려고 하지 않아. 등에 혹이 만져지면 미쳐서 비명을 지르다 죽을 거라는 생각을 늘 한대."

"아! 그런 생각을 하면서 누워 있으면 안 돼요. 그러면 절대 건강해질 수 없다고요."

풀밭에서 디콘 옆에 붙어 앉은 새끼 여우가 때때로 쓰다듬어 달라는 듯 디콘을 올려다보았다. 디콘은 몸을 숙여 여우의 목을 부드럽게 어루만지면서 잠시 생각에 잠겼다. 그러고는 곧 고개를 들고 화원을 둘러보았다.

"우리가 처음 여기 왔을 때만 해도 모든 게 회색이었잖아요. 지금은 뭐 달라진 게 없는지 한번 쭉 둘러봐요."

"와! 회색 벽이 바뀌고 있어. 초록빛 안개가 벽을 뒤덮은 것 같아. 얇은 초록색 천을 씌운 것도 같고."

"맞아요. 회색빛이 다 사라질 때까지 점점 더 녹색으로 바

뛸 거예요. 내가 무슨 생각을 했는지 알아요?"

메리가 잔뜩 기대하는 목소리로 말했다.

"분명 좋은 생각일 거야. 콜린과 관련된 생각일 거고."

"도련님이 여기 오면 등에 혹이 생기나 안 생기나 볼 시간에 장미나무에서 꽃봉오리가 터지는 걸 볼 거예요. 그럼 더 건강해질 거고요. 도련님이 휠체어를 타고 여기 와서 나무 아래에 눕고 싶은 마음이 들게 우리가 어떻게 해볼 수 없을까요?"

"나도 그 생각을 했어. 콜린이랑 이야기할 때마다 그 생각을 해. 콜린이 비밀을 지킬 수 있을까, 아무한테도 안 들키고 콜린을 여기로 데려올 수 있을까 하는 생각. 휠체어는 네가 밀면 될 테고. 의사 선생님도 콜린이 신선한 공기를 쐬는 게 좋다고 했고, 콜린이 우리랑 같이 나가고 싶다고 하면 누가 감히 말리겠어. 어차피 콜린은 사람들을 보기 싫어서 안 나가는 거니까, 우리가 데리고 나오면 다들 좋아할 거야. 콜린이 시켜서 정원사들은 멀찍이 떨어져 있게 하면 들킬 일도 없고."

디콘은 대장의 등을 긁어주면서 골똘히 생각에 잠겼다.

"내가 장담하는데 그러면 도련님한테 좋을 거예요. 우린 도련님이 안 태어났으면 좋았겠다는 생각은 안 할 거잖아요. 우린 그저 화원의 꽃이 자라는 걸 지켜보는 아이들일 뿐이고 도련님도 우리 같은 아이인 거예요. 남자애 둘이랑 여자애 한 명이 봄의 조화를 지켜보는 거죠. 분명 의사한테 치료받는 것보단 그게 나을걸요."

"콜린은 자기 방에 너무 오래 누워 있는 데다 늘 등이 굽을까 봐 걱정하느라 이상해졌어. 책을 봐서 아는 건 많은데 책에 없는 건 하나도 몰라. 너무 아파서 뭘 제대로 본 적이 없대. 집 밖으로 나가는 것도 싫고, 정원도 정원사도 다 질색이고. 근데 비밀이라고 하니까 이 화원은 궁금해했어. 내가 말을 안 해서 자세히는 모르지만, 이곳을 보고 싶어 하더라고."

"우리, 언제 꼭 한번 도련님을 여기로 데려와요. 휠체어쯤은 내가 거뜬히 밀 수 있어요. 근데 우리가 여기 앉아 있는 동안 울새가 짝꿍이랑 일하는 거 봤어요? 나뭇가지에 앉아 있는 녀석 좀 봐요. 어디에 두는 게 제일 좋을까 고민하면서 부리로 잔가지를 물고 있네요."

디콘이 나직하게 휘파람을 불자, 울새가 잔가지를 문 채 호기심 어린 눈빛으로 고개를 돌려 디콘을 쳐다보았다. 디콘도 벤 웨더스태프처럼 울새에게 말을 걸었는데, 디콘은 다정하게 충고하는 말투였다.

"어디에 둬도 괜찮아. 넌 알을 깨고 나오기 전부터 둥지 짓는 법을 알고 있었잖아. 그냥 하고 싶은 대로 해. 허비할 시간 없이."

메리가 흐뭇하게 웃으며 말했다. "아! 네가 울새한테 말하는 거 듣기 좋다! 벤 할아버지도 야단치고 놀리면서 말을 걸었어. 그러면 쟤가 총총 뛰어다니면서 그 말을 다 알아듣는 것처럼 굴었고. 할아버지가 그러는 게 좋은가 봐. 할아버지가 쟤는 자만심이 하도 커서 무시당하느니 돌에 맞는 게 나을 거래."

디콘도 웃고는 울새에게 다시 말을 걸었다. "너도 알겠지만 우린 널 귀찮게 하지 않을 거야. 우리도 들짐승이나 마찬가지야. 너처럼 둥지를 짓는 중이거든. 참, 우리 얘기는 아무한테도 하지 말아줘."

울새는 잔가지를 물고 있어 답은 하지 못하고 둥지를 지을 화원의 구석 자리로 날아갔다. 하지만 메리는 이슬처럼 반짝이는 울새의 까만 눈을 보고는 울새가 무슨 일이 있어도 비밀을 지켜주리라 확신했다.

제16장

"안 올 거야!"

그날 아침, 메리는 디콘과 할 일이 너무 많아 늦게 집에 돌아왔다. 점심을 먹고 다시 서둘러 화원에 가려던 메리는 약속 시간이 다 되어서야 까맣게 잊고 있던 콜린을 떠올렸다.

"콜린한테 아직 만나러 갈 수 없다고 해. 화원에서 할 일이 너무 많아."

메리의 말에 마사는 겁먹은 얼굴이 되었다.

"아! 메리 아가씨. 그렇게 말하면 도련님이 화를 내실 텐데요."

하지만 메리는 하인들과 달리 콜린이 무섭지 않았고, 남을 위해 제 것을 포기하는 성격도 아니었다.

"어쩔 수 없어. 디콘이 기다린단 말이야." 메리는 이 말만 남기고 뛰쳐나갔다.

오후는 아침보다 더 아름다웠고 더 바빴다. 화원의 잡초는 이미 다 솎아져 있었고 장미와 나무는 대부분 가지치기를 하거나 주변의 흙을 파놓은 상태였다. 디콘이 자기 삽을 챙겨왔고 메리에게 정원용품 쓰는 법을 가르쳐 같이 작업한 덕분에 제멋대로 자라 '정원사의 말끔한 화원'이 되지는 않겠지만 봄이 다 가기 전에 온갖 꽃이 흐드러지게 피리라는 건 확실했다.

디콘은 온 힘을 다해 일하며 말했다.

"머리 위로 사과꽃이랑 벚꽃이 필 거예요. 담장 가까이에 심은 복숭아랑 자두나무에도 꽃이 피고 풀밭은 꽃밭이 될 거예요."

새끼 여우와 까마귀도 두 아이만큼 행복해 보였고 울새와 울새의 짝은 작은 번갯불처럼 앞뒤로 휙휙 날아다녔다. 까마귀는 가끔 검은 날개를 펄럭이며 공원의 나무 꼭대기 위로 날아갔다. 그러고는 매번 다시 돌아와 디콘 근처에 있는 나무에 앉아 방금 하고 온 모험을 들려주는 듯 몇 차례 깍깍 울었다. 그러면 디콘은 울새에게 그러듯 까마귀에게도 말을 건넸다. 한번은 디콘이 너무 바빠 대답하지 않자 검댕이가 디콘의 어깨 위로 날아와 앉아 제 커다란 부리로 디콘의 귀를 부드럽게 물어 잡아당겼다. 메리가 잠깐 쉬고 싶어 해서 둘이 나무 아래에 앉았을 때는 디콘이 주머니에서 피리를 꺼내 부드럽고 묘한 느낌의 곡을 연주했는데, 그 소리에 다람쥐 두 마리가 담장 위에 나타나 귀를 기울이기도 했다.

디콘이 땅을 파는 메리를 보면서 말했다.

"예전보다 힘이 훨씬 세졌네요. 외모도 확실히 달라지고 있고요."

메리는 몸을 움직인 데다 기분이 좋아 발갛게 된 얼굴로 의기양양하게 말했다.

"날마다 살이 찌고 있어. 메들록 부인이 더 큰 옷을 구해줘야 할 정도야. 마사 말로는 머리카락도 굵어지고 있대. 전처럼 힘없이 처지지 않는대."

두 아이는 지는 태양이 짙은 황금빛 햇살을 나무 아래로 비스듬히 보낼 때 헤어졌다.

"난 내일 해 뜰 때 일하고 있을 거예요."

"나도 그럴 거야."

메리는 최대한 빨리 발을 움직여 집으로 달려갔다. 콜린에게 디콘의 새끼 여우와 까마귀 이야기도 들려주고 봄이 어떤 조화를 부렸는지도 말해주고 싶었다. 분명 콜린이 좋아할 이야기였다. 그래서 방문을 열었을 때 처량한 표정으로 서서 기다리는 마사를 보니 기분이 나빠졌다.

제16장

"무슨 일 있어? 내가 못 간다고 하니까 뭐래?"

"아! 아가씨가 가셨어야 하는구먼요. 도련님이 또 성질을 부리려는 걸 오후 내내 달래느라 얼마나 바빴는지 몰라요. 계속 시계만 보시더라고요."

메리는 입술을 꽉 다물었다. 콜린이 그렇듯 남의 마음을 헤아리는 데 익숙하지 않은 메리는 자기가 제일 좋아하는 일을 성질 나쁜 남자애가 왜 방해하는지 도무지 이해할 수 없었다. 자기가 아프고 불안하다고 해서 화를 참지 못해 남들까지 아프고 불안하게 만드는 사람들이 얼마나 측은한지 메리는 전혀 알지 못했다. 메리도 인도에 살 때 머리가 아프면 남들도 다 머리가 아프거나 그와 비슷한 고통을 느끼게 하려고 있는 힘을 다했고, 그게 옳다고 믿었다. 물론 지금은 콜린이 틀렸다고 생각하지만 말이다.

메리가 방에 들어섰을 때 콜린은 소파에 있지 않았다. 침대에 누워 메리가 들어오는데 고개도 돌리지 않았다. 시작부터 분위기가 안 좋았지만 메리는 뻣뻣한 태도로 콜린에게 당당히 걸어갔다.

"왜 안 일어나?"

메리가 묻자 콜린은 메리를 보지도 않고 답했다.

"아침에는 네가 올 줄 알고 일어났어. 근데 안 와서 오후에 하인들한테 다시 침대에 눕혀달라고 했어. 등이랑 머리가 아프고 피곤해서. 왜 안 왔어?"

"디콘이랑 화원에서 일했어."

콜린은 인상을 쓰며 거만한 눈빛으로 메리를 바라보았다.

"네가 나랑 얘기하러 오지 않고 그 애한테 가면 그 녀석이 여기 못 오게 할 거야."

메리는 화가 불끈 치솟았다. 소리를 안 지르고도 화를 낼 수 있었다. 시큰둥한 얼굴로 고집을 피우고 무슨 일이 생기든 상관하지 않으면 되었다.

"디콘을 못 오게 하면 나도 다시는 이 방에 안 올 거야!"

메리가 응수하자 콜린이 말했다.

"넌 내가 오라고 하면 와야 해."

"안 올 거야!"

"오게 할 거야. 하인들한테 끌고 오라고 하면 돼."

메리가 사납게 말했다. "어디 한번 해보시지, 라자 씨! 끌고 올 수는 있어도 말하게 할 수는 없을걸. 앉아서 이 악물고 한마디도 안 할 거야. 널 보지도 않을 거야. 바닥만 뚫어지게 볼 거야!"

두 아이는 서로 노려보았다. 잘 어울리는 한 쌍이었다. 거리의 사내애들이었다면 달려들어 난투극을 벌였겠지만, 둘은 그러지 못하니 그에 맞먹는 싸움을 벌였다.

"넌 이기적이야!"

콜린이 외치자 메리가 맞받아쳤다.

"그러는 넌? 이기적인 사람들이 꼭 그렇게 말하더라. 자기 뜻대로 안 해주는 사람은 다 이기적이라고. 넌 나보다 더 이기적이야. 내가 본 남자애 중에 제일 이기적이라고."

그러자 콜린이 쏘아붙였다.

"아니야! 이기적인 건 네 그 잘난 디콘이겠지! 걘 내가 혼자 있는 걸 알면서 흙 만지며 놀자고 널 붙들어뒀잖아. 이기적인 건 그 애라고!"

메리의 눈에서 불꽃이 튀었다.

"디콘은 이 세상에서 제일 착한 애야! 천사 같은 애라고!" 입 밖에 내기는 다소 우스꽝스러운 말이었지만 메리는 상관하지 않았다.

"천사 좋아하시네! 황무지 오두막에 사는 천한 애 주제에!"

콜린이 매섭게 비웃자 메리가 응수했다.

"디콘이 천한 라자보다 나아! 천 배는 더 낫다고!"

체력은 메리가 더 셌으므로 싸움의 승부는 메리 쪽으로 기울기 시작했다. 사실 콜린은 살면서 제 또래와 싸워본 적이 없었다. 그리고 메리와 콜린은 전혀 몰랐지만, 이런 다툼은 오히려 콜린에게 도움이 되었다. 콜린은 다시 베개에 누워 고개를 돌리고 눈을 감았다. 굵은 눈물방울 하나가 뺨을 타고 흘러내렸다. 콜린은 다른 누구도 아닌 저 자신이 한심하고 불쌍했다.

"난 너만큼 이기적이지 않아. 난 맨날 아프고 등에는 곧 혹이 날 테니까. 게다가 난 곧 죽을 몸이잖아."

"죽지 않아!"

메리가 매몰차게 반박하자 콜린은 분노로 눈을 부릅떴다. 태어나서 처음 듣는 말이었다. 두 가지 감정을 동시에 느끼는 일이 가능한지는 모르겠지만, 콜린은 미칠 듯 화가 나면서도 조금 기뻤다.

"죽지 않는다니! 난 죽어! 너도 알잖아! 모두가 그렇게 말한다고."

콜린이 소리치자 메리는 심술 맞게 말했다.

"못 믿겠어! 동정을 얻으려고 그렇게 말하는 거 알아! 넌 죽음을 은근히 뽐내고 있어. 난 네 말 안 믿어! 착한 애였다면 믿었겠지만…… 넌 너무 못됐어!"

콜린은 등이 불편했지만 건강한 분노에 휩싸여 침대에 똑바로 앉아 소리쳤다.

"내 방에서 나가!"

그러고는 베개를 집어 메리에게 던졌다. 멀리 던질 힘이 없어 메리의 발치에 떨어졌지만 메리는 호두 까는 기구에 꼬집힌 듯 얼굴을 일그러뜨렸다.

"갈 거야. 다시는 안 와!"

방문 앞에 다다르자 메리는 한마디 더 하려고 뒤로 돌아섰다.

"너한테 들려줄 재미있는 이야기가 진짜 많았어. 디콘이 새끼 여우랑 까마귀를 데려왔는데 그 이야기도 다 해주려고 했다고. 이제 하나도 안 들려줄 거야!"

메리는 성큼성큼 방을 걸어 나가 문을 닫았다가 깜짝 놀랐다. 간호사 교육을 받은 보모가 지금껏 둘의 대화를 다 들은 듯 문 앞에 서 있었기 때문이다. 게다가 더 놀랍게도 보모는 웃고 있었다. 보모는 덩치가 크고 예쁘장한 젊은 여자였는데, 애초에 보모가 되면 안 되는 사람이었다. 환자와 있는 걸 견디지 못해 핑계를 대고 콜린을 마사나 다른 사람에게 맡기기 일쑤였다. 처음부터 보모가 마음에 안 들었던 메리는 손수건에 대고 킥킥거리는 보모를 가만히 쳐다보며 물었다.

"뭐가 그렇게 우스워요?"

"두 사람이요. 응석받이 병자한테 맞서는 또 다른 응석받이가 나타났으니 도련님한테는 잘됐지 뭐예요." 보모는 또 손수건에 대고 킥킥 웃었다. "도련님한테 암여우처럼 성질 사나운 누나가 있어서 티격태격했다면 훨씬 건강했을 거예요."

"콜린이 죽나요?"

"난 몰라요. 관심도 없고요. 근데 도련님이 아픈 건 절반은 히스테리와 성질 때문이에요."

"히스테리가 뭐예요?"

"다음에 도련님 성질을 한번 건드려봐요. 그럼 알게 될 테니까. 어쨌든 아가씨 덕분에 도련님이 히스테리 부릴 거리가 생겨 기쁘네요."

메리는 화원에서 돌아왔을 때와는 전혀 다른 기분으로 방에 돌아갔다. 화가 나고 실망스러웠지만 콜린에게 미안한 마음은 하나도 들지 않았다. 메리는 콜린에게 많고 많은 이야기를 들려줄 생각에 들떴었고, 콜린을 믿고 그 큰 비밀을 말해도 괜찮을지 마음을 정하기로 했었다. 괜찮을 것 같다는 생각이 들던 참이었지만, 이제는 절대 말하지 않기로 마음을 바꿨다. 계속 방에만 틀어박혀 신선한 공기 한 번 쐬지 못하고 죽으라지! 그 애는 그래도 싸! 어찌나 심술이 나고 매몰찬 생각이 드는지 디콘이며 온 세상을 뒤덮은 초록빛 면사포며 황무지에서 불어오는 부드러운 바람 생각은 끼어들 틈이 없었다.

방에 가니 마사의 얼굴에 가득했던 근심이 잠시나마 흥미와 호기심으로 바뀌어 있었다. 탁자 위에 나무 상자가 있어 뚜껑을 열어보니 깔끔하게 포장된 꾸러미가 가득 들어 있었다.

"주인님이 아가씨한테 보내셨어요. 그림책 같아요."

메리는 서재로 갔던 날 고모부가 한 질문이 떠올랐다.

"장난감이나 책이나 인형을 사주랴?"

메리는 고모부가 인형을 보냈을지, 인형이면 그걸 가지고 뭘 할지 생각하며 포장지를 풀었다. 그러나 고모부가 보낸 건 인형이 아니었다. 콜린의 것과 같은 아름다운 책 몇 권이었고 그중 두 권은 정원에 관한 책이라 그림이 가득했다. 보드게임 두세 개와 겉면에 메리 이름의 머리글자가 금색으로 새겨진 예쁘고 작은 필통도 있었고 금색 펜과 잉크통도 있었다.

하나같이 너무 좋아서 메리의 가슴에는 분노를 밀어내고

기쁨이 차올랐다. 고모부가 뜻밖에도 자신을 기억해줬다고 생각하니 딱딱한 마음이 한결 따뜻해졌다.

"난 인쇄체보다 필기체를 더 잘 써. 이 펜으로 제일 먼저 고모부한테 감사 편지를 쓸 거야."

콜린과 사이가 좋았다면 당장 콜린에게 달려가 선물을 보여주고 함께 그림책과 정원에 관한 책도 보고 보드게임도 했을 것이다. 그러면 콜린은 너무 즐거워 죽는다는 생각 따위는 한 번도 하지 않고 혹이 났나 보려고 등뼈를 더듬지도 않았을 것이다. 콜린이 툭하면 하는 그 행동을 메리는 견디기 힘들었다. 그 행동을 할 때마다 콜린이 너무 겁먹은 표정을 지어 메리도 불편하고 두려운 기분이 들었다. 콜린은 등에서 아주 작은 혹이 하나라도 만져지면 그건 곱사등이가 되기 시작했다는 뜻이라고 했다. 메들록 부인이 보모에게 소곤대는 어떤 말을 들은 뒤로 그렇게 믿게 되었는데, 그 말은 콜린이 남몰래 하도 곱씹어 마음속에 깊이 뿌리박혔다. 메들록 부인이 소곤댄 건 콜린의 아버지도 아이 때 그런 식으로 등이 굽기 시작했다는 말이었다. 이 때문에 콜린은 히스테리성 두려움을 느끼게 되었고, 콜린이 이른바 '성질'을 부리는 이유는 대부분 이 두려움 때문이었다. 콜린은 이 사실을 오직 메리에게만 털어놓았고, 메리는 그 말을 들을 때 콜린이 안쓰러웠다.

"콜린은 화가 나거나 피곤할 때마다 그 생각을 했던 거야. 오늘도 화를 냈지. 어쩌면…… 어쩌면 콜린은 오후 내내 그 생각을 했는지도 몰라."

메리는 혼잣말을 하고는 가만히 서서 양탄자를 내려다보며 생각에 잠겼다.

"다시는 거기 안 가겠다고 했지만……." 메리는 머뭇거리며 눈살을 찌푸렸다. "그랬지만 혹시라도 콜린이 원하면…… 아침에 보러 가야겠어. 나한테 또 베개를 던지려 할지 모르지만…… 그래도…… 가보는 게 낫겠어."

제17장

성질부리기

꼭두새벽부터 일어나 화원에서 열심히 일하느라 피곤하고 졸렸던 메리는 마사가 저녁을 가져오자마자 얼른 먹고 잠자리에 들었다. 베개를 베고 누우면서 메리는 혼잣말로 중얼거렸다.

"아침 먹기 전에 나가서 디콘이랑 일한 다음에…… 아무래도…… 콜린을 보러 가야겠어."

그날 밤, 한밤중에 끔찍한 소리에 잠에서 깬 메리는 바로 훌쩍 침대에서 뛰어내렸다. 뭐지? 무슨 소리지? 다음 순간 메리는 누가 내는 소리인지 깨달았다. 문이 열리고 닫히는 소리,

복도를 바삐 오가는 발소리, 누군가가 울면서 비명을 지르거나 비명을 지르면서 우는 소름 끼치는 소리가 들렸다.

"콜린이야. 보모가 히스테리라고 말한 성질을 부리는 거야. 소리가 너무 끔찍해."

메리는 울음 섞인 비명을 들으면서 하인들이 겁에 질려 콜린의 말을 다 받아주는 게 당연하다는 생각이 들었다. 저 소리를 들으니 차라리 그러는 게 나았다. 메리는 두 손으로 귀를 틀어막았다. 속이 메스껍고 몸이 벌벌 떨렸다. 메리는 같은 말을 반복했다.

"어떻게 해야 하지? 어떻게 해야 하지? 도저히 못 듣겠어."

용기를 내서 찾아가면 콜린이 이 소리를 멈출까도 싶었지만, 방에서 그렇게 쫓아냈으니 메리를 보면 더 심해질지도 몰랐다. 두 손으로 귀를 더 꽉 눌렀는데도 끔찍한 소리는 여전히 잘 들렸다. 너무나 싫고 무서운 소리를 계속 듣다 보니 메리는 갑자기 화가 치밀었다. 자기도 콜린처럼 미친 듯 성질을 부려서 콜린을 공포에 떨게 하고 싶었다. 자기가 아닌 남이 부리는 성질에는 익숙하지 않았기 때문이다. 메리가 귀에서 손을 떼고는 벌떡 일어나 힌쪽 발을 구르며 외쳤다.

"쟤 좀 멈추게 해! 누가 좀 멈춰보라고! 때려서라도 멈추게 해!"

바로 그때 복도를 뛰다시피 하며 다가오는 발소리가 들렸고, 곧이어 문이 열리고 보모가 들어왔다. 보모는 이제 웃기는

제17장

커녕 얼굴이 하얗게 질려 있었다.

보모가 다급하게 말했다. "도련님이 히스테리를 부리고 있어요. 저러다 다치겠어요. 아무도 뭘 어쩌지 못하고 있어요. 아가씨가 와서 좀 해보세요. 도련님이 아가씨를 좋아하잖아요."

"콜린은 아까 자기 방에서 날 쫓아냈다고요." 메리가 흥분해서 한쪽 발을 구르며 말했다.

보모는 메리의 그런 모습이 오히려 반가웠다. 메리가 이불 밑에 숨어 울고 있을까 봐 내심 걱정했기 때문이다.

"좋아요. 그 기분으로 가세요. 가서 혼내주세요. 새로운 생각을 좀 하게 해줘요. 어서 가세요. 최대한 빨리요."

메리는 나중에야 깨달았지만 끔찍하면서도 우스운 상황이었다. 다 큰 어른들이 겁에 질려서는 콜린만큼 성질이 나쁠 거라는 이유 하나만으로 조그만 여자애에게 도움을 청하러 왔으니 말이다.

메리는 나는 듯이 복도를 달려갔다. 비명이 가까워질수록 점점 부아가 치밀었고 콜린의 방 앞에 다다랐을 때는 악에 받친 상태가 되었다. 메리는 손바닥으로 문을 쾅 쳐서 열어젖히고는 기둥이 네 개 달린 침대로 곧장 뛰어가 소리쳤다.

"그만해! 그만하라고! 난 네가 싫어! 모두 널 싫어해! 이 집에서 전부 다 도망쳐서 너 혼자 소리 지르다 죽게 내버려 두면 좋겠어! 그렇게 악쓰다간 1분 만에 죽고 말 거야. 차라리 그러면 좋겠어!"

착하고 인정 많은 아이였다면 그런 생각을 하지도, 그런 말을 하지도 않았을 것이다. 그러나 아무리 히스테리를 부려도 누구 하나 감히 제지하거나 반박하지 못하는 콜린에게는 그런 충격적인 말을 듣는 것이 최선의 해결책이었다.

엎드려 누운 채 두 손으로 베개를 마구 때리며 거의 펄쩍펄쩍 뛰다시피 하던 콜린은 격분한 메리의 목소리에 화들짝 놀라 메리 쪽으로 고개를 휙 돌렸다. 콜린은 얼굴이 하얗게 질려서 벌겋게 달아오른 데다 끔찍해 보일 만큼 퉁퉁 부어 있었고, 숨이 막히는 듯 헐떡거렸다. 그러나 사나워진 메리는 손톱만큼도 신경 쓰지 않았다.

"또 소리 지르면 나도 소리를 지를 거야. 너보다 더 크게 질러서 널 겁줄 거야. 겁에 질리게 할 거라고!"

사실 콜린은 메리 때문에 너무 놀라 이미 악쓰는 걸 멈춘 뒤였다. 악을 쓰느라 목이 메었고 눈물이 얼굴을 타고 줄줄 흘러내렸으며 온몸이 사시나무 떨듯 떨렸다.

"못 멈춰! 그만할 수가…… 그만할 수가 없다고!"

콜린이 숨을 몰아쉬고 흐느끼며 말하자 메리가 외쳤다.

"할 수 있어! 네가 아픈 건 절반은 히스테리랑 성질을 부리기 때문이야. 히스테리…… 히스테리 때문이라고!"

메리는 '히스테리'를 말할 때마다 발을 쿵쿵 굴렀다.

"혹이…… 등에 혹이 만져졌어. 그럴 줄 알았어. 난 이제 곱사등이가 될 거고 그럼 곧 죽을 거야."

콜린은 목이 메어 겨우 말하고는 고통스러운지 다시 온몸을 비틀면서 얼굴을 베개에 묻고 울기 시작했다. 그러나 비명을 지르지는 않았다.

메리가 거세게 반박했다. "혹 같은 건 없어! 그런 게 만져졌다면 다 히스테리 때문이야. 히스테리가 혹을 만든 거라고. 네 그 끔찍한 등은 아무 문제 없어, 히스테리만 안 부리면! 이쪽으로 등 돌려서 나한테 보여줘 봐!"

메리는 '히스테리'라는 말이 마음에 들었다. 어쩐지 그 말이 콜린에게 영향을 미치는 것 같았다. 콜린도 메리처럼 그 말을 한 번도 들어본 적이 없었다.

메리가 명령했다. "보모는 이리 와서 지금 당장 애 등을 나한테 보여줘요!"

보모와 메들록 부인과 마사는 문 근처에 모여 서서 입을 반쯤 벌린 채 멍하니 메리를 보고 있었다. 셋 다 겁에 질려 여러 번 숨을 삼켰다. 보모는 조금 두려운 얼굴로 다가왔다. 콜린은 숨을 꺽꺽 몰아쉬고 가슴을 들썩이며 흐느끼고 있었다.

"도련님이…… 보여주지 못하게 하실 거예요."

보모가 주저하며 작게 말하자 그 말을 들은 콜린이 숨을 쌕쌕거리며 말했다.

"보, 보여줘! 메리한테, 보여줄 거야!"

옷을 들어 올리니 차마 보기 힘들 만큼 가냘프게 야윈 등이 드러났다. 셀 수 있을 정도로 갈비뼈와 척추관절이 훤히 드러났다. 메리 아가씨는 개수를 세지는 않았지만 몸을 숙여 엄숙하고 사나운 얼굴로 등뼈를 찬찬히 살펴보았다. 그 표정이 하도 심술 맞고 완고해보여 보모는 씰룩거리는 입술을 감추려고 고개를 옆으로 돌렸다. 잠시 침묵이 흘렀다. 콜린은 메리가 런던에서 온 유명한 의사인 양 제 등뼈를 위아래, 아래위로 꼼꼼히 살펴보는 동안 애써 숨을 참았다.

드디어 메리가 말했다. "혹은 하나도 없어! 등뼈의 마디 말고는 바늘만 한 혹도 없어. 혹이 느껴진 건 네가 말라서 그래. 나도 살이 찌기 전에는 등뼈 마디가 너처럼 툭 튀어나왔었어. 마디가 안 드러나려면 더 쪄야 하지만. 어쨌든 네 등에는 바늘만 한 혹도 없어! 앞으로 또 혹이 있다고 하면 비웃어줄 거야!"

다른 사람은 몰라도 콜린은 심술궂게 내뱉은 이 유치한 말이 얼마나 강한 힘을 발휘하는지 알았다. 콜린이 남몰래 품은 두려움을 털어놓을 사람이 한 명이라도 있었다면, 용기를 내서 누군가에게 질문이라도 했다면, 또래 친구가 있었다면, 문을 걸어 잠근 거대한 이 집에서, 콜린을 잘 모르면서 진저리치기 바쁜 사람들의 공포심이 무겁게 맴도는 공기를 마시며 누워 있지 않았다면, 콜린은 자신의 두려움과 고통이 사실은 스스로 만들어낸 허상이라는 사실을 알았을 것이다. 그러나 콜린은 그걸 몰랐고 몇 시간, 며칠, 몇 년이 지나도록 제 병과 무기력한 마음을 생각하고 또 생각했다. 그랬는데 인정머리 없는 작은 여자애가 잔뜩 화가 나서는 콜린은 자기 생각만큼 아프지 않다고 막무가내로 우겨댄 것이다. 콜린은 왠지 메리의 말이 사실일지도 모른다는 느낌이 들었다.

그때 보모가 용기를 내서 말했다. "도련님이 등뼈에 혹이 있다고 생각하는 줄 몰랐어요. 등이 약하긴 하지만 그건 도련님이 똑바로 앉으려 하지 않기 때문이에요. 그런 줄 알았으면 등에 혹이 없다고 말씀드릴 걸 그랬네요."

콜린은 침을 꿀꺽 삼키고는 고개를 살짝 돌려 보모에게 애처롭게 물었다.

"정, 정말이야?"

"네, 도련님."

"그것 봐!" 메리도 말하고는 침을 꿀꺽 삼켰다.

콜린은 다시 고개를 틀었지만 격한 흐느낌이 가라앉고 간간이 끊기는 한숨을 길게 내쉬면서 잠시 꼼짝하지 않고 누워 있었다. 굵은 눈물방울은 계속 흘러 베개를 적셨으나 그건 콜린에게 신기하게도 크나큰 안도가 찾아들었다는 뜻이었다. 콜린은 다시 고개를 돌려 보모를 바라보고는 이상하리만큼 전혀 라자 같지 않은 말투로 물었다.

"내가…… 어른이 될 때까지…… 살 수 있을 것 같아?"

보모는 영리하지도 인정이 많지도 않았지만 런던의 그 유명한 의사가 한 말을 그대로 전할 수는 있었다.

"시키는 대로 하고 성질에 휘둘리지도 않으면서 밖에서

신선한 공기를 많이 쐬면 살 수 있을 거예요."

발작이 끝나고 우느라 기력을 다 써서 그런지 유순해진 콜린은 한 손을 메리에게 내밀었다. 역시 성질이 가라앉아 마음이 온화해진 메리도 손을 내밀어 콜린의 손을 잡았다. 일종의 화해인 셈이었다.

"메리, 너랑…… 너랑 나갈 거야. 신선한 공기를 쐬면 좋을 것 같아……." 콜린은 '비밀의 화원을 찾으면'이라는 말이 튀어나오기 직전에 말을 멈추고는 다시 말을 이었다. "디콘이 와서 휠체어를 밀어주면 너랑 나가고 싶어. 디콘이랑 여우와 까마귀를 꼭 보고 싶어."

보모는 엉망이 된 침대를 정리하고 베개를 흔들어 모양을 잡은 뒤 콜린과 메리에게 소고기 수프를 한 그릇씩 만들어주었다. 격앙된 감정이 가라앉자 녹초가 된 메리는 반갑게 수프를 받아서 먹었다. 메들록 부인과 마사도 기쁜 마음으로 물러났다. 모든 게 깔끔히 정리되고 차분해지자 보모도 어서 물러나고 싶다는 표정을 지었다. 보모는 수면 시간이 줄어드는 게 억울한 신체 건강한 젊은 여자라 메리를 보면서 대놓고 하품을 했다. 메리는 큰 발받침 의자를 네 기둥 침대 가까이에 붙여 앉아 콜린의 손을 잡고 있었다.

"아가씨도 그만 가서 자야죠. 도련님은 좀 있으면 잠들 거예요. 기분이 괜찮으면요. 그러면 나도 옆방에 자러 갈 거예요."

"내가 아야한테 배운 노래, 불러줄까?"

메리가 속삭이자 콜린은 메리의 손을 가볍게 잡아당기고는 피곤한 눈으로 부탁한다는 듯 메리를 돌아보았다.

"어, 불러줘! 참 잔잔하더라. 그 노래 들으면 바로 잠들 거야."

"콜린은 내가 재울게요. 가도 돼요."

메리가 하품하는 보모에게 말하자 보모가 내키지 않은 척하며 말했다.

"그럼 30분이 지나도 잠이 안 들면 날 부르세요."

"알겠어요."

보모는 바로 방에서 나갔고, 보모가 가자마자 콜린은 메리의 손을 다시 잡아당겼다.

"말할 뻔했는데 겨우 참았어. 이제 입 다물고 잘 거야. 근데 아까 나한테 들려줄 재미있는 이야기가 많다고 했잖아. 혹시 비밀의 화원에 들어가는 길을 조금이라도 찾은 거야?"

메리는 가엾게도 많이 지쳐 보이는 콜린의 작은 얼굴과 부은 눈을 보니 마음이 누그러졌다.

"어…… 그래. 찾은 것 같아. 지금 자면 내일 말해줄게."

콜린의 손이 파르르 떨렸다.

"아, 메리! 아, 메리! 나, 화원에 들어가면 어른이 될 때까지 살 것 같아! 아야가 가르쳐준 노래 말고 우리가 처음 만난 날 네가 상상하는 화원의 모습이라면서 들려준 이야기, 작게 해줄 수 있어? 그거 들으면 분명 잠이 들 거야."

"알았어. 눈 감아."

콜린은 눈을 감고 가만히 누워 있었고, 메리는 콜린의 손을 잡고 아주 낮은 목소리로 천천히 말하기 시작했다.

"내 생각에는 오랫동안 아무도 돌보지 않아 그 안의 식물들이 서로 뒤엉켜 아름답게 자랐을 것 같아. 장미 덩굴이 자라고, 자라고, 또 자라서 가지에 매달려 늘어지고 바닥까지 퍼졌을 거야. 마치 이상한 잿빛 안개처럼 화원을 뒤덮은 거지. 그중 몇 그루는 죽었겠지만, 많이 살아남아서 여름이 오면 장미가 커튼처럼, 분수처럼 잔뜩 필 거야. 캄캄한 땅속에서 흙을 뚫고 자라난 수선화랑 눈풀꽃이랑 백합이랑 붓꽃도 한가득 필 거고. 이제 봄이 왔으니까…… 아마…… 아마……."

부드럽게 웅웅거리는 메리의 목소리에 콜린은 점점 잠에 빠져들었고 그걸 본 메리는 계속 말을 이었다.

"아마 풀 사이로 자라나고 있을 거야……. 자줏빛 크로커스랑 금빛 크로커스가 다닥다닥 붙어 자라고 있을 거야. 지금 이 순간에도. 잎눈에서 잎이 나와 펼쳐지고…… 어쩌면…… 회색이었던 화원에 초록빛 면사포가 퍼지고 있을지도 몰라…… 온 화원을 뒤덮으면서. 새들도 화원을 보러 올 거야. 왜냐하면 그곳은 아주 안전하고 고요하거든. 그리고 아마…… 아마……." 메리는 아주 부드럽고 느릿하게 말을 이었다. "울새가 짝을 찾아…… 둥지를 짓고 있을 거야."

그렇게 콜린은 잠이 들었다.

제18장

"꾸무락거릴 시간 없구먼요"

다음 날 아침, 당연히 메리는 일찍 일어나지 못했다. 피곤해서 늦잠을 잤고 마사가 아침을 가져와 콜린의 소식을 전했다. 콜린은 얌전히 있기는 하지만 간밤에 울며불며 성질을 부리느라 녹초가 되어 늘 그렇듯 아프고 열이 난다고 했다. 메리는 천천히 아침을 먹으면서 마사의 이야기를 들었다.

"도련님이 아가씨만 괜찮으면 최대한 빨리 보러 와주면 좋겠대요. 도련님이 아가씨를 이렇게 좋아하게 되다니 참 신기해요. 어젯밤에는 아가씨가 제대로 혼쭐을 냈잖아요. 안 그래요? 누구도 감히 그럴 엄두를 못 내는데 말이죠. 아! 불쌍한 도련님! 다들 너무 오냐오냐해줘서 그 지경이 되었는데 뭘 어쩌겠어요. 우리 엄마가 그랬거든요. 아이의 뜻을 하나도 안 받아주는 것도, 무조건 다 받아주는 것도 아이를 망치는 최악의 지름길이라고요. 뭐가 더 나쁘다고 할 수 없대요. 아가씨도 원래는 성질을 꽤 부렸잖아요. 어쨌거나 도련님 방에 들어가니까 도련님이 뭐라고 한 줄 알아요? '부탁인데 메리 아가씨한테 나랑 얘기하러 와줄 수 있는지 물어봐줄 수 있어?' 도련님이 부탁이란 말을 썼다니까요! 갈 거예요, 아가씨?"

"먼저 얼른 디콘을 만나러 갈 거야. 아니다, 콜린을 먼저 보러 가야겠어. 가서 해줄 말이 있어." 메리가 갑자기 어떤 생각이 떠오른 듯 말했다.

메리는 모자를 쓰고 콜린의 방에 갔고, 그 모습에 콜린의 얼굴에 잠시 실망한 표정이 스쳤다. 침대에 누워 있는 콜린은 측은하리만큼 얼굴이 창백했고 눈가는 거무스름했다.

"네가 와서 기뻐. 너무 피곤해서 머리가 아프고 온몸이 욱신거려. 어디 가?"

"오래 안 있을 거야. 디콘한테 가는 건데 곧 돌아올 거야. 콜린, 저기…… 비밀의 화원에 관해 할 말이 있어."

메리가 침대에 기대 말하자 콜린의 얼굴이 혈색이 돌면서 확 밝아졌다.

"아! 그래? 나, 밤새 화원이 나오는 꿈을 꿨어. 무언가가 회색에서 초록색으로 변했다는 네 말을 들어서 그런지 흔들리는 작은 녹색 이파리로 가득한 어떤 곳에 내가 서 있었어. 둥지를 튼 새들이 사방에 있었는데 부드럽고 얌전해 보였어. 네가 올 때까지 누워서 그 꿈을 생각하고 있을게."

5분 뒤 메리는 비밀의 화원에 디콘과 함께 있었다. 디콘은 여우와 까마귀뿐 아니라 길이 든 다람쥐 두 마리를 더 데려왔다.

"오늘 아침에는 조랑말을 타고 왔어요. 아! 아주 착한 녀석인데 이름은 점프예요! 얘들은 주머니에 넣어 왔어요. 이 녀석은 호두고 여기 이 녀석은 딱지예요."

디콘이 '호두'라고 말할 때는 한 다람쥐가 디콘의 오른쪽 어깨에, '딱지'라고 말할 때는 다른 다람쥐가 왼쪽 어깨에 훌쩍 뛰어 올라갔다.

두 아이가 풀밭에 앉자 대장은 아이들의 발치에 웅크리고 앉았고, 검댕이는 나무에 앉아 점잖게 귀를 기울였으며, 호두와 딱지는 가까이에서 킁킁 냄새를 맡고 다녔다. 메리는 이렇게 즐거운 곳을 떠나자니 차마 발이 안 떨어질 것 같았다. 하지만 콜린의 이야기를 전할 때 재미있게 생긴 디콘의 얼굴에 떠오른 표정을 보니 점차 마음이 바뀌었다. 디콘은 콜린을 불쌍히 여기는 마음이 메리보다 더 큰 것 같았다. 디콘이 하늘을 올려다보고 주변을 둘러보며 말했다.

"새소리 좀 들어봐요. 온 세상이 새가 지저귀는 소리로 가득하네요. 새들이 휙휙 날아다니는 것도 좀 봐요. 서로를 부르는 소리도 들어보고요. 봄이 오면 온 세상이 서로를 부르는 것 같다니까요. 이파리도 말려 있던 몸을 펴고요. 와, 이 근처에서 좋은 냄새가 나요!" 디콘은 행복해 보이는 들창코를 킁킁거렸다. "그런데 우리 불쌍한 도련님은 방에 틀어박힌 채 드러누워 이런 걸 보지도 못하네요. 그러니 나쁜 생각만 들고, 그러면 악을 쓸 수밖에 없죠. 아! 안 되겠어요! 도련님을 이리로 데려와야겠어요. 보고 듣고 공기 냄새도 맡고 햇볕도 흠뻑 쐬게 하자고요. 이러고 꾸무럭거릴 시간 없구먼요."

디콘은 평소에는 메리가 알아들을 수 있게 사투리를 안 썼지만, 열정이 마구 샘솟을 때는 요크셔 사투리를 썼다. 그러나 메리는 디콘의 사투리가 듣기 좋았고, 자기도 요크셔 사투리를 배우려고 애썼다. 그 덕분에 이제는 조금 할 줄 알았다.

"암, 그래야제. 제일 먼저 할 일을 내가 알려주겠구먼."

메리의 사투리에 디콘은 빙긋 웃었다. 작은 여자애가 혀를 꼬아가며 사투리를 쓰는 것이 무척 재미있었다.

"콜린이 널 겁나게 좋아한다니까. 너두, 검댕이랑 대장두 보구 싶내. 이따 집에 가서 콜린한테 그럴 거야. 내일 아침에 네가 동물들을 다 델구 올 건데, 불러서 안 만나면 가만 안 두겠다고. 그러고 나서…… 좀 지나서 이파리가 더 나오고 꽃봉오리도 하나둘 올라오믄 네가 휠체어를 밀고 콜린을 여기로 델구 나와 다 보여주자."

제18장 235

메리는 말을 마치고 뿌듯한 표정을 지었다. 요크셔 사투리로 이렇게 길게 말한 건 이번이 처음이었는데, 기억이 아주 잘 났다.

디콘이 킥킥 웃으며 말했다.

"도련님한테도 사투리 한번 써봐요. 그럼 웃을 거구먼요. 아픈 사람한테는 웃음보다 좋은 약이 없거든요. 우리 엄마는 아침마다 30분만 웃으면 발진티푸스균이 들어오려다가도 말 거래요."

"오늘 바로 콜린한테 요크셔 사투리 써봐야겠다." 메리도 킥킥 웃으며 말했다.

화원은 이제 마법사들이 요술 지팡이로 날마다 밤낮으로 땅과 가지에서 어여쁜 것들을 피워내는 시기를 맞았다. 그런 화원을 두고 떠나기란 여간 힘들지 않았다. 특히나 호두가 메리의 원피스 위로 살금살금 올라오고, 딱지가 두 아이가 기대앉은 사과나무 몸통을 후다닥 타고 내려와 메리를 호기심 어린 눈빛으로 바라보는 지금은 더욱 힘들었다. 하지만 메리는 집으로 돌아갔다. 메리가 콜린의 침대 가까이에 앉자 콜린은 디콘처럼 능숙하지는 않았지만 킁킁 냄새를 맡고는 신이 나서 소리쳤다.

"너한테서 꽃향기가 나. 신선한 냄새도 나고. 무슨 냄새야? 시원하면서도 따뜻하고 달콤하기도 해."

"황무지에서 불어온 바람 냄새야. 나무 아래 풀밭에서 디콘이랑 대장이랑 검댕이랑 호두랑 딱지랑 앉아 있다 와서 그래. 봄이라 밖에 나가믄 햇볕에서도 겁나게 좋은 냄새가 나."

메리는 최대한 센 억양으로 말했다. 요크셔 사투리는 누가 직접 말하는 걸 듣기 전까지는 짐작도 하지 못할 만큼 억양이 셌다. 메리의 사투리에 콜린은 웃음을 터트렸다.

"뭐 하는 거야? 네가 그렇게 말하는 건 처음 봐. 억양이 우습다."

메리가 의기양양하게 답했다. "요크셔 사투리를 쪼끔 써 봤구먼. 디콘이나 마사마냥 겁나게 잘 쓰진 못하지만 이 정도는 할 줄 알아. 아니, 근데 넌 요크셔 사투리 못 알아들어? 그러고도 네가 요크셔 토박이라 할 수 있겠어? 허이구야! 낯부끄러운 줄 알아야지."

메리도 웃음이 터졌고 둘 다 온 방 안이 울리도록 배를 잡고 깔깔 웃어댔다. 그 소리에 메들록 부인은 문을 열고 들어오려다 복도로 물러나 놀란 표정으로 귀를 기울였다.

듣는 사람이 아무도 없지만 너무 놀란 나머지 메들록 부인도 강한 요크셔 억양으로 외쳤다. "세상에나! 저리 웃는 건 점 들이보네! 저럴 줄 누가 생각이나 했겠어!"

할 이야기가 너무 많았다. 콜린은 디콘과 대장, 검댕이, 호두, 딱지는 물론이고 점프라는 이름의 조랑말 이야기를 끝도 없이 듣고 싶어 했다. 메리는 콜린에게 오기 전에 점프를 보려고 디콘과 숲으로 뛰어갔었다. 점프는 털이 텁수룩하고 작은 황무지 조랑말로, 숱 많은 갈기가 눈을 뒤덮고 있고 얼굴이 예뻤으며 벨벳처럼 부드러운 코를 여기저기에 비벼댔다. 황무지의 풀만 먹고 살아 마른 편이었지만, 작은 다리의 근육은 마치 강철 용수철로 만들어진 듯 억세고 강인해 보였다. 점프는 디콘을 보자마자 고개를 들고 부드럽게 히힝 하고 울고는 빠른 걸음으로 다가와 디콘의 어깨에 머리를 걸쳤다. 디콘이 귀에 대고 뭐라고 말할 때는 히힝 울고 숨을 내쉬면서 푸푸거리는 작고 특이한 소리로 대꾸했다. 디콘이 시키는 대로 메리에게 작은 앞발굽을 내밀었고 메리의 볼에 벨벳 같은 코를 문지르기도 했다.

"디콘이 하는 말을 정말 다 알아들어?"

콜린이 묻자 메리가 답했다.

"그런 것 같아. 디콘 말로는 친구가 되면 어떤 동물이든 다 알아듣는대. 근데 그러려면 먼저 그 동물이랑 진짜 친구가 되어야 한대."

콜린은 아무 말 없이 묘한 회색 눈으로 벽을 멍하니 바라보았다. 메리가 보기에는 생각에 잠긴 게 분명했다. 잠시 후 드디어 콜린이 입을 열었다.

"나도 동물들이랑 친구처럼 지내면 좋겠지만, 난 아니야. 그런 동물을 가져본 적도 없고 사람은 못 견디게 싫어."

"난 싫지 않아?"

"응. 넌 안 싫어. 이상하게도 넌 좋아."

"벤 할아버지가 그러는데 내가 할아버지를 닮았대. 분명 할아버지처럼 성질이 못돼먹었을 거라면서. 너도 할아버지랑 비슷한 것 같아. 너랑 나랑 벤 할아버지는 닮은꼴이야. 할아버지는 내가 자기처럼 얼굴도 못생기고 심술 맞아 보인대. 그런데 울새랑 디콘을 알게 된 뒤로는 예전처럼 심통이 안 나."

"예전에는 사람들이 싫었어?"

"응. 울새랑 디콘을 알기 전에 널 만났다면 아마 네가 아주 싫었을 거야."

메리가 꾸밈없이 말하자 콜린은 가느다란 손을 내밀어 메리의 몸에 갖다 댔다.

"메리, 디콘을 못 오게 할 거란 말을 내가 왜 했나 모르겠어. 디콘이 천사 같다고 하니까 네가 정말 미웠어. 그때는 널 비웃었지만…… 디콘은 정말 천사인지도 몰라."

메리도 솔직히 인정했다. "뭐, 내가 말했지만 좀 우습긴 했어. 디콘은 들창코에 입은 크고 옷은 여기저기 헝겊을 덧댄 누더기고 사투리 억양도 강하지만…… 그렇지만 만약 천사가 요크셔에 내려와 황무지에 산다면…… 요크셔 천사가 있다면…… 그 천사는 디콘처럼 식물을 잘 알고 식물이 자라게 하는 법을 알고 들짐승과 이야기하는 법을 알 거야. 동물들도 그 천사가 친구라는 걸 확실히 알 거고."

"디콘한테 내 모습을 보이는 건 괜찮을 것 같아. 디콘을 보고 싶어."

"그 말을 들으니 다행이다. 왜냐하면…… 왜냐하면…….."

불현듯 지금이 바로 콜린에게 말해야 할 순간이란 생각이 메리의 뇌리를 스쳤다. 콜린은 메리에게 무언가 새로운 할 말이 있다는 걸 눈치채고는 애타는 얼굴로 외쳤다.

"왜냐하면 뭐?"

메리도 조바심을 주체하지 못해 의자에서 일어나 콜린의 두 손을 잡았다.

"내가 널 믿을 수 있을까? 난 디콘을 믿었어. 새들이 디콘을 믿으니까. 너도 믿어도 될까? 정말, 정말로?"

애원하는 메리의 표정이 너무나 엄숙해 콜린은 소곤대는 목소리로 답했다.

"돼…… 믿어도 돼!"

"좋아, 내일 아침에 디콘이 널 보러 올 거야. 동물들을 데리고."

"아! 아!"

콜린이 기뻐서 탄성을 지르자 메리는 너무나 진지하고 흥분해서 하얗게 질리다시피 한 얼굴로 말을 이었다.

"그게 다가 아니야. 다음 소식은 더 좋아. 화원으로 들어가는 문이 있는데 내가 찾았어. 담장에 있고 담쟁이덩굴 밑에 숨겨져 있어."

건강하고 튼튼한 남자애였다면 아마 "만세! 만세! 만세!" 하고 환호성을 질렀겠지만, 몸이 약하고 신경증이 있는 콜린은 눈을 점점 크게 뜨면서 가쁜 숨을 몰아쉬었다.

"아! 메리! 나도 볼 수 있을까? 들어갈 수 있을까? 살아서 그 안에 들어가게 될까?"

콜린이 반쯤 울먹이며 외치고는 메리의 두 손을 꽉 움켜쥐고 끌어당기자 메리는 쏘아붙이듯 말했다.

"당연히 볼 수 있지! 당연히 살아서 화원에 들어갈 수 있지! 멍청한 소리 하지 마!"

너무나 침착하고 자연스럽고 아이다운 메리의 태도에 콜린은 제정신이 들면서 스스로가 어처구니없어 웃음을 터트렸다. 몇 분 뒤 메리는 다시 의자에 앉아 콜린에게 상상 속 화원이 아니라 진짜 화원의 모습을 들려주었다. 콜린은 아프고 피곤한 것도 까맣게 잊어버린 채 메리 이야기에 푹 빠져 귀를 기울였다.

콜린이 마침내 입을 열었다. "딱 네가 상상했던 모습 그대로네. 꼭 실제로 본 것 같아. 네가 화원 이야기를 처음 해줬을 때도 내가 그렇게 말했잖아."

메리는 잠시 머뭇거리다 용감하게 진실을 털어놓았다.

"봤어…… 안에도 들어가 봤고. 2주 전에 열쇠를 찾아 들어갔어. 너한테는 말할 용기가 안 났어…… 확신이 없었어. 너를 믿어도 될지…… 정말로!"

제19장

"봄이 왔어요!"

콜린이 성질을 부리고 난 다음 날 아침, 여느 때처럼 크레이븐 박사가 불려왔다. 그런 일이 생길 때마다 저택에서는 사람을 보내 박사를 오게 했다. 박사가 도착하면 콜린은 늘 침대에 누워 하얗게 질린 얼굴로 바들바들 떨고 있었다. 부루퉁하고 극도로 불안정한 상태라 사소한 말 한마디에도 언제든 다시 울음을 터트릴 기세로 말이다. 사실 크레이븐 박사는 미셀스웨이트 저택으로 왕진을 오는 게 몹시 두렵고 싫었다. 이번에는 오후가 되어서야 저택에 도착했다.

박사가 메들록 부인에게 짜증 섞인 목소리로 물었다. "아이는 어떤가요? 자꾸 그렇게 성질을 부리다간 언젠가 혈관이 터지고 말 겁니다. 어찌나 히스테리를 부리고 제멋대로 구는지 반은 제정신이 아닌 것 같다니까."

"그게, 선생님. 오늘은 도련님을 보면 두 눈을 의심하실 거예요. 도련님만큼이나 성질이 못돼먹고 못생기고 뚱한 얼굴을 한 그 여자애한테 도련님이 아주 제대로 홀렸거든요. 어쩌다 그렇게 됐는지는 도무지 모르겠어요. 외모도 볼품없고 말수도 없는 애가 우리는 감히 엄두도 못 내는 일을 하더라고요. 간밤에 작은 고양이처럼 달려들어 발을 쿵쿵 구르면서 소리 좀 그만 지르라고 명령하더라니까요. 그러자 도련님이 깜짝 놀라서는 비명을 멈췄고 오늘 오후에는…… 일단 가서 직접 보세요, 선생님. 정말 믿기지 않아요."

병자의 방에 들어간 크레이븐 박사는 그야말로 입이 떡 벌어질 만큼 놀라운 광경을 목격했다. 메들록 부인이 문을 열자 웃고 떠드는 소리가 들렸다. 콜린은 가운 차림으로 소파에 허리를 쭉 펴고 앉아 정원에 관한 책을 펼치고 그림을 보면서 못생긴 여자애와 이야기하고 있었다. 신이 나 얼굴이 발갛게 상기된 여자애는 그 순간만큼은 하나도 못생겨 보이지 않았다.

콜린은 이렇게 말하고 있었다. "이 긴 첨탑처럼 생긴 파란 꽃…… 많이 심자. 이름이 델, 피, 니엄이래."

"디콘은 참제비고깔이라고 했어. 크고 화려한 꽃인데 화원에 이미 무더기로 있어."

그때 두 아이가 크레이븐 박사를 보고 말을 멈췄다. 메리는 꼼짝도 하지 않았고 콜린은 불만스러운 표정이 되었다.

"어젯밤에 아팠다던데 고생했겠구나, 애야." 크레이븐 박사가 약간 초조한 목소리로 말했다. 박사는 신경이 예민한 남자였다.

콜린이 다시 라자 같은 말투로 답했다. "이제 좋아졌어요. 아주 많이요. 괜찮으면 하루 이틀 뒤에 휠체어를 타고 나갈 거예요. 신선한 공기를 쐬고 싶어요."

크레이븐 박사는 옆에 앉아 콜린의 맥을 짚어보고는 미심쩍다는 듯한 눈초리로 콜린을 바라보았다.

"그러려면 날씨가 아주 좋아야 한단다. 피곤하지 않게 아주 조심해야 하고."

"신선한 공기를 쐬는데 피곤할 리가 없죠." 어린 라자가 말했다.

전에는 신선한 공기를 쐬면 감기에 걸려 죽을 거라고 바락바락 악을 쓰던 도련님이었기에 주치의로서는 놀랄 수밖에 없었다.

"신선한 공기를 싫어하는 줄 알았는데."

"혼자 있으면 싫지만 사촌이랑 가면 괜찮아요." 라자가 대답했다.

"물론 보모도 같이 가겠지?"

박사가 제안하자 콜린이 답했다.

"아뇨. 보모는 안 데려갈 거예요."

그 모습이 하도 위풍당당해서 메리는 인도에서 본 어린 원주민 왕자가 절로 떠올랐다. 다이아몬드와 에메랄드와 진주를 온몸에 두른 원주민 왕자가 화려한 루비 반지를 낀 까무잡잡하고 작은 손을 흔들면 하인들이 고개를 조아리며 다가와 명령을 받들었다.

"날 돌보는 법은 사촌이 잘 알아요. 이 애랑만 있으면 몸이 더 좋아져요. 어젯밤에도 그랬어요. 힘이 센 남자애를 아는데 휠체어는 그 애가 밀 거예요."

크레이븐 박사는 약간 불안해졌다. 히스테리를 부리는 이 성가신 아이가 건강해지기라도 한다면 박사가 미셀스웨이트 저택을 물려받을 기회는 날아갈 것이다. 그러나 박사는 나약하기는 해도 부도덕한 사람은 아니었다. 콜린을 정말 위험에 빠트릴 생각은 없었다.

"힘도 세고 믿을 만한 아이여야 해. 그 애에 관해 나도 알아야 할 것 같은데. 누구니? 이름이 뭐지?"

"디콘이에요."

메리가 깁자기 나서서 큰 소리로 말했다. 왠지 황무지를 아는 사람이라면 누구나 디콘을 알 것 같았기 때문이다. 메리의 생각은 틀리지 않았다. 이름을 듣자마자 심각한 표정이 풀어지면서 박사의 얼굴에 안도의 미소가 떠올랐다.

"아, 디콘. 디콘이라면 위험할 일이 없지. 황무지 조랑말처럼 튼튼한 아이니까."

"믿음직허기도 하구먼요. 요크셔에서 제일 믿음직헌 남자애라니까요."

메리가 콜린에게 쓰던 요크셔 사투리를 자기도 모르게 쓰며 말했다.

"디콘이 가르쳐줬니?"

크레이븐 박사가 웃음을 애써 숨기려 하지 않고 묻자 메리는 조금 쌀쌀맞게 답했다.

"프랑스어 배우듯 배우고 있어요. 인도의 원주민 사투리랑 비슷해요. 아주 똑똑한 사람들은 원주민 말을 배우려고 노력하거든요. 나도 그렇고 콜린도 요크셔 사투리를 좋아해요."

"그래, 그래, 너희가 즐겁다면야 나쁠 것이 없겠지. 어젯밤에 진정제는 먹었니, 콜린?"

"아뇨. 안 먹었는데 메리 덕분에 비명을 멈췄어요. 메리가 화원에 서서히 봄이 찾아오는 이야기를 소곤거리는 소리로 해줘서 잠들었고요."

"마음이 편안해지는 이야기였겠구나." 크레이븐 박사는 의자에 앉아 말없이 양탄자를 내려다보고 있는 메리 아가씨를 당혹스럽기 그지없다는 표정으로 곁눈질했다. "확실히 상태가 좋아지긴 했다만 이건 기억해야……."

"기억하기 싫어요." 다시 라자가 된 콜린이 박사의 말을 끊으며 말했다. "혼자 누워서 기억해야 할 것들을 떠올리면 온몸이 아프기 시작해요. 너무 끔찍해서 비명을 지를 수밖에 없는 일들도 생각나고요. 난 내가 아프다는 사실을 잊어버리게 해줄 의사만 있다면 어디에 있든 데리고 올 거예요." 콜린은 야윈 손을 휘저었다. 정말로 왕가의 문장이 새겨진 루비 반지가 그 손에 여러 개 끼워져 있어야 할 것 같았다. "메리랑 있을 때 몸이 좋아지는 건 메리가 그런 걸 다 잊게 해주기 때문이에요."

콜린이 '성질'을 부린 뒤에 크레이븐 박사가 이렇게 짧게 머물기는 이번이 처음이었다. 보통은 저택에 오래 머물면서 많은 일을 해야 했다. 이날 오후에 박사는 약을 주거나 새로운 지시를 내리거나 불쾌한 장면을 목격할 필요가 전혀 없었다. 박사는 깊은 생각에 잠긴 표정으로 아래층으로 내려갔고, 메들록 부인은 서재에서 박사와 이야기할 때 박사가 무척 당황했다는 느낌을 받았다.

"어때요, 선생님. 믿어지시나요?"

부인이 용기를 내어 묻자 박사가 답했다.

"확실히 상황이 달라지긴 했군요. 전보다 나아졌다는 건 부인할 수 없고요."

"수전 소어비 말이 맞는 것 같아요. 아니, 확실히 맞아요. 어제 스웨이트에 가는 길에 수전네 오두막에 들러 잠시 얘기를 나눴거든요. 수전이 그러더라고요. '저기, 사라 앤, 그 애는 착하거나 예쁘진 않을지 몰라도 아이는 아이야. 아이에겐 아이가 필요한 법이고.' 수전이랑 전 학교를 같이 다녔어요."

"내가 아는 최고의 간병인이죠. 왕진 간 오두막에 그녀가 있으면 이 환자는 살리겠구나 하는 확신이 생겨요."

메들록 부인은 미소를 지었다. 부인은 수전 소어비가 좋았다.

부인이 유창하게 말을 이었다. "수전은 지혜로운 여자예요. 오전 내내 어제 수전이 한 말이 떠올랐어요. 예전에 쌈박질하는 애들을 앉혀놓고 설교를 한 적이 있는데 이렇게 말했대요. '엄마가 학교 다닐 때 지리 선생님이 그러더라. 세상은 오렌지처럼 생겼다고. 그 뒤로 열 살이 채 되기 전에 엄마는 그 오렌지를 통째로 가질 수 있는 사람은 아무도 없단 걸 깨달았어. 누구도 자기 몫보다 더 많이 가질 수 없고 가끔은 내 몫이 부족해 보일 때도 있어. 하지만 너희 중 누가 되었든 절대로 그 오렌지가 다 내 거라는 생각은 하지 마라. 언젠가는 그 생각이 틀렸다는 걸 깨달을 거고 그걸 깨닫기까지 가시밭길을 걸을 테니까.' 수전이 그러는데 아이들은 오렌지를 껍질까지 통째로 움켜잡아봤자 소용없다는 걸 자기들끼리 배운대요. 그랬다간 써서 못 먹는 씨조차 못 얻는다는 걸 깨닫는 거죠."

"영리한 여자군요." 크레이븐 박사가 외투를 입으며 말했다.

메들록 부인은 매우 흡족한 얼굴로 말을 마쳤다.

"말솜씨가 보통이 아니라니까요. 가끔은 제가 수전한테

그래요. '아! 수전, 네가 사투리 억양도 강하지 않고 다른 여자였다면, 난 네가 참 똑똑하단 말을 벌써 몇 번은 했을 거야.'"

그날 밤 콜린은 한 번도 깨지 않고 잤고, 아침에 눈을 떴을 때는 가만히 누워 자기도 모르게 미소를 지었다. 정말 이상하리만큼 편안해서 미소가 절로 지어졌다. 실제로 콜린은 깨어 있는 기분이 좋아서 몸을 뒤집고 팔다리를 편하게 쭉 뻗었다. 마치 몸을 꽉 묶고 있던 끈이 헐렁해져서 풀려난 기분이었다. 콜린은 그 이유를 몰랐지만, 크레이븐 박사가 있었다면 신경이 안정되어 편안해진 덕분이라고 말했을 것이다. 예전에는 잠에서 깬 걸 원망하면서 누워서 벽만 뚫어져라 쳐다보았다. 하지만 지금은 전날 메리와 짠 계획과 화원과 디콘과 디콘이 길들인 들짐승 생각으로 머릿속이 가득했다. 생각할 거리가 있다는 건 참 좋았다. 그렇게 잠에서 깬 지 10분도 채 안 되었을 때 복도를 따라 달려오는 발소리가 들렸고, 메리가 문을 열었다. 메리는 아침 냄새가 물씬 나는 신선한 공기를 온몸에 묻힌 채 곧바로 방을 가로질러 침대로 뛰어왔다.

"밖에 나갔다 왔구나! 나갔다 왔어! 향긋한 잎사귀 냄새가 나!"

메리는 뛰어오느라 머리가 날리고 헝클어진 데다 바람을 맞아 얼굴이 환해지고 뺨이 분홍빛으로 발그레해졌지만, 콜린은 그런 건 눈에 들어오지 않았다.

"정말 아름다워! 그렇게 예쁜 건 처음 봤어! 봄이 왔어! 며칠 전 아침에 온 줄 알았는데 계속 오는 중이었나 봐. 드디어 왔어, 봄이! 디콘이 그렇대!"

메리가 숨을 약간 헐떡이며 말하자 콜린이 외쳤다.

"정말?"

콜린은 봄이 오면 어떤지 하나도 몰랐지만 심장이 두근거렸다. 침대에서 벌떡 일어나 앉아 반은 기쁨에 겨워서 반은 공상에 빠져서 웃으며 말했다.

"창문 열어봐! 황금트럼펫[5] 소리가 들릴지도 몰라!"

콜린은 농담처럼 말했지만, 메리는 곧바로 창가로 가서 창문을 활짝 열어젖혔다. 신선하고 부드러운 공기와 새들의 노랫소리가 왈칵 쏟아져 들어왔다.

"신선한 공기야. 드러누워서 깊이 들이마셔 봐. 디콘이 황무지에 누워서 그렇게 하거든. 디콘은 황무지의 공기가 혈관을 타고 흐르는 게 느껴진대. 그 덕분에 더 강해지고 영원히, 언제까지고 살 수 있을 것 같대. 그러니 계속 들이마셔 봐."

메리는 그저 디콘이 한 말을 옮기기만 했지만, 콜린은 그 말이 무척 마음에 들었다.

"'영원히, 언제까지나'! 정말 그렇게 느껴진대?" 콜린은 메리가 말한 대로 몇 번이고 반복해 깊이 숨을 들이마셨다. 그

---

[5] 알라만다라고도 불리는 트럼펫 모양의 노란 꽃-옮긴이

러다 보니 무언가 아주 새롭고 기분 좋은 변화가 몸에 일어나는 것 같았다.

메리는 다시 침대 옆으로 돌아와 쉴 새 없이 말을 쏟아냈다.

"땅속에서 싹이 앞다퉈 올라오고 있어. 꽃잎이 펼쳐지고 가지마다 꽃눈이 올라오고 초록빛 면사포가 회색이 거의 안 보일 정도로 화원을 뒤덮었어. 새들은 너무 늦었을까 봐 겁나는지 비밀의 화원에 서둘러 둥지를 짓고 있어. 어떤 녀석들은 자리다툼까지 벌인다니까. 장미 덤불은 더없이 쌩쌩해 보이고 길가랑 숲속에는 앵초가 피었어. 우리가 심은 씨앗에서는 싹이 나왔고. 게다가 디콘이 여우랑 까마귀랑 다람쥐들이랑 갓 태어난 새끼 양을 데려왔어."

메리는 잠시 말을 멈추고 숨을 돌렸다. 사흘 전 디콘은 황무지의 가시금작화 덤불에서 갓 태어난 새끼 양을 발견했다. 새끼 양은 죽은 어미 양 옆에 앉아 있었다. 디콘은 어미 없는 새끼 양을 찾은 게 처음은 아니어서 다음 할 일을 잘 알고 있었다. 새끼 양을 윗옷으로 감싼 채 오두막으로 데려가 난롯가에 앉히고는 따뜻한 우유를 먹였다. 보드라운 새끼 양은 사랑스럽고 순신해 보이는 얼굴이었고 다리는 몸에 비해 꽤 길었다. 디콘은 새끼 양을 품에 안고 주머니에 새끼 양을 먹일 우유가 담긴 병과 다람쥐를 넣은 채 황무지를 가로질러 왔다. 따뜻하고 흐느적거리는 새끼 양이 나무 아래에 앉은 메리의 무릎에 웅크리고 눕자 메리는 묘한 환희로 벅차올라 입을 열 수

조차 없었다. 새끼 양이다…… 새끼 양이야! 살아 있는 새끼 양이 내 무릎에 아기처럼 누워 있어!

보모가 방에 들어온 건 메리가 그 순간을 신나게 묘사하고 콜린이 숨을 깊이 들이쉬고 있을 때였다. 보모는 열린 창문을 보고 약간 놀랐다. 콜린이 창문을 열면 감기에 걸린다고 굳게 믿는 바람에 따뜻한 날에도 창문을 닫고 답답하게 앉아 있기 일쑤였기 때문이다.

"정말 안 추워요, 콜린 도련님?"

보모가 묻자 콜린이 답했다.

"안 추워. 지금 신선한 공기를 깊이 들이마시는 중이야. 그럼 튼튼해져. 아침은 소파에 앉아서 메리랑 같이 먹을 거야."

보모는 두 명분의 아침을 준비시키려고 미소를 감추며 물러났다. 보모에게는 병자의 방보다 하인 숙소가 더 재미있는 공간이었고, 다들 위층 소식을 궁금해했다. 숙소에서는 인기 없는 어린 은둔자를 두고 이런저런 우스갯소리가 많이 오갔는데, 요리사는 "임자를 아주 제대로 만났네. 다행이야"라고 했다. 하인들은 콜린이 부리는 성질에 넌더리가 난 참이었다. 자녀가 있는 집사는 콜린이 나아지려면 '호되게 맞아야' 한다고 여러 차례 의견을 내기도 했다.

콜린이 소파에 앉아 있을 때 두 아이가 먹을 아침이 차려지자 콜린은 보모에게 라자 같은 태도로 선언했다.

"남자애랑 여우랑 까마귀랑 다람쥐 두 마리랑 갓 태어난 새끼 양이 오늘 아침에 나를 보러 올 거야. 오는 대로 바로 위층으로 안내해. 동물들을 하인 숙소로 데려가 놀면 안 돼. 여기로 다 데려와."

보모는 놀라서 헉 하고 숨을 들이쉬려다 그걸 감추려고 쿨럭거리며 답했다.

"네, 도련님."

"네가 할 일이 있으면 알려줄게." 콜린이 손을 흔들며 덧붙였다. "마사한테는 남자애랑 동물들을 이리로 데려오라고 해. 남자애는 마사의 동생이야. 이름은 디콘이고 동물을 부리는 마법사야."

"동물이 물지는 않아야 할 텐데요, 도련님."

보모가 말하자 콜린이 근엄하게 말했다.

"마법사가 부리는 동물은 절대 물지 않아."

"뱀을 부리는 인도의 마법사들은 자기 입안에 뱀의 머리를 넣을 수 있어요."

메리의 말에 보모가 몸서리를 쳤다. "세상에나!"

콜린과 메리는 아침 공기를 흠뻑 맞으며 아침을 먹었다. 콜린이 먹는 음식은 아주 훌륭했고, 메리는 진지하고 호기심 어린 표정으로 콜린을 바라보았다.

"너도 나처럼 살이 찌기 시작할 거야. 나도 인도에 있을 때는 아침을 먹기가 싫었는데 지금은 아침마다 배가 고파."

"오늘은 나도 아침이 먹고 싶어졌어. 신선한 공기 때문인가 봐. 디콘은 언제 올 것 같아?"

오래 지나지 않아 디콘이 도착했다. 10분쯤 뒤 메리가 한 손을 들어 올리며 말했다.

"들어봐! 깍 소리 들려?"

콜린이 귀를 기울이니 집 안에서 나기에는 너무나 이상한 소리가 들렸다. 쉰 목소리로 '깍깍' 우는 소리였다.

"들려."

"검댕이야. 다시 들어봐! 매애 하고 작게 우는 소리 들려?"

"어, 들려!"

콜린이 얼굴을 붉히며 외치자 메리가 말했다.

"갓 태어난 새끼 양이야. 디콘이 오고 있어."

디콘이 신은 황무지용 장화는 두껍고 투박해서 아무리 조용히 걸으려 해도 긴 복도를 걸을 때 쿵쿵거리는 소리가 났다. 메리와 콜린은 디콘이 성큼성큼 다가오는 소리를 들었다. 태피스트리 문을 통과해 콜린의 방 앞 복도에 깔린 부드러운 양탄자에 발을 딛는 소리가 들렸다.

마사가 문을 열고 소식을 전했다.

"실례지만 도련님, 디콘과 동물들이 왔습니다."

디콘은 어느 때보다 환하게 함박웃음을 지으며 들어왔다. 갓 태어난 새끼 양을 품에 안고 있었고, 작고 빨간 여우는 디콘 옆에서 빠른 걸음으로 걸었다. 호두는 디콘의 왼쪽 어깨에, 검댕이는 오른쪽 어깨에 앉아 있었고, 딱지는 머리와 발이 콜린의 외투 주머니에서 빼꼼히 나와 있었다.

콜린은 천천히 허리를 펴고 앉아 디콘을 뚫어져라 쳐다보았다. 메리를 처음 봤을 때도 그랬지만, 이번에는 경이와 기쁨이 가득 어린 눈빛이었다. 그동안 메리에게 그렇게 많이 들었는데도 콜린은 디콘이 어떤 아이인지 전혀 감이 오지 않았다. 여우와 까마귀, 다람쥐 두 마리, 새끼 양이 디콘에게 딱 붙어 있고 디콘도 친근하게 동물들을 품어 마치 디콘과 동물들이 한 몸으로 보이는 게 신기할 따름이었다. 콜린은 태어나서 한 번도 남자애와 이야기해본 적이 없는 데다 기쁘고 궁금한 마음이 너무 커서 입이 떨어지지 않았다.

그러나 디콘은 조금도 부끄러워하거나 어색해하지 않았다. 까마귀를 처음 만났을 때 디콘은 까마귀가 디콘의 언어를 몰라 빤히 쳐다만 보고 있어도 당황하지 않았다. 동물들은 원래 상대를 제대로 알기 전까지는 그렇게 행동했다. 디콘은 콜린의 소파로 다가가 조용히 갓 태어난 새끼 양을 콜린의 무릎 위에 올려놓았다. 새끼 양은 곧바로 콜린이 입은 따뜻한 벨벳 가운에 몸을 기대고 가운의 주름 사이로 파고들면서 주둥이를 비벼댔다. 털이 뽀글거리는 머리로는 보채듯 콜린의 옆구리를 가볍게 들이박았다. 이럴 때는 어떤 아이라도 말문이 터질 수밖에 없었다.

"얘가 뭘 하는 거야? 왜 이래?"

콜린이 외치자 디콘이 점점 더 환하게 웃으며 말했다.

"엄마를 찾는 거예요. 좀 배고픈 상태로 데려왔어요. 도련 님이 젖 먹이는 걸 보고 싶어 하실 것 같아서요."

디콘은 소파 옆에 무릎을 꿇고 앉아 주머니에서 젖병을 꺼냈다. 그러고는 털이 복슬복슬한 새끼 양의 작고 하얀 머리를 가무잡잡한 손으로 부드럽게 잡아 돌렸다.

"이리 온, 아가야. 네가 찾는 거 여기 있네. 비단 벨벳 가운보다 여기서 나오는 게 더 많을걸. 자자, 착하지."

디콘이 코를 비벼대는 새끼 양의 입에 우유병의 고무젖꼭지를 물리자 새끼 양은 게걸스럽게 젖꼭지를 빨며 무아지경에 빠졌다.

그 뒤로는 무슨 말을 할지 고민할 필요가 없었다. 새끼 양이 잠들 때쯤에는 질문이 쏟아졌고 디콘은 모든 질문에 일일이 답을 해주었다. 사흘 전 동틀녘에 새끼 양을 발견한 이야기도 들려주었다. 그날 디콘은 황무지에 서서 종달새의 노랫소리를 들으면서 종달새가 푸르른 창공의 점이 될 때까지 높이 날아오르는 모습을 지켜보고 있었다.

"새소리가 안 들렸으면 놓칠 뻔했어요. 순식간에 세상 밖으로 사라진 듯했는데 소리가 들려 신기해하고 있었죠. 바로 그때 저 멀리 가시금작화 덤불에서 다른 소리가 들렸어요. 약하게 매애 하는 소리였는데 갓 태어난 새끼 양이 배고파서 우는 소리가 분명했어요. 배고프다는 건 어미를 잃어버렸다는 뜻이라서 새끼 양을 찾아 나섰어요. 아! 얼마나 찾아다녔나 몰라요. 가시금작화 덤불을 안팎으로 뒤지고 그 주변을 돌고 또 돌았는데 계속 길을 잘못 든 것 같았어요. 그러다 드디어 황무지 꼭대기에 있는 바위 옆으로 하얀 무언가가 언뜻 보였어요. 올라가서 보니까 이 녀석이 춥고 배고파서 다 죽게 생긴 상태로 있더라고요."

디콘이 말하는 동안 검댕이는 열린 창문으로 점잖게 드나들었고 경치가 어떤지 알려주려는 듯 깍 소리를 냈다. 호두와 딱지는 집 밖으로 놀러 나가 큰 나무의 몸통을 후다닥 오르내리고 가지를 탐험했다. 대장은 그 자리가 좋은지 난롯가 앞 양탄자에 앉은 디콘 옆에서 몸을 웅크리고 누웠다.

세 아이는 정원 책에 실린 그림을 보았는데, 디콘은 어떤 꽃이 지역에서 어떤 이름으로 불리고 비밀의 화원에서 어떤 꽃이 자라고 있는지 다 알았다.

'아퀼라리아'라고 적힌 꽃을 가리키며 디콘이 말했다. "저 이름으로는 발음할 줄 모르지만 여기서는 매발톱꽃이라고 불러요. 저건 금어초고요. 둘 다 야생에서 산울타리로 자라는데 얘들은 정원에서 큰 거라 더 크고 화려하네요. 우리 정원에도 매발톱꽃이 빽빽하게 자라요. 꽃이 피면 파란 나비, 흰 나비가 떼로 날개를 펄럭이는 것 같아요."

"나도 볼 거야. 꼭 보고 말겠어!"

콜린이 외치자 메리가 사뭇 진지하게 말했다.

"암, 그래야지. 이러고 꾸무럭거릴 시간 없구먼."

제20장

"난 영원히 살 거야! 영원히, 언제까지나!"

그러나 세 아이는 일주일 넘게 기다려야 했다. 우선 며칠 동안 바람이 세게 불었고, 그러고 나니 콜린이 감기에 걸릴 조짐을 보여 나갈 수 없었다. 안 좋은 일이 잇따라 생겼으니 예전 같으면 콜린이 버럭 화를 냈겠지만, 이번에는 신중히 비밀리에 계획할 일이 너무 많았다. 게다가 디콘이 단 몇 분이라도 거의 매일 찾아와 황무지와 오솔길과 산울타리와 개울가에서 어떤 일이 일어나고 있는지 들려주었다. 동물을 부리는 마법사는 새 둥지와 들쥐 굴은 물론이고 수달이나 오소리나 물쥐가 사는 집에 대해서도 온갖 세세한 이야기를 전했다. 그 이야기를 듣다 보면 땅속 세계가 열정과 불안을 안고 얼마나 바쁘게 돌아가는지 깨달아 전율이 일 정도로 흥분할 수밖에 없었다.

"동물들도 우리랑 똑같아요. 해마다 집을 지어야 하는 것만 빼면요. 그러다 보니 워낙 바빠서 저들끼리 실랑이를 벌이는 거고요."

그러나 아이들이 제일 몰두한 일은 콜린을 최대한 남몰래 화원으로 데려가는 데 필요한 준비 과정이었다. 관목숲 모퉁이를 돌아 담쟁이덩굴이 자란 담장 밖 산책로에 들어선 뒤에는 아무도 휠체어와 디콘과 메리를 보면 안 되었다. 날이 갈수록 콜린은 화원의 가장 큰 매력은 비밀 그 자체에 있다는 확신이 점점 굳었다. 그러니 어떻게든 비밀을 지켜야 했다. 비밀이 있다는 사실조차 들켜서는 안 되었다. 그저 콜린이 메리와 디콘을 좋아하고 그 둘에게는 제 모습을 보여도 괜찮아서 산책을 나가는 것뿐이라는 인상을 줘야 했다. 세 아이는 화원으로 가는 경로를 두고 오랜 시간 즐거운 대화를 나눴다. 이 길을 올라가고 저 길을 내려가고 또 다른 길을 가로지른 뒤 분수대 근처 화단을 지날 때는 수석 정원사인 로치 씨가 화단에 옮겨 심는 '묘목'을 구경하는 척하기로 했다. 너무나 자연스러운 행동이라 누구도 그 행동이 비밀스럽다고 생각하지 않을 터였다. 그런 다음 관목숲 모퉁이를 돌아 눈에 띄지 않게 이동해 기다란 담장에 도착하기로 했다. 마치 전쟁 때 위대한 장군들이 그러듯 진지하고 세심하게 짠 계획이었다.

병자의 방에서 새롭고도 신기한 일들이 벌어진다는 소문은 당연히 하인 숙소를 지나 마구간지기와 정원사들에게도 퍼졌다. 로치 씨도 소문을 들었지만, 어느 날 도련님에게서 직접 할 이야기가 있다며 방으로 오라는 명령을 받고는 깜짝 놀랐다. 그 방은 밖에서 일하는 하인들은 아무도 본 적이 없었다.

로치 씨는 서둘러 외투를 갈아입으면서 중얼거렸다. "이런, 이런, 이를 어쩌나? 쳐다도 못 보게 하더니 귀한 도련님께서 웬일로 눈길도 안 주던 날 부르실까."

궁금하지 않은 건 아니었다. 로치 씨는 도련님이라는 아이를 슬쩍이라도 본 적이 없었고, 아이의 생김새나 하는 행동이 섬뜩하다거나 성질부리는 게 제정신이 아니라는 부풀려진 이야기만 수없이 들은 터였다. 아이가 지금 당장 죽어도 이상하지 않다거나 곱사등이에 팔다리를 못 쓴다는 이야기를 제일 많이 들었는데, 모두 아이를 본 적도 없는 사람들이 상상해서 하는 이야기였다.

"이 집 상황이 달라지고 있어요, 로치 씨." 메들록 부인은 뒤쪽 계단을 올라가 지금껏 비밀에 싸였던 방으로 가는 복도로 로치 씨를 안내했다.

"좋은 방향으로 바뀌길 바랍시다, 메들록 부인."

"이 이상 어떻게 더 나빠지겠어요. 이상하긴 하지만 하인들이 맡은 일을 하기가 훨씬 편해지긴 했어요. 놀라지 마세요,

로치 씨. 동물원 한복판에 있는 것 같을 거예요. 게다가 마사의 동생 디콘이 자기 집처럼 편하게 있을 거예요. 당신이나 나보다 훨씬 더요."

메리가 늘 속으로 믿는 것처럼, 디콘에게는 정말 마법 같은 힘이 있었다. 로치 씨는 디콘이라는 이름을 듣자 온화한 미소를 지었다.

"그 애는 버킹엄 궁전이든 탄광 막장이든 어딜 가나 편하게 있을 녀석이에요. 그렇다고 건방진 건 또 아니지만요. 정말 괜찮은 놈이에요."

미리 마음의 준비를 하지 않으면 화들짝 놀랄 광경이기는 했다. 침실 문이 열리자 제집인 양 편해 보이는 큼지막한 까마귀가 조각 장식을 새긴 의자의 높은 등받이 위에 앉아 손님의 입장을 알리듯 큰 소리로 '깍, 깍' 울었다. 메들록 부인의 경고를 미리 들었는데도 로치 씨는 놀라서 뒤로 펄쩍 뛰는 망신을 겨우 피했다.

어린 라자는 침대에도, 소파에도 없었다. 안락의자에 앉아 있었고, 옆에서는 새끼 양이 디콘이 무릎을 꿇은 채 물려주는 섲병을 꼬리를 흔들며 열심히 빨고 있었다. 구부정하게 몸을 숙인 디콘의 등 위에는 다람쥐가 앉아 땅콩을 조심스레 야금야금 갉아 먹고 있었다. 인도에서 온 작은 여자애는 큰 발받침 의자에 앉아 그 모습을 구경하고 있었다.

"로치 씨가 왔습니다, 콜린 도련님." 메들록 부인이 말했다.

어린 라자는 고개를 돌려 하인을 훑어보았다. 적어도 수석 정원사 로치 씨에게는 그렇게 보였다.

"아, 네가 로치구나? 아주 중요하게 지시할 일이 있어 불렀어."

"알겠습니다, 도련님."

로치 씨는 정원의 참나무를 모두 베라거나 과수원을 수상 정원으로 바꾸라는 지시가 아닐까 걱정하며 답했다.

"오늘 오후에 휠체어를 타고 산책하러 나갈 거야. 신선한 공기를 맞아 보고 괜찮으면 매일 나갈 수도 있어. 내가 나가면 정원 담을 따라 길게 난 산책로 근처에는 정원사가 한 명도 없어야 해. 그 근처에는 누구도 보내지 마. 두 시쯤 나갈 테니까 내가 다시 일해도 된다고 전갈을 보낼 때까지는 아무도 가까이 못 오게 해줘."

"알겠습니다, 도련님." 참나무를 벨 필요도, 과수원을 건드릴 필요도 없자 로치 씨가 크게 안도하며 답했다.

그때 콜린이 메리를 돌아보며 물었다. "메리, 할 말을 다 해서 가도 좋다고 할 때 인도에서는 뭐라고 말해?"

"'그만 가보거라'라고 해."

라자는 손을 휘저었다.

"그만 가보거라, 로치. 내 말 명심해. 아주 중요한 거야."

"깍, 깍!" 까마귀가 쉰 목소리로 끼어들었지만 무례하게 들리지는 않았다.

"알겠습니다, 도련님. 감사합니다." 로치 씨가 답하자 메들록 부인은 그를 데리고 방 밖으로 나왔다.

복도로 나오자 사람 좋은 로치 씨는 미소를 짓다 급기야 웃음을 터트렸다.

"세상에! 도련님이 참 위풍당당하시네. 여왕 부군이니 뭐니 하는, 왕족이란 왕족은 다 합쳐놓은 것 같던데요?"

"아! 걷기 시작할 때부터 하인들을 짓밟고 다녀도 내버려 둘 수밖에 없어서 그래요. 우리는 태어날 때부터 그래도 되는 존재인 줄 알죠."

메들록 부인이 해명하자 로치 씨가 넌지시 말했다.

"크면 나아질 겁니다. 살아 있다면 말이죠."

"글쎄요, 한 가지는 확실해요. 도련님이 살아 있고 인도에서 온 저 여자애가 계속 이 집에 머문다면, 내 장담하는데 여자애 덕분에 도련님도 깨닫게 될 거예요. 수전 소어비가 말했듯 오렌지를 통째로 가질 수는 없다는 걸요. 그러면 자기 몫이 얼마나 되는지도 알게 되겠죠."

방 안에서는 콜린이 쿠션에 다시 기대며 말했다.

"이제 안심해도 돼. 오늘 오후에는 나도 볼 거야. 나도 화원에 들어갈 거야!"

디콘은 동물들을 데리고 화원으로 돌아갔고 메리는 콜린과 방에 남았다. 콜린은 피곤해 보이지는 않았지만 점심이 도착하기 전까지 말이 없었고 점심을 먹을 때도 조용했다. 메리는 그 이유가 궁금해 콜린에게 물었다.

"넌 눈이 정말 커, 콜린. 네가 생각에 잠기면 눈이 접시만큼 커져. 지금 무슨 생각해?"

"어떤 모습일까 하는 생각이 자꾸 들어."

"화원 말이야?"

"봄날. 난 봄을 제대로 본 적이 없거든. 집 밖으로 거의 안 나갔고 나가도 봄을 보지는 못했어. 볼 생각조차 안 해봤고."

"나도 인도에서는 본 적 없어. 거긴 봄이 없으니까."

콜린은 방에 틀어박혀 우울한 삶을 살았지만 메리보다 상상력이 뛰어났고, 훌륭한 책과 그림을 보면서 많은 시간을 보냈다.

"그날 아침에 네가 뛰어 들어와 '봄이 왔어! 봄이 왔다고!'라고 외쳤을 때 기분이 이상했어. 꼭 멋진 행렬이 다가오는 것 같았어. 뭔가 펑펑 터지고 음악도 막 울려 퍼지면서. 책에서 그런 그림을 본 적 있는데…… 화환을 쓰고 꽃가지를 들고 거리를 가득 메운 예쁜 어른과 아이들이 너도나도 웃고 춤추고 피리를 부는 그림이었어. 그래서 그때 '황금트럼펫 소리가 들릴지도 몰라'라고 말하고 창문을 열게 한 거야."

"와, 신기하다! 봄날의 느낌이 딱 그렇거든. 꽃이랑 이파리랑 새싹이랑 새랑 동물들이 다 같이 춤추며 지나가면 얼마나 멋질까! 분명 춤추고 노래하고 피리 같은 소리로 지저귈 테니까 그 소리가 음악처럼 울려 퍼질 거야."

둘 다 웃었지만 그 상상이 웃겨서가 아니라 마음에 쏙 들었기 때문이었다.

잠시 후 보모가 와서 콜린의 외출 채비를 했다. 콜린은 보모가 옷을 입히는 동안 전처럼 통나무같이 누워 있지 않고 똑바로 앉았고, 스스로 입으려고 조금씩 노력했으며, 그러는 내내 메리와 웃으며 이야기했다.

보모는 콜린을 살피러 들른 크레이븐 박사에게 말했다.
"오늘은 도련님 상태가 아주 좋네요, 선생님. 기분이 저렇게 좋으니 몸도 튼튼해지는 것 같아요."

"이따 오후에 콜린이 돌아오면 다시 들를게요. 외출해도 괜찮은지 상태를 봐야 하니까." 그러더니 크레이븐 박사가 목소리를 아주 작게 낮춰 말했다. "당신도 같이 가게 해주면 좋을 텐데."

"그래야 한다면 여기 계속 있느니 지금 당장 환자를 포기하겠어요."

보모가 갑자기 단호한 태도로 말하자 박사가 살짝 불안한 기색을 보이며 말했다.

"그렇게 하라고 제안할 생각은 아직 없어요. 일단 두고 봅시다. 디콘은 갓난애도 믿고 맡길 아이니까."

집에서 힘이 제일 센 하인이 콜린을 아래층으로 옮겨 휠체어에 앉혔다. 디콘은 휠체어 옆에서 기다리고 있었다. 하인이 무릎 덮개와 쿠션을 제자리에 놓자 라자는 하인과 보모에게 손을 휘저었다.

"그만 가보거라."

그 말에 하인과 보모는 재빨리 사라졌는데, 분명 집 안에 들어가자마자 킥킥 웃었을 것이다.

디콘은 휠체어를 천천히 안정적으로 밀었다. 메리 아가씨는 옆에서 걸었고 콜린은 휠체어에 기대어 고개를 들고 하늘을 바라보았다. 둥근 하늘이 드높이 솟아 있었고, 눈처럼 새하얀 작은 구름은 수정처럼 맑고 투명한 창공 아래 날개를 활짝 펼치고 떠오른 하얀 새 같았다. 황무지에서는 부드러운 바람이 크게 휘몰아쳤다. 바람에 실린 깨끗하고 달콤한 야생의 향기가 낯설게 느껴졌다. 콜린은 야윈 가슴을 자꾸 부풀려 그 향기를 들이마셨고, 귀가 아닌 그 큰 눈으로 자연의 소리를 들었다.

"짹짹 소리, 윙윙 소리, 울음소리 같은 게 정말 많이 들려. 바람에 실린 이 향기는 뭐야?"

"요즘 막 피어나는 황무지의 가시금작화향이에요. 아! 오늘 벌들이 아주 신났겠네요."

세 아이가 가는 길에는 사람이라고는 한 명도 보이지 않았다. 정원사와 정원 일꾼 모두 마법에 걸린 듯 사라지고 없었다. 그러나 세 아이는 구불구불한 관목숲 길을 지나고 분수대 화단을 빙 도는, 신중하게 계획한 경로를 그대로 따르면서 비밀스러움 그 자체를 즐겼다. 드디어 담쟁이덩굴이 자란 담장 옆 긴 산책로에 들어서자 전율의 순간이 임박했다는 짜릿한

예감에 세 아이는 무어라 설명할 수 없는 묘한 이유로, 목소리를 낮춰 말하기 시작했다.

메리가 숨죽여 말했다. "여기야. 바로 이 길을 오르락내리락하면서 이리저리 생각하고 또 생각했어."

"그래?" 콜린은 호기심이 잔뜩 어린 눈으로 열심히 담쟁이덩굴을 찾다가 소곤댔다. "난 아무것도 안 보이는데. 문이 없어."

"나도 그런 줄 알았어."

모두가 숨을 죽인 어여쁜 침묵이 잠시 흐른 뒤 휠체어가 다시 움직였다.

"여긴 벤 할아버지가 일하는 정원이야."

"여기가?"

몇백 미터 더 가자 메리가 다시 속삭였다.

"여긴 울새가 담장 너머로 날아간 곳이야."

"정말? 아! 울새가 다시 오면 좋겠다!"

메리는 진지하면서도 기쁜 얼굴로 커다란 라일락 덤불 아래를 가리켰다.

"그리고 저기서 울새가 작은 흙더미 위에 앉아 열쇠가 묻힌 곳을 알려줬어."

그 말에 콜린은 허리를 똑바로 폈다.

"어디? 어디? 저기?"

콜린의 눈이 '빨간 망토'에서 빨간 망토 소녀가 늑대에게 왜 그렇게 크냐고 물었던 그때 늑대의 눈만큼 커졌다. 디콘은 휠체어를 가만히 멈춰 세웠다.

메리가 담쟁이덩굴 근처에 있는 화단에 올라서며 말했다.

"여기는 울새가 담장 위에서 나한테 재잘거리길래 내가 말을 건 곳이야. 이건 바람에 젖혀진 그 담쟁이덩굴이고."

메리가 늘어진 녹색 커튼을 붙잡자 콜린은 숨을 헉 들이마셨다.

"아! 여기…… 여기구나!"

"이게 손잡이고 여기 이게 문이야. 디콘, 휠체어를 안으로 밀어! 어서!"

디콘은 강하고 안정적으로 힘을 써서 단번에 휠체어를 밀어 넣었다.

그때까지만 해도 콜린은 기뻐서 숨이 안 쉬어질 지경이었지만 다시 쿠션에 기댄 채 두 손으로 눈을 가려 세상을 차단하고 있었다. 그러다 휠체어가 마법에 걸린 듯 멈추고 문이 닫히자, 콜린은 그제야 눈에서 손을 떼고 디콘과 메리가 그랬듯 주변을 둘러보고 또 둘러보았다. 연하고 작은 이파리로 짠 아름다운 초록빛 면사포가 담장과 땅, 나무, 흔들리는 잔가지, 덩굴손을 뒤덮고 있었다. 나무 아래 풀밭과 쉼터의 회색 항아리는 물론이고 여기저기 곳곳이 황금색과 자주색, 흰색으로 살짝 혹은 흐드러지게 물들어 있었다. 나무들은 콜린의 머리 위에서 분홍색과 순백색 꽃을 뿜냈고, 날개를 퍼덕이는 소리, 희미하고 달콤한 지저귀는 소리, 윙윙거리는 소리가 사방에서 들려왔고, 향긋한 냄새가 연신 코를 찔렀다. 햇볕은 다정한 손길처럼 콜린의 얼굴을 따스하게 어루만졌다. 메리와 디콘은 가만히 서서 경이로운 눈빛으로 콜린을 바라보았다. 콜린은 얼굴이며 목, 손 할 것 없이 온몸이 분홍빛으로 물들어 너무나 낯설고 달라 보였다.

"난 병이 나을 거야! 좋아질 거야! 메리! 디콘! 난 건강해질 거야! 영원히 살 거야! 영원히, 언제까지나!"

제21장

벤 웨더스태프

세상을 살다 보면 이상하게도 영원히, 언제까지나 살 거라는 확신이 들 때가 이따금 있다. 부드럽고 엄숙한 새벽에 잠에서 깨어 밖에 나가 홀로 고개를 한껏 젖혀 높디높은 창백한 하늘이 서서히 붉게 물들고 불가사의하고 경이로운 일들이 벌어지는 광경을 바라보다 보면, 동쪽 하늘의 장관에 탄성을 지르게 되고 수천 년, 수백만 년, 수억 년을 매일 아침 한결같이 장엄하게 떠오르는 태양 앞에 심장이 멎는다. 그럴 때 우리는 잠시나마 영원을 확신한다. 해질 녘 숲속에 혼자 있을 때, 신비롭고 짙은 황금빛 적막이 나뭇가지 사이로 또는 아래로 비스듬히 새어들면서 우리에게는 아무리 애써도 들리지 않는 이야기를 천천히 몇 번이고 들려주는 것 같을 때도 그렇다. 무수히 많은 별이 떠올라 기다리고 지켜보는, 검푸른 하늘의 광막한 고요를 마주할 때도, 멀리서 아득히 음악이 들릴 때도, 누군가의 눈빛에서도 우리는 영원을 확신한다.

콜린이 사방이 높다란 담장으로 둘러싸인 비밀의 화원에 들어가 처음으로 봄날을 보고 듣고 느꼈을 때도 바로 그랬다. 그날 오후 온 세상은 한 소년에게 열과 성을 다해 완벽하고 눈부시게 아름다우며 친절했다. 어쩌면 이날의 봄은 하늘의 순수하고 선량한 마음에서 생겨나 제 모든 힘을 아낌없이 이 한 곳에 쏟아 넣었는지도 몰랐다. 디콘은 몇 번이나 하던 일을 멈추고 가만히 서서 경이로움에 점점 커지는 눈빛으로 부드럽게 고개를 가로저었다.

"아! 겁나게 멋지구먼요. 내 나이가 열둘이고 곧 열셋이 될 텐데 13년 동안 숱하게 많은 오후를 봤지만 이렇게 멋진 오후는 처음 봐요."

메리가 기쁨에 거운 한숨을 내쉬며 맞장구쳤다. "안, 멋지고말고. 내 장담하는데 세상에서 제일, 겁나게 멋진 오후일 거야."

"너희는 여 있는 모든 게 나를 위해 이로코롬 됐다는 생각은 안 드니?"

콜린이 꿈꾸는 듯한 얼굴로 조심스레 말하자 메리가 감탄하며 외쳤다.

"세상에나! 요크셔 사투리를 이제 좀 쓰네? 그 정도면 잘하는 거야. 최고라고."

기쁨이 가득한 오후였다.

아이들은 휠체어를 자두나무 아래로 밀었다. 눈처럼 새하얀 꽃이 피고 벌이 윙윙거리는 자두나무는 마치 요정나라 왕을 위한 차양 같았다. 주변에는 꽃이 한창 피어나는 벚나무와 분홍색, 흰색 꽃봉오리가 달린 사과나무가 있었고, 꽃이 활짝 핀 사과나무도 곳곳에 보였다. 자두나무 차양의 꽃가지들 틈새로 파란 하늘 조각이 아름다운 눈동자처럼 아래를 내려다보았다.

메리와 디콘은 여기저기 다니며 조금씩 일했고, 콜린은 그 모습을 지켜보았다. 두 아이는 막 피기 시작했거나 아직 꽉 닫혀 있는 꽃봉오리, 이제 막 이파리가 달려 초록으로 물든 가지, 풀밭에 떨어진 딱따구리 깃털, 일찍 부화한 어느 새의 빈 알껍데기 등 구경할 거리를 콜린에게 가져다주었다. 디콘은 휠체어를 천천히 밀어 화원을 돌고 또 돌다가 수시로 멈춰 땅에서 솟아나거나 나무에서 늘어진 경이로운 것들을 콜린에게 보여주었다. 마치 마법의 왕과 왕비가 제 나라를 돌아다니면서 온갖 신비로운 재물을 구경하는 것 같았다.

"울새를 볼 수 있을까?"

콜린의 물음에 디콘이 대답했다.

"조금만 지나면 자주 보게 될걸요. 새끼들이 알을 깨고 나오면 정신이 하나도 없을 정도로 바쁘게 다니거든요. 제 몸만 한 벌레를 물고 앞뒤로 획획 날아다녀요. 새끼들이 어찌나 요란하게 울어대는지, 둥지에 도착하면 누구 입에 먼저 벌레를 넣어줘야 할지 몰라 허둥지둥하죠. 하나같이 부리를 쫙쫙 벌리고 삐악삐악 울어대거든요. 우리 엄마는 울새가 새끼들 입을 채우느라 일하는 걸 보면 자기는 아무 할 일 없는 귀부인처럼 느껴진대요. 한 번은 울새를 봤는데, 사람들 눈에는 안 보이는 땀방울이 뚝뚝 떨어지는 것 같더래요."

세 아이는 그 말이 너무나 웃겨 킥킥거렸는데, 그러다 문득 목소리가 새어나가면 안 된다는 사실을 떠올리고는 손으로 입을 틀어막았다. 콜린은 며칠 전 두 아이에게 소곤거리거나 목소리를 낮춰야 한다는 규칙을 들었다. 비밀스러움이 좋아 최선을 다하긴 했지만, 너무 들뜨고 즐겁다 보니 소곤거리는 소리로 웃기가 여간 힘든 게 아니었다.

그날 오후는 매 순간 새로운 발견이 이어졌고, 햇살은 시간이 길수록 황금빛을 점점 더해갔다. 디콘은 휠체어를 나뭇가지 차양 아래에 밀어 넣고 풀밭에 앉아 피리를 꺼냈다. 그때 콜린이 미처 보지 못한 무언가를 발견하고 물었다.

"저 나무는 아주 오래된 것 같은데, 맞아?"

디콘은 풀밭 너머에 있는 나무를 바라보았고 메리도 보았다. 잠시 침묵이 흐른 뒤 디콘이 아주 부드럽고 낮은 목소리로 답했다.

"맞아요."

메리는 나무를 바라보며 생각에 잠겼다.

"가지가 다 회색이고 잎사귀도 하나 없네. 죽은 거 맞지?"

"맞아요. 하지만 이파리며 꽃이 만발한 장미 덩굴이 타고 자라 뒤덮으면 죽은 나무를 다 가려줄 거예요. 그때는 죽은 것처럼 안 보일걸요. 제일 예쁠 거예요."

메리는 여전히 그 나무를 바라보며 생각에 잠겨 있었다.

"큰 가지가 부러진 것 같은데 어쩌다 그랬지?"

콜린의 물음에 디콘이 대답했다.

"몇 년 전에 그렇게 됐어요." 그러더니 갑자기 깜짝 놀라며 한 손을 콜린에게 얹고 말했다. "아! 저기 울새예요! 울새가 왔어요! 짝꿍한테 줄 먹이를 찾았네요."

콜린은 하마터면 못 볼 뻔하다가 가슴이 빨간 새가 부리로 무언가를 물고 휙 지나가는 모습을 간신히 포착했다. 울새는 초록 나뭇잎 사이를 쏜살같이 통과해 나무들이 줄지어 자란 구석 자리로 날아가 자취를 감췄다. 콜린은 다시 쿠션에 등을 기대고 살짝 웃으며 말했다.

"짝꿍한테 차를 가져다주나 봐. 다섯 시쯤 되었나 보네. 나도 차를 마시고 싶은걸."

그렇게 상황은 무사히 끝났다.

메리는 나중에 디콘에게 비밀스럽게 말했다.

"울새를 보낸 건 마법이야. 마법이 확실해."

사실 메리와 디콘은 콜린이 10년 전 가지가 부러진 그 나무에 관해 물어볼까 봐 걱정되어 그 문제를 두고 미리 의논했다. 그때 디콘은 난처하다는 듯 머리를 긁적이며 말했다.

"다른 나무들과 다를 게 하나도 없는 것처럼 봐야 해요. 그 나무가 어떻게 부러졌는지는 절대 말하면 안 돼요. 도련님이 그 나무를 조금이라도 언급하면…… 최대한 기분 좋은 표정을 짓자고요."

"암, 그래야지."

하지만 막상 그 나무를 보니 기분 좋은 표정을 지을 마음이 들지 않았다. 메리는 나무를 바라보는 몇 분 동안 디콘이 한 말이 어디까지 정말일지 생각하고 또 생각했다. 그날 디콘은 당황한 표정으로 적갈색 머리를 계속 문질렀지만 파란 눈동자에 다정하고 편안한 빛이 번지기 시작했고, 잠시 머뭇거리며 말을 이었다.

"주인마님은 아주 예쁘고 젊으셨어요. 엄마는 마님이 콜린 도련님을 보살피려고 아직 미셀스웨이트 저택을 떠돌고 있을 거래요. 세상을 떠난 다른 모든 엄마처럼 마님도 자식한테 돌아올 수밖에 없대요. 어쩌면 화원에 있으면서 우리가 화원을 가꾸게 만들고 도련님을 여기로 데려오게 한 건 마님인지도 몰라요."

메리는 디콘의 말이 마법과 관련 있다고 생각했다. 마법을 굳게 믿는 메리는 마음속으로 디콘이 주변의 모든 것에 마법을 부린다고 거의 확신했다. 물론 좋은 마법이었고, 사람들이 디콘을 그렇게 좋아하고 들짐승들이 그를 친구로 믿는 건 그 때문이라고 믿었다. 콜린이 그 위험한 질문을 할 때 딱 맞춰 울새가 나타난 것도 디콘의 마법 덕분이 아닐까 하고 메리는 생각했다. 콜린이 전혀 다른 애처럼 보인 것도 디콘이 오후 내내 마법을 부렸기 때문인 것 같았다. 메리는 비명을 지르고 베개를 때리고 물어뜯으며 발광하던 아이와 오늘 본 콜린이 같은 사람이라는 게 믿기지 않았다. 창백한 상아색 피부마저 바뀐 듯했다. 화원에 처음 들어갔을 때 콜린의 얼굴과 목과 손에 희미하게 떠오른 홍조는 이후에도 사라지지 않았다. 그제야 상아나 밀랍이 아니라 진짜 살로 이뤄진 아이처럼 보였다.

콜린은 울새가 제 짝에게 두세 번 먹이를 가져다주는 모습을 보고 있자니 오후에 마시는 차 생각이 간절해져 아이들과 차를 마시기로 했다.

"가서 남자 하인한테 바구니에 차를 담아 진달래 산책로로 가져오라고 해. 너랑 디콘이 바구니를 받아 여기로 가져오면 되겠다." 디콘이 메리에게 말했다.

나쁘지 않은 계획이었고 간단히 계획대로 되었다. 배고팠던 아이들은 흰 천을 풀밭에 깔고 뜨거운 차와 버터 바른 토스트와 팬케이크를 신나게 먹어 치웠다. 집 안 심부름을 다니던 새 몇 마리가 날아와 무슨 일인지 들여다보고는 활발하게 빵 부스러기를 쪼아댔다. 호두와 딱지는 빵 조각을 들고 나무 위로 후다닥 올라갔다. 검댕이는 버터 바른 팬케이크 반쪽을 통째로 구석 자리로 가져가 부리로 쪼고 살피고 뒤집어보더니, 쉰 목소리로 깍깍 몇 마디 내뱉고는 맛있게 한입에 꿀꺽 삼켰다.

오후는 그윽한 시간을 향해 느리게 흘러갔다. 햇살은 황금빛이 깊어지고 벌들은 집으로 돌아가고 획획 날아다니던 새들은 아까보다 덜 분주해 보였다. 디콘과 메리는 풀밭에 앉아 있었고, 차 바구니는 집에 가져갈 수 있게 정리되어 있었다. 콜린은 이마를 덥수룩하게 덮었던 앞머리를 뒤로 넘기고 낯빛이 한결 자연스러워진 얼굴로 쿠션에 기대 누워 있었다.

"오늘 오후가 안 지나가면 좋겠다. 어차피 내일 다시 오겠지만. 모레도, 글피도, 그다음 날도 올 거야."

메리가 말했다. "그럼 신선한 공기를 실컷 마시겠네?"

"다른 건 안 마실 거야. 봄을 봤으니까 이제 여름도 볼 거야. 여기서 자라는 건 다 볼 거야. 나도 여기서 자랄 거고."

"그럴 서예요. 조만간 도련님도 다른 사람들이랑 똑같이 여기서 걸어 다니고 땅을 파게 우리가 만들 거예요."

콜린의 얼굴이 새빨개졌다.

"걷는다고! 땅을 판다고! 내가?"

디콘은 미묘하게 조심스러운 눈길로 콜린을 힐끗 보았다.

디콘도, 메리도 콜린의 다리에 무슨 문제가 있는지 제대로 물어본 적이 없었다.

디콘이 용감하게 말했다. "그렇고말고요. 도련님한테도…… 다른 사람들과 똑같이 두 다리가 있잖아요!"

메리는 다소 두려운 마음으로 콜린의 답을 기다렸다.

"다리에 무슨 병이 있는 건 아니야. 하지만 너무 가늘고 약해. 너무 후들거려서 두 발로 일어서기가 겁나."

메리와 디콘은 안도의 한숨을 내쉬었다.

디콘이 다시 명랑하게 말했다. "겁만 안 내면 설 수 있어요. 좀만 지나면 겁도 안 날 거고요."

"그럴까?" 콜린은 가만히 누워 생각에 잠겼다.

세 아이는 잠시 아무 말도 하지 않았다. 해가 더 낮게 기울고 있었다. 만물이 고요해지는 시간이었고, 정말로 분주하고 신나는 오후였다. 콜린은 더없이 편안해 보였다. 동물들도 움직임을 멈추고 한데 모여 아이들 근처에서 쉬었다. 검댕이는 낮은 가지에 앉아 한쪽 다리를 든 채 나른하게 회색 눈꺼풀을 떨어뜨렸다. 메리는 검댕이가 곧 코를 골 것 같다고 혼자 생각했다.

이렇듯 고요한 와중에 깜짝 놀랄 일이 벌어졌다. 갑자기 콜린이 반쯤 고개를 들고는 놀라서 속삭이는 목소리로 외쳤다.

"저 남자는 누구야?"

디콘과 메리도 허둥지둥 일어나 작고 다급한 목소리로 동시에 외쳤다.

"남자라고!"

콜린이 높은 담을 가리키며 흥분한 목소리로 소곤댔다.
"저기 봐! 저기!"

메리와 디콘은 몸을 돌려 콜린이 가리키는 쪽을 바라보았다. 벤 웨더스태프가 몹시 화난 얼굴로 담장 너머 사다리 꼭대기에서 아이들을 노려보고 있었다! 벤은 메리를 향해 주먹을 흔들며 외쳤다.

"내가 결혼해서 아가씨가 내 딸년이었다면 호되게 매질을 했을 거요!"

벤 노인은 지금 당장 담을 뛰어넘어 메리를 혼쭐내겠다는 듯 위협적으로 사다리를 한 칸 더 올라갔다. 그러나 메리가 다가오자 생각을 고쳐먹었는지 사다리 맨 위 칸에 서서는 메리에게 주먹을 흔들며 열변을 토했다.

"내 처음부터 아가씨가 마음에 안 들었구먼요! 처음 딱 봤을 때 벌써 보기가 싫더라니까. 어린 것이 뼈쩍 말라서는 상한 우유처럼 시큰둥한 얼굴로 어찌나 꼬치꼬치 묻고 반기지도 않는데 참견을 해대던지. 나랑 어찌 친해졌는지 도통 모르겠구먼요. 울새만 아니었어도 망할 놈의 울새 때문에……."

"벤 할아버지!" 메리가 숨을 고르고 외쳤다. 메리는 아래쪽에 서서 숨을 가쁘게 쉬며 벤을 올려다보고 다시 외쳤다.
"바로 그 울새가 나한테 화원에 오는 길을 알려줬어요!"

그 말에 벤은 화가 머리끝까지 나 당장이라도 담을 넘어 올 듯 펄펄 뛰며 메리를 향해 소리 질렀다.

"이런 못된 것! 자기 잘못을 울새한테 뒤집어씌우다니! 그 녀석, 건방지기는 해도 아무 짓이나 할 놈은 아니라고요. 울새가 길을 알려줬다니! 울새가! 하! 무슨 말도 안 되는……." 그러나 벤은 호기심에 못 이겨 다음 말을 뱉을 수밖에 없었고 메리도 그걸 눈치챘다. "그런데 도대체 여긴 어떻게 들어왔대요?"

"울새가 길을 알려줬다니까요." 메리가 고집스레 주장했다. "자기는 그러는 줄 몰랐겠지만요. 그리고 할아버지가 계속 그렇게 주먹을 흔드는데 내가 어떻게 말해요."

바로 그 순간 벤이 갑자기 주먹을 내리고 입을 떡 벌린 채 풀밭을 가로질러 오는 누군가를 메리 너머로 뚫어져라 바라보았다.

콜린은 벤 노인이 격분해 퍼붓는 소리를 처음 들었을 때는 너무 놀라 마치 마법에 걸린 듯 똑바로 앉아 듣기만 했다. 그러다 노인이 말하는 와중에 정신을 차리고는 디콘에게 거만하게 손짓하며 명령했다.

"저쪽으로 휠체어 밀어! 최대한 가까이 가서 저 남자 바로 앞에서 멈춰!"

벤 웨더스태프가 입을 떡 벌린 채 바라본 것은 바로 이 장면이었다. 호화로운 쿠션과 무릎 덮개를 갖춘 휠체어가 벤 노인에게 다가왔는데 그 모습이 꼭 왕실 마차 같았다. 휠체어에 탄 어린 라자가 검은 속눈썹이 무성한 큰 눈으로 왕처럼 명령하며 가느다랗고 하얀 손을 거만하게 뻗어 벤을 가리켰다. 휠체어는 벤 웨더스태프의 바로 코밑에서 멈췄다. 벤의 입이 떡 벌어진 것도 무리는 아니었다.

"내가 누군지 알아?" 라자가 따져 물었다.

벤 웨더스태프는 눈을 뗄 수 없었다! 마치 귀신을 본 듯한 표정으로 붉게 충혈된 눈을 눈앞의 아이에게 고정했다. 벤은 콜린을 보고 또 봤으며 목이 메어 침만 꿀꺽 삼킬 뿐 한마디도 하지 않았다.

콜린이 더한층 거만하게 물었다. "내가 누군지 알아? 대답해!"

벤 노인은 옹이 진 손을 들어 두 눈과 이마를 비비면서 묘하게 떨리는 목소리로 답했다.

"누군지 아냐고요? 알죠, 알고말고요……. 어머니랑 쏙 빼닮은 눈으로 절 빤히 보시는데 어찌 모르겠어요. 그런데 어떻게 여기까지 오셨대요. 도련님은 가엾게도 불구시잖아요."

콜린은 제 등에 대해서는 까맣게 잊어버리고는 새빨갛게 달아오른 얼굴로 꼿꼿이 앉아 호통을 내질렀다.

"난 불구가 아니야! 아니라고!"

메리도 불같이 화내며 담장 위에 대고 소리쳤다. "맞아요! 바늘만 한 혹도 없어요! 내가 다 봤는데 없었어요! 하나도 없었다고요!"

벤 웨더스태프는 이마를 다시 비비면서 아무리 봐도 부족하다는 듯 콜린을 뚫어져라 바라보았다. 손이 떨리고 입이 떨리고 목소리도 떨렸다. 벤은 무지하고 눈치 없는 노인이라 들은 이야기를 떠올리는 수밖에 없었다.

"도련님은…… 등이 구부정하지 않나요?"

벤이 잠긴 목소리로 말하자 콜린이 외쳤다.

"아니야!"

"다리도…… 구부정하지 않나요?" 벤의 목소리가 한층 더 잠기고 떨렸다.

더는 참을 수 없었다. 콜린이 평소 성질을 부릴 때 쓰는 기운이 새로운 방식으로 솟구쳐 올랐다. 콜린은 다리가 구부러졌다는 말은 수군대는 소리로도 들어본 적이 없었다. 그러나 그런 소문이 존재하고 다들 그 소문을 당연시한다는 사실이 벤 웨더스태프의 목소리로 확인되니, 라자의 육신이 감당하기에는 벅찬 감정이 몰아쳤다. 분노가 치밀고 자존심에 상처를 입은 콜린은 지금 이 순간 말고는 아무것도 신경 쓰이지 않았다. 그리고 그때까지는 있는지도 몰랐던 힘이, 비정상에 가까운 힘이 샘솟았다.

"이리 와!" 콜린은 디콘에게 소리치고는 다리를 감싼 천을 확 찢어내 벗겨버렸다. "이리 와! 이리 오라고! 지금 당장!"

디콘은 즉시 콜린의 옆으로 갔다. 메리는 놀라서 숨이 턱 막힌 듯 호흡이 가빠졌고 얼굴의 핏기가 사라지는 느낌이 들었다.

"할 수 있어! 할 수 있어! 할 수 있어! 넌 할 수 있어!" 메리가 빠르고 낮게 중얼거렸다.

몸을 일으키려는 격한 몸부림이 잠시 이어진 뒤 무릎 덮개가 바닥에 내던져졌다. 디콘이 팔을 잡고 부축하자 콜린은 가느다란 다리를 내밀어 야윈 발을 풀밭에 올렸다.

그러고는 똑바로 섰다. 화살처럼 곧게 서니 키가 이상하리만큼 커 보였다. 콜린은 머리를 뒤로 젖히고 신비한 눈을 번갯불처럼 번뜩이며 벤 웨더스태프를 향해 소리쳤다.

"날 봐! 날 보라고, 네 눈으로! 똑바로 봐!"

"나만큼 똑바르네요! 요크셔의 여느 아이들처럼 꼿꼿해요!" 디콘이 외쳤다.

그러자 벤 웨더스태프가 메리가 보기에는 너무도 이상한 행동을 했다. 목이 메는 듯 침을 삼키더니 갑자기 햇빛과 비바람에 시달려 주름진 뺨으로 눈물을 줄줄 흘리면서 늙은 손을 맞부딪쳤다.

벤 노인이 불쑥 내뱉었다. "아! 다 거짓말이었구먼요! 가느다란 나뭇가지처럼 마르고 귀신처럼 허옇긴 해도 혹은 없네요. 도련님은 어른이 될 때까지 사실 거예요. 신의 축복을 받으시길!"

디콘은 콜린의 팔을 단단히 붙잡고 있었는데, 흔들림이

제21장

조금도 느껴지지 않았다. 콜린은 갈수록 자세가 더 꼿꼿해졌고 벤 노인을 똑바로 쳐다보았다.

"아빠가 집에 안 계시면 내가 주인이야. 할아범은 내 명령을 따라야 해. 여기는 내 화원이야. 거기에 대해선 한마디도 하지 마! 지금 당장 사다리에서 내려와서 기다란 산책로로 가. 메리 아가씨가 마중 나가 여기로 안내할 거야. 할아범이랑 할 이야기가 있어. 계획에는 없었지만 이제 할아범도 알았으니 비밀을 지켜야 해. 얼른 가!"

벤 웨더스태프의 뚱한 얼굴은 이유를 알 수 없는 눈물로 여전히 범벅이 되어 있었다. 벤 노인은 머리를 뒤로 젖힌 채 두 다리로 선, 마르고 꼿꼿한 콜린에게서 계속 눈을 떼지 못했다.

"네, 도련님! 네, 우리 도련님!" 벤 노인은 속삭이듯 대답하더니 정신을 차렸는지 갑자기 정원사 특유의 동작으로 모자를 만지며 "네, 주인님! 네, 주인님!" 하고는 순순히 사다리를 내려가 담장 뒤로 사라졌다.

제22장

해가 질 때

벤 노인의 머리가 안 보이자 콜린은 메리를 돌아보며 말했다.

"가서 데려와."

메리는 나는 듯이 풀밭을 가로질러 담쟁이덩굴로 가려진 문으로 뛰어갔다.

디콘은 콜린을 예리한 눈으로 주시했다. 뺨에 새빨간 반점이 올라왔고 서 있는 모습이 놀라웠지만, 쓰러질 기미는 전혀 보이지 않았다.

"난 설 수 있어." 콜린은 여전히 고개를 똑바로 든 채 당당하게 말했다.

"겁내지만 않으면 바로 설 수 있다고 했잖아요. 이제 겁 안 내요."

"맞아, 안 나."

그때 콜린이 전에 메리가 한 말을 떠올리며 날카롭게 물었다.

"네가 마법을 부린 거야?"

디콘은 둥근 입으로 넓게 호선을 그리며 환한 미소를 지었다.

"마법은 도련님이 부리고 있잖아요. 여기 이 꽃들을 땅속에서 자라게 한 바로 그 마법이요." 그러고는 두꺼운 장화로 풀밭에 빽빽이 자란 크로커스를 건드렸다.

콜린이 크로커스를 내려다보며 천천히 말했다.

"암, 이보다 더 강한 마법은 없지, 없고말고."

콜린은 어느 때보다 등을 꼿꼿이 펴고는 몇 미터 떨어진 곳을 가리켰다.

"저 나무까지 걸어갈 거야. 벤 할아범이 여기 올 때 거기에 서 있을 거야. 나무에 기대고 싶으면 기대 쉬면서. 앉고 싶으면 앉겠지만 그전에는 앉지 않을 거야. 휠체어에서 무릎 덮개 좀 가져다줘."

콜린은 나무를 향해 걸어갔다. 디콘이 팔을 잡아주기는 했지만 놀랍도록 안정감 있는 걸음걸이였다. 나무 몸통에 기대셨을 때는 기댄 표시가 거의 나지 않았고 허리를 워낙 꼿꼿이 펴서 키가 커 보였다.

벤 웨더스태프는 담장에 난 문을 통해 들어오면서 콜린이 서 있는 모습을 보았고, 메리가 낮게 무어라고 중얼거리는 소리를 들었다.

"뭔 소리요?" 벤 노인이 다소 짜증 난 말투로 물었다. 노인은 마르고 기다랗고 꼿꼿한 남자애와 그 아이의 당당한 얼굴에만 관심을 쏟고 싶었다.

노인에게 알려주지는 않았지만 메리가 한 말은 이랬다.

"넌 할 수 있어! 할 수 있어! 할 수 있다고 했잖아! 할 수 있어! 할 수 있어! 할 수 있다고!"

메리가 콜린에게 이렇게 중얼거린 건 마법을 부려서 콜린이 지금처럼 계속 두 발로 서 있게 하고 싶었기 때문이다. 메리는 콜린이 벤 노인 앞에서 주저앉는 모습은 차마 볼 수 없었다. 다행히 콜린은 주저앉지 않았다. 메리는 콜린이 야위기는 했어도 무척 아름다워 보여 갑자기 기분이 날아갈 듯 좋아졌다. 콜린은 특유의 우스꽝스럽게 거만한 태도로 벤 웨더스태프에게 시선을 고정한 채 명령조로 말했다.

"날 봐! 온몸을 샅샅이 보라고! 내가 곱사등이야? 다리가 구부러졌어?"

벤 웨더스태프는 아직 감정을 주체하지 못했지만, 조금은 추슬러 평소 말투로 대답했다.

"아뇨. 전혀 아니구면요. 그럼 그동안 왜 꼭꼭 숨어 계셨던 거래요? 왜 불구에 천치라는 오해를 받고 살았느냐고요."

"천치라고! 누가 그렇게 생각하는데?"

콜린이 화난 목소리로 묻자 벤 노인이 답했다.

"그런 바보들이 한둘인가요. 세상은 원래 거짓부렁을 떠들어대는 멍청한 놈들로 가득하니까요. 왜 그렇게 틀어박혀 계셨대요?"

"다들 내가 죽을 거라고 생각했으니까. 근데 난 안 죽어!"

콜린이 퉁명스럽게 답했다.

콜린의 말투가 하도 결연해 벤 노인은 콜린을 위아래, 아래위로 훑어보고는 능청스럽게 외쳤다.

"죽다뇨! 당치도 않네요! 이렇게 원기가 넘치는데 무슨요. 아까 두 다리로 얼른 서시는 걸 보고는 괜찮으신 걸 알았구면요. 이제 덮개 깔고 좀 앉으시죠, 주인님. 분부만 내리세요."

벤 노인의 태도에는 괴팍하지만 다정한 마음과 눈치 빠르게 상황을 이해하는 마음이 묘하게 뒤섞여 있었다. 메리는 조금 전 긴 산책로를 따라 걸어오면서 최대한 빨리 벤 노인에게 할 말을 쏟아냈다. 우선 콜린의 병이 확실히 낫고 있다는 점을 제일 명심해야 한다고 강조했다. 그건 화원 덕분이며 누구도 콜린에게 혹과 죽음을 떠올리게 하면 안 된다고도 했다.

라자는 못 이기는 척 나무 아래에 깔린 덮개 위에 앉았다.

"할아범은 정원에서 무슨 일을 해?"

콜린이 묻자 벤 노인이 답했다.

"시키는 건 다 하죠. 저야 은혜를 베풀어주셔서 이 자리에 있는 거니까요. 마님이 절 아껴주셨거든요."

"마님?"

"도련님 어머니요."

"우리 엄마?" 콜린은 조용히 주변을 둘러보고는 말을 이었다. "엄마의 화원이었구나."

"암요, 그랬지요!" 벤 노인도 주변을 둘러보았다. "마님이 제일 좋아하는 화원이었어요."

콜린은 선포하듯 말했다. "이제 내 화원이야. 나도 이 화원이 좋아. 앞으로 매일 올 거야. 단, 비밀로 해야 해. 우리가 여기 오는 걸 아무도 모르게 하라는 게 내 명령이야. 디콘이랑 내 사촌이 일해서 이곳을 살려놨어. 가끔 사람을 보낼 테니 할아범도 와서 도와줘. 그 대신 아무도 안 볼 때 와야 해."

벤 노인이 주름진 얼굴을 구기면서 슬쩍 미소를 지었다.

"난 아무도 안 볼 때 여기 온 적이 있구먼요."

"뭐라고! 언제?"

콜린이 놀라 외치자 노인은 턱을 뮤지르고 주변을 돌아보며 말했다.

"마지막으로 여기 왔을 때가 2년 전쯤이었어요."

"10년 동안 아무도 안 들어왔다던데. 문이 없었잖아!"

콜린이 소리치자 벤 노인이 덤덤하게 말했다.

"난 들어왔어요. 문으로 안 들어오고 담장을 넘었거든요. 지난 2년 동안은 관절염 때문에 못 넘었지만요."

"할아버지가 가지치기를 한 거였군요! 어떻게 된 건지 도통 알 수 없었거든요."

디콘이 외치자 벤 노인이 천천히 말했다.

"마님이 참 좋아하셨어요. 아주 많이요! 정말 예쁘고 젊은 분이셨어요. 한 번은 마님이 웃으면서 나한테 그러시더라고요. '벤, 내가 아프거나 떠나면 할아범이 내 장미를 돌봐줘야 해.' 마님이 정말 세상을 떠나시자 아무도 이 화원에 접근하지 말라는 주인님의 명이 떨어졌어요. 그래도 난 왔지만요." 벤은 무뚝뚝하고 고집스러운 말투로 말을 이었다. "관절염 때문에 못 넘을 때까지는 담장을 넘어 다녔어요. 1년에 한 번은 손을 좀 봤죠. 명은 마님이 먼저 내리셨으니까요."

"할아버지가 보살피지 않았으면 지금처럼 화원이 팔팔하지 않았을 거예요. 신기하다 싶었어요."

"잘했어, 할아범. 할아범은 비밀을 지킬 줄 알겠네."

"암요, 알아야죠. 관절염에 시달리는 노인네니 문으로 드나드는 게 훨씬 쉽기도 하고요."

콜린은 손을 뻗어 나무 옆 풀밭에 메리가 둔 모종삽을 들었다. 그러고는 묘한 표정을 지으며 삽으로 땅을 긁기 시작했다. 야윈 손이라 힘이 세지는 않았지만 다들 지켜보는 가운데, 특히 메리가 숨을 죽이고 주시하는 가운데 콜린은 곧 모종삽끝을 땅에 밀어 넣어 흙을 조금 뒤집었다.

"할 수 있어! 할 수 있어! 넌 할 수 있어!" 메리가 또 혼잣말로 중얼거렸다.

디콘은 동그란 눈이 간절함과 호기심으로 이글거렸지만, 한마디도 하지 않았다. 벤 웨더스태프도 흥미롭다는 표정으로 계속 지켜보았다.

콜린은 끈기 있게 땅을 팠다. 그렇게 흙을 몇 삽 퍼내고는 요크셔 사투리 실력을 뽐내며 의기양양하게 디콘에게 말했다.

"다른 사람들이랑 똑같이 나도 화원을 걸어 다니게 할 거라고 했지? 땅을 파게 할 거라고도 했고. 그때는 나 듣기 좋으라고 하는 거짓부렁인 줄 알았구먼. 근데 처음 온 날부터 걸었고 지금은 땅도 파고 있어."

벤 웨더스태프는 또다시 입을 떡 벌리고는 킥킥 웃었다.

"아! 도련님이 천치가 아닌 건 확실하네요. 요크셔 토박이가 맞기도 하고요. 땅도 팠겠다, 뭘 좀 심어보시겠어요? 장미 묘목이 하나 있거든요."

"가서 가져와! 얼른! 빨리!" 콜린이 신나게 땅을 파며 말했다.

일은 일사천리로 진행되었다. 벤 웨더스태프는 관절염은 까맣게 잊어버린 채 서둘러 묘목을 가지러 갔다. 콜린은 모종삽으로 야위고 창백한 손으로 처음 파는 것치고는 꽤 깊고 넓게 구덩이를 팠다. 슬그머니 화원을 빠져나간 메리는 얼른 달려가 물뿌리개를 가져왔다. 디콘이 구덩이를 깊게 파놓자 콜린은 부드러워진 흙을 뒤집고 또 뒤집었다. 그러고는 많이 하지는 않았지만 이상하고 낯선 운동을 한 덕분에 발갛게 달아오른 얼굴로 하늘을 올려다보며 말했다.

"해가…… 해가 지기 전에 하고 싶어."

메리는 해가 일부러 지지 않고 몇 분 더 기다려주는 것 같다고 생각했다. 온실에서 장미 묘목을 챙긴 벤 웨더스태프가 절뚝거리는 걸음으로 서둘러 잔디밭을 가로질러 왔다. 그도 신이 나기 시작했다. 벤 노인은 구덩이 옆에 무릎을 꿇고 앉아 화분에서 모종을 꺼내 콜린에게 건넸다.

"여기요, 도련님. 직접 심어보세요. 왕도 새로운 곳에 가면 그렇게 한다네요."

콜린은 마르고 하얀 두 손을 살짝 떨면서 더욱 발갛게 달아오른 얼굴로 장미 모종을 구덩이에 넣고 꼭 붙잡았다. 그 사이 벤 노인은 구덩이에 흙을 채우고 꽉꽉 밟아 단단히 다졌다. 메리는 무릎을 꿇고 엎드린 자세로 구덩이를 들여다보았다. 검댕이도 날아와 무슨 일이 벌어지고 있는지 살피러 다가왔고, 호두와 딱지는 벚나무에 앉아 조잘댔다.

마침내 콜린이 말했다. "다 심었다! 해가 막 넘어가고 있어. 나 좀 일으켜줘, 디콘. 일어나서 해가 지는 모습을 보고 싶어. 저것도 마법을 부린 거니까."

디콘은 콜린이 일어나게 도와주었다. 콜린은 마법인지 뭔지는 모르지만 그 덕분에 강한 힘을 얻었고, 해가 다 넘어가 낯설고 아름다운 오후가 끝날 때쯤에는 정말로 두 발을 딛고 서서 웃고 있었다.

제23장

마법

아이들이 집에 돌아오니 크레이븐 박사가 집에서 한참을 기다리고 있었다. 박사는 정원 길을 살피러 사람을 보내야 하는 게 아닌가 진지하게 고민하던 참이었다. 하인들이 콜린을 방으로 데려오자 박사는 심각한 얼굴로 콜린을 훑어보았다.

"이렇게 오래 나가 있으면 안 돼. 무리하면 절대 안 된단다."

"하나도 피곤하지 않아요. 오히려 몸 상태가 좋아졌어요. 내일은 오후만이 아니라 아침에도 나갈 거예요."

"허락해도 될지 모르겠구나. 좋은 생각이 아닌 것 같은데."

박사의 말에 콜린이 진지하게 대꾸했다.

"날 막는 게 좋은 생각이 아닐걸요. 난 갈 거예요."

메리는 콜린에게 특이한 점이 하나 있다는 걸 깨달았다. 콜린은 사람들에게 이래라저래라 명령을 내리면서도 자신이 얼마나 무례한지 조금도 눈치채지 못했다. 평생 무인도나 다름없는 곳에서 왕처럼 군림하며 살다 보니 예절을 배우기는커녕 멋대로 행동했고, 제 행동을 비추어볼 사람도 달리 없었다. 메리도 콜린과 다르지 않았지만, 미셀스웨이트에 온 뒤로 자신의 태도가 일반적이지 않은데다 사람들이 싫어한다는 걸 점차 깨달았다. 이 문제에 관심이 깊어진 메리는 이 깨달음을 콜린에게 전해야겠다고 마음먹었다. 크레이븐 박사가 떠나고 몇 분 동안 메리는 의자에 앉아 콜린을 호기심 어린 눈빛으로 쳐다보았다. 콜린이 왜 쳐다보냐고 묻게 만들고 싶었고, 당연히 메리의 바람은 이루어졌다.

"왜 그렇게 쳐다보는 거야?"

"크레이븐 박사님이 안됐다는 생각을 하고 있었어."

콜린은 차분하게 고소해하는 기색을 슬쩍 드러내며 말했다.

"나도 그 생각을 했어. 이제 내가 안 죽게 생겼으니 집을 물려받지 못하잖아."

"물론 그것도 안됐지. 그런데 난 그보다 늘 버릇없이 구는 아이한테 10년을 한결같이 정중하게 대해야 했던 게 안됐어.

얼마나 진저리가 나겠어. 나라면 절대 못 했을 거야."

"내가 버릇없어?" 콜린이 차분하게 물었다.

"네가 박사님 아들이고 박사님이 매를 드는 어른이었다면, 넌 매를 맞았을 거야."

"감히 그럴 순 없지."

메리가 편견 없이 곰곰이 생각하다 답했다. "맞아. 못 그래. 누구도 네가 싫어하는 일은 감히 할 수 없었을 거야. 넌 곧 죽을 아이였으니까. 아주 불쌍한 아이였지."

콜린이 단호하게 잘라 말했다. "이제 불쌍하지 않아. 앞으로 그런 생각을 하는 사람은 가만두지 않을 거야. 난 오늘 두 발로 섰으니까."

"늘 네 뜻대로 하니까 그렇게 별난 아이가 된 거야." 메리가 속마음을 입 밖으로 내며 계속 말을 이었다.

콜린은 고개를 돌리고 눈살을 찌푸리며 물었다.

"내가 별나?"

"응. 아주 많이. 그렇다고 화낼 건 없어." 메리가 공평하게 덧붙였다. "나도 별나니까. 벤 할아버지도 그렇고. 하지만 난 이제 예전 같지 않아. 사람들이 좋아지고 화원을 찾은 뒤로는 나아졌어."

"나도 별나게 굴기 싫어. 앞으로는 안 그럴래." 콜린은 마음을 굳게 먹은 듯 다시 얼굴을 찌푸렸다.

콜린은 자존심이 매우 강한 아이였다. 누워서 잠시 생각하더니 아름다운 미소가 온 얼굴에 점점 번졌고, 그 모습을 메리도 보았다. 콜린이 완전히 달라진 표정으로 말했다.

"매일 화원에 가면 별나게 굴 일도 없을 거야. 너도 알다시피 거기엔 마법, 그러니까 좋은 마법이 있잖아. 난 분명히 있다고 믿어."

"나도 그렇게 믿어."

"진짜 마법이 아니더라도 진짜인 척하면 돼. 화원에 무언가가…… 무언가가 있다고!"

"그게 마법이야. 나쁜 마법은 아니고 눈처럼 하얀 마법."

아이들은 늘 그것을 마법이라고 불렀고, 정말로 그렇게 보이는 몇 달이 흘렀다. 그 몇 달은 경이롭고…… 눈부시고…… 놀라운 시간이었다. 아! 화원에서 일어나는 일들이란! 화원을 가꿔본 적이 한 번도 없는 사람은 이해하지 못하겠지만, 가꿔본 사람은 그곳에서 벌어지는 일을 묘사하기만 해도 책 한 권을 쓸 수 있다는 걸 알 것이다. 처음에는 연둣빛 새싹들이 풀밭과 화단은 물론이고 담장의 갈라진 틈에서 끝없이 자라날 것처럼 흙을 비집고 나왔다. 그러다 새싹이 봉오리가 되고 봉오리가 피기 시작하면 온갖 색조의 파란색과 자주색, 진홍색 꽃잎이 모습을 드러냈다. 날이 따스해지자 꽃들은 화원의 틈과 구멍마다 구석구석 빼곡히 자라났다. 그걸 본 벤 웨더스태프는 벽돌 사이사이에서 모르타르를 긁어내고 흙을 채워 예쁜 덩굴 식물들이 타고 자랄 자리를 마련해주었다. 붓꽃과 흰 백합이 풀밭에서 다발로 자라났고, 푸릇푸릇한 쉼터에도 뾰족하게 뻗은 참제비고깔이며 매발톱꽃이며 초롱꽃이 파랗고 하얗게 한가득 피어났다.

그 모습에 벤 노인이 말했다. "마님은 저 꽃들을 아주 좋아하셨어요. 늘 파란 하늘을 향해 쭉쭉 뻗어 올라가서 좋다고 말씀하시곤 했죠. 마님은 땅만 내려다보는 분은 절대 아니었어요. 하늘을 향하는 꽃들은 늘 기뻐 보인다면서 무척 좋아하셨어요."

디콘과 메리가 심은 씨앗은 마치 요정이 보살피기라도 하는 듯 쑥쑥 자라났다. 새틴처럼 곱고 보드라운 온갖 색조의 양귀비꽃은 화원에서 오랜 세월 살아온 꽃들에 흥겹게 반항하듯 수십 송이씩 바람에 맞춰 살랑살랑 춤을 추었다. 화원을 지켜 온 꽃들은 이 새로운 사람들이 도대체 어떻게 화원에 들어왔는지 의아한 눈치였다. 그리고 마침내 장미, 장미가 피었다! 풀밭에서 자라고, 해시계를 빙 두르고, 나무 몸통을 휘감고 올라 나뭇가지에 매달리고, 담장을 타고 오르고 뻗어 긴 화환을 이루며 풍성하게 늘어졌다. 장미는 매일매일, 시시각각 활기를 더해갔다. 예쁜 생잎이 펼쳐졌고, 많고 많은 꽃봉오리가 처음에는 작다가 점점 부풀더니 망울이 톡 터지면서 꽃잎이 벌어졌다. 그러면 마법을 부린 듯 꽃잔에 차오른 향기가 은은하게 흘러넘쳐 온 화원에 퍼졌다.

콜린은 이 모든 변화를 하나하나 모두 지켜보았다. 아침마다 화원에 데려다 달라고 했고, 비가 오지 않으면 하루도 빠짐없이 온종일 화원에서 보냈다. 흐린 날에도 콜린은 화원에 갔다. 풀밭에 누워 식물들이 자라는 모습을 지켜보는 게 좋았다. 오랫동안 지켜보면 몽우리가 열리는 걸 볼 수 있었다. 뭔지는 모르지만 분명 중요해 보이는 여러 일을 하느라 바삐 뛰어다니는 이상하게 생긴 곤충들도 알게 되었다. 벌레들은 가끔 작은 지푸라기나 깃털, 음식 조각을 옮겼고, 그들의 왕국을 살피며 망을 보기에 제격인 풀잎을 나무 꼭대기를 오르듯 타고 올라갔다. 한 번은 두더지가 땅굴을 파면서 흙더미를 밀어 올리다가 꼬마 요정의 손과 똑 닮은, 발톱이 긴 앞발로 흙을 헤치며 나왔는데, 그 모습이 너무 신기해 콜린은 오전 내내 마음을 홀랑 빼앗겼다. 개미와 딱정벌레와 벌과 개구리와 새와 식물들이 각기 살아가는 방식을 보면서 콜린은 새로운 세계를 탐험했다. 여기에 더해 디콘이 여우와 수달과 흰담비와 송어와 물쥐와 오소리가 사는 방식까지 알려주니, 이야기하고 생각할 거리가 끝도 없이 많았다.

게다가 이것들은 마법의 절반도 채 되지 않았다. 두 발로 선 뒤로 콜린은 수없이 많은 생각에 빠졌다. 메리기 그날 중얼거린 주문을 알려줬을 때는 신이 나서 고개를 끄덕였고 그 뒤로 툭하면 그 이야기를 했다.

어느 날은 현자처럼 이렇게 말했다. "분명 세상에는 마법이 많을 거야. 하지만 사람들은 마법이 뭔지, 마법을 어떻게 부리는지 몰라. 어쩌면 마법의 시작은 좋은 일이 일어날 때까지 그 일이 일어날 거라고 계속 말하는 건지도 몰라. 내가 한번 직접 실험해보겠어."

다음 날 아침, 콜린은 비밀의 화원에 도착하자마자 벤 웨더스태프를 데려오게 했다. 벤 노인이 헐레벌떡 오니, 라자가 나무 아래에서 위엄이 넘치면서도 무척이나 아름다운 미소를 지으며 두 발로 서 있었다.

"안녕, 벤 할아범. 디콘이랑 메리 아가씨랑 나란히 서서 내 이야기를 들어줬으면 좋겠어. 이제부터 아주 중요한 이야기를 할 거야."

"암요, 암요, 주인님!" 벤 노인이 이마를 툭 치며 답했다.(벤 노인에게는 숨은 매력이 하나 있었다. 어린 시절 집을 나가 배를 타고 바다를 누볐는데, 그 덕분에 뱃사람처럼 답할 줄 알았다.)

라자가 계획을 설명했다. "난 과학 실험을 해볼 거야. 내가 커서 어른이 되면 위대한 과학 발견을 할 텐데 지금은 우선 이 실험부터 할 거야."

"암요, 암요, 주인님!" 벤 노인은 위대한 과학 발견이라는 말을 처음 들어보았지만 바로 대답했다.

메리도 처음 들어보기는 마찬가지였다. 하지만 여기까지만 듣고도 메리는 콜린이 별나긴 해도 훌륭한 책을 워낙 많이 읽어 상대를 설득하는 능력이 뛰어나다는 걸 깨달았다. 콜린이 고개를 꼿꼿이 세우고 신비한 눈으로 뚫어져라 보면, 곧 열한 살이 되지만 겨우 열 살밖에 안 됐는데도 콜린의 말을 자기도 모르게 믿게 되었다. 특히나 지금은 갑자스레 어른처럼 연설 비슷한 걸 해서 더 믿음이 갔다.

"이제부터 내가 할 위대한 과학적 발견은 마법에 관한 거야. 마법은 위대하지만, 오래된 책에 나오는 몇 명을 빼고는 마법에 관해 아는 사람이 거의 없어. 메리는 조금 알아. 파키르[6]가 있는 인도에서 태어났으니까. 디콘도 마법을 조금 아는 것 같아. 본인은 안다는 걸 모르는 것 같지만. 디콘은 동물과 사람에게 마법을 부려. 디콘이 동물을 부리는 마법사가 아니었다면, 절대 날 만나러 오라고 하지 않았을 거야. 디콘은 아이들도 부릴 줄 알아. 아이도 동물이잖아. 난 세상 모든 것에 마법이 있다고 믿어. 다만 마법을 알아보는 감각이 덜 발달해서 마법을 발견해 이롭게 쓰지 못할 뿐이야. 전기나 말이나 증기처럼 말이야."

너무나 인상적인 콜린의 연설에 벤 웨더스태프는 마음이 들떠 몸을 도저히 가만둘 수 없었다.

"암요, 암요, 주인님." 벤 노인은 또다시 맞장구치고는 허리를 더 똑바로 폈다.

콜린은 연설을 계속 이어갔다.

"메리가 발견했을 때만 해도 이 화원은 죽은 것 같았어.

---

[6] 힌두교에서 금욕과 고행을 하며 마법을 부릴 줄 아는 수도자-옮긴이

그러다 무언가가 흙을 뚫고 올라오기 시작했고 무에서 유가 만들어졌어. 어느 날은 없었는데 다음 날 보면 어느새 자라 있었지. 난 식물이 자라는 걸 한 번도 본 적이 없어서 너무 궁금했어. 과학자들은 원래 호기심이 많아. 나도 과학자가 될 거고. 어쨌든 난 계속 나 자신에게 물었어. '뭐 때문이지? 뭐 때문이지?' 분명 뭔가가 있어. 아무것도 없을 리는 없어! 이름을 모르니 일단 난 그것을 마법이라고 부를 거야. 난 해돋이를 본 적이 없어. 하지만 메리와 디콘은 봤고 나한테 들려줬어. 그 얘기대로라면 해돋이도 분명 마법이야. 무언가가 해를 밀어 올리거나 당기는 거지. 이 화원에 다니면서 가끔 나뭇가지 사이로 보이는 하늘을 올려다봤는데, 그러면 이상하게 행복한 기분이 들었어. 마치 어떤 힘이 내 심장을 두근거리게 하려고 내 가슴을 밀고 당기는 것 같았어. 마법은 늘 밀고 당기고 무에서 유를 만들어내. 모든 게 마법으로 만들어져. 잎사귀랑 나무, 꽃, 해, 오소리, 여우, 다람쥐, 사람들 다 마찬가지야. 마법은 우리 주변 어디에나 있어. 이 화원 구석구석에도 있어. 이 화원의 마법 덕분에 난 설 수 있었고 내가 어른이 될 때까지 살 거라는 걸 알았어.

난 이제 마법을 얻어서 내 안에 불어넣는 과학 실험을 할 거야. 마법이 날 밀고 당겨서 강해지게 만드는지 볼 거야. 어떻게 하는지는 몰라. 하지만 여러분이 계속 마법을 생각하고 부르면 올 것 같아. 어쩌면 그게 마법을 얻는 첫걸음일 수도 있어. 내가 처음으로 서려고 했던 날, 메리가 아주 빠르게 계속 중얼거렸대. '넌 할 수 있어! 넌 할 수 있어!'라고. 그러자 내가 일어났어. 물론 나도 일어서려고 노력했으니 되었겠지만, 메리의 마법이 도움이 된 거야. 디콘의 마법도. 이제 난 매일 아침저녁으로, 또 낮에도 최대한 자주 이렇게 말할 거야. '내 안에 마법이 있다! 난 마법으로 건강해질 거야! 디콘처럼 튼튼해질 거야! 디콘처럼 강해질 거야!' 여러분도 다 그렇게 해야 해. 이게 내가 할 실험이야. 도와줄 거야, 벤 할아범?"

"암요, 암요 주인님! 돕고말고요!"

"여러분이 매일 군인들이 훈련하듯 규칙적으로 이 말을 하면 어떤 일이 벌어지는지 보게 될 거야. 그러면 실험이 성공했는지 알 수 있을 테고. 어떤 말을 계속 반복하고 외우면 마음속에 영원히 머무는데, 난 그게 마법이랑 같다고 생각해. 와서 날 돕도록 계속 마법을 부르면 마법이 내 안에 들어와 머물면서 힘을 쓸 거야."

메리가 말했다. "인도에서 어떤 장교가 엄마한테 하는 얘기를 들은 적이 있어. 어떤 말을 수천 번 반복하는 파키르가 있대."

벤 노인도 무덤덤하게 말했다. "나도 젬 패틀워스의 마누라가 같은 말을 수천 번 반복하는 걸 들었구먼요. 남편을 계속 짐승 같은 술주정꾼이라고 부르더라고요. 그랬더니 정말 그렇게 됐지 뭐예요. 젬이 자기 마누라를 흠씬 두들겨 패고는 술집으로 가서 아주 곤죽이 되게 마셨거든요."

콜린은 이맛살을 찌푸리며 잠시 생각에 잠겼다. 그러더니 다시 기운을 내서 말했다.

"뭐, 정말 말한 대로 이루어지긴 했네. 그 여자는 잘못된 마법을 써서 남편한테 맞은 거야. 제대로 된 마법을 써서 좋은 말을 했다면 남편이 곤죽이 되도록 마시지도 않고 어쩌면…… 어쩌면 새 모자를 사줬을지도 몰라."

벤 노인은 빙긋이 웃었다. 작고 주름진 날카로운 눈에 감탄의 빛이 떠올랐다.

"도련님은 다리만 꼿꼿한 게 아니라 머리도 똑똑하시네요. 다음에 베스 패틀워스를 만나면 마법이 얼마나 도움이 되는지 좀 알려줘야겠어요. 그 '가학 시럼'인가 뭔가가 성공하면 베스가 간만에 좋아하겠네요. 젬도 그렇고요."

디콘은 호기심과 기쁨이 어린 동그란 눈을 반짝이며 콜린의 강연을 들었다. 호두와 딱지는 디콘의 어깨에 앉아 있었다. 디콘은 품에 안고 있던 귀가 긴 흰토끼를 부드럽게 쓰다듬었고, 토끼는 귀를 뒤로 젖힌 채 디콘의 손길을 즐겼다.

"실험이 성공할 것 같아?" 콜린이 디콘의 의견을 물었다. 콜린은 디콘이 자기를 쳐다볼 때나 행복하게 함박웃음을 지으며 제 '동물들'을 볼 때 무슨 생각을 하는지 늘 궁금했다.

디콘은 이번에도 미소를 지었는데, 평소보다 더 환한 미소였다.

"암요, 성공하고말고요. 씨앗이 햇빛을 받으면 자라는 것처럼 당연한 일이에요. 분명 성공할 거예요. 그럼 이제 시작할까요?"

콜린은 기뻤고 메리도 마찬가지였다. 책에서 본 파키르와 신도들의 그림이 떠올라 열의에 불탄 콜린은 다 함께 나뭇가지 차양 아래에 책상다리를 하고 앉자고 제안했다.

"사원 같은 데서는 이렇게 앉을 거야. 좀 피곤해서 앉고 싶기도 하고."

콜린의 말에 디콘이 받아쳤다.

"아! 피곤하다는 말로 시작하면 안 되죠. 그러면 마법이 깨질지도 몰라요."

콜린은 고개를 돌려 디콘의 순진하고 동그란 눈을 쳐다보고는 천천히 말했다.

"맞아. 마법 생각만 해야 해."

넷이 둥글게 둘러앉으니 더없이 장엄하고 신비로운 분위기가 감돌았다. 벤 웨더스태프는 어쩐지 기도회에 끌려온 기분이 들었다. 평소에는 '기도회는 싫다'며 웬만해서는 참석하지 않지만 라자의 일이라 불만이 없었다. 오히려 도와달라는 부탁을 받아 기뻤다. 메리 아가씨는 엄숙하고도 황홀한 기분이었다. 디콘은 토끼를 한 팔로 안은 채 앉았는데, 사람에게는 안 들리는 마법사의 신호를 동물들에게 보낸 듯했다. 디콘이 나머지 세 사람처럼 책상다리를 하고 앉자 까마귀와 여우, 다람쥐 둘, 새끼 양이 천천히 다가와 마치 자기들도 돕고 싶다는 듯 네 명이 둥글게 앉은 사이사이에 자리를 잡고 앉은 것이다.

콜린이 엄숙하게 말했다. "'동물들'이 왔어. 애들도 우릴 돕고 싶은가 봐."

메리는 콜린이 정말 아름답다고 생각했다. 콜린은 마치 사제처럼 고개를 높이 들었고, 오묘한 두 눈으로 근사한 표정을 지었다. 햇빛이 나무 차양 틈으로 새어들어 콜린을 비추었다.

"이제 시작할게. 메리, 몸을 앞뒤로 흔들까? 수도승처럼?"

"난 앞뒤로 못 흔드는구먼요. 관절염이 있어서요."

벤 노인의 말에 콜린은 제사장 같은 말투로 답했다.

"마법이 관절염을 없애줄 거야. 그때까지 몸은 흔들지 않을게. 찬송가만 부르자."

벤 노인이 약간 퉁명스럽게 말했다. "난 찬송가도 못 불러요. 딱 한 번 불러봤다가 교회 성가대에서 쫓겨났구먼요."

아무도 웃지 않았다. 모두 너무나 진지했다. 콜린의 얼굴에도 화난 기색이라고는 조금도 비치지 않았다. 콜린은 오직 마법만 생각했다.

"그럼 내가 부를게." 콜린이 신비한 소년 정령 같은 모습으로 찬송을 시작했다. "해가 비치네. 해가 비치네. 이것이 마법. 꽃들이 자라고 뿌리가 꿈틀대네. 이것이 마법. 살아 있다는 건 마법. 강하다는 건 마법. 마법이 내 안에 있네. 마법이 내 안에 있네. 내 안에 있네. 내 안에 있네. 우리 모두에게 있네. 마법은 벤 할아범의 허리에도 있네. 마법이여! 마법이여! 와서 우리를 도우라!"

콜린은 이 찬송을 천 번까지는 아니지만 수없이 반복했다. 메리는 넋을 잃고 귀를 기울였다. 이상하면서도 아름다워 콜린이 멈추지 않고 계속했으면 했다. 벤 노인은 마음이 안정되어 꿈결같이 기분 좋은 상태로 빠져들었다. 꽃 속에서 벌이 윙윙거리는 소리가 찬송하는 소리와 뒤섞여 나른한 졸음 속으로 녹아들었다. 디콘은 책상다리를 하고 앉아 한 팔로는 잠든 토끼를 안고 다른 손은 새끼 양의 등에 얹었다. 검댕이는 디콘의 어깨 위에서 다람쥐를 밀어내고 디콘에게 바싹 붙어 앉아 회색 눈꺼풀을 떨어뜨렸다. 마침내 콜린이 찬송을 멈추고 선언했다.

"이제 화원을 한 바퀴 돌 거야."

그때 벤 웨더스태프는 툭 떨어진 고개를 깜짝 놀라 쳐들었다.

"할아범, 잤구나."

콜린의 말에 벤 노인이 중얼거렸다.

"그런 건 아니고 설교는 좋았지만…… 헌금 걷기 전에 나가야 하는데……."

잠결에 한 말이었다.

"여기는 교회가 아니야."

벤 노인은 허리를 쭉 폈다.

"알아요. 누가 교회래요? 다 들었구먼요. 마법이 내 허리에 있다고 하셨잖아요. 의사는 관절염이라고 했는데."

라자가 손을 휘저었다.

"그건 잘못된 마법이야. 할아범은 괜찮아질 거야. 이제 일하러 가도 좋아. 내일 또 와."

"나도 도련님이 화원을 한 바퀴 도는 걸 보고 싶구먼요." 벤 노인이 투덜거렸다.

쌀쌀맞지는 않고 그냥 툴툴대는 말이었다. 사실 완고한 성격인데다가 마법을 완전히 믿지 않은 벤 노인은 물러가라는 지시를 받아도 사다리에 올라가 담장 안을 들여다볼 작정이었다. 콜린이 발을 헛디디기라도 하면 절뚝이는 다리로라도 얼른 달려가 도와주기 위해서였다.

라자는 벤 노인을 계속 화원에 머물게 했고, 그렇게 행렬이 만들어졌다. 정말 그럴듯한 행렬이었다. 맨 앞에 콜린이 서고 디콘과 메리가 콜린의 양옆에 나란히 섰다. 벤 웨더스태프는 그 뒤를 걸었고 '동물들'도 뒤를 따랐다. 새끼 양과 새끼 여우는 디콘의 곁을 떠나지 않았고, 흰 토끼는 깡충깡충 뛰며 따라가다가 가끔 멈춰 뭔가를 야금야금 먹었다. 검댕이는 자기가 책임자라도 되는 양 엄숙하게 그 뒤를 따랐다.

느리지만 위엄 있는 행렬이었다. 행렬은 몇백 미터마다 멈춰 서서 잠시 쉬었다. 콜린은 디콘의 팔에 기댄 채 걸었고 벤 웨더스태프는 은밀히 사방을 살폈다. 가끔 콜린이 디콘에게 의지하던 손을 놓고 혼자서 몇 걸음 걸을 때도 있었다. 콜린은 걷는 내내 고개를 꼿꼿이 세웠고 무척 당당해 보였다.

"마법은 내 안에 있다! 마법이 날 튼튼하게 만들어주고 있다! 느껴진다! 느껴진다!" 콜린이 계속 말했다.

무언가가 콜린에게 버틸 힘과 희망을 주는 것만은 분명해 보였다. 콜린은 쉼터 의자에 앉아 쉬었고, 풀밭에 한두 번 앉았으며, 길에서도 몇 차례 멈추고 디콘에게 기댔다. 그러나 정원을 한 바퀴 다 돌 때까지 포기하지 않았다. 나무 차양에 돌아왔을 때 콜린은 발갛게 달아오른 얼굴과 의기양양한 표정으로 외쳤다.

"내가 해냈어! 마법이 성공했다고! 이게 내 첫 번째 과학 발견이야."

"크레이븐 박사님이 뭐라고 하실까?"

메리가 불쑥 말하자 콜린이 답했다.

"아무 말도 안 할 거야. 아무 말도 못 들을 테니까. 이 일은 제일 큰 비밀이 될 거야. 내가 완전히 튼튼해져서 여느 남자애들처럼 걷고 뛸 때까지 아무도 몰라야 해. 그때까지 난 매일 휠체어를 타고 여기 올 거고 집에 돌아갈 때도 휠체어를 탈 거야. 사람들이 알면 수군거리고 자꾸 물어볼 텐데 그건 싫어. 실험이 완전히 성공할 때까지는 아빠한테도 비밀로 할 거야. 그러다 아빠가 돌아오시면 내 발로 서재에 걸어 들어가 이렇게 말할 거야. '보세요. 저도 이제 다른 남자애들이랑 똑같아요. 이제 건강해져서 어른이 될 때까지 살 거예요. 과학 실험의 결과예요.'"

"꿈인가 싶으시겠다. 보고도 믿지 못하실 거야."

메리가 흥분해서 외치자 콜린은 뿌듯해하며 얼굴을 붉혔다. 본인은 몰랐겠지만, 콜린은 나으리라는 믿음을 스스로 다졌고 그렇게 믿음으로써 가장 중요하고 힘든 고비를 넘겼다. 콜린에게 가장 큰 자극제는 아버지가 여느 아들들처럼 꼿꼿하고 튼튼한 아들을 보았을 때 어떤 표정을 지을지 상상하는 순간이었다. 병약하고 우울했던 지난날, 콜린이 가장 비참한 순간은 아버지조차 보기 꺼리는 병약한 곱사등이가 될 저 자신이 혐오스러울 때였다.

콜린이 말했다. "믿을 수밖에 없으실 거야. 마법이 성공하면 또 다른 과학 실험을 시작하기 전에 할 일이 몇 가지 있어. 그중 하나는 운동선수가 되는 거야."

"일주일쯤 지나 권투를 배우면 되겠네요. 챔피언 벨트도 따고 영국에서 제일가는 프로 권투 선수가 되실 거구먼요."

콜린은 근엄한 눈빛으로 벤 노인을 바라보다 말했다.

"벤 할아범, 그런 무례한 말이 어딨어. 비밀을 공유했다고 함부로 말해도 되는 건 아니야. 마법이 아무리 성공해도 내가 프로 권투 선수가 될 일은 없어. 난 과학 발견자가 될 거라고."

벤 노인이 경례하듯 손을 이마에 붙이며 용서를 빌었다. "죄송해요, 죄송해요, 주인님. 농으로 할 말이 아닌데 내가 잘

못했구먼요."

벤 노인은 속으로는 말도 못 하게 기뻐하며 눈을 반짝거렸다. 타박을 당했지만 괜찮았다. 누군가를 타박한다는 건 그만큼 도련님에게 힘과 활기가 생겼다는 뜻이었기 때문이다.

제24장

"웃게 놔둡시다"

디콘은 비밀의 화원만 돌보는 게 아니었다. 황무지 오두막 주변에는 잡석으로 담장을 낮게 쌓아 올려 두른 땅이 있었다. 디콘은 콜린과 메리를 안 만나는 날에는 이른 아침이나 어스름한 땅거미가 질 때 어머니와 그 땅에 감자며 양배추, 순무, 당근, 허브를 심거나 손질했다. '동물들'과 함께 그 땅에서 놀라운 일을 해냈고 그 일은 아무리 해도 지치지 않았다. 땅을 파거나 잡초를 뽑는 동안 디콘은 휘파람을 불거나 요크셔 황무지에서 전해지는 노래를 불렀다. 검댕이나 대장 또는 디콘에게 배워서 밭일을 돕는 동생들과 이야기를 나누기도 했다.

이들 두고 소어비 부인은 이렇게 말했다. "디콘이 텃밭을 가꾸지 않았다면 지금처럼 편하게 지내지 못할 거다. 뭐든 디콘이 키우면 잘 자라거든. 우리 집 감자랑 양배추는 다른 집 것보다 두 배는 크고 맛도 비교가 안 되게 좋잖니."

소어비 부인은 시간이 날 때 텃밭에 나가 디콘과 이야기를 나눴다. 저녁을 먹고 나면 아직 밝은 석양빛을 받으며 텃밭을 가꿀 수 있었는데, 부인에게는 이때가 한가한 시간이었다. 그 시간에 부인은 울퉁불퉁하고 야트막한 담장에 앉아 디콘이 일하는 모습을 보며 하루 동안 있었던 일을 들었다. 소어비 부인은 그 시간이 정말 좋았다. 디콘의 텃밭에 채소만 있는 건 아니었다. 디콘이 가끔 1페니짜리 꽃씨 봉지를 사와서 구스베리 덤불 사이나 양배추 사이에 달콤한 향이 나는 밝은 색깔의 꽃을 심었다. 담장을 따라 목서초와 패랭이꽃, 팬지를 심었고, 해마다 모아놓은 씨앗을 뿌리거나 봄이 되면 피고 때가 되면 퍼져서 빽빽이 자라나는 꽃을 키웠다. 디콘네 텃밭 담장은 요크셔에서 손꼽히게 예뻤다. 디콘이 황무지에서 자라는 디기탈리스며 고사리며 오브리에나며 이런저런 야생화로 틈이란 틈은 모조리 채워 담장의 돌은 언뜻언뜻 비칠 뿐 거의 보이지 않았다.

"얘들이 잘 자라게 하려면 확실한 친구가 되어주기만 하면 돼요. 식물도 동물과 똑같아요. 목마르면 마실 걸 주고 배고프면 음식을 주면 돼요. 얘들도 우리만큼 살고 싶어 해요. 죽으면 내가 나쁜 사람이고 왠지 그 애를 쌀쌀맞게 대한 기분이 들어요."

땅거미가 지는 바로 이 시간에 소어비 부인은 미셀스웨이트 저택에서 일어나는 일을 모두 들었다. 처음에는 '콜린 도련님'이 메리 아가씨와 밖에 나가는 걸 좋아하게 되었고, 그 덕분에 몸이 좋아지고 있다는 말만 들었다. 그러나 얼마 안 있어 콜린과 메리는 디콘의 어머니에게도 '비밀을 공유'하기로 합의했다. 왠지 소어비 부인은 비밀을 말해도 '확실하게 안심'할 수 있을 것 같았다.

어느 아름답고 고요한 저녁, 디콘은 결국 모든 이야기를 털어놓았다. 땅에 묻힌 열쇠를 울새가 알려줬고, 처음에는 화원이 다 죽어서 잿빛 안개에 뒤덮인 듯 보였으며, 메리 아가씨는 이 비밀을 절대 말하지 않을 작정이었다는 흥미진진한 이야기를 자세히 들려주었다. 그러다 메리가 디콘에게 비밀을 털어놓았고 콜린 도련님을 믿지 못하다가 마침내 비밀의 영토로 그를 데리고 들어간 극적인 사연뿐 아니라, 벤 웨더스태프가 화난 얼굴로 담장 너머를 엿보았고 콜린 도련님이 화를 펄펄 내며 돌연 힘을 낸 과정도 이야기했다. 이 모든 이야기를 들으면서 소어비 부인의 인상 좋은 얼굴은 낯빛이 몇 번이나 바뀌었다.

"세상에나! 그 어린 아가씨가 저택에 와서 정말 다행이지 뭐니. 아가씨도 사람 되고 도련님도 구했으니 말이야. 도련님이 두 발로 서다니! 우린 그것도 모르고 도련님이 머리가 모자란 데다 온몸에 꼿꼿한 뼈가 하나도 없는 줄 알았잖니!"

소어비 부인은 파란 눈에 깊은 생각이 가득 들어찬 눈빛으로 연신 질문을 해댔다.

"저택 사람들은 어떻게 생각한다니? 요즘에는 도련님이 너무 건강하고 밝아져서 불평 한 번 안 한다면서."

"뭐가 어떻게 된 건지 모르는 눈치예요. 도련님 얼굴이 날마다 바뀌고 있거든요. 얼굴 살이 올라 전처럼 날카로워 보이지도 않고 밀랍처럼 허옇지도 않아요. 근데 불평은 조금씩 해야 해요." 디콘이 너무 재미있다는 듯 씩 웃으며 말했다.

"아니, 도대체 왜?"

소어비 부인이 묻자 디콘은 킥킥 웃었다.

"어떻게 된 건지 하인들이 눈치채지 못하게 하려고요. 도련님이 설 수 있게 되었다는 걸 의사 선생님이 알면 크레이븐 주인님에게 편지로 알릴 테니까요. 도련님은 이 비밀을 아빠에게 직접 말하고 싶대요. 매일 두 다리에 마법을 부리는 연습을 해서 아빠가 돌아오면 그때 서재로 당당히 걸어가서 다른 집 애들처럼 꼿꼿하다는 걸 보여줄 거래요. 그래서 도련님이랑 메리 아가씨 생각에는 도련님이 가끔 한 번씩 앓는 소리도 내고 짜증도 내야 하인들이 눈치를 못 챌 거라네요."

소어비 부인은 디콘이 마지막 문장을 끝내기 훨씬 전부터 낮은 목소리로 기분 좋은 웃음을 터트렸다.

"아! 내 장담하는데 둘이 지금 아주 즐거울 거다. 그렇게 연기하면서 얼마나 재미있겠니. 원래 애들은 연극 놀이를 제일로 좋아하거든. 어떻게 하는지도 말해보렴, 디콘."

디콘은 잡초 뽑던 손을 멈추고 무릎을 꿇고는 발꿈치로 체중을 지탱하며 똑바로 앉았다. 그런 뒤 장난스러운 눈빛을 반짝이며 말했다.

"도련님은 집 밖으로 나갈 때마다 휠체어에 타는데요. 존이라는 하인이 휠체어를 옮기면 살살 안 한다고 버럭 화를 내요. 또 어떻게든 힘이 없어 보이려고 집에서 한참 멀어질 때까지 고개도 들지 않아요. 하인이 휠체어에 태울 때는 또 얼마나 툴툴거리고 짜증을 내는지 몰라요. 도련님이랑 메리 아가씨 둘 다 이 놀이를 즐기고 있어요. 도련님이 끙끙 앓거나 투덜거리면 아가씨가 이런다니까요. '불쌍한 콜린! 그렇게 아파? 몸에 힘이 그렇게 안 들어가? 불쌍하기도 해라!' 근데 문제가 있어요. 둘이 가끔 웃음이 터지는 걸 참지 못해요. 화원에 도착해 안전해지면 숨이 안 쉬어질 때까지 배를 잡고 웃는다니까요. 도련님 쿠션에 얼굴을 묻어야 할 정도로요. 혹시 근처에 정원사가 있을지도 모르잖아요."

"많이 웃을수록 좋지! 아이들에게 건강한 웃음은 언제나 약보다 효과가 좋거든. 확실히 둘이 살이 찌긴 하겠구나."

"통통해지고 있어요. 배가 하도 고파서 먹을 걸 얻으려면 무슨 핑계를 대야 하나 고민 중이에요. 도련님은 계속 음식을 가져오라고 하면 하인들이 자기가 병자가 아니란 걸 눈치챌 거래요. 그래서 메리 아가씨가 자기 몫을 양보하니까 도련님이 그러면 살이 빠져서 안 된다고 둘이 똑같이 살이 쪄야 한다고 했대요."

소어비 부인은 두 아이의 말 못 할 사정을 듣고는 파란 망토를 두른 몸을 앞뒤로 흔들면서 한바탕 크게 웃었고, 디콘도 같이 웃었다.

소어비 부인이 겨우 웃음을 멈추고 말했다. "얘야, 이렇게 하자. 그 애들을 도울 방법이 떠올랐단다. 아침에 그 집에 갈 때 갓 짠 우유 한 통을 가져가렴. 껍질이 바삭한 둥근 빵이랑 건포도빵을 너희가 좋아하는 그대로 구워줄 테니 그것도 가져가고. 그걸로 화원에 있는 동안 허기를 좀 달래고 나중에 집에 가서 제대로 배를 채우면 될 거야."

디콘이 감탄하며 말했다. "아! 엄마! 어쩌면 그런 멋진 생각을 하셨어요! 엄마는 어떻게든 방법을 생각해내신다니까요. 어제는 둘이 난리도 아니었어요. 음식을 더 달라고 하지 않고는 도저히 못 버틸 것 같다네요. 그 정도로 속이 텅 빈 것 같대요."

"애들이라 빨리 자라는 데다 둘 다 건강을 되찾고 있으니 그럴 수밖에. 그 나이 때는 새끼 늑대처럼 먹어대고 음식이 다 피와 살이 된단다." 소어비 부인은 그렇게 말하고는 디콘과 똑같이 입술이 둥글게 휘는 환한 미소를 지으며 말했다. "아! 어쨌든 둘이 정말 재미나게 보내고 있구나."

편안하고 훌륭한 어머니인 소어비 부인의 말은 옳았다. 특히 둘이 하는 '연극 놀이'가 재미있을 거라는 말은 어느 때보다 정확히 들어맞았다. 콜린과 메리에게 연극 놀이는 제일 신나는 오락거리였다. 사실 의심을 사지 않게 조심해야 한다는 생각을 아이들에게 불어넣은 사람은 본인들은 모르지만 처음에는 보모였고 그다음에는 크레이븐 박사였다.

어느 날 보모가 말했다. "입맛이 아주 좋아졌네요, 도련님. 원래 통 먹질 않았잖아요. 입맛에 다 안 맞는다면서요."

"이제는 입맛에 다 맞아."

보모가 미심쩍어하는 눈빛으로 바라보자 콜린은 아직 너무 건강해 보이면 안 된다는 생각이 문득 들었다.

"전처럼 죄다 입맛에 안 맞지는 않는다고. 신선한 공기 때문인가 봐."

보모는 여전히 의아한 표정으로 콜린을 바라보았다.

"그런가 봐요. 그래도 크레이븐 박사님에게 말씀드려야겠어요."

보모가 나가자 메리가 말했다.

"얼마나 널 빤히 쳐다봤나 몰라! 뭔가 숨기는 게 있다고 생각하나 봐."

"뭘 알아내려고 하면 안 되는데. 아직은 아무한테도 들키면 안 돼."

그날 아침에 왕진을 온 크레이븐 박사도 어리둥절한 표정이었다. 박사는 콜린이 짜증 날 정도로 질문을 퍼부었다.

"정원에서 시간을 많이 보낸다던데. 어느 정원으로 가니?"

콜린은 본인의 장기이자 남이 뭐라든 신경 안 쓰는 냉담하고 위엄 있는 태도로 답했다.

"내가 어딜 가든 아무한테도 알려주지 않을 거예요. 그냥 가고 싶은 곳에 가요. 모두 내 눈에 띄지 말라고 지시했어요. 누가 날 구경하고 쳐다보는 게 싫으니까요. 아시잖아요!"

"온종일 나가 있는데도 몸에 무리가 되지는 않는 것 같구나. 전혀 아니야. 보모 말로는 음식도 전보다 훨씬 많이 먹는다던데."

콜린은 불현듯 기발한 생각이 떠올랐다. "그건, 그건 식욕이 이상해져서 그럴 거예요."

"음식이 네 몸에 잘 맞는 걸 보니 그런 것 같지는 않아. 살도 부쩍 쪘고 안색도 좋아졌어."

콜린은 짐짓 기운이 없고 우울한 척하며 말했다.

"그건…… 그건 붓고 열이 나서 그래요. 곧 죽을 사람은 원래…… 평소랑 달라질 때가 많잖아요."

크레이븐 박사는 고개를 가로저었다. 콜린의 손목을 짚은 뒤 소매를 올리고 콜린의 팔을 만져보고는 생각에 잠긴 표정으로 말했다.

제24장

"열은 안 나. 살도 건강하게 찐 거고. 계속 이대로만 가면 죽는 얘기는 할 필요가 없단다. 이렇게나 많이 호전된 걸 아시면 아버지가 정말 기뻐하실 거다."

"알리면 안 돼요!" 콜린은 버럭 화를 냈다. "그러다 또 나빠지면 실망하실 거예요……. 바로 오늘 밤에 나빠질지도 모르잖아요. 열이 마구 오를 수도 있고요. 사실 지금도 열이 날 것 같아요. 아빠한테 편지 쓰지 마세요……. 절대…… 절대로요! 삼촌 때문에 화가 나요. 그럼 나한테 안 좋은 거 알잖아요. 벌써 몸이 뜨거워요. 누가 내 얘기를 편지로 쓰는 건 날 쳐다보는 것만큼 싫다고요!"

크레이븐 박사는 콜린을 달랬다. "쉿! 진정하렴, 애야. 네 허락 없이는 어떤 편지도 안 쓸 테니 걱정하지 말아라. 너무 예민하구나. 기껏 좋아졌는데 다시 나빠질라."

박사는 크레이븐 씨에게 편지를 쓴다는 말을 더는 하지 않았고, 보모에게도 그 말은 절대 꺼내지 말라고 따로 주의를 주었다.

"아이가 몰라보게 좋아졌네요. 비정상적으로 느껴질 정도예요. 전에는 우리가 시켜도 안 하던 걸 지금은 자기 의지로 하고 있어 그렇겠지만요. 그래도 아직은 쉽게 흥분하니 아이를 자극할 만한 말은 하지 말아요."

깜짝 놀란 메리와 콜린은 불안한 마음에 이 문제를 의논했다. '연극 놀이' 작전은 바로 이때 시작되었다.

콜린은 안타깝고 답답하다는 듯 말했다. "성질을 부려야 할지도 모르겠어. 근데 난 성질을 내기도 싫고 이제는 별로 비참하지 않아서 화가 나질 않아. 성질을 아예 못 부릴 수도 있어. 이제는 속에서 울컥 치미는 느낌도 없고 끔찍한 생각보다 좋은 생각이 계속 나. 하지만 아빠한테 편지 쓰는 이야기가 또 나오면 뭔가 하긴 해야 할 거야."

콜린은 먹는 양을 줄이겠다고 결심했지만 안타깝게도 이 기발한 계획을 실현하기란 불가능했다. 아침마다 잠에서 깨면 놀랄 만큼 허기가 졌고 소파 옆 탁자에는 갓 구운 빵과 신선한 버터, 눈처럼 하얀 달걀, 라즈베리잼, 고형 크림이 아침상으로 차려졌기 때문이다. 메리는 늘 콜린과 같이 아침을 먹었는데, 특히나 지글지글 구운 맛 좋은 햄 조각이 뜨거운 은뚜껑 밑에서 먹음직스러운 냄새를 풍길 때는 콜린과 탁자에 앉아 자포자기한 눈빛으로 서로를 바라보곤 했다.

결국 콜린은 늘 이렇게 말했다. "오늘 아침에는 다 먹어야 할 것 같아. 그 대신 점심은 조금, 저녁은 많이 돌려보내자."

그러나 두 아이는 음식을 돌려보낸 적이 한 번도 없었고, 반짝반짝 광이 날 정도로 깨끗이 비워진 접시들을 식기실로 보내고 나면 음식을 두고 이런저런 이야기를 했다.

"햄이 더 두꺼우면 정말 좋겠어. 게다가 한 사람에 머핀 한 개라니 누가 먹어도 부족할 거야."

콜린이 처음 이 말을 꺼냈을 때 메리는 이렇게 답했다.

"죽을 사람한테는 충분하겠지만 살 사람한테는 부족하지. 난 황무지의 히스꽃이랑 가시금작화가 풍기는 신선하고 향긋한 냄새가 열린 창문으로 쏟아져 들어올 땐 머핀을 세 개도 먹을 수 있을 것 같아."

그러던 어느 날 아침, 디콘이 아이들과 화원에서 논 지 두 시간쯤 되었을 때 큰 장미 덤불 뒤로 가서 양철통 두 개를 꺼냈다. 한 통에는 위에 거품이 뜬 신선하고 진한 우유가 가득했고, 다른 하나에는 손수 만든 건포도빵이 들어 있었는데 파랗고 하얀 깨끗한 냅킨으로 하도 꼼꼼하게 잘 감싸서 아직 뜨끈뜨끈했다. 콜린과 메리는 놀라고 기뻐서 어쩔 줄 몰라 하며 한바탕 소란을 피웠다. 이렇게 훌륭한 생각을 하다니! 소어비 부인은 얼마나 친절하고 똑똑한 분인가! 건포도빵이 이렇게 맛있다니! 신선한 우유는 또 어떻고!

"디콘처럼 아주머니도 마법을 부릴 줄 아는 거야. 그래서 이런 일, 이런 멋진 일을 생각해낸 거야. 아주머니는 마법사야. 디콘, 우리가 고마워하더라고, 정말 고맙게 생각한다고 꼭 전해."

콜린은 가끔 어른스러운 표현을 쓰는 버릇이 있었다. 그러는 걸 재미있어했고, 그 말투를 워낙 좋아하다 보니 점점 잘하게 되었다.

"아주머니께 더없이 너그러운 마음을 베풀어주셔서 감사하기 그지없다고 말씀드려."

그러고는 위엄 따위는 까맣게 잊어버리고 달려들어 건포도빵을 입안에 마구 쑤셔 넣었고, 우유도 통째 들고 벌컥벌컥 들이켰다. 평소에 안 하던 운동을 하며 황무지 공기를 들이마신 데다 아침을 먹은 지 두 시간 넘게 지났으니 여느 배고픈 남자애와 다를 게 없었다.

그 뒤로도 기분 좋은 일은 자주 일어났다. 콜린과 메리는 안 그래도 열네 가족을 먹여야 하는데 매일 두 명을 더 먹이려면 음식이 부족하리란 사실을 깨달았다. 그래서 소어비 부인에게 장 보는 데 보낼 돈을 조금 보낼 테니 받아달라고 부탁했다.

디콘은 화원 밖 공원 숲에서 신나는 장소를 새로 찾아냈다. 이 숲은 디콘이 들짐승들에게 피리를 불어주는 모습을 메리가 처음 발견한 곳인데, 디콘이 여기서 돌로 작은 화덕 같은 걸 만들어 감자와 달걀을 구울 수 있는 깊고 작은 구멍을 찾은 것이다. 구운 달걀은 처음 맛보는 별미였고, 소금과 신선한 버터를 곁들인 뜨거운 감자는 기막히게 맛있는 건 둘째치고 숲의 왕에게 바쳐도 될 성찬이었다. 감자와 달걀은 둘 다 돈으로 살 수 있어서 열네 식구의 먹거리를 빼앗아 먹는 죄책감을 느낄 필요 없이 마음껏 먹을 수 있었다.

날마다 아름다운 아침이 밝으면, 세 아이와 동물들은 짧은 개화기가 끝나고 초록 잎사귀들이 점점 두꺼워지면서 차양을 이룬 자두나무 아래에서 신비로운 원을 그리고 앉아 마법을 부리는 의식을 치렀다. 의식이 끝나면 콜린은 늘 걷기 운동을 했고, 틈틈이 새로 찾은 힘을 써보았다. 날이 갈수록 콜린은 힘이 세졌고, 흔들림 없이 더 먼 거리를 걸을 수 있게 되었다. 게다가 당연한 이야기지만 마법에 대한 믿음도 날마다 굳건해졌다. 콜린은 힘이 세지는 느낌이 들자 이런저런 실험을 연이어 했고, 그중 제일 좋은 실험 거리는 디콘이 알려주었다.

어느 날 아침, 하루 동안 안 보이다가 화원에 온 디콘이 말했다. "어제 엄마 심부름으로 스웨이트에 갔는데 푸른소 여인숙 근처에서 밥 하워스 아저씨를 만났어요. 아저씨는 황무지에서 힘이 제일 센 남자예요. 레슬링 대회에서도 우승했고, 높이뛰기도 일등이고, 해머도 제일 멀리 던져요. 운동한다고 스코틀랜드까지 가서 몇 년 있다 오기도 했고요. 어릴 때부터 알고 지낸 아저씬데 친절한 분이라 만난 김에 몇 가지 물어봤어요. 신사분들이 아저씨를 운동선수라고 부르길래 도련님 생각이 나서 '어떻게 하면 아저씨처럼 근육이 불끈불끈해져요? 힘을 키우려고 뭔가 따로 하는 게 있으세요?'라고 물었어요. 그랬더니 '그럼, 얘야. 있고말고. 전에 한번 스웨이트에서 공연이 열렸는데 거기 출연한 힘센 남자가 팔다리며 온몸의 근육을 운동하는 법을 알려줬단다.' 그래서 내가 물었죠. '연약한 남자애도 그 운동으로 강해질 수 있나요?' 그랬더니 아저씨가 웃으면서 '네가 그 연약한 남자애니?'라고 묻길래 내가 그랬어요. '아뇨, 오래 아프다가 나아지고 있는 도련님이 있는데 그 운동 방법을 몇 가지 배워 알려주고 싶어서요.' 도련님 이름은 말 안 했는데 아저씨도 더는 묻지 않더라고요. 아까도 말했지만 마음씨가 좋은 분이라 일어나서 친절하게 동작을 알려주셨어요. 난 외울 때까지 아저씨가 하는 대로 따라 했고요."

콜린이 설레는 표정으로 듣다가 외쳤다.

"보여줄 수 있어? 지금?"

"암요, 할 수 있고말고요." 디콘이 일어나면서 답했다.

"그런데 아저씨가 처음에는 지치지 않게 살살 조심해서 해야 한대요. 틈틈이 쉬면서 심호흡도 하고 무리하지 말래요."

"조심할게. 보여줘! 얼른! 디콘, 넌 세상에서 제일 훌륭한 마법사야!"

디콘은 풀밭에 서서 효과적이면서 단순한 근육 운동 몇 가지를 천천히 차례차례 보여주었다. 콜린은 눈을 크게 뜨고 지켜보았고 몇 가지 동작은 앉아서도 따라 할 수 있었다. 곧이어 안정감 있게 두 발로 선 콜린은 몇 가지 동작을 조심스럽게 해보았다. 메리도 따라 하기 시작했다. 검댕이는 그 모습을 지켜보다가 가만히 있지 못하겠는지 나뭇가지를 떠나 자기는 따라 할 수 없어 답답하다는 듯 총총 뛰어다녔다.

그때부터 이 근육 운동은 마법을 부르는 의식처럼 아이들의 일과가 되었다. 콜린과 메리 둘 다 동작을 연습할 때마다 더 많이 할 수 있게 되었고, 식욕도 훨씬 늘어났다. 디콘이 매일 아침 화원에 올 때마다 덤불 뒤에 두는 바구니가 없었다면 늘어난 식욕을 어쩌지 못해 당황했을 것이다. 그러나 아이들은 숲에 만든 작은 화덕과 소어비 부인의 넉넉한 인심 덕분에 배불리 먹었고 그 때문에 메들록 부인과 보모와 크레이븐 박사는 또다시 미궁에 빠졌다. 구운 달걀과 감자, 거품이 뜬 신선하고 진한 우유, 귀리 비스킷, 건포도빵, 히스꽃 꿀, 고형 크림으로 배를 한가득 채우면 아침을 깨작거리고 저녁도 먹는 둥 마는 둥 할 수 있었다.

"둘 다 먹는 게 거의 없어요. 영양가 있는 걸 조금이라도 먹게 설득하지 않으면 굶어 죽게 생겼어요. 그런데도 애들 얼굴 좀 보세요."

보모의 말에 메들록 부인이 버럭 화를 냈다.

"그러게요! 아! 정말 그 애들 때문에 골치 아파 죽겠어요. 무슨 한 쌍의 꼬마 악마 같다니까요. 언제는 옷이 터지도록 먹더니, 이젠 요리사가 애들의 구미가 당길 만한 최고의 요리를 해줘도 콧방귀만 뀐다니까요. 어제는 브래드 소스를 곁들인 먹음직스러운 어린 닭 요리였는데 한 입도 안 먹었더라고요. 게다가 요리사가 직접 개발한 푸딩도 돌려보내 불쌍한 요리사를 울릴 뻔했어요. 요리사는 애들이 굶어 죽으면 자기 탓이 될까 봐 두려운가 봐요."

왕진을 온 크레이븐 박사는 콜린을 오랫동안 찬찬히 살펴보았다. 박사는 보모가 박사에게 보여주려고 따로 놔둔, 거의 손도 안 댄 아침 식사를 조금 전 보고는 매우 걱정스러운 얼굴이 되었다. 콜린이 앉은 소파 옆에 앉아 콜린을 진찰하는 지금은 표정이 더 심각했다. 박사는 런던에 출장을 다녀오느라 콜린을 2주 가까이 보지 못했다. 아이들은 건강을 회복하기 시작하면 급속도로 좋아진다. 콜린도 밀랍처럼 창백하던 얼굴이 따뜻한 장밋빛으로 물들었고, 아름다운 눈은 초롱초롱했으며, 움푹 꺼졌던 눈 밑과 뺨과 관자놀이에 살이 차올라 있었다. 이마 위로 쏟아져 무겁고 어두워 보이던 머리카락은 건강하게 찰랑대고 생기가 돌아 부드럽고 따뜻해 보였다. 입술은 더 도톰해졌고 빛깔도 정상이었다. 만약 콜린이 오랫동안 고질병을 앓아온 병자 흉내를 내는 거라면, 속아주기 민망할 정도로 완전히 실격이었다. 크레이븐 박사는 한 손으로 턱을 괸 채 생각에 잠겼다.

"뭘 통 안 먹는다던데 안타깝구나. 그럼 안 된다. 건강이 다시 나빠질 거야. 이렇게 많이 좋아졌는데 말이다. 얼마 전까지만 해도 잘 먹었잖니."

"그땐 식욕이 이상해서 그런 거라고 했잖아요."

그때 발받침 의자에 앉아 옆에 있던 메리가 갑자기 아주 이상한 소리를 냈다. 메리는 그 소리가 안 나오게 하려고 갖은 애를 쓰다 목이 막힌 듯 캑캑거렸다.

"왜 그러니?"

박사가 돌아보며 묻자 메리는 근엄한 표정으로 무게를 잡으며 나무라듯 답했다.

"재채기랑 기침이 섞여 목에 걸렸어요."

제24장

메리는 나중에 콜린에게 말했다.

"어쩔 수 없었어. 웃음이 터지는 걸 어떡해. 네가 어제 큰 감자랑 잼과 고형 크림을 얹은 두툼하고 맛있는 빵을 입을 쩍 벌려 깨무는 모습이 한꺼번에 막 떠오르잖아."

"혹시 아이들이 음식을 몰래 구할 방법이 있나요?"

크레이븐 박사가 묻자 메들록 부인이 답했다.

"땅에서 파거나 나무에서 따지 않는 이상은 없죠. 종일 밖에 나가 자기들끼리만 노니 따로 만날 사람도 없고요. 게다가 우리가 올려주는 음식과 다른 걸 먹고 싶으면 그냥 달라고 하면 되는걸요."

"뭐, 안 먹고도 잘 지낸다면 굳이 불안해할 필요 없죠. 아이가 정말 달라지긴 했네요."

"여자애도 마찬가지예요. 살이 오르고 그 못생기고 뚱한 표정이 사라지니 이젠 진짜 예뻐 보인다니까요. 머리카락도 굵어져 건강해 보이고 혈색도 밝아졌어요. 늘 침울하기 짝이 없고 부루퉁하던 애가 요즘은 도련님이랑 정신이 나간 듯 어찌나 깔깔대고 웃는지 몰라요. 그래서 살이 찌는지도 모르겠어요."

"그럴지도요. 그럼 웃게 놔둡시다."

제25장

커튼

            비밀의 화원은 꽃을 피우고 또 피웠으며 아침마다 새로운 기적을 선보였다. 어느 아침에는 울새가 지은 둥지에서 울새의 짝이 솜털이 복슬복슬한 작은 가슴과 날개로 알들을 따뜻하고 조심스럽게 품어주었다. 처음에는 울새의 짝이 매우 불안해했고 울새도 매서운 눈으로 주변을 경계했다. 그 시기에는 디콘도 나무가 줄지어 자란 구석 자리에는 가까이 가지 않았다. 그저 작은 울새 한 쌍의 영혼에 어떤 신비한 주문이 가닿길 기다렸다. 그래서 이 화원의 모두가 울새 부부와 같은 마음이라서 부부에게 얼마나 놀라운 일이 벌어지고 있는지, 부부의 알이 얼마나 어마어마하고 연약하고 무시무시하고 가슴 시리게 아름답고 귀중한지 잘 알고 있다는 뜻이 전달되길 바랐다. 누군가가 부부의 알을 훔쳐 가거나 해치면 온 세상이 소용돌이치고 박살 나고 종말을 맞으리라는 사실을 가슴이 사무치도록 이해하지 못하는 사람이 있다면, 그렇게 생각하고 그에 걸맞게 행동하지 않는 사람이 화원에 단 한 명이라도 있다면, 황금 같은 봄기운 속에서도 행복감이 넘치지 못했을 것이다. 그러나 아이들 모두 그 사실을 알고 느꼈으며, 울새 부부도 아이들이 안다는 걸 알고 있었다.

처음에 울새는 메리와 콜린을 날카롭고 초조한 눈길로 지켜보았다. 이유는 모르지만 디콘은 경계할 필요가 없다는 걸 아는 듯했다. 이슬처럼 영롱한 검은 눈으로 디콘을 처음 본 순간, 울새는 디콘이 낯선 사람이 아니라 부리나 깃털이 없을 뿐 자신과 비슷한 종이라고 생각했다. 디콘은 울새의 말을 할 수 있었다(울새의 말은 다른 말과는 뚜렷하게 구별된다). 울새의 말로 울새와 이야기하는 것은 프랑스어로 프랑스 사람과 이야기하는 것과 같았다. 디콘은 울새와 이야기할 때마다 울새의 말을 썼으므로, 디콘이 사람들과 대화할 때 내뱉는 뜻 모를 이상한 소리는 울새에게 하나도 문제 되지 않았다. 울새는 디콘이 이상한 소리로 횡설수설하는 건 사람들의 지능이 떨어져 새들의 말을 이해하지 못하기 때문이라고 생각했다. 디콘은 몸을 쓸 때도 울새처럼 움직였다. 위험하거나 위협적으로 느껴지는 갑작스러운 동작으로 울새를 놀라게 한 적이 한 번도 없었다. 울새라면 누구나 디콘을 이해할 수 있었으니 디콘이 옆에 있어도 불안할 이유가 전혀 없었다.

그러나 나머지 두 아이는 일단 경계할 필요가 있었다. 남자애는 처음 화원에 올 때 제 발로 걸어 들어오지 않았다. 들짐승의 가죽을 덮은 채 바퀴 달린 물건에 실려 들어왔는데, 그것만으로도 의심스러웠다. 그러다 일어서서 돌아다니기 시작했는데, 그 방식이 이상하고 부자연스러웠으며 다른 아이들의 도움을 받아야 하는 듯했다. 울새는 덤불에 숨어 고개를 갸웃거리며 그 모습을 걱정스럽게 지켜보곤 했다. 울새가 보기에 느리게 움직인다는 건 고양이가 그러듯 확 덮칠 준비를 하는 것일 수도 있었다. 고양이는 덮칠 준비를 할 때 아주 천천히 땅을 긴다. 울새는 이 일로 짝꿍과 많은 대화를 나눴지만, 며칠 뒤부터는 입에 더 담지 않기로 했다. 짝꿍이 너무 겁에 질린 나머지 알에 해를 끼칠까 걱정되었기 때문이다.

그러다 그 애가 혼자 걷고 점점 더 빨리 움직이기 시작했는데, 그제야 울새는 마음을 놓았다. 하지만 그 뒤로도 오랫동안(울새에게는 그렇게 느껴졌다) 그 애는 울새의 걱정거리였다. 그 애는 다른 인간들과는 행동 방식이 달랐다. 걷기를 아주 좋아하는 듯했지만, 툭하면 잠시 앉거나 누웠고 그러다 불안한 자세로 다시 일어나 걷기 시작했다.

그러던 어느 날, 울새는 부모 새에게 처음 나는 법을 배울 때 자기도 그 애와 비슷한 행동을 했던 기억을 떠올렸다. 그때는 울새도 짧은 날갯짓으로 몇백 미터를 날고 나면 쉬어야 했다. 그 애도 나는 법, 아니 걷는 법을 배우고 있었던 것이다. 울새는 이 이야기를 짝꿍에게 했다. 우리 새끼들도 깃털이 나면 아마 그 애처럼 행동할지 모른다고 하자, 짝꿍은 크게 안심했을 뿐 아니라 오히려 관심이 생겨 둥지 너머로 그 애를 지켜보는 걸 무척 즐기게 되었다. 물론 그때마다 자기 새끼들은 훨씬 영리해서 나는 법을 더 빨리 배울 거라고 생각했다. 그도 그럴 것이 인간들은 언제나 새끼 새보다 서툴고 느린 데다 나는 법을 도통 배우려 하지 않는 것 같다고, 울새의 짝은 너그럽게 말했다. 공중이나 나무 꼭대기에서 인간을 만난 적은 한 번도 없으니 말이다.

얼마 뒤 그 남자애도 다른 아이들처럼 돌아다녔는데, 세 아이 모두 가끔 이상한 행동을 하기 시작했다. 나무 아래에 서서 팔다리와 머리를 움직였는데 걷는 것도, 뛰는 것도, 앉는 것도 아니었다. 아이들은 매일 틈틈이 이 동작들을 차례대로 했는데, 울새는 애들이 도대체 뭘 하고, 뭘 하려는 건지 짝꿍에게 설명할 수 없었다. 그저 우리 새끼들은 분명 그런 식으로 날개를 퍼덕이지 않을 거라고 할 뿐이었다. 또한 울새 말을 유창하게 하는 남자애도 같이하는 걸 보면 위험한 동작은 아닌 게 확실하다고도 했다. 당연하게도 울새 부부는 레슬링 대회에서 우승한 밥 하워스가 누군지, 근육이 혹처럼 툭 튀어나오게 해주는 운동이 뭔지 전혀 몰랐다. 울새는 인간과 달라서 어릴 때부터 근육을 자연스럽게 단련한다. 끼니마다 먹이를 찾아 날아다니면 애초에 근육이 위축될 수 없다(위축된다는 건 쓰지 않아 약해진다는 뜻이다).

그 남자애가 다른 아이들처럼 걷고 뛰고 땅을 파고 잡초를 뽑고 다니자 구석 자리의 울새 둥지에는 더없는 평화와 만족이 찾아들었다. 알이 위험해질지 모른다는 두려움은 이제 사라지고 없었다. 알은 은행 금고에 넣고 자물쇠로 잠가둔 것처럼 안전하고 화원에서 벌어지는 신기한 일들을 구경할 수 있는 위치에 있으니 둥지는 세상에서 가장 즐거운 공간이 되었다. 비가 와서 아이들이 화원에 오지 않으면 오히려 조금 심심할 지경이었다.

그러나 메리와 콜린은 비 오는 날에도 심심하지 않았다. 비가 쉴 새 없이 쏟아지는 어느 날 아침, 걸어 다니면 들킬 위험이 있어 소파에만 앉아 있던 콜린이 좀이 쑤시기 시작할 즈음 메리에게 문득 좋은 생각이 떠올랐다.

콜린이 말했다. "내가 진짜 남자애가 되긴 했나 봐. 팔다리며 온몸이 마법으로 가득 차서 자꾸 좀이 쑤셔. 계속 무언가를 하고 싶어. 이른 아침에 잠에서 깨면 새들은 물론이고 모든 게 환호성을 지르는 것 같아. 사람의 귀에는 소리가 안 들리는 나무 같은 것들까지! 그럴 때는 침대에서 뛰어 내려와 나도 같이 환호성을 지르고 싶어져. 진짜로 그러면 어떻게 될까?"

메리가 배를 잡고 키득거리며 말했다.

"보모가 달려오고 메들록 부인도 달려와 보고는 네가 미친 줄 알고 의사를 부르겠지."

콜린도 키득거렸다. 두 사람의 표정이 어떨지 상상이 갔다. 콜린의 돌발 행동에 몸서리를 치고 콜린이 똑바로 서 있는 모습을 보고 경악할 것이다.

"아빠가 빨리 집에 오시면 좋겠어. 내가 직접 말씀드리고 싶어. 요즘은 늘 그 생각뿐인데 계속 이런 식으로 버틸 순 없어. 가만히 누워서 아픈 척하는 것도 이제 지긋지긋해. 외모도 너무 달라졌잖아. 오늘 비가 안 왔으면 좋았을 텐데."

메리 아가씨가 좋은 생각을 떠올린 건 바로 그때였다.

메리가 비밀스럽게 물었다. "콜린, 이 집에 방이 몇 개 있는지 알아?"

"아마 천 개쯤 있을걸."

"아무도 안 들어가는 방이 백 개쯤 있어. 비 오는 날에 내가 그 방들을 아주 많이 들여다봤거든. 내가 그런 줄은 아무도 몰라. 메들록 부인한테 들킬 뻔하긴 했지만. 돌아올 때 길을 잃어서 네 방 복도 끝에 멈춰 섰어. 그때 두 번째로 네가 우는 소리를 들었고."

콜린은 깜짝 놀라 소파에 일어나 앉았다.

"아무도 안 들어가는 방이 백 개나 있다니. 꼭 비밀의 화원 같네. 같이 보러 갈까? 네가 휠체어를 밀어주면 되겠다. 우리가 어디 가는지는 아무도 모를 거야."

"나도 그 생각을 했어. 감히 우릴 따라올 사람도 없을 거야. 네가 뛰어다닐 수 있는 화랑도 있어. 우리가 하는 그 운동도 할 수 있고. 인도 분위기가 나는 작은 방이 있는데, 상아로 된 코끼리 상이 장식장 가득 들어 있어. 별의별 방이 다 있다니까."

"종 울려봐."

보모가 들어오자 콜린은 지시를 내렸다.

"휠체어가 필요해. 메리 아가씨랑 집에서 안 쓰는 곳들을 구경하러 갈 거야. 계단이 있으니 존더러 화랑까지만 밀어주라고 해. 그다음부터는 둘이 다닐 테니 내가 다시 부를 때까지가 있으라 하고."

그날 아침부터 비 오는 날은 더는 무서운 날이 아니었다. 하인이 지시받은 대로 순순히 휠체어를 초상화 화랑까지 밀어주고 떠나자, 콜린과 메리는 서로를 기쁜 얼굴로 마주 보았다. 콜린은 존이 계단 밑 자기 구역으로 완전히 돌아간 걸 메리가 확인하자마자 휠체어에서 일어나 말했다.

"화랑 한쪽 끝에서 반대쪽 끝까지 딜릴 거야. 펄쩍펄쩍 뛰기도 하고 밥 하워스가 가르쳐준 운동도 할 거야."

두 아이는 이것들을 다 하고 다른 일도 많이 했다. 초상화를 구경하다가 녹색 비단으로 된 옷을 입고 손가락으로 앵무새를 든 못생긴 작은 여자애 그림도 발견했다.

"전부 다 내 친척일 거야. 모두 오래전에 산 분들이야. 저 앵무새 그림 속 여자애는 할머니의 할머니의 할머니의 할머니뻘 되는 고모할머니일 거야. 너랑 진짜 많이 닮았다. 지금 모습 말고 여기에 처음 왔을 때 모습이랑. 지금은 훨씬 더 통통하고 예뻐졌어."

"너도 그래." 메리가 이렇게 말하고는 콜린과 함께 웃음을 터트렸다.

둘은 인도 느낌이 나는 방에 들어가 상아로 된 코끼리 상을 갖고 놀았다. 장밋빛 비단으로 꾸민 귀부인의 거실과 생쥐가 구멍을 뚫어놓은 쿠션도 발견했다. 새끼들이 자라서 도망쳤는지 구멍은 비어 있었다. 두 아이는 더 많은 방을 구경했고 메리가 혼자 다닐 때보다 더 많은 발견을 했다. 복도며 모퉁이, 계단을 새로 찾았고, 마음에 드는 오래된 그림과 어디에 쓰는지 모를 이상한 골동품도 발견했다. 그렇게 그날 아침은 신기하고도 즐거웠다. 다른 사람들도 있는 집인데 그들과 몇 킬로미터는 떨어진 곳을 단둘이 돌아다니니 참으로 짜릿했다.

콜린이 말했다. "오길 잘했다. 내가 사는 집이 이렇게 크고 이상하고 오래된 줄 몰랐어. 그래서 좋아. 비 올 때마다 이렇게 돌아다니자. 이상한 모퉁이와 골동품을 계속 찾을 수 있을 거야."

그날 아침, 두 아이는 식욕이 너무 왕성해져 콜린의 방에 돌아왔을 때는 점심을 손도 안 대고 돌려보내는 게 불가능했다.

보모는 점심 쟁반을 아래층으로 가지고 내려가 주방 조리대에 보란 듯 탁 내려놓았다. 요리사인 루미스 부인에게 윤이 날 정도로 깨끗이 비워진 그릇을 보여주기 위해서였다.

"이것 좀 봐! 이 집에서 제일 알다가도 모를 건 저 두 아이라니까요."

보모의 말에 힘세고 젊은 하인 존이 대꾸했다.

"매일 이렇게 먹으면 도련님이 무거워지는 게 놀랄 일도 아니네요. 아까 도련님을 들어보니 한 달 전보다 곱절은 더 무겁더라고요. 이 일 그만둬야 하나 고민이네요. 이러다간 근육이 성치 않겠어요."

그날 오후, 메리는 콜린의 방에 일어난 새로운 변화에 주목했다. 그 전날에 처음 눈치챘지만, 우연히 그렇게 된 줄 알고 아무 말도 하지 않았었다. 오늘도 말을 꺼내지는 않았지만, 메리는 가만히 앉아 벽난로 선반 위에 걸린 그림을 뚫어져라 바라보았다. 커튼이 옆으로 젖혀져 그림을 볼 수 있게 된 것이 바로 메리가 알아챈 변화였다.

메리가 그림을 몇 분간 빤히 보자 콜린이 말했다. "네가 나한테 무슨 말을 듣고 싶은지 알아. 나한테 듣고 싶은 말이 있을 때마다 꼭 그런 표정을 짓더라. 커튼이 왜 젖혀져 있는지 궁금하지? 계속 저렇게 둘 거야."

"왜?"

"이제는 엄마가 웃는 걸 봐도 화나지 않거든. 이틀 전 밤에 달빛이 환할 때 잠에서 깼는데, 온 방 안에 마법이 가득해 모든 게 무척 아름다워 보였어. 도저히 누워 있을 수 없어서 일어나 창밖을 내다봤어. 방 안은 환했고 커튼에 달빛 한 줄기가 비쳤어. 그때 왠지 모르게 커튼 줄을 당기고 싶어졌어. 커튼을 젖히니까 엄마가 날 내려다봤어. 내가 거기 서 있는 게 기뻐서 웃는 것 같았어. 그렇게 생각하니 엄마를 바라보는 게 좋았어. 이제는 엄마의 웃는 얼굴을 늘 보고 싶어. 아마 엄마도 마법 같은 걸 부린 것 같아."

"너, 엄마랑 똑같이 생겼어. 가끔 네 엄마 유령이 남자애로 변한 게 네가 아닐까 하는 생각이 들 정도야."

콜린은 메리의 생각에 깊은 감명을 받은 듯 곰곰이 생각하고는 천천히 말했다.

"내가 엄마 유령이라면 아빠도 날 좋아하실 거야."

"아빠가 널 좋아하셨으면 좋겠어?"

"저 그림이 싫었던 건 아빠가 날 좋아하지 않기 때문이었어. 아빠가 날 좋아하게 되면 마법 이야기를 해드려야겠어. 그럼 아빠도 기분이 더 좋아지실 거야."

제26장

"엄마예요!"

마법을 향한 아이들의 믿음은 변하지 않았다. 아침에 마법 의식을 치르고 나면 콜린은 가끔 마법에 관한 강연을 했다.

"이 강연은 내가 어른이 되어 위대한 과학 발견을 하면 그에 관한 강연을 해야 하니까 연습 삼아 하는 거야. 지금은 어리니까 짧은 강연만 할 수 있어. 벤 할아범이 또 교회인 줄 알고 꾸벅꾸벅 졸 테니 짧은 게 낫기도 하고."

벤 노인이 말했다. "강연이 참 좋은 게 하는 사람은 일어나 하고 싶은 말을 다 해도 다른 사람은 대꾸도 못 하지 않나요? 나도 가끔은 강연이란 거 해보고 싶네요."

그러나 벤 노인은 콜린이 나무 아래에서 긴 이야기를 늘어놓는 내내 집어삼킬 듯한 시선을 콜린에게서 한시도 떼지 않았다. 애정 어린 감시자의 시선이었다. 벤 노인의 관심사는 강연보다는 날이 갈수록 더 꼿꼿해지고 튼튼해지는 다리와 사내 애답게 빳빳이 쳐든 머리, 야위고 움푹 꺼졌다가 살이 차올라 둥그스름해진 턱과 뺨, 돌아가신 주인마님의 눈처럼 빛나기 시작한 두 눈이었다. 콜린은 가끔 벤 노인이 깊이 감동한 듯 진지하게 자기를 빤히 쳐다보면 도대체 뭘 곱씹고 있는지 궁금했다. 한 번은 벤 노인이 넋을 잃고 쳐다보자 콜린이 물었다.

"벤 할아범, 무슨 생각을 하는 거야?"

"도련님이 요번 주에만 분명 1~2킬로그램은 쪘을 거라는 생각이요. 도련님 장딴지랑 어깨를 보고 있었구먼요. 저울에 올려 재봤으면 좋겠네요."

"마법 덕분이야. 소어비 부인이 준 빵이랑 우유 덕분이기도 하고. 과학 실험이 성공한 거야."

그날 아침 디콘은 늦게 와서 강연을 못 들었다. 뛰어오느라 볼이 빨개진 디콘은 재미있게 생긴 얼굴이 평소보다 더 반짝반짝 빛나 보였다. 비가 오고 나니 잡초가 많이 자라 아이들은 바로 일을 시작했다. 따뜻한 비가 땅속 깊이 스며들면 늘 할 일이 많아졌다. 꽃에 유익한 수분은 잡초에도 좋아서 잡초에서 작은 잎과 새순이 올라오면 뿌리가 단단히 자리 잡기 전에 뽑아내야 했다. 콜린은 이제 다른 사람들만큼 잡초를 잘 뽑았고, 뽑으면서 강연도 했다. 이날 아침에는 이렇게 말했다.

"마법은 일할 때 제일 잘 이뤄져. 뼈와 근육에서 마법이 느껴지거든. 난 뼈와 근육에 관한 책도 읽고, 마법에 관한 책도 쓸 거야. 책은 이미 내용을 채우고 있어. 계속 알아가는 중이고."

이 말을 하고 얼마 안 되었을 때 콜린은 모종삽을 내려놓고 일어섰다. 몇 분 전부터 아무 말도 하지 않는 콜린을 보고 아이들은 늘 그렇듯 강연할 내용을 궁리 중이겠거니 했다. 그러다 콜린이 삽을 놓고 똑바로 서자 메리와 디콘은 갑자기 강렬한 생각이 떠올랐나 보다고 생각했다. 콜린은 몸을 최대한 쭉 펴고는 기뻐서 어쩔 줄 모르겠다는 듯 두 팔을 펼쳤다. 얼굴은 발그레하게 빛났고 신비한 눈은 기쁨으로 한층 더 커졌다. 무언가를 한순간에 완전히 깨달은 표정이었다.

콜린이 외쳤다. "메리! 디콘! 나 좀 봐!"

두 아이는 잡초 뽑던 손을 멈추고 콜린을 바라보았다.

"네가 날 여기로 처음 데려온 날 아침, 기억나?"

디콘은 콜린을 아주 유심히 살펴보았다. 동물을 부리는 마법사라 남들보다 더 많은 걸 볼 수 있었고, 그중에는 디콘이 절대 말하지 않는 것도 많았다. 지금 콜린에게서도 그런 게 보였다.

"암요, 기억나고말고요."

제26장

메리도 콜린을 열심히 쳐다봤지만 아무 말도 하지 않았다.

"조금 전 갑자기 그때가 기억났어. 모종삽으로 땅을 파는 내 손을 보다가…… 이게 진짜인지 확인하러 두 발로 서봤는데…… 진짜였어! 나는 건강해…… 건강하다고!"

"암요, 건강하고말고요!" 디콘이 말했다.

"난 건강해! 난 건강해!" 같은 말을 거듭 외치면서 콜린의 얼굴은 온통 빨갛게 물들었다.

전부터 어느 정도는 알고 있었다. 바라고 느끼고 생각은 했지만, 지금 이 순간 뜨거운 무언가가 콜린의 온몸을 통과하며 휘몰아쳤다. 그것은 너무나 강하게 휘몰아쳐 입 밖으로 낼 수밖에 없었던 황홀한 믿음이자 깨달음이었다. 콜린은 당당하게 외쳤다.

"난 영원히 살 거야! 영원히, 언제까지나! 영원히 살면서 새로운 걸 수천, 수백만 가지 알아낼 거야. 디콘처럼 사람과 동물과 땅에서 자라는 모든 것에 관해 배울 거야. 마법을 부리는 일도 절대 멈추지 않을 거야. 난 건강해! 난 건강해! 큰 소리로 외치고 싶어! 뭔가…… 고맙고 기쁜 것을!"

그러자 장미 덤불 근처에서 일하던 벤 웨더스태프가 콜린을 흘깃 돌아보더니 무덤덤하기 짝이 없고 투덜거리는 말투로 제안했다.

"찬미가를 부르면 되겠네요."

벤 노인은 찬미가에 대해 별다른 생각이 없던 터라 딱히 경건한 마음으로 권한 건 아니었다.

그러나 탐구심이 강한 콜린은 처음 들어본 찬미가가 무척 궁금했다.

"그게 뭐야?"

"디콘이 분명 부를 줄 알 거구먼요."

디콘이 동물 마법사답게 모든 걸 꿰뚫어 보는 듯한 미소를 지으며 답했다.

"교회에서 부르는 노래예요. 엄마는 종달새도 아침에 일어나면 이 노래를 부를 거래요."

"아주머니가 그렇게 말했다면 좋은 노래겠네. 난 늘 너무 아파서 교회에 한 번도 안 가봤어. 불러줘, 디콘. 듣고 싶어."

디콘은 아주 단순한 아이였고 그런 면을 꾸미려 하지 않았다. 콜린의 감정을 콜린보다 더 잘 알았다. 지극히 자연스럽고 본능적으로 아는 거라 자신이 안다는 사실조차 몰랐다. 디콘은 모자를 벗고 여전히 미소를 지으며 주변을 둘러보았다.

"도련님도 모자를 벗어야 해요. 벤 할아버지도요. 그리고 일어나셔야죠. 아시면서."

콜린은 모자를 벗고 디콘을 열심히 바라보았다. 콜린의 숱 많은 머리카락에 햇볕이 따스하게 비쳤다. 벤 노인도 무릎을 꿇고 있다가 급하게 일어나 모자를 벗었다. 벤 노인은 주름진 얼굴로 갑자기 왜 이런 짓을 하는지 도무지 모르겠다는 듯 얼떨떨하고 억울한 표정을 지었다.

디콘은 나무와 장미 덤불 사이에 서서 소박하고 꾸밈없으며 힘 있고 듣기 좋은 소년의 목소리로 찬미가를 부르기 시작했다.

"모든 축복을 내리시는 신을 찬미하라,
하늘 아래 모든 피조물이여 신을 찬미하라,
하늘 위 천사들이여 신을 찬미하라,
성부와 성자와 성령을 찬미하라.
아멘."

디콘이 노래를 마쳤을 때 벤 웨더스태프는 고집스레 입을 다물고 가만히 서 있었지만, 눈은 초조한 빛을 띤 채 콜린에게 고정되어 있었다. 콜린은 감탄하며 생각에 잠긴 표정이었다.

"정말 좋은 노래야. 마음에 들어. 마법에 고마운 마음을 크게 외치고 싶을 때 내가 하고 싶은 말이 딱 이 노래에 담겨 있는 것 같아." 콜린은 말을 멈추고 잘 모르겠다는 표정으로 생각에 잠겼다. "어쩌면 둘이 같은 건지도 몰라. 하긴, 세상 모든 이름을 우리가 어떻게 다 알 수 있겠어? 디콘, 다시 불러 줘. 메리, 우리도 불러보자. 나도 부르고 싶어. 이건 내 노래야. 처음에 어떻게 시작해? '모든 축복을 내리시는 신을 찬미하라'였나?"

아이들은 다시 찬미가를 불렀다. 메리와 콜린은 최대한

듣기 좋게 목소리를 높였고, 디콘의 목소리는 한층 크고 아름답게 울려 퍼졌다. 벤 노인은 두 번째 소절에서 거친 소리를 내며 목청을 가다듬더니, 세 번째 소절부터는 천둥이라도 치듯 우렁찬 목소리로 함께 불렀다. 그러다 '아멘'으로 노래를 마칠 때는 콜린이 불구가 아니라는 걸 알았을 때와 똑같이 턱을 씰룩거렸고, 멍한 시선으로 눈을 껌벅이며 가죽처럼 딱딱하고 거친 뺨을 눈물로 적셨다.

벤 노인이 쉰 목소리로 말했다. "전에는 찬미가를 부른들 무슨 의미가 있나 싶었는데, 이젠 생각이 바뀔 것 같네요. 이번 주엔 도련님 몸무게가 2킬로그램은 늘겠구먼요. 2킬로그램 더요!"

그때 콜린이 화원 건너편에서 시선을 끄는 무언가를 바라보다가 깜짝 놀란 얼굴로 재빨리 물었다.

"누가 여기 들어오는 거지? 누구야?"

담쟁이덩굴 담장에 난 문이 조심스럽게 열리고 한 여자가 들어와 있었다. 여자는 찬미가의 마지막 소절이 불릴 때 들어와 가만히 서서 노래를 들으며 일행을 지켜보았다. 여자의 등 뒤로 담쟁이덩굴이 우거졌고, 나무 사이로 흘리든 햇빛이 여자의 파란 망토에 아롱졌다. 푸른 이파리 너머로 착하고 산뜻한 얼굴로 미소 짓는 여자가 보였는데, 그 풍경이 마치 콜린이 보는 책에 나오는 은은하게 채색된 그림 같았다. 여자의 놀랍도록 애정 어린 눈은 무엇이든 다 품어줄 것만 같았다. 벤 웨더스태프와 '동물들'도, 활짝 핀 모든 꽃까지도. 여자는 느닷없이 나타났지만 일행 중 누구도 여자를 불청객으로 여기지 않았다. 디콘의 눈이 등불처럼 밝게 빛났다.

"엄마네. 저분이 우리 엄마예요!" 디콘이 외치고는 풀밭을 가로질러 뛰어갔다.

콜린도 부인 쪽으로 다가갔고 메리도 같이 갔다. 두 아이 모두 맥박이 빨라졌다.

중간에서 엄마를 만난 디콘이 다시 말했다. "우리 엄마예요! 도련님이 우리 엄마를 만나고 싶어 해서 엄마한테 문 위치를 말씀드렸어요."

콜린은 수줍은 왕자처럼 빨개진 얼굴로 손을 내밀면서도, 두 눈으로는 부인의 얼굴을 뚫어져라 보며 탐색했다.

"아플 때도 아주머니를 보고 싶었어요. 디콘이랑 비밀의 화원도요. 그전에는 아무도, 아무것도 보고 싶지 않았는데."

행복해 보이는 콜린의 얼굴을 보자 부인의 표정이 갑자기 확 달라졌다. 부인은 상기된 얼굴로 입꼬리를 씰룩대며 눈물을 글썽거렸다. 그러더니 떨리는 목소리로 불쑥 내뱉었다.

"아! 아가! 아이고! 아가!" 부인은 이런 말이 나올 줄 예상하지 못한 듯했다. '콜린 도련님' 대신 '아가'라는 말이 갑자기 튀어나온 것이다. 아마 디콘의 얼굴에서도 마음에 와닿는 무언가를 보았다면 똑같이 그렇게 불렀을 것이다. 콜린은 부인이 자기를 그렇게 불러주는 게 좋았다.

"내가 너무 건강해서 놀라셨어요?"

콜린이 묻자 부인은 콜린의 어깨에 한 손을 얹고 미소를 지으며 글썽이는 눈물을 닦아냈다.

"암, 놀라고말고! 그것도 그렇고 마님을 하도 쏙 빼닮아서 가슴이 막 뛰었구먼."

"그러면 아빠가 날 좋아하실까요?" 콜린이 다소 어색하게 말했다.

"암, 좋아하시고말고, 아가." 부인은 콜린의 어깨를 가볍고 빠르게 토닥거렸다. "어서 돌아오셔야겠네, 돌아오셔야겠어."

벤 웨더스태프가 부인에게 다가와 말했다.

"수전 소어비, 도련님 다리 좀 봐요. 두 달 전만 해도 꼬챙이에 양말을 신겨 놓은 것 같더니만. 다들 안짱다리에 휘었다고 수군댔는데, 이제 좀 보라고요!"

수전 소어비가 편안하게 웃고는 말했다.

"좀 있으면 튼튼한 사내아이 다리가 될 거예요. 신나게 놀고 화원에서 일하고 배불리 먹고 달콤하고 진한 우유를 양껏 마시면, 요크셔에서 도련님 다리보다 멋진 다리는 없게 될걸요. 신께 감사할 일이죠."

소어비 부인은 두 손을 메리 아가씨의 어깨에 올리고는 메리의 작은 얼굴을 엄마처럼 인자하게 살펴보았다.

"너도 그러네! 우리 엘리자베스 엘런만큼 튼튼해졌구나. 내 장담하는데 넌 네 엄마처럼 자랄 거다. 마사가 그러는데 메들록 부인이 네 엄마가 미인이었단 말을 들었다고 하더구나. 너도 자라면 분홍 장미처럼 예뻐질 거다, 아가. 신의 은총이 함께하길."

부인은 '쉬는 날' 집에 온 마사가 못생기고 누르스름한 아이가 왔다면서 메들록 부인이 무슨 말을 들었든 믿음이 안 간다고 했던 일은 전하지 않았다. 마사는 "예쁜 엄마한테서 그렇게 고약한 아이가 나올 리 없구먼요"라고 고집스레 덧붙였었다.

메리는 제 얼굴이 바뀌는 데는 신경 쓸 겨를이 없었다. 그저 예전과 '달라' 보이고 머리가 숱이 많아지고 굉장히 빨리 자란다는 정도만 알았다. 그러나 멤 사히브를 바라볼 때 느꼈던 좋은 기분이 떠올라 자기도 언젠가 그렇게 되리라는 말을 들으니 기뻤다.

수전 소어비는 아이들과 함께 화원을 한 바퀴 돌면서 그간의 이야기를 모두 들었고, 살아난 덤불과 나무도 일일이 살펴보았다. 콜린은 부인의 한쪽 옆에, 메리는 다른 쪽 옆에 서서 함께 걸었다. 아이들은 모두 부인의 혈색 좋은 편안한 얼굴을 계속 쳐다보면서 부인을 보면 왜 따뜻하고 든든하며 좋은 기분이 느껴지는지 속으로 궁금해했다. 부인은 디콘이 '동물들'을 이해하듯 아이들을 이해하는 것 같았다. 몸을 굽혀 꽃을 들여다보며 꽃이 아이인 양 말을 건네기도 했다. 검댕이는 부인을 따라다녔고 한두 번 부인에게 깍깍 울고는 디콘에게 그러듯 부인의 어깨 위에 앉았다. 울새 이야기와 울새의 새끼들이 처음 날갯짓한 이야기를 들려주자 부인은 엄마다운 푸근한 웃음을 터트렸다.

"새들이 나는 법을 깨우치는 건 애들이 걷는 법을 배우는 거랑 비슷할 거야. 그런데 내 새끼가 다리 말고 날개가 있다면 난 너무 걱정되어 잠시도 맘이 편하지 않을걸."

소어비 부인이 황무지 오두막의 아늑한 느낌을 풍기는 너무나 멋진 여인으로 보였기에 아이들은 마침내 마법 이야기를 꺼냈다.

콜린이 인도의 파키르를 설명하고 난 뒤 부인에게 물었다.

"마법을 믿으세요? 믿으셨으면 좋겠어요."

"믿고말고, 아가. 그렇게 불리는 줄은 몰랐지만 이름이 뭐가 중요하겠니? 분명 프랑스에서 불리는 이름 따로 있고 독일에서 불리는 이름 따로 있을 텐데, 뭐. 어쨌거나 씨앗을 싹틔우고 햇빛을 빛나게 하는 그게 너를 건강하게 만들어줬으니 좋은 일인 건 확실하네. 그런 일은 우리처럼 가여운 바보들이랑은 달라서 무슨 이름으로 불리든 상관하지 않아. '정말 좋은 일'은 다행스럽게도 쓸데없는 걱정을 할 틈이 없거든. 우리와 같은 존재를 계속 수백만 개씩 만들어내니까. 그러니 '정말 좋은 일'에 대한 믿음은 절대 놓지 마. 세상이 그걸로 꽉 차 있다는 사실도 잊지 말고. 이름은 부르고 싶은 대로 불러. 내가 화원에 들어왔을 때 그 일을 찬양하는 노래를 하고 있었던 거지?"

콜린이 예쁘고 신비로운 눈으로 부인을 바라보며 말했다.

"기쁨이 막 차올랐어요. 갑자기 내가 너무나 달라졌다는 생각이 들었어요. 팔다리도 튼튼해지고…… 땅도 파고 일어설 수도 있고……. 그래서 펄쩍펄쩍 뛰면서 마법이 들을 수 있는 뭔가를 소리 높여 외치고 싶었어요."

"마법은 네가 부른 찬미가를 들었어. 네가 부르는 건 뭐든 들었을 거야. 중요한 건 기쁨이란다. 아! 아가, 얘야, '기쁨을 만드는 그것'을 뭐라고 부르든 네 노랠 들었을 거다." 부인은 말을 마치고 콜린의 양어깨를 다시 빠르고 부드럽게 토닥거렸다.

이날 아침에도 부인은 늘 그렇듯 바구니에 성찬을 챙겨 보냈다. 배고픈 시간이 되자 디콘이 숨겨놓은 바구니를 가져왔고 부인은 나무 아래에 앉아 허기진 아이들이 허겁지겁 음식을 먹어 치우는 모습을 흐뭇한 얼굴로 웃으며 지켜보았다. 장난기가 많은 부인은 온갖 희한한 이야기로 아이들을 웃게 했다. 요크셔 사투리를 썼고 새로운 사투리도 가르쳐주었다. 콜린이 아직도 짜증 내는 병자 행세를 하고 있는데 그러기가 점점 어려워지고 있다는 말을 들었을 때는 참지 못하고 웃음을 터트렸다.

콜린이 말했다. "같이 있을 때마다 자꾸 웃음이 터지는 게 문제예요. 웃으면 하나도 아픈 것 같지 않잖아요. 참으려고 애쓰는데 결국 터져 나오고, 그러면 더 시끄럽게 웃게 돼요."

메리가 말했다. "툭하면 떠오르는 생각이 하나 있는데요. 갑자기 그 생각이 떠오르면 도저히 못 참겠어요. 콜린의 얼굴이 보름달처럼 동그래질 거란 생각이 자꾸 들어요. 아직은 아니지만 매일 조금씩 통통해지고 있으니까……. 이러다 어느 날 아침 보름달처럼 보이면…… 그럼 어떡해요!"

수전 소어비가 말했다. "저런, 너희가 연극 놀이를 왜 그렇게 많이 해야 했는지 이제 알겠구나. 그런데 이제 곧 그만해도 될 거야. 크레이븐 주인님이 돌아오실 테니까."

"돌아오실 것 같아요? 왜요?"

콜린의 질문에 수전 소어비가 부드럽게 빙긋이 웃으며 답했다.

"네가 너만의 방식으로 말씀드리기 전에 아버지가 아시면 네 마음이 몹시 아플 거잖니. 밤새 잠도 못 자고 계획을 짰을 텐데."

"다른 사람이 아빠한테 말하는 건 정말 싫어요. 매일 이렇게 할까, 저렇게 할까 고민해요. 지금은 아빠 방으로 그냥 뛰어 들어가고 싶지만요."

"그러면 아버지도 정말 좋아하시겠다. 그 표정을 보고 싶구나, 아가. 정말 보고 싶어! 아버지는 돌아오실 거야…… 그럼, 돌아오시지."

부인과 아이들은 메리와 콜린이 오두막에 놀러 가는 이야기도 나눴다. 마차를 타고 황무지로 가서 히스 들판에서 점심을 먹기로 계획을 다 세웠다. 열두 아이도 만나고 디콘의 텃밭도 보고 지칠 때까지 돌아오지 않기로 했다.

수전 소어비는 저택으로 돌아가 메들록 부인을 만나려고 드디어 자리에서 일어났다. 콜린도 휠체어를 타고 돌아갈 시간이었다. 휠체어를 타기 전에 콜린은 부인 옆에 바싹 붙어 서서 부인을 어찌할 바 모를 만큼 흠모하는 눈길로 뚫어져라 바라보았다. 그러더니 갑자기 부인이 두른 파란 망토의 주름진 부분을 꽉 부여잡고는 말했다.

"아주머니는 내가…… 내가 원하던 분이에요. 아주머니가 디콘의 엄마면서…… 내 엄마기도 하면 좋겠어요!"

그 순간 수전 소어비는 몸을 굽혀 따스한 두 팔로 콜린을 부드럽게 끌어당겨 망토 아래 품 안에 꼭 껴안았다. 마치 디콘의 남동생을 안는 듯했다. 또다시 촉촉한 안개가 부인의 눈에 차올랐다.

"아! 아가! 네 어머니도 지금 이 화원에 계실 거야. 난 그렇게 믿는단다. 널 두고는 도저히 떠날 수 없으셨을 거야. 아버지도 꼭 너한테 돌아오실 거구먼…… 돌아오시고말고!"

제27장

화원에서

　　　　　　세상이 시작된 이래로 한 세기마다 놀라운 일들이 발견되었다. 특히 지난 세기에는 다른 어떤 세기 때보다 더 놀라운 발견이 이루어졌다. 다가오는 세기에도 더욱 놀라운 일들이 수도 없이 세상에 밝혀질 것이다. 사람들은 처음에는 새롭고 낯선 일을 믿으려 하지 않다가 그 일이 이뤄지는 걸 보고는 어느새 현실로 받아들인다. 그러고 나면 온 세상이 왜 진작, 몇 세기 전에 그 일이 이뤄지지 않았는지 의아해한다. 지난 세기에 새롭게 알아낸 일 중 하나는 단순한 생각이 전지만큼 강력해 햇빛만큼 유익하거나 독약만큼 해로울 수 있다는 사실이다. 슬픈 생각이나 나쁜 생각이 마음속에 들어오게 내버려 두는 것은 성홍열 균이 몸에 침입하게 두는 것만큼 위험하다. 마음속에 들어온 생각이 계속 그 안에 머물게 두면 죽을 때까지 그 생각에서 벗어나지 못할 수도 있다.

마음속에 불쾌한 생각, 즉 사람들에 대한 미움과 비뚤어진 의견, 무엇에도 기뻐하거나 관심을 두지 않겠다는 고집이 가득 차 있는 동안 메리 아가씨는 그저 삶이 따분하고 낯빛이 누리끼리하고 허약하고 가련한 아이였다. 그러나 본인은 전혀 몰랐지만, 상황이 그녀에게 매우 우호적으로 돌아갔다. 상황은 메리의 등을 떠밀어 메리에게 유익한 방향으로 그녀를 몰고 갔다. 메리의 마음은 점차 울새와 아이들로 북적이는 황무지 오두막, 이상하고 괴팍한 늙은 정원사, 요크셔의 천하고 어린 하녀, 봄날, 나날이 살아나는 비밀의 화원, 황무지 소년과 그의 '동물들'로 채워졌다. 그러자 메리의 간과 위장에 해로운 영향을 미치고 누리끼리한 안색과 피로의 원인이었던 불쾌한 생각이 끼어들 틈이 없었다.

방에 틀어박혀 자신의 두려움과 약점, 자기를 바라보는 사람들에 대한 증오심만 떠올리고 매 순간 등의 혹과 때 이른 죽음만 곱씹는 동안, 콜린은 햇빛과 봄이라고는 하나도 모르며, 노력하면 건강해질 수 있고 두 발로 설 수 있다는 것도 모른 채 히스테리를 부리는 반미치광이 건강 염려증 환자였다. 그러나 새롭고 아름다운 생각이 오래되고 끔찍한 생각을 밀어

내기 시작하자 콜린에게는 다시 생명이 깃들었고, 혈관에 건강한 피가 돌았으며, 힘이 마구 샘솟았다. 콜린의 과학 실험은 매우 현실적이고 단순해서 이상할 게 하나도 없었다. 불쾌하거나 비관적인 생각이 떠오를 때 의식적으로 그 생각을 밀어낸 뒤 유쾌하고 아주 용감한 생각을 떠올린다면 누구든 훨씬 더 놀라운 일들을 경험할 수 있다. 서로 다른 두 가지 생각이 한 공간에 동시에 존재할 수는 없으니 말이다.

"장미를 가꾸는 곳에는, 애야,
엉겅퀴가 자랄 수 없단다."

비밀의 화원이 되살아나고 두 아이도 같이 살아나는 동안, 머나먼 노르웨이 피오르의 절경과 스위스의 산과 계곡을 떠도는 남자가 있었다. 남자는 10년 동안 마음속을 어둡고 비통한 생각으로 채우며 살았다. 용기가 없어 다른 생각으로 어두운 생각을 밀어내려는 시도는 한 번도 한 적이 없었다. 남자는 푸른 호수 옆을 거닐면서도, 자주색 용담꽃이 천지에 피어 꽃향기가 대기를 가득 채운 산기슭에 누워서도 어두운 생각을 했다. 행복했던 시절 끔찍한 슬픔이 갑자기 덮치자 남자는 암흑이 영혼을 채워도 내버려 두었고, 작은 빛줄기가 뚫고 들어오는 것조차 완강히 거부했다. 그렇게 남자는 제 가정과 의무를 외면하고 저버렸다. 여행을 다닐 때도 어둠에 깊이 잠식되어 사람들은 마치 그가 우울이라는 독을 대기에 퍼트리기라도 하는 듯 그를 보기만 해도 괴로워했다. 그를 처음 보는 사람들은 대부분 그가 반미치광이거나 죄악에 사로잡힌 영혼을 숨기고 살아가는 게 틀림없다고 생각했다. 키가 크고 얼굴이 핼쑥하고 어깨가 굽은 남자의 이름은 호텔 숙박부에 늘 이렇게 기록되었다. "영국 요크셔주 미셀스웨이트 저택, 아치볼드 크레이븐."

크레이븐 씨는 서재에서 메리 아가씨에게 '땅을 조금' 가져도 된다고 말한 날부터 멀리 여행을 떠났다. 한곳에서 며칠 넘게 지낸 적은 없었지만, 유럽에서 경치가 가장 빼어난 장소에 갔고 제일 조용하고 외진 곳을 골라 다녔다. 해돋이 때 구름이 걸쳐진 산꼭대기에 올라 다른 봉우리들을 내려다보면, 태양이 환한 빛으로 봉우리들을 어루만져 마치 세상이 막 태어나는 것 같은 절경이 펼쳐졌다.

그러나 빛이 크레이븐 씨를 어루만져준 적은 한 번도 없었다. 그러던 어느 날, 10년 만에 처음으로 그에게 이상한 일이 벌어졌다. 그날 크레이븐 씨는 오스트리아 티롤의 어느 멋진 골짜기에서 누구의 영혼이든 슬픔에서 건져 올려줄 것 같은 절경 속을 홀로 걸었다. 먼 길을 걸어도 슬픔에서 벗어나지 못한 그는 마침내 피곤해져 이끼가 융단처럼 깔린 개울가에 벌렁 드러누웠다. 깨끗하고 작은 개울이 부드럽고 촉촉한 초목 사이로 난 좁은 물길을 따라 즐겁게 흐르고 있었다. 개울물은 이따금 조약돌을 넘고 휘감으며 낮은 웃음소리 같은 졸졸 소리를 냈다. 크레이븐 씨는 새들이 날아와 머리를 살짝 담근 채 개울물을 마시고는 날개를 퍼덕여 날아가는 모습을 보았다. 개울은 살아 있는 생명체 같았으나 그 목소리가 하도 작아 정적이 더욱 깊게 느껴졌다. 골짜기는 한없이 고요하고, 또 고요했다.

투명한 개울물이 흐르는 모습을 멍하니 바라보면서 아치볼드 크레이븐은 몸과 마음이 골짜기처럼 고요해지는 느낌이 점점 들었다. 잠이 오려나 싶었지만 졸리지는 않았다. 햇빛이 비치는 개울물을 가만히 앉아서 보다 보니 개울가에서 자라는 무언가가 눈에 들어왔다. 군집을 이뤄 예쁘게 자란 파란 물망초였는데, 개울에 바싹 붙어 자라 잎사귀가 젖어 있었다. 크레이븐 씨는 어느새 자신이 오래전 그런 꽃을 바라보았던 것과 같은 시선으로 물망초를 보고 있단 걸 깨달았다. 실제로 그는 애정 어린 마음으로 물망초가 얼마나 예쁘고, 파랗고 작은 꽃송이 수백 개가 얼마나 경이로운지 생각하고 있었다. 이 단순한 생각이 서서히 그의 마음을 채우고…… 채우고 또 채워 다른 생각을 부드럽게 밀어내고 있다는 것을 크레이븐 씨는 알지 못했다. 마치 물이 고인 웅덩이에 달고 맑은 샘물이 차고, 차고 또 차올라 마침내 고여 있던 검고 탁한 물을 모두 흘려보내는 것과 같았다. 물론 크레이븐 씨는 이런 생각을 하지 못했다. 그저 물망초의 눈부시게 우아한 파란빛을 가만히 앉아 바라볼수록 골짜기가 점점 고요해지는 것 같다고 생각할 뿐이었다. 자신이 그 자리에 얼마나 오래 앉아 있었는지, 자신에게 무슨 일이 벌어지고 있는지는 몰랐지만, 이윽고 크레이븐 씨는 잠에서 깨어난 듯 움직이며 천천히 자리에서 일어났다. 그러고는 이끼 양탄자를 밟고 선 채 부드럽고 길게 심호흡하며 신기한 기분을 느꼈다. 그의 내면에 묶여 있던 무언가가 풀려난 것 같았다. 아주 조용히.

크레이븐 씨는 손으로 이마를 짚으며 속삭임에 가까운 소리로 말했다.

"이게 뭐지? 마치 내가…… 다시 살아난 것 같아!"

아직 발견되지 않은 경이로운 일은 알 길이 없으니, 이 일이 어떻게 그에게 일어났는지는 누구도 설명할 수 없을 것이다. 크레이븐 씨도 이 일을 이해할 수 없었다. 그러나 몇 달 뒤 미셀스웨이트 저택으로 돌아갔을 때 크레이븐 씨는 이 묘한 시간을 떠올렸고, 바로 그날 콜린이 비밀의 화원에서 이렇게 외쳤다는 걸 우연히 알게 되었다.

"난 영원히 살 거야! 영원히, 언제까지나!"

그날 경험한 그 기이한 고요함은 저녁 내내 사라지지 않았고, 그 덕분에 크레이븐 씨는 전과 달리 평온하게 잠들 수 있었다. 그러나 고요함은 그리 오래가지 않았다. 고요함을 오래 붙잡아둘 수 있다는 걸 알지 못했던 크레이븐 씨는 다음 날 밤, 마음의 문을 활짝 열고 말았고 어두운 생각은 다시 물밀듯 쏟아져 들어왔다. 그렇게 그는 골짜기를 떠나 다시 방랑길을 나섰다. 그러나 이상하게도 몇 분씩, 때로는 30분씩, 왠지 모르게 어두운 그늘이 걷혔고 그럴 때마다 크레이븐 씨는 죽지 않고 살아 있는 기분이 들었다. 천천히, 아주 천천히 그는 모르는 어떤 이유로 크레이븐 씨는 화원과 함께 '되살아나고' 있었다.

황금빛 여름이 황금빛이 더 깊어지는 가을로 바뀌면서 크레이븐 씨는 이탈리아의 코모 호수에 도착했다. 그곳에서 그는 아름다운 꿈을 만났다. 며칠 동안 수정처럼 푸른 호수 주변에서 보내거나, 푸르고 부드러운 이파리가 무성하게 자란 언덕 위 숲으로 들어가 지쳐 잠들 수 있을 때까지 걸으며 지낼 때였다. 이때쯤 그는 잠을 더 잘 자기 시작했고 악몽도 더는 꾸지 않게 되었다.

그는 생각했다. '몸이 튼튼해지고 있나 보군.'

몸뿐 아니라 드물게 찾아오긴 했지만 생각이 바뀌는 평화로운 시간 덕분에 영혼도 천천히 강해지고 있었다. 집 생각이 나서 돌아가야 하지 않나 하는 고민을 하기도 했다. 이따금 흐릿하게나마 아들 생각도 했다. 집에 돌아가 조각 부늬가 있는 네 기둥 침대 옆에 서서 검은 속눈썹이 무성한 눈이 놀랍도록 꽉 감겨 있고 윤곽이 날카로운 아들의 상아색 얼굴을 내려다보면 어떤 기분일까 상상했다. 생각만 해도 몸이 움츠러들었다.

그러던 어느 신기한 날, 멀리까지 걸어갔다 오니 보름달이 높이 떠 온 세상이 자줏빛 그림자와 은빛으로 빛나고 있었다. 고요한 호수와 호숫가와 숲이 너무나 놀랍고 신기해 크레이븐 씨는 묵고 있는 별장으로 돌아가는 대신 호숫가로 걸어가서는 나무 그늘이 진 작은 테라스에 앉아 상쾌하기 그지없는 밤 내음을 들이마셨다. 어느새 다시 찾아든 이상한 평온함이 점점 더 깊어지자 크레이븐 씨는 잠에 빠져들었다.

언제 잠들었는지, 언제부터 꿈을 꿨는지는 알 수 없었다. 꿈이 너무나 생생해 꿈을 꾸는지조차 몰랐다. 꿈에서 깬 뒤에도 꿈속에서 정신이 얼마나 맑고 또렷했는지 기억날 정도였다. 꿈속에서 철 늦은 장미 향기를 맡으며 발치에서 호숫물이 찰랑거리는 소리를 듣는데, 그를 부르는 목소리가 들렸다. 아득하지만 맑고 달콤하고 행복한 목소리였다. 목소리는 아주 멀리서 부르는 듯했지만 바로 옆에서 부르는 양 또렷이 들렸다.

목소리는 부를수록 점점 더 다정하고 맑아졌다.

"아치! 아치! 아치! 아치! 아치!"

크레이븐 씨는 놀라지도 않고 벌떡 일어섰다. 너무나 진짜 같고 자연스러운 목소리라 귀에 들리는 게 당연했다.

"릴리어스! 릴리어스! 릴리어스! 어디 있소?"

"화원에 있어요. 화원에요!" 황금 피리에서 흘러나오는 듯한 목소리가 말했다.

그렇게 꿈은 끝났지만, 크레이븐 씨는 깨지 않고 아름다운 밤이 다 가도록 깊은 단잠을 잤다. 마침내 잠에서 깨니 근사한 아침이 밝은 뒤였고, 하인이 그를 빤히 바라보며 서 있었다. 이탈리아 출신 하인은 별장에서 일하는 다른 하인들처럼 외국인 주인이 어떤 이상한 행동을 하든 두말없이 받아들였다. 주인님이 언제 나가거나 들어올지, 어디에서 잘지, 정원을 돌아다닐지, 밤새도록 호수에 띄운 배에 누워 있을지 하인들은 아무도 몰랐다. 이탈리아인 하인은 편지 몇 통이 담긴 쟁반을 들고 크레이븐 씨가 가져갈 때까지 조용히 기다렸다. 하인이 물러나자 크레이븐 씨는 편지를 든 채 잠시 앉아 호수를 바라보았다. 이상한 평온함이 사라지지 않았을 뿐 아니라 새로운 느낌이 들었다. 과거의 잔인한 사건이 애초에 일어나지 않은 듯, 무언가가 바뀐 듯 가벼운 느낌이었다. 크레이븐 씨는 간밤에 꾼 진짜 같은 꿈을 떠올리고는 의아해하며 말했다.

"화원에 있다고! 화원이라니! 문은 잠겼고 열쇠는 땅에 묻었는데."

잠시 후 편지들을 힐끗 보니 맨 위에 놓인 편지에 요크셔 주소가 영어로 쓰여 있었다. 소박한 여자의 필체였는데 아는 필체는 아니었다. 크레이븐 씨는 보낸 사람이 누군지 짐작도 못 한 채 봉투를 열었다. 편지는 첫마디부터 단박에 그의 시선을 사로잡았다.

주인님께
저는 일전에 황무지에서 겁 없이 주인님께 말을 걸었던 수전 소어비입니다. 메리 아가씨에 관해 말씀을 드렸었죠. 이번에도 겁 없이 드릴 말씀이 있습니다. 주인님, 부탁드립니다. 제가 주인님이라면 집에 돌아가겠습니다. 돌아가시면 주인님도 기쁘실 겁니다. 감히 말씀드립니다. 주인마님이 여기 계신다면 주인님께 돌아오시라고 했을 겁니다.

주인님의 충직한 하인,
수전 소어비 올림

 크레이븐 씨는 편지를 두 번 읽은 뒤 봉투에 다시 넣었다. 그러고는 계속 꿈 생각을 했다.
 "미셀스웨이트로 돌아가야겠군. 그래, 지금 바로 가야겠어."
 그는 정원을 지나 별장으로 가서 피처에게 영국으로 돌아갈 준비를 하라고 지시했다.

 며칠 뒤 크레이븐 씨는 요크셔에 돌아왔다. 기나긴 기차 여행에서 그는 10년 동안 한 번도 생각하지 않았던 아들을 떠올렸다. 그 긴 시간 기억에서 지우고만 싶었지만 이제는 일부러 떠올리려 하지 않아도 아들에 관한 기억이 끊임없이 되살아났다. 아기는 살고 엄마는 죽었다는 이유로 미치광이처럼 악을 쓰던 암담한 날들이 떠올랐다. 만남을 거부하다 결국 보러 간 아기는 모두 며칠을 못 버티고 죽을 거라고 확신할 만큼 너무나 연약하고 가련해 보였다. 아기는 며칠이 지나도 죽지 않고 살아남아 저를 돌본 하인들을 놀라게 했지만, 이번에는 모두 아이가 기형에 불구가 될 거라고 믿었다.

나쁜 아버지가 되려고 작정하지는 않았으나, 크레이븐 씨는 아비가 된 기분이 전혀 들지 않았다. 의사를 부르고 보모를 붙여주고 온갖 사치품을 사주었지만, 아이를 생각하기만 해도 움츠러들어 스스로 고통에 파묻혀 살았다. 미셀스웨이트를 떠났다가 1년 만에 돌아왔을 때 작고 우울하게 생긴 아이는 검은 속눈썹으로 둘러싸인 커다란 회색 눈을 힘없이, 무심하게 들어 아버지를 올려다보았다. 크레이븐 씨는 자신이 사랑했던 행복한 눈과 너무나 비슷하면서도 소름 끼치게 다른 아이의 눈을 차마 볼 수 없어 새하얗게 질린 얼굴을 돌려버렸다. 그날 이후 그는 아이가 잠들었을 때만 보러 갔고, 아이에 대해 아는 것이라고는 반미치광이처럼 히스테리를 부리고 사납게 성질을 내는 고질병 환자라는 사실뿐이었다. 그러니 아이가 분노로 발광하다가 다치지 않게 하려면 아이의 뜻을 하나부터 열까지 다 받아주는 수밖에 없었다.

행복한 기억은 아니었지만 '살아나는' 중인 크레이븐 씨는 기차가 덜컹거리며 산길과 황금빛 들녘을 지나는 동인 그 기억을 달리 생각하기 시작했고, 그 생각은 오랫동안 차분하고 깊이 있게 이어졌다.

그가 혼잣말로 중얼거렸다. "어쩌면 난 10년 동안 완전히 잘못 살았는지도 몰라. 10년은 긴 세월이야. 뭘 하기에는 너무 늦었겠지. 늦어도 많이 늦었을 거야. 난 도대체 무슨 생각을 하고 산 걸까!"

물론 '너무 늦었다'는 말로 시작하는 건 잘못된 마법이었다. 콜린도 그렇게 말해줬을 것이다. 그러나 크레이븐 씨는 나쁜 마법이든 좋은 마법이든 마법 자체를 전혀 몰랐다. 아직 배울 게 많은 것이다. 크레이븐 씨는 문득 수전 소어비가 용기를 내 편지를 쓴 이유가 궁금해졌다. 혹시 콜린의 상태가 심각해져 목숨이 위태롭다는 걸 모성애로 간파했기 때문이 아닐까. 평소였다면 이 생각을 하며 어느 때보다 비참해졌겠지만 크레이븐 씨는 기이한 평온함에 사로잡힌 상태였다. 평온함은 그에게 용기와 희망을 불어넣었다. 최악의 상황을 상상하며 좌절하는 대신 크레이븐 씨는 애써 더 희망적인 상황을 떠올렸다.

'그 부인은 내가 아이를 돕고 통제할 수 있을 거라고 생각할까? 집에 가는 길에 부인을 만나봐야겠군.'

황무지를 가로질러 가는 길에 크레이븐 씨가 소어비 부인의 오두막에 마차를 세우니, 근처에서 뛰어놀던 아이 일고여덟 명이 우르르 모였다. 아이들은 저마다 친근하고 예의 바르게 무릎을 살짝 구부리며 인사하고는 어머니는 아침 일찍 황무지 건넛집에 아기 낳는 일을 도우러 가셨다고 했다. 또 묻지도 않았는데 '우리 디콘'은 저택에 화원 일을 도우러 갔으며 매주 며칠씩 간다고도 알려주었다.

크레이븐 씨는 아이들의 튼튼한 몸과 뺨이 발그레하고 동그런 얼굴을 훑어보았다. 모두 각자의 방식으로 웃음을 짓고 있었다. 하나같이 건강하고 호감 가는 아이들이라 크레이븐 씨는 아이들의 친근한 웃음에 미소로 답하며 1파운드짜리 금화 한 개를 주머니에서 꺼내 맏이인 '우리 엘리자베스 엘런'에게 주었다.

"여덟 명이 나누면 한 명이 반 크라운crown[7]은 가질 수 있을 거다."

그러고는 활짝 웃으며 킥킥거리고 무릎 인사를 하는 아이들을 뒤로하고 마차를 타고 떠났다. 그 뒤에서 아이들은 신이 나 팔꿈치로 서로를 쿡쿡 찌르며 폴짝폴짝 뛰었다.

크레이븐 씨는 경이로운 황무지를 가로질러 달리니 마음이 편안해졌다. 다시는 느끼지 못하리라 확신했던, 고향에 돌아온 기분이 왜 들까? 왜 땅과 하늘, 저 멀리까지 활짝 핀 자줏빛 꽃들이 아름다워 보이고, 왜 600년간 크레이븐 가문의 터전이 되어준 오래된 대저택에 가까워질수록 마음이 따뜻해질까? 문 닫힌 방들과 비단이 드리워진 네 기둥 침대에 누워 있는 아이를 생각하면 몸서리가 쳐져 도망치듯 떠난 곳이 아니던가. 혹시 아이가 조금은 나아져 이를 보고 더는 움츠리들지 않을 수도 있지 않을까? 크레이븐 씨는 너무나 생생했던 그날의 꿈을 떠올렸다. 꿈속에서 그를 부르던 목소리는 얼마

---

[7] 영국의 구화폐로 5실링짜리 동전-옮긴이

나 맑고 아름다웠던가. "화원에 있어요! 화원에요!"

크레이븐 씨가 말했다. "열쇠를 찾아봐야겠군. 문을 열어 봐야겠어. 꼭 그래야만 할 것 같아. 이유는 모르겠지만."

그가 저택에 도착하자 평소 격식대로 그를 맞이한 하인들은 주인님이 좋아 보인다는 걸 알아차렸다. 크레이븐 씨는 피처의 시중을 받으며 틀어박혀 지내는 외딴 방으로 가지 않고 서재로 가서 메들록 부인을 불렀다. 메들록 부인은 다소 들뜨고 얼떨떨한 표정으로 허둥지둥 서재로 왔다.

"콜린은 좀 어떻소?"

"그게, 주인님, 도련님이…… 뭐라고 해야 하나, 달라지셨어요."

"더 나빠졌나?"

메들록 부인은 새빨개진 얼굴로 설명하려 애썼다.

"그게, 그러니까, 주인님, 크레이븐 박사님도 보모도 저도 정확히는 모르겠어요."

"왜 그렇지?"

"솔직히 말씀드리면, 콜린 도련님은 나아진 걸 수도 있고 나빠진 걸 수도 있어요. 입맛은 상상 이상으로 좋아졌고…… 행동은……."

"더…… 더 이상해졌나?" 주인이 초조하게 이맛살을 찌푸리며 물었다.

"네, 맞아요, 주인님. 아주 이상해지셨어요. 전에 비하면 말이죠. 아무것도 안 드시던 분이 갑자기 엄청나게 드시기 시작하더니…… 어느 날부터는 또 전처럼 입에도 안 대고 다 돌려보내셨어요. 게다가 주인님은 아마 모르셨겠지만, 원래 도련님은 절대 집 밖으로 안 나가려고 하셨어요. 도련님을 휠체어에 태워 나가느라 별의별 수모를 다 당한 걸 생각하면 사시나무 떨듯 몸이 떨릴 지경이라니까요. 매번 하도 난리를 부리셔서 크레이븐 박사님도 강제로 데리고 나가면 무슨 일이 생길지 모른다고 경고하셨어요. 그랬는데 주인님, 어느 날 난데없이…… 성질을 심하게 부리시고 얼마 안 되었을 때였는데, 도련님이 이제부터 메리 아가씨랑 매일 밖에 나가겠다고 고집을 부리시는 거예요. 휠체어는 수전 소어비의 아들 디콘이 밀고요. 메리 아가씨랑 디콘을 무척이나 좋아하게 되셔서 디콘이 길들인 동물들까지 데려왔답니다. 믿으실지 모르지만, 요즘은 아침부터 저녁까지 밖에서 노시느라 집을 안 들어오세요."

크레이븐 씨의 다음 질문이 이어졌다. "보기에는 어떻소?"

"식사만 제대로 하신다면…… 살이 쪘다고 볼 수 있습니다. 영 드시질 않으니 아무래도 부으신 것 같아요. 그리고 가끔 메리 아가씨와 단둘이 있을 때 이상하게 웃으세요. 전에는 웃으시는 걸 한 번도 본 적이 없거든요. 아무튼 주인님이 부르시면 크레이븐 박사님이 당장 뵈러 오실 거예요. 박사님도 평생 이렇게 당황스러운 적이 없으시대요."

"콜린은 지금 어디 있소?"

"화원에 계세요, 주인님. 늘 화원에 계신답니다. 모습을 보이는 걸 워낙 싫어하셔서 그 근처로는 아무도 못 가지만요."

크레이븐 씨는 메들록 부인의 마지막 말이 제대로 들리지도 않았다.

"화원에 있다고."

메들록 부인을 보내고 난 뒤 크레이븐 씨는 멍하니 서서 같은 말을 몇 번이고 되뇌었다.

"화원에 있다고!"

그가 발 딛고 선 현실로 돌아오기까지는 꽤 큰 노력을 기울여야 했다. 정신을 차린 크레이븐 씨는 몸을 돌려 서재 밖으로 나갔다. 메리가 그랬듯 관목숲에 난 문으로 나가 월계수 울타리와 분수 화단을 지나갔다. 분수대는 이제 작동 중이었고 그 주위를 둘러싼 화단에는 빛깔이 선명한 가을꽃이 피어 있었다. 잔디밭을 가로질러 가자 담쟁이덩굴 담장 옆으로 긴 산책로가 나왔다. 크레이븐 씨는 서두르지 않고 천천히 걸으면서 길에서 시선을 떼지 않았다. 마치 오랜 시간 외면했던 곳으로 이끌려 가는 느낌이 들었지만, 왜 그런지는 알 수 없었다. 그곳이 점점 가까워지자 크레이븐 씨의 걸음은 한층 더 느려졌다. 담쟁이덩굴이 무성하게 자라 뒤덮고 있었지만 크레이븐 씨는 문의 위치가 기억났다. 그런데 그곳이, 열쇠를 묻은 곳이 정확히 기억나지 않았다.

걸음을 멈추고 가만히 서서 주변을 둘러보려던 바로 그

순간, 크레이븐 씨는 깜짝 놀라 귀를 쫑긋 세웠다. 지금 꿈을 꾸는 게 아닌가 의심하면서.

담쟁이덩굴이 문을 뒤덮고 열쇠는 덤불 밑에 묻혔으니 외로운 10년 동안 누구도 그 문을 통과하지 못했을 터였다. 그런데…… 화원 안에서 소리가 들렸다. 나무 아래에서 서로 쫓고 쫓기며 뛰어다니는 발소리와 애써 낮춘 이상한 목소리, 기쁨에 겨운 환호성을 억누르는 듯한 소리였다. 어린것들의 웃음소리도 들렸다. 소리를 들키지 않으려 애쓰지만 흥분이 커지면서 걷잡을 수 없이 터져 나오는 아이들의 웃음소리였다. 도대체 무슨 꿈을 꾸는 걸까? 도대체 이게 무슨 소리란 말인가? 이성을 잃어 원래는 안 들리는 환청이라도 들은 걸까? 꿈에서 들은 아득하고 맑은 목소리는 이 소리를 의미한 걸까?

바로 그때 목소리를 낮춰야 하는 걸 잊어버린 듯 화원의 소리가 걷잡을 수 없이 커졌다. 발소리가 점점 빨라지며 화원 문 쪽으로 다가왔다. 아이들이 급하게 숨을 크게 들이쉬더니 도저히 못 참겠다는 듯 웃음을 터트리며 깔깔거렸다. 그때 담장에 난 문이 활짝 열리고 커튼 같은 담쟁이덩굴이 젖혀지면서 남자애 한 명이 밖에 누가 있는지도 모른 채 전속력으로 뛰어나왔고, 그 바람에 크레이븐 씨의 품에 확 뛰어들 뻔했다.

크레이븐 씨는 아이가 부딪쳐서 넘어지기 직전에 두 팔을 뻗어 아이를 잡았다. 아이를 몸에서 조금 떨어뜨려 얼굴을 본 순간, 크레이븐 씨는 이곳에 이 아이가 있다는 게 믿기지 않아

숨이 턱 막혔다.

아이는 키가 크고 잘생긴 남자애였다. 활기가 넘쳐 반짝반짝 빛났고 뛰어오느라 얼굴이 예쁘게 물들어 있었다. 아이는 이마로 흘러내린 숱 많은 머리칼을 뒤로 넘기고는 묘한 회색 눈을 들어 올렸다. 사내애다운 장난기가 가득하고 검은 속눈썹이 술 장식처럼 둘러싼 눈이었다. 크레이븐 씨를 숨이 턱 막히게 만든 눈이기도 했다.

"누구…… 어떻게? 설마!" 그가 더듬거리며 말했다.

이건 콜린이 예상한 장면이 아니었다. 콜린의 계획과 달랐다. 콜린은 아빠를 이렇게 만날 줄은 상상도 하지 못했다. 그러나 달리기에서 이겨 뛰어나온 것이 차라리 더 잘된 일인지도 몰랐다. 콜린은 키가 최대한 커 보이게 몸을 쭉 폈다. 같이 달리면서 문을 통과해 뛰어나온 메리가 보기에도 평소보다 몇 센티미터는 더 커 보였다.

"아빠, 저 콜린이에요. 못 믿으시겠지만요. 저도 못 믿겠지만 콜린이에요."

메들록 부인이 그랬듯 콜린도 아버지가 다급하게 내뱉은 다음 말이 무슨 뜻인지 몰랐다.

"화원에 있었어! 화원에!"

콜린이 재빨리 말을 이었다. "네, 다 화원 덕분이에요. 메리랑 디콘이랑 동물들이랑 마법 덕분이기도 하고요. 아무도 몰라요. 아빠가 오시면 직접 말씀드리려고 비밀로 했어요. 저 이제 건강해요. 달리기 시합에서 메리도 이겨요. 운동선수가 되려고요."

콜린은 여느 건강한 사내애처럼 발그레해진 얼굴로 급한 마음에 말을 우르르 쏟아냈다. 그 모습에 크레이븐 씨의 영혼은 이루 말할 수 없는 기쁨으로 떨렸다.

콜린은 한 손을 내밀어 아버지의 팔을 잡고는 이렇게 말을 맺었다.

"기쁘지 않으세요, 아빠? 기쁘지 않으세요? 전 영원히 살 거예요! 영원히, 언제까지나요!"

크레이븐 씨는 두 손으로 콜린의 양 어깨를 꽉 붙잡았다. 가슴이 벅차올라 말문이 막혔지만, 잠시 후 겨우 입을 열었다.

"화원으로 데려다주렴, 애야. 그간의 일들, 다 듣고 싶구나."

콜린과 메리는 크레이븐 씨를 데리고 화원으로 들어갔다.

화원은 온통 가을의 황금빛과 자줏빛, 남보랏빛, 타는 듯 새빨간 빛으로 물들어 있었고, 철 늦은 하얀 백합 또는 하얗고 빨간 백합이 여기저기 다발로 무리 지어 피어 있었다. 크레이븐 씨는 백합을 처음 이 화원에 심었던 때를 생생히 기억했고, 바로 이맘때쯤 백합이 뒤늦게 눈부신 자태를 드러낸다는 것도 잘 알고 있었다. 기어오르거나 늘어지거나 한데 뭉쳐 핀 철 지난 장미와 햇빛을 받아 노란색이 더욱 짙어진 나무들 사이에 있으니, 마치 숲속의 황금빛 신전에 있는 듯한 착각이 들었다. 새로 온 신참인 크레이븐 씨는 아이들이 잿빛만 가득했던 화원에 처음 들어왔을 때처럼 아무 말 없이 서 있었다. 그저 화원을 둘러보고 또 둘러볼 뿐이었다.

"죽은 줄 알았는데."

마침내 입을 연 그가 말하자 콜린이 답했다.

"메리도 처음에는 그런 줄 알았대요. 그런데 되살아났어요."

모두 늘 앉는 나무 아래에 자리를 잡고 앉았다. 참, 콜린은 아니었다. 콜린은 그간의 이야기를 서서 들려주고 싶어 했다.

콜린이 마음만 급한 사내애답게 지금껏 있었던 일을 줄줄이 쏟아내자 아치볼드 크레이븐은 이렇게 이상한 이야기는 생전 처음 들어본다고 생각했다. 수수께끼와 마법과 들짐승들과 기묘한 한밤중의 만남 이야기. 봄이 왔고 자존심에 상처를 입어 격분한 어린 라자가 벤 웨더스태프 노인을 향해 보란 듯 두 발로 일어선 이야기. 이상한 우정과 연극 놀이와 들키지 않으려 갖은 애를 쓴 특급 비밀 이야기. 크레이븐 씨는 이 모든 이야기를 들으면서 웃다가 울었고 가끔은 웃지 않을 때도 눈물을 글썽였다. 운동선수이자 강연자, 과학 발견자인 콜린은 터무니없이 우습고 사랑스럽고 건강한 어린아이였다.

이야기를 마치고 콜린이 말했다. "이제 비밀로 안 해도 돼요. 분명 다들 날 보면 깜짝 놀라 자지러질 거예요. 다시는 휠체어에 앉지 않을 거예요. 아빠랑 같이 걸어갈 거예요. 집으로요."

벤 웨더스태프는 하는 일의 특성상 정원을 벗어나는 경우가 거의 없지만, 이날은 핑계 삼아 채소를 주방으로 날랐고 메들록 부인이 권하는 대로 하인 숙소에서 맥주 한 잔을 마시기로 했다. 그 덕분에 최근 30년을 통틀어 가장 극적인 사건이 미셀스웨이트 저택에서 일어날 때 현장에서 그 광경을 목격할 수 있었다. 안뜰이 내다보이는 창문으로 잔디밭이 언뜻 보였다. 메들록 부인은 벤 노인이 정원 쪽에서 왔으니 주인님을 잠깐 봤거나 주인님이 도련님을 만나는 장면을 봤으리라 기대하며 물었다.

"두 분 중 한 분이라도 봤어요, 영감님?"

벤 노인은 맥주잔을 입에서 떼고 손등으로 입술을 훔치고는 짐짓 의미심장한 말투로 말했다.

"암요, 봤죠."

"두 분 다요?"

"두 분 다요. 고맙구먼요, 부인. 괜찮으면 한 잔 더 마실 수 있겠는데요."

"같이 계셨어요?" 조바심이 난 메들록 부인이 급하게 맥주잔을 가득 채우며 물었다.

"같이 계셨구먼요." 벤 노인이 답하고는 새로 따른 맥주의 절반을 한입에 꿀꺽 들이켰다.

"도련님은 어디 계셨어요? 어때 보였어요? 무슨 말을 나누던가요?"

"듣지는 못했어요. 오는 길에 사다리 위에서 담장 안을 들여다보기만 했거든요. 근데 이거 하난 말씀드리죠. 이 집 사람들이 절대 모르는 일이 집 밖에서 일어났구먼요. 이제 곧 그 일이 뭔지 알게 될 거요."

그러고는 2분도 채 안 돼 남은 맥주를 다 마시고는 관목들 사이로 잔디밭이 살짝 보이는 창문 쪽으로 빈 맥주잔을 엄숙하게 흔들며 말했다.

"저기 좀 봐요. 궁금하면 누가 잔디밭을 건너오는지 보라고요."

창밖을 본 메들록 부인은 두 손을 번쩍 들며 작게 외마디 비명을 질렀다. 그러자 그 소리를 들은 남녀 하인들이 죄다 하인 숙소로 몰려와 창밖을 내다보았다. 하나같이 깜짝 놀라 넋이 나간 표정이었다.

미셀스웨이트의 주인님이 하인들은 한 번도 보지 못한 표정으로 잔디밭을 건너오고 있었다. 그리고 그 옆에는 눈에 웃음기가 가득한 한 남자아이가 고개를 꼿꼿이 쳐들고 요크셔의 여느 사내애처럼 씩씩하고 안정감 있는 걸음을 걷고 있었다. 바로 콜린 도련님이었다!

THE SECRET GARDEN

비밀의 화원

초판 1쇄 인쇄 2025년 6월 3일
초판 1쇄 발행 2025년 6월 10일

지은이 프랜시스 호지슨 버넷
옮긴이 백지선

대표 장선희 **총괄** 이영철
책임편집 안미성 **기획편집** 현미나, 정시아, 오향림
책임 디자인 양혜민 **디자인** 이승은
마케팅 김성현, 유효주, 이은진, 박예은
경영관리 전선애

펴낸곳 서사원 **출판등록** 제2023-000199호
주소 서울시 마포구 성암로 330 DMC첨단산업센터 713호
전화 02-898-8778 **팩스** 02-6008-1673 **이메일** cr@seosawon.com

홈페이지 **인스타그램**

ⓒ 서사원(주), 2025

ISBN 979-11-6822-432-2 03840

- 이 책은 저작권법에 따라 보호를 받는 저작물이므로 무단 전재와 무단 복제를 금지합니다.
- 이 책 내용의 전부 또는 일부를 이용하려면 반드시 저작권자와 서사원 주식회사의 서면 동의를 받아야 합니다.
- 잘못된 책은 구입하신 서점에서 바꿔 드립니다. • 책값은 뒤표지에 있습니다.

서사원은 독자 여러분의 책에 관한 아이디어와 원고 투고를 설레는 마음으로 기다리고 있습니다.
책으로 엮기를 원하는 아이디어가 있는 분은 서사원 홈페이지의 '출간 문의'로
원고와 출간 기획서를 보내주세요. 고민을 멈추고 실행해보세요. 꿈이 이루어집니다.